by
POLARIS

KIRA MOHN

THE Sky IN YOUR EYES

ROMAN

Dieses Buch enthält potenziell triggernde Inhalte. Wenn du dich darüber informieren möchtest, findest du auf unserer Homepage unter www.endlichkyss.de/theskyinyoureyes eine Content-Note.

2. Auflage Juni 2022

Originalausgabe
Veröffentlicht im Rowohlt Taschenbuch Verlag,
Hamburg, Dezember 2021
Copyright © 2021 by Rowohlt Verlag GmbH, Hamburg
Covergestaltung ZERO Werbeagentur, München
Coverabbildung Shutterstock
Satz aus der Newzald
Gesamtherstellung CPI books GmbH, Leck, Germany
ISBN 978-3-499-00663-0

Die Rowohlt Verlage haben sich zu einer nachhaltigen Buchproduktion verpflichtet. Gemeinsam mit unseren Partnern und Lieferanten setzen wir uns für eine klimaneutrale Buchproduktion ein, die den Erwerb von Klimazertifikaten zur Kompensation des CO_2-Ausstoßes einschließt.
www.klimaneutralerverlag.de

MIX
Papier | Fördert
gute Waldnutzung
FSC
www.fsc.org
FSC® C083411

Für alle, die sich schon einmal gefragt haben,
ob sie gut genug sind.
Du bist es.

Kapitel 1

Um die Reynisdrangar ranken sich viele Legenden. Trolle seien es einst gewesen, die ihren Berg verlassen haben. Manche erzählen sich, es habe einen Kampf zwischen ihnen gegeben, andere wiederum sind überzeugt, dass ein Trollmann und ein Trollweib gemeinsam ins Meer stapften, um ein Schiff zu kapern. Einig jedoch sind sich alle Geschichten in einem: Das Licht der Sonne beendete ihr Abenteuer. Sie versteinerten zwischen den Fluten, und nun verharren sie hier, auf ewig getrennt von ihrem Berg, und nicht wenige erzählen sich, man könne sie darüber manchmal jammern und seufzen hören.

Im Licht der Sterne sind die seltsam geformten Felsnadeln gut zu erkennen, die sich vor der Küste von Vík í Mýrdal inmitten des wilden und aufgewühlten Atlantiks erheben.

Ich habe keine Ahnung, wie lang ich bereits hier stehe, schwarzer Sand zu meinen Füßen, die Hände in den Jackentaschen vergraben, während der Wind mir die Tränen in die Augen treibt.

Daníels letzte Worte hallen durch meinen Kopf, und ihre Wucht durchbricht wie jedes Mal die wattige Betäubung, in der ich mich in den letzten Wochen halbwegs eingerichtet habe, krallt sich in meine Eingeweide und lässt mich wünschen, ich könnte mich irgendwo zusammenrollen.

Die Wellen türmen sich heute besonders hoch auf, brechen an den Klippen und stürmen gegen den Strand. Das anbrandende Wasser dröhnt in meinen Ohren, mein Gesicht ist mittlerweile starr vor Kälte.

Alles ist Kraft, Bewegung, Schmerz, und das sternenübersäte Firmament bildet einen seltsamen Gegensatz dazu. Dort oben ist nichts, nur millionenfaches Gefunkel, und ich wünschte, ich würde einen Ort in mir finden, der dem Himmel ähnlich ist.

Fern. Unberührbar.

Doch meine Gefühle sind wie die Wellen; sie wüten, lehnen sich auf, überschwemmen mich – sollte es nicht so langsam mal weniger wehtun?

Abstoßend.

Ich atme aus und strecke den Rücken durch, ein kläglicher Versuch, mich gegen die Säure zu schützen, die dieses Wort in meinem Inneren verspritzt. Irgendwann gebe ich auf und mache mich auf den Rückweg, mit hochgezogenen Schultern und steifen Schritten. Unter meinen Füßen knirschen vereiste Steinchen, und kurz vor der Straße gerate ich auf dem stacheligen Strandgras kurz ins Rutschen.

Die Hügel, gegen die sich die Häuser von Vík schmiegen, heben sich kaum vor dem Nachthimmel ab, ihre Konturen verschwimmen vor meinen Augen. Noch immer kann ich das Meer hören, allgegenwärtig in Vík í Mýrdal. Das Geräusch der Brecher verstummt nie.

Die Straßenlaternen zeichnen Lichtkegel auf das Pflaster. Es ist gerade einmal Viertel vor acht, doch die Sonne ist schon vor einer knappen Stunde untergegangen. Anfang Oktober sind immer seltener Touristen unterwegs, die zumeist ohnehin nur für eine Nacht in Vík bleiben, bevor sie weiter die Ringstraße entlangfahren. Es ist eiskalt, und die Windböen sind wie mit Nadeln gespickt – selbst die Hoffnungsvollsten sitzen an einem solchen Abend lieber vor dem warmen Ofen, statt auf Nordlichter zu warten.

Und nur die Hoffnungslosen sind noch unterwegs.

Kapitel 2

Als ich vorhin zum Strand ging, saß mein Vater mit seiner Zeitung im Wohnzimmer, während meine Mutter mit den Vorbereitungen fürs Abendessen beschäftigt war. Noch bevor ich meine Schuhe ausgezogen habe, streckt sie jetzt den Kopf aus der Küchentür in die Diele hinaus. «Elín?»

Ich ringe mir ein Lächeln ab. Sie kann nichts dafür, dass es an diesem Abend nicht einmal dem Meer gelungen ist, die drückenden Gedanken aus meinem Kopf zu vertreiben.

«In fünf Minuten können wir essen.»

«Alles klar. Ich komme gleich.»

Noch fühle ich mich nicht bereit, einmal mehr so zu tun, als sei es völlig normal, dass ich wieder am heimischen Abendbrottisch sitze, obwohl ich doch eigentlich bereits ausgezogen war. Ich steige die Treppe nach oben und schließe die Tür meines Zimmers hinter mir.

Der riesige Kleiderschrank, in dessen Schubladen sich schon meine Babysöckchen befanden, ist aus dunklem Holz. Das Licht der Deckenlampe scheint er einfach zu verschlucken, trotz des ovalen Spiegels in seiner mittleren Tür. An den Rändern ist dieser Spiegel schon vor Jahren blind geworden, und im unteren Drittel finden sich die Spuren der Sticker, die ich als kleines Mädchen auf das Glas geklebt habe, um jeden Blick auf das eigene Spiegelbild unmöglich zu machen. Ich habe versucht, es meiner Mutter zu erklären, während sie schimpfend versuchte, die vielen Aufkleber wieder abzurubbeln.

«Du bildest dir das ein, Elín», hat meine Mutter damals

gesagt und den Lappen ungeduldig in die Schale mit Seifen-
wasser getaucht. «Du bist ein nettes Mädchen, und niemand
sagt gemeine Sachen über dich. Du darfst nur nicht immer so
schüchtern sein. Lach einfach mit.»

Ich habe mir ihren Rat zu Herzen genommen. Im Laufe der
Zeit gelang es mir immer besser, mitzulachen, wenn jemand
etwas Gemeines sagte – nein, es gelang mir sogar, lauter zu
lachen. Irgendwie hat es sogar funktioniert – zumindest, bis
ich Daniel traf.

Inzwischen ist mir klar, dass Daniel nicht die Liebe meines
Lebens war, aber Herrgott, alles, was mit ihm zusammenhängt, tut weh. Die Erinnerung an unsere erste Zeit zusammen
ist schmerzhaft und gleichzeitig schön; die Erinnerungen an
später allerdings – an seine Blicke, an all die Dinge, die er gesagt hat –, diese Erinnerungen fühlen sich an wie Brenneisen
in meinem Hirn.

«Elín! Kommst du zum Essen runter?»

Die Stimme meiner Mutter dringt durch die geschlossene
Tür, und mir wird nach einem Blick auf die Uhr bewusst, dass
ich seit über zehn Minuten auf die zu dicke Frau mit den
langen dunklen Locken im Spiegel meines Kleiderschranks
starre.

«Elín?»

«Ich komme schon!»

Meine Eltern sitzen an dem runden Holztisch vor der Glas-
tür, die auf die Terrasse hinausführt, und mit einem Lächeln
nehme ich meinen Platz zwischen ihnen ein. Wie früher. Nur
dass ich mittlerweile gelegentlich das Kochen übernehme.

Da sich heute jedoch meine Mutter um das Essen gekümmert hat, gibt es Forelle mit Rahmsoße und Kartoffeln, was
wiederum bedeutet, dass sich auf meinem Teller neben den
Kartoffeln nur ein kleiner Berg Gemüse befindet. In Scheib-

chen geschnittene Möhren, Erbsen aus der Tiefkühltruhe und Mais aus dem Glas, alles in Butter und Soße ertränkt.

«Wann beginnt eigentlich dieser Kurs, Elín?», fragt meine Mutter und klingt dabei so sanft, wie sie meistens klingt. Es kommt selten vor, dass sie wütend wird. Man muss dafür schon mindestens den alten Kleiderschrank, der bereits ihrer Mutter gehörte, mit Stickern verunstalten.

«Nächste Woche. Jeden Freitag um halb acht.»

«Was denn für ein Kurs?», will mein Vater wissen.

«Elín hat das doch erzählt, sie macht einen Computerkurs. Für ihre Arbeit», antwortet meine Mutter.

«Ach, stimmt ja», erwidert mein Vater in diesem besonderen Ton, halb ertappt, halb nachsichtig, mit dem er sich seine Vergesslichkeit gleich selbst zu verzeihen scheint.

«Ich finde das wirklich gut.» Meine Mutter trennt von der Forelle sorgfältig Kopf, Schwanz und Flossen ab und schiebt alles an den Tellerrand. «Und es ist sehr großzügig von Jóhann, dass er dir diesen Kurs ermöglicht.»

Wie sie wohl reagieren würde, wüsste sie, dass es sich bei dem angeblichen Computerworkshop, den ich demnächst im Auftrag meines Chefs besuchen werde, in Wirklichkeit um einen Kochkurs handelt? Noch dazu um einen veganen Kochkurs.

Vermutlich wird mir diese Lüge in den nächsten Wochen irgendwann um die Ohren fliegen, aber aktuell habe ich einfach keine Kraft, mich den Fragen meiner Mutter zu stellen, die ein solcher Kurs bei ihr mit Sicherheit aufwerfen würde.

Aber wozu bezahlst du jemanden, um kochen zu lernen? Du kannst doch kochen?

Oder: *Findest du nicht, dass du es mit deiner Ernährung ein wenig übertreibst?*

Vielleicht auch: *Wieso um alles in der Welt musst du denn jetzt plötzlich vegan essen? Du bist nicht dick, Elín. Nur kräftig gebaut. Und wer dich nicht so liebt, wie du bist, der hat dich nicht verdient.*

Ich habe meinen Eltern nicht viel über die Trennung von Daniel erzählt, doch als ich vor einigen Wochen hier ankam, verheult und mit einer hastig gepackten Tasche, muss ich wohl ein paar Dinge erwähnt haben, die sie zu Recht darauf schließen ließen, dass mein *kräftiger Körperbau* eine Rolle dabei gespielt hat.

Mein Vater hat nur gebrummt und mich in seine riesige Umarmung gebettet, meine Mutter allerdings war fuchsteufelswild. Sie hat Daniel gemocht, aber hätte er sich in den Tagen nach meiner Ankunft blicken lassen, hätte sie ihn mit Sicherheit hochkantig rausgeworfen. Vermutlich täte sie das auch jetzt noch.

All das ändert jedoch nichts an der Tatsache, dass sie kein Verständnis für einen Kochkurs aufbringen würde. Sie hat das Kochen von ihrer Mutter gelernt und ihr Wissen an mich weitergegeben. Ein paar Rezepte mehr stehen wohl mittlerweile im Familienkochbuch, doch sie hatte nie das Bedürfnis, völlig neue Kapitel hinzuzufügen.

Ich schon. Trotzdem stand ich inzwischen schon mehrfach kurz davor, diese ganze Kochkurs-Geschichte wieder zu stornieren. Beim Anmelden war ich noch völlig sicher gewesen. Daniel hätte sich darüber nur lustig gemacht, aber nachdem er ja nun meiner Vergangenheit angehörte, wollte ich ab sofort genau das tun, worauf ich Lust habe. Und ich koche gern. Mehr noch – ich liebe es!

Leider wechseln sich solche Höhenflüge aktuell ständig mit niederschmetternden Frustphasen ab, und wenn ich mich mal wieder in einem Tief befinde ... um ehrlich zu sein, weiß ich nicht genau, wie ich damit klarkomme, sollte ich die einzige dicke Frau in einem *Kochkurs* sein.

Sicherheitshalber habe ich bis auf Sophia niemandem davon erzählt, nur für den Fall, dass ich doch noch einen Rückzieher mache.

«Hummelchen, möchtest du vielleicht ein Stück von dem Fisch probieren?» Mein Vater hat das obere Filet säuberlich von der Mittelgräte gelöst und weist nun mit der Messerspitze darauf.

«Das würde ich, wenn ich nicht Vegetarierin wäre», sage ich, und ich sage es freundlich, obwohl es ein dauerndes Reizthema zwischen meinem Vater und mir ist. Er wird es nie verstehen.

Mein Vater hat dementsprechend wieder mal diesen Ton in seiner Stimme, als er sagt: «Ja, weiß ich. Aber früher war das doch dein Lieblingsfisch.»

Dieser Ton, aus dem ein hauchzarter Vorwurf herauszuhören ist.

«Es ist immer noch mein Lieblingsfisch, ich mag ihn nur eben nicht mehr tot», erwidere ich.

Kurz scheint mein Vater zu überlegen, welche Antwort er darauf geben soll, dann wendet er sich mit einem so übertriebenen Seufzen seinem Teller zu, dass ich lachen muss.

Eigentlich könnte ich doch einfach für immer hierbleiben. Mir in Vík eine Wohnung suchen. Gelegentlich bei meinen Eltern vorbeischauen. Noch vor einigen Monaten wäre mir dieser Gedanke vollkommen absurd erschienen, im Moment allerdings ...

Ich spieße ein Karottenstück auf die Gabel und lasse geduldig mehrere Sekunden lang das Fett zurück auf den Teller tropfen.

Nicht, dass das etwas nutzen würde.

In den letzten Jahren habe ich unzählige Versuche gestartet abzunehmen. Es ging mir nie darum, nur Gewicht zu verlieren, ich wollte *dünn* sein, richtig dünn, und irgendwann habe ich dafür solche Dinge wie *Gesundheit* oder *Nachhaltigkeit* in den Wind geschossen und mich stattdessen auf Heilsversprechen wie *fünfzehn Kilo weniger in zwei Monaten* konzentriert.

Umsonst. Natürlich nahm ich ein paar Kilogramm ab, doch man sah es kaum, und sobald ich in meinen Bemühungen auch nur ein paar Tage nachließ – weil meine Mutter mir androhte, mich zum Arzt zu schleifen, wenn ich mit der Apfelessig-Kur weitermachte oder mir vor Hunger so schlecht war, dass ich morgens kaum noch aus dem Bett kam –, wurden die verschwundenen Kilos auch auf der Waage wieder sichtbar. Es ist, als würde ich mit aller Kraft an einem Seil ziehen, das ein schweres Gewicht oben hält. Jeden Moment droht es mir aus den Händen zu rutschen, wenn ich nicht jeden Funken Energie und Konzentration dafür aufbringe, und sobald ich mal müde bin oder erschöpft oder einfach nur gedankenlos ... Genauso wenig, wie ich im Sommer braun werde, bin ich in der Lage, meiner Idealfigur nennenswert näher zu kommen. Meine Haut bleibt hell, und mein Körper bleibt weich. Rund. *Kräftig gebaut.*

«Was gibt's zum Nachtisch?», fragt mein Vater, noch bevor ich meinen Teller ganz geleert habe.

«Rhabarberkuchen», erwidert meine Mutter. «Er ist noch im Ofen.»

«Ich nehme auch ein Stück», sage ich.

Mein Vater sieht auf. Er und meine Mutter mustern mich, als sei höchst ungewiss, was ich als Nächstes Verrücktes tun werde. Normalerweise verzichte ich auf den Nachtisch, aber hey, wenn ich schon den Rest meines Lebens in Vík verbringe, kann ich dabei wenigstens Rhabarberkuchen essen.

Ich lehne mich zurück, während meine Mutter die Teller aufeinanderstapelt und damit in die Küche geht.

«Soll ich dir helfen?» Mein Vater steht ebenfalls auf und eilt ihr hinterher.

Ein paar stille Sekunden lang betrachte ich die benutzten Servietten, die auf dem Tisch zurückgeblieben sind, bevor ich aufstehe, um sie einzusammeln.

Ich könnte eine Art lustige Eigenbrötlerin werden. Mit vielen Katzen, einem Schaukelstuhl im Vorgarten und irgendwelchen Hobbys, über die alle im Dorf tratschen können.

Kochen zum Beispiel. Sie würden tratschen, aber mit Sicherheit würden sie trotzdem alle kommen, wenn ich zum Essen einlade, so wie immer. Sie würden kommen, und ich würde lauter lachen als sie alle zusammen.

Kapitel 3

Meine Eltern wohnen in einem dunkelroten Wellblechhaus mit weißen Fensterrahmen. Unter der Woche ziehe ich jeden Morgen gegen halb acht die Haustür zu und fahre mit meinem Wagen die halbe Stunde nach Sólvík, Felder und Hügel zu meiner Linken und Felder und das Meer zu meiner Rechten. Dort arbeite ich in einer Anwaltskanzlei als Sekretärin, und jeden späten Nachmittag fahre ich die Strecke wieder zurück. Auch Sólvík liegt nahe am Meer, ist jedoch um einiges größer als mein winziges Heimatdorf. Jetzt, Anfang Oktober, ist gerade erst die Sonne aufgegangen, wenn ich dort ankomme, und sie verschwindet bereits wieder, wenn ich losfahre, doch mein Lichtblick ist Dr. Jóhann Ólafursson, dem die Kanzlei gehört. Daníel hat ihn mal kennengelernt und mochte ihn nicht. *Ein staubtrockener Aktenschnüffler*, war seine Meinung über ihn, und ich weiß noch, wie sehr mich dieses Urteil geärgert hat, vor allem weil ich ihm vorher schon so oft von Jóhann vorgeschwärmt hatte.

Wie auch immer, ohne Jóhann sähe meine Zukunft um einiges schwärzer aus. Obwohl Sekretärin nie mein Traumberuf war, wäre ich dank meines Gehalts immerhin in der Lage, mir eine eigene Wohnung zu leisten. Sobald ich eine finde. Vielleicht hat Daníel ja das an Jóhann gestört. Dass mich mein Job zumindest finanziell unabhängig von ihm gemacht hat.

«Elín, hallo.»

Wie so oft ist Jóhann schon da, als ich an diesem Montagmorgen pünktlich um acht die Kanzlei betrete.

«Guten Morgen.»

Die Türen zu seinem Büro sind geöffnet, und ich sehe ihn hinter seinem Schreibtisch sitzen, während ich meine Jacke in den Garderobenschrank hänge, ein kleiner grauhaariger Mann im ewig gleichen grauen Anzug.

«In der Küche steht Kaffee», sagt er.

Wenn Jóhann bei meinem Eintreffen bereits vor seinen Unterlagen sitzt, ist dies unser tägliches Begrüßungsritual. Und das passiert oft. Ich habe den Verdacht, dass er bisweilen auf dem Sofa in seinem Büro übernachtet.

Die Anwaltskanzlei Jóhann Ólafursson ist nicht besonders groß, und zu meinen Aufgaben gehört nicht nur die Buchhaltung, die Koordination von Terminen und jegliche Korrespondenz, sondern auch der Empfang und die Betreuung von Klienten und Gästen inklusive eines frischgebrühten Kaffees. Morgens allerdings ist es fast immer Jóhann, der ihn aufsetzt, und wenn ich die Kanzlei betrete, vermitteln das warme Licht der dezent verborgenen Lampen und der Duft nach frischem Kaffee etwas ausgesprochen Behagliches.

«Möchtest du auch noch einen?», frage ich.

«Bitte.»

Ich gehe in die Küche, um zwei Tassen aus dem Schrank zu holen. Das ist ein Spleen von Jóhann: für jeden neuen Kaffee immer auch eine frische Tasse. Im Laufe eines Tages trinkt Jóhann jede Menge Kaffee, und abends steht eine ganze Batterie von Tassen in der Spülmaschine.

Jóhann sieht von seinen Akten auf, als ich ihm den Kaffee auf den Schreibtisch stelle und nach zwei leeren Tassen greife.

«Danke, Elín. Gegen zehn kommt Magnús vorbei.»

«Soll ich dafür etwas vorbereiten?»

«Ja, bitte leg doch die Unterlagen vom Fall Helga Haukursdottír raus.»

Mit einem Nicken verlasse ich das Büro und ziehe dabei beide Türen hinter mir zu: erst die schwere, gepolsterte Tür, dann die normale Tür zwischen dem kurzen Verbindungsgang und dem Vorraum, in dem mein Schreibtisch hinter einem Empfangstresen steht.

Magnús, Jóhanns Sohn, war in den letzten Wochen häufiger in der Kanzlei. Er hat gerade fertig studiert – in Yale, wie mir Jóhann stolz berichtet hat –, und arbeitet sich derzeit zusammen mit seinem Vater in die aktuellen Fälle ein. Worauf das hinauslaufen wird, kann ich mir denken, und obwohl Magnús ganz okay zu sein scheint, tut es mir leid. Ich hoffe, Jóhann wird sich nicht gleich ganz von der Kanzlei zurückziehen.

Als um kurz nach zehn Uhr Magnús hereinkommt, habe ich nicht nur sämtliche Akten zum Fall Helga Haukursdottír, sondern auch zum Fall Mikael Kristjánsson herausgesucht, beides langwierige Scheidungen, bei denen sich die Beteiligten wegen immer wieder neuer Dinge in die Haare kriegen.

«Hi, Elín.»

Magnús' Gesicht ist gerötet. Er befreit sich von Mütze, Schal und Handschuhen und schält sich aus seiner Daunenjacke, bevor er sich auch noch den Fleecepullover über den Kopf zieht, um alles völlig selbstverständlich über den Empfangstresen zu legen. Mit beiden Händen streicht er sich die dunklen, nun zerzausten Haare aus der Stirn.

«Verflucht kalt, was? Wenn das jetzt schon so ist, kann das ja noch was werden.»

«Schnee wurde auch schon vorhergesagt», erwidere ich. «Guten Morgen.»

Er nickt mir zu, während er die Verbindungstür zum Büro seines Vaters ansteuert. «Ist er allein?»

«Ja, er erwartet dich.»

«Alles klar. Krieg ich einen Kaffee?»

«Natürlich, kommt gleich.»

Ich stehe auf, sobald sich die Tür hinter Magnús geschlossen hat, und räume zunächst einmal seine Sachen in den Garderobenschrank. Dann kümmere ich mich um Kaffee, Milch, Zucker und ein paar Kekse – mittlerweile weiß ich, was Magnús mag.

Die beiden Männer sitzen einander gegenüber, zwischen sich den Schreibtisch und die Köpfe tief über Akten gebeugt, als ich das Büro betrete. Sie unterbrechen sich nicht in ihrem Gespräch, während ich alles auf dem kleinen Tisch ablade, der vor dem Sofa steht.

Jóhann sieht kurz auf. «Vielen Dank, sehr freundlich», sagt er zerstreut, bevor er seine Aufmerksamkeit wieder auf die Unterlagen lenkt. «Magnús, du musst auf jeden Fall beachten …»

Leise ziehe ich mich wieder zurück.

Es ist kurz nach halb eins, als Jóhann mich bittet, Essen zu bestellen, und als ich um zwei von meiner Mittagspause zurückkehre, die ich wie so oft in einem Café in der Nähe verbracht habe, ist die Verbindungstür noch geschlossen.

In einer knappen Stunde hat Jóhann einen Termin mit einem Klienten, und weil ich weiß, dass er solche Dinge gern mal vergisst, wenn er mit etwas anderem beschäftigt ist, klopfe ich unmittelbar, nachdem ich den Anrufbeantworter abgeschaltet habe, gegen die schwere Tür zu seinem Büro.

«Jóhann? Denkst du an den Termin mit Sara Aronsdottír?»

Magnús hat es sich mittlerweile mit einigen Aktenordnern auf dem Sofa bequem gemacht, während Jóhann sich darin unterbricht, vor seinem Sohn auf und ab zu laufen.

«Natürlich. Vielen Dank.»

«Elín, bring doch noch mehr Kaffee, ja?», sagt Magnús. «Ich schlaf sonst ein.»

Das trägt ihm einen indignierten Blick seines Vaters ein, den er mit einem Grinsen erwidert.

In der Küche frage ich mich, wie es wohl werden wird, sobald Magnús morgens in der Kanzlei sitzt. Jóhann ist ein ruhiger, liebenswürdiger Mann, und ich bewundere ihn für seine Gelassenheit und seinen messerscharfen Verstand. Magnús dagegen ist in seinem Auftreten mitunter ein wenig großspurig und irgendwie ... ich will es nicht selbstherrlich nennen, aber Jóhann käme zum Beispiel nicht im Traum darauf, mir morgens einfach seinen Mantel entgegenzuwerfen, statt ihn selbst aufzuhängen.

Gedankenlos vielleicht? Das passt eher.

Als ich kurz darauf ein weiteres Mal gegen die Tür klopfe, um für Kaffeenachschub zu sorgen, stehen beide neben dem Schreibtisch. Magnús überragt seinen Vater um einen ganzen Kopf, und der Blick, mit dem sie mich mustern, hat etwas Erwartungsvolles.

«Elín, bleib doch bitte einen kurzen Moment.» Jóhann macht eine Handbewegung zu Magnús hin, als würde er ihn mir erstmals vorstellen. «Du hast es dir sicher ohnehin schon gedacht – Magnús wird die Kanzlei bis zum Ende des Jahres übernehmen. Danach werde ich mich nicht ganz verabschieden, aber ab dem ersten November wird er vorerst an drei Tagen in der Woche meinen Platz einnehmen.» Er wirft Magnús einen Blick zu. «Und ich bin sicher, du wirst es gut machen.»

In seiner Stimme schwingt Rührung mit, eine Emotion, die ich bisher nicht mit dem normalerweise stets sachlich auftretenden Jóhann in Verbindung gebracht habe, und die mich vielleicht deshalb prompt ebenfalls ergreift.

«Ich freue mich sehr auf unsere Zusammenarbeit», wende ich mich zunächst an Magnús. «Aber ich gebe zu ...», mein Blick wandert zu Jóhann, «... ich werde dich vermissen.»

Das klingt nicht so souverän, wie ich mir meine Reaktion auf diese Eröffnung in den letzten Wochen zurechtgelegt habe, doch es ist die Wahrheit.

«Deine Kompetenz und dein Fachwissen werden Magnús den Einstieg erleichtern», sagt Jóhann, und Stolz flackert in mir auf. Er hat nie etwas anderes angedeutet, doch in diesem Augenblick aus seinem Munde zu hören, wie sehr er meine Arbeit schätzt, ist etwas Besonderes.

«Ich freue mich ebenfalls auf unsere Zusammenarbeit.» Magnús streckt mir die Hand hin. «Ich denke, wir werden ein gutes Team.»

«Bestimmt», erwidere ich.

«Nun», setzt Jóhann an, und ohne dass er mehr sagen müsste, weiß ich, dass er weiterarbeiten möchte.

Wehmut überkommt mich, als ich wieder an meinem Schreibtisch sitze, obwohl es ja noch kein endgültiger Abschied war. Jóhann zukünftig nicht mehr über die Akten gebeugt zu sehen, wird ungewohnt sein, doch warum sollte es nicht auch mit Magnús gut funktionieren? Er mag ein wenig forsch auftreten, aber es wird sich sicher alles einspielen, sobald ich ihn erst einmal besser kennengelernt habe.

Es ist kurz nach halb vier, als die Telefonanlage aufleuchtet. Jóhann ist in der Leitung. «Elín, bringst du bitte Magnús' Jacke rein? Und seine anderen Sachen auch?»

«Natürlich.»

Ein paar Sekunden lang mustere ich das Protokoll, an dem ich gerade gearbeitet habe.

Ernsthaft jetzt? Was kommt als Nächstes? Werde ich Magnús irgendwann noch in den Mantel helfen und ihm die Mütze höchstpersönlich auf den Kopf setzen müssen?

Ich schiebe die Unterlagen zur Seite, um zum Garderobenschrank zu gehen, und während ich Jacke, Pullover, Handschuhe und Mütze herausnehme, beschleicht mich die Vorahnung, dass es doch eine Weile dauern könnte, bis ich mich an Magnús gewöhnt habe.

Kapitel 4

N atürlich gehst du hin! Und ich wette, nachher erzählst du mir, dass es lustig war.» Sophia hat eine Stimme, bei der ich sogar am Telefon immer auch ihr Lächeln heraushöre, selbst wenn sie – wie in diesem Moment – ziemlich energisch klingt. Sie ist meine beste Freundin, auch wenn wir uns nur noch selten sehen, seit sie mit ihrer Familie vor sieben Jahren nach Paris gezogen ist. «Dieser Kochkurs ist eine tolle Idee, Elín. Dann kommst du endlich mal wieder raus und lernst ein paar neue Leute kennen. In den letzten Wochen hat sich ja alles immer nur um Daníel gedreht – und in den Monaten davor eigentlich auch. Es ist gut – nein, es ist sogar wichtig, dass du dich jetzt mal um dich kümmerst.»

Ich strecke die Beine auf meinem Bett aus und ziehe das Kopfkissen hinter mir ein Stück nach oben. Es ist Freitagabend, kurz nach sechs, und langsam müsste ich mich fertig machen, wenn ich pünktlich zu diesem Kurs kommen will. Das Problem ist nur: Aktuell wäre mir viel mehr danach, zu Hause zu bleiben.

«Wahrscheinlich wirke ich dort wie eine Säuferin auf einer Weinverkostung», sage ich. «Alle werden sich fragen, warum jemand wie ich auch noch einen Kochkurs besucht.»

«Quatsch! Es geht um vegane Ernährung, das klingt doch fast wie ein Sportprogramm. Aus dir spricht dein innerer Daníel, das ist dir klar, oder?» Sophias Stimme wird eindringlicher. «Elín – du hast diesen Typen in den Wind geschossen, jetzt muss es dir nur noch gelingen, seine Gemeinheiten aus deinem Kopf zu kriegen.»

«Er hat mich in den Wind geschossen, Sophia», erinnere ich sie.

«*Ce crétin.*» Ich höre sie durchatmen. «Aber nur, weil er dir zuvorgekommen ist, heißt das ja nicht, dass du ihm noch nachhängen musst.»

«Tu ich nicht.»

«Tust du doch.»

«Zumindest besteht nicht die Gefahr, dass ich zu ihm zurückgehe, sollte er es sich noch einmal anders überlegen. Was sowieso nicht geschehen wird», setze ich hinzu.

«Gut. Dann sieh zu, dass du jetzt auch noch seine miesen Sprüche zum Teufel schickst.»

«Na ja. Letztlich hat Daníel nur ausgesprochen, was alle denken.»

«Und was denken alle?», erwidert Sophia angriffslustig.

Ich mustere meinen Körper, der nur aus weichen Kurven besteht. «Dass ich dick bin.»

«Blödsinn! Du bist nicht dick! Du siehst toll aus!»

Ich verkneife mir ein Seufzen. Ich weiß, Sophia meint es gut, aber für sie ist das Wort *dick* einfach eine Beleidigung, und deshalb bin ich es nicht. Realität hin, Realität her.

«Niemand denkt, dass du dick bist», fügt Sophia hinzu. «Du hast einfach eine völlig verzerrte Wahrnehmung.»

Für jemanden wie sie ist es leicht, so etwas zu sagen, sie gehört nämlich zu den Frauen, die Frauen wie mir als Vorbild unter die Nase gerieben werden. *Wenn du mehr Sport machen und weniger essen würdest, könntest du genauso gut aussehen.*

Darauf hat mich nicht nur Daníel häufiger hingewiesen.

«Du hörst dich an wie meine Mutter», sage ich und gebe mir Mühe, unbeschwert zu klingen. «Als Nächstes kommst du noch mit *kräftig gebaut*. Ich bin dick, fertig. Bringt doch nichts, sich etwas vorzumachen.»

«Elín, ich würde dich wirklich niemals dick nennen. Keiner würde das, abgesehen von Idioten wie Daníel. Weißt du, was das eigentliche Problem ist? Das Problem ist dieses unmögliche Frauenbild, das unsere Gesellschaft hat. Instagram und Pinterest und Facebook und die Werbung! Guck dir all diese Frauen da doch mal an. Da kriegt jeder Komplexe!» Sophias Lieblingsthema. Sie studiert *Gender Studies* und arbeitet nebenbei für ein feministisches Satiremagazin. «Es ist ein Unding, dass eine Frau im 21. Jahrhundert noch immer in erster Linie an ihrem Äußeren gemessen wird», redet sie weiter. «Als wäre eine perfekte Figur das Allerwichtigste. Elín, du bist nicht *dünn*, okay. Aber muss denn jeder dünn sein?»

«Leider bin ich nun mal nicht nur *nicht dünn*, sondern fett», erwidere ich und fühle mich eine halbe Sekunde lang geradezu revolutionär – zumindest bin ich ehrlich mir selbst gegenüber –, bevor der Frust mich überfällt.

«Elín, jetzt hör aber auf – du bist nicht fett! Du tust ja gerade so, als seiest du … was weiß ich, ernsthaft adipös oder so! Nur weil man ein paar Kleidergrößen über dem Durchschnitt liegt, ist man noch lange nicht dick. Und überhaupt – wer hat dich fett genannt?», schießt Sophia zurück.

Ich benötige ein paar Sekunden, um eine Antwort auf diese simple Frage zu finden, und als ich sie habe, will ich sie nicht aussprechen.

«Daníel, oder? Immer nur Daníel.»

Sophias Stimme klingt weich. Ich stelle mir vor, wie sie ausrasten würde, würde ich ihr an dieser Stelle erzählen, dass er mir mal vorwarf, ich sei so fett wie eine Seekuh. Es sei nur ein Witz gewesen, hat er später gemeint. Kein Grund, gleich wieder beleidigt zu sein.

Das mit der Seekuh gehört zu den Dingen, die ich gern tief in mir vergraben würde, die dazu jedoch zu stachelig sind.

Eine Weile dachte ich, gemeiner könne es nun nicht mehr werden, aber da hatte ich mich getäuscht. Ich massiere mir die Schläfen, um die schon wieder aufsteigende Scham und den Schmerz bei dem Gedanken an die Nacht unserer Trennung etwas erträglicher zu machen.

«Geh zu diesem Kochkurs», sagt Sophia in die Stille hinein, die zwischen uns entstanden ist. «Du hast dich echt darauf gefreut. Also guck dir das Ganze wenigstens an. Wenn du dich heute Abend nicht wohlfühlst, kannst du es immer noch lassen.»

Ich versuche vergebens, einen Satz zusammenzubauen, der nicht nur mich selbst, sondern auch Sophia davon überzeugt, dass dieser Kurs einfach eine saublöde Idee war.

«Elín, du liebst das Kochen! Wie oft hast du mir das schon gesagt?»

«Ja, schon», seufze ich. «Aber das ist – warum ausgerechnet Kochen? Warum kann ich nicht das Tanzen lieben? Oder meinetwegen das Stricken? Keiner würde mir in einem Strickkurs vorwerfen, dass ich nur deshalb dick bin, weil ich stricke.»

Sophia seufzt. «Keiner wirft dir überhaupt irgendetwas vor. Ich meine – es ist ein veganer Kochkurs. Die Wahrscheinlichkeit, dass da nette Leute rumhängen, ist viel höher als bei einem Kurs, wo du ... über Kierkegaard diskutierst oder was weiß ich. Schrumpfköpfe bastelst. Da sitzen heute Abend bestimmt lauter Hippie-Weltretter rum.»

Ich muss lächeln.

«Und günstig war der Kurs auch nicht, oder?»

Damit hat Sophia leider recht.

«Kriegst du dein Geld zurück, wenn du einfach nicht hingehst?»

«Wahrscheinlich nicht.»

«Es wäre also auch noch die totale Geldverschwendung.»

«Hmpf», brumme ich unwillig.

«Und vielleicht ist der Kursleiter dein Traummann.»

«Die Kursleiterin heißt Embla. Und das Letzte, wonach ich gerade suche, sind irgendwelche Traummänner.»

«Vielleicht ist Embla ja deine Traumfrau?»

«Das bist du schon», erwidere ich. «Okay, hör auf, ich fahre hin. Was macht eigentlich dein Traummann? Wie geht's ... wie hieß er noch ... Édouard?»

«Lenk nicht ab. Du fährst hin. Versprochen?»

«Versprochen.»

«Okay, dann schwöre.»

«Sophia, das ist albern.»

«Schwöre.»

«Ist ja gut. Ich schwöre», sage ich. «Es ist trotzdem albern.»

«Egal», erwidert Sophia unbekümmert. «Hauptsache, du fährst.»

Kapitel 5

Zwanzig Minuten später sitze ich in meinem Auto, und meine Mutter hat mir viel Erfolg bei meinem *Computerlehrgang* gewünscht. Der Kurs findet in Sólvík statt, und während der Fahrt schwöre ich mir ungefähr hundertmal, nie wieder irgendjemandem irgendetwas zu schwören.

Wäre es noch hell, ließen sich die Farben der blauen, grünen, roten und weißen Hausdächer auseinanderhalten, die sich verstreut über einen Hügel hinaufziehen. An der Straße, die am Strand vorbeiführt, gibt es eine Flaniermeile mit einer Handvoll Cafés und Restaurants, und das von ihnen ausgehende Licht leuchtet bis zum Meer hinunter.

Das Restaurant, in dem der Kochkurs stattfindet, liegt im Ortskern. Es handelt sich um einen ziemlich teuren Laden namens *Reynir*, ein hohes weißes Wellblechhaus mit mehreren Anbauten, dunkel umrahmten Fenstern und einem schwarzen Spitzdach. Eine Treppe mit schmiedeeisernem Geländer führt zur Eingangstür hinauf, doch ich muss ein gutes Stück weiterfahren, bevor ich endlich einen Parkplatz finde. Ein paar Minuten später ziehe ich die schwere Tür zum Restaurant auf. Stimmengewirr empfängt mich, Gelächter und der Duft von leckerem Essen.

Vorsichtig bewege ich mich zwischen den besetzten Tischen auf einen breiten Gang neben der Bar zu und komme dabei an einer Treppe vorbei, die zu einem weiteren Stockwerk führt. Auch von oben ist das Klirren von Gläsern und das Klappern von Besteck zu hören.

«Entschuldigung?», wende ich mich an eine Frau in weißer Schürze, die mit einem Tablett voller Gläser unterwegs ist. «Ich ...»

Sie lässt mich erst gar nicht ausreden. «Zum Kochkurs bei Embla? Einfach hier durch den Gang. Ganz hinten rechts.» Die letzten Worte ruft sie mir schon über die Schulter hinweg zu.

Okay, also los. Ich straffe die Schultern und laufe hinter einem Kellner her, der gerade mit einigen Speisekarten im Arm unter einem geschwungenen Bogen in den Gang hineintritt. Er beachtet mich nicht, legt nur die Mappen auf eine schmale Anrichte, wo zwischen Unmengen an Salz- und Pfefferstreuern noch weitere Stapel liegen, und verschwindet nach links. Schwingtüren klappen hinter ihm auf und wieder zu. Durch zwei runde Fenster kann ich einen Blick in den dahinter liegenden Raum werfen. Arbeitsflächen aus Edelstahl, riesige Dunstabzugshauben über ebenso riesigen Gasherden, auf denen dampfumwaberte Töpfe stehen, die allesamt größer sind als das Ungetüm, das meine Mutter zum Garen von Miesmuscheln verwendet.

Es fällt mir schwer, den Blick abzuwenden. In einer solchen Profiküche herumwirbeln, alle Töpfe gleichzeitig im Blick behalten, umgeben vom Duft luftiger Soufflés und würziger Soßen – Sophia findet es verrückt, dass ich bei dieser Vorstellung Herzrasen vor Freude bekomme. In ihrer Welt rangiert Kochen knapp hinter Fensterputzen. Ich seufze leise, während ich meine Aufmerksamkeit wieder auf den Gang vor mir richte. Ganz hinten rechts, hat die Kellnerin gesagt.

Dort ist eine weitere Tür, und als ich diese öffne, erwartet mich eine sehr viel kleinere Ausführung der Küche von eben. Derselbe glänzende Edelstahl und mit Sicherheit ähnlich hochwertiges Equipment, doch statt langer Reihen von Gasherden, die sich im Dampf verlieren, finden sich hier mehrere Kochinseln hintereinander. An den Wänden stehen Spülbecken und Edelstahlschränke, überall spiegelnde Flächen, und nicht einmal eine einsame Gabel liegt irgendwo herum.

Eine Gruppe Frauen hält bereits Gläser in den Händen, Köpfe drehen sich zu mir um, während ich die Tür in meinem Rücken schließe. Nur ein Blick reicht, um festzustellen, dass fast jede von ihnen dünner ist als ich, und die beiden, die es nicht sind, sind ungefähr doppelt so alt. Natürlich. Die meisten von Sophias Hippie-Weltrettern sehen aus, wie einem Werbeprospekt für Fitnessbänder oder fettarmen Omega-3-Joghurt entsprungen. Einige lächeln mir zu, und ich lächle zurück, obwohl ich in dieser Sekunde am liebsten einfach wieder verschwinden würde.

«Hallo.» Eine große Frau mit unfassbar vielen Sommersprossen und einem geflochtenen dunkelbraunen Zopf löst sich aus der Runde und geht mit ausgestrecktem Arm auf mich zu. In der anderen Hand hat sie ein Klemmbrett. «Ich bin Embla. Schön, dass du hier bist.»

«Hallo.» Ich ergreife die dargebotene Hand. «Ich heiße Elín.»

«Elín ...» Embla überprüft ihre Liste und nickt zufrieden. «Wir sind fast vollzählig. Ein paar Minuten warten wir noch, dann fangen wir an. Wir haben viel vor heute», fügt sie mit einem Lächeln hinzu. «Du kannst deine Sachen dort drüben ablegen. Möchtest du etwas trinken? Auf dem Tisch stehen Gläser und Getränke, bedien dich einfach.»

«Alles klar, danke.»

In mir tobt der ewige Kampf, auf jedes Flüstern lauschen und gleichzeitig stoisch die Ohren verschließen zu wollen, während ich meine Jacke auf einen Kleiderberg lege. Mit einem Wasserglas wende ich mich kurz darauf den anderen zu. Lächeln.

In der Regel fühle ich mich ziemlich erwachsen. Wenn ich

in der Kanzlei mit Klienten rede, wenn ich am Schaukelstuhl meiner Mutter die abblätternde Farbe abbeize und ihn nach dem Lackieren neu versiegele, oder wenn ich mir den Motor meines Wagens ansehe, weil er mal wieder seltsame Geräusche beim Fahren macht. Wenn ich mich allerdings unter Menschen befinde, die ich nicht gut kenne und die mich prüfend mustern, fühle ich mich plötzlich sehr jung.

Die Gruppe öffnet den Kreis bereitwillig, als ich mich zu ihnen geselle. Embla unterhält sich mit einer blonden Frau, die ihre Haarmähne zu einem Pferdeschwanz zusammengebunden hat.

«... interessiere mich für vegane Ernährung in erster Linie aus gesundheitlichen Gründen. Es ist mir einfach wichtig, ausgewogen und bewusst zu essen», sagt die Blondine gerade.

Vegane Hippies, denke ich. *Na klar, Sophia.* Die Frau ist durchtrainiert und durchgestylt und wirkt mehr wie ein Selbstoptimierungsprofi als wie eine Träumerin.

«Eine Freundin von mir isst seit einem Jahr vegan, und sie sagt, sie habe sich noch nie so gut gefühlt», wirft eine andere Frau ein. «Und sie sieht wirklich toll aus. Einfach so fit und energiegeladen.»

«Tierisches Eiweiß übersäuert den Körper», wirft die Blondine neben Embla ein. «Ein guter Freund von mir ist zum Beispiel völlig übersäuert, aber er weigert sich trotzdem, auf Wurst zu verzichten. Ich hoffe ja, dass ich hier ein paar Tipps bekomme, wie ich ihn überzeugen kann.»

«Auf jeden Fall wirst du jede Menge leckerer Rezeptideen mit nach Hause nehmen», sagt Embla, weil die Frau sie mit ihren letzten Sätzen direkt angesprochen hat. «Das Thema Übersäuerung allerdings spielt in diesem Kurs keine große Rolle. Es ist ...»

«Hi.»

Alle wenden sich dem Mann zu, der diese Begrüßung ausgesprochen hat und der eben dabei ist, die Tür wieder zu schließen. Das Gespräch erstirbt für den Moment. Er ist groß und schlank, hat ein ausgesprochen attraktives Gesicht und einen Dreitagebart. Die dunkelblonden Haare sind straff zu einem unordentlichen Knoten am Hinterkopf zusammengedreht. Einer seiner Mundwinkel verzieht sich zu einem schiefen Lächeln, doch er macht keine Anstalten, näherzutreten. Im Gegenteil – fast scheint es, als wolle er in dieser Sekunde die Tür erneut öffnen und wieder gehen. Kommt mir bekannt vor.

«Jón», sagt Embla und grüßt ihn wie einen alten Bekannten. «Schön, dass du da bist. Damit wären wir komplett.»

Jóns Hand löst sich vom Türgriff.

Er ist also der letzte Teilnehmer und damit der einzige Mann im Kurs. Sonderlich erfreut darüber wirkt er nicht. Ich schätze mal, allen anwesenden Frauen dürfte das anders gehen, wenn ich von den Blicken ausgehe, die noch immer an ihm kleben.

Embla instruiert ihn ähnlich wie mich eben, und als er seine Jacke ausgezogen hat, klatscht sie in die Hände. «Wenn dann alle so weit sind, würde ich gern mit einer Vorstellungsrunde beginnen und damit, die Erwartungen zu sammeln, die ihr an diesen Kurs richtet.»

Wir folgen ihr zurück zu dem Tisch, auf dem sich auch die Getränke befinden und an dem Embla sich jetzt niederlässt. Sie entfernt das oberste Blatt von ihrem Klemmbrett und greift nach einem Kugelschreiber.

Embla ist mir sympathisch. Sie hat eine unaufgeregte, herzliche Art, und das ist vermutlich auch der Grund, warum ich einen der beiden Plätze neben ihr ansteuere.

Sobald ich sitze, wird mir mein Fehler bewusst.

Vorstellungsrunde. Hoffentlich beginnt Embla nicht bei mir, sondern auf ihrer anderen Seite.

«Nun denn.» Embla lehnt sich entspannt zurück. «Wie ihr schon wisst, bin ich Embla Ingvarsdottír, und ich freue mich darauf, euch in den nächsten Wochen näher kennenzulernen.»

Mit ein paar Sätzen fasst Embla ihren bisherigen Werdegang zusammen, erwähnt, dass sie nach ihrer Ausbildung zur Köchin noch ein Jahr das *Le Cordon Bleu* in Paris besucht hat und schon sehr früh wusste, dass sie in ihrer Küche auf tierische Bestandteile verzichten will.

«Und jetzt bin ich gespannt darauf, was ihr euch von einem veganen Kochkurs versprecht. Elín, möchtest du vielleicht beginnen?»

Verflixt. Die Blicke der anderen lassen meine Kehle enger werden.

«Sicher.» Ich räuspere mich. «Also, ich bin Elín, und ich liebe es zu kochen, ähm ... ich probiere gern neue Rezepte aus, und ...» Denken die alle gerade *Ja, das sieht man*? Die blonde Frau mit dem Pferdeschwanz lächelt irgendwie süffisant. «Jedenfalls freue ich mich, hier zu sein», ende ich lahm.

«Würdest du mir noch verraten, warum du dich für einen veganen Kochkurs entschieden hast und was du dir von diesem Kurs wünschst?», hakt Embla nach.

Ach ja, klar. Vergessen.

«Ich interessiere mich dafür, weil ich nicht will, dass Tiere wegen mir sterben müssen.» Das klingt jetzt irgendwie naiv. «Und ich hoffe, dass ich in diesem Kurs ein paar neue Inspirationen finde», füge ich deshalb hastig hinzu.

«Danke, Elín.» Embla hat sich eine Notiz gemacht und wendet sich mit einem Lächeln der Frau neben mir zu.

«Hallo», erklärt diese forsch. «Ich heiße Freyja, und ich ernähre mich schon seit zwei Jahren vegan, aber ich bin immer auf der Suche nach neuen Rezepten. Außerdem macht es mir einfach Spaß, andere Leute zu treffen, die ähnlich ticken wie ich. In meinem Umfeld gibt es nicht viele, die meine Einstellung nachvollziehen können, abgesehen von meiner Tochter.»

«Schön, danke, Freyja.»

Embla gibt das Wort weiter, und eine nach der anderen stellt sich um Längen souveräner vor als ich. Die blonde Pferdeschwanz-Frau heißt Katrín. Sie ist ausgerechnet Fitnesstrainerin, besitzt in Sólvík ein Sportstudio und möchte Leute, die zu ihr kommen, kompetent über die Vorteile einer gesunden Ernährung beraten können. «Außerdem spielt natürlich auch der ökologische Aspekt der veganen Ernährung eine Rolle», setzt sie am Ende ihres kleinen Vortrags noch hinzu.

Verdammt, das alles hätte ich doch auch sagen können. Wie oft habe ich meiner Mutter erklärt, ich würde aus ethischen, ökologischen und auch gesundheitlichen Gründen vegetarisch essen? Und jetzt sitze ich hier und sage nur blöde: Weil ich nicht will, dass Tiere wegen mir sterben müssen. Als wäre ich zu dumm, um über meinen eigenen Horizont hinauszuschauen, und würde meine Tage damit zubringen, Angorakaninchen zu streicheln und Katzenbilder im Netz zu liken.

«Ich heiße Jón, und ich habe diesen Kurs von meiner Schwester zum Geburtstag geschenkt bekommen.»

Ich sehe auf. Jóns Vorstellung kommt meiner eigenen in puncto Planlosigkeit bisher am nächsten.

«Um ehrlich zu sein, habe ich bisher keinen blassen Schimmer von diesem ganzen Veganerding.»

Jetzt lächelt er entschuldigend, und damit hat er sie endgültig alle. Völlig egal, was er als Nächstes sagen oder tun wird. Mit diesem Lächeln dürfte er sich vermutlich sogar ein Schinkensandwich auswickeln.

«Aber man soll ja offen für Neues sein – das stand zumindest auf meiner Geburtstagskarte.»

Er lacht, und es fällt mir schwer, meinen Blick von ihm abzuwenden. Zum ersten Mal fallen mir seine Augen auf – sie sind trotz seiner hellen Haare so dunkel wie Schokolade. Zartbitterschokolade.

Ich bin nicht die Einzige, die ihn noch immer verstohlen mustert, obwohl die Frau neben ihm sich bereits als Birta vorstellt. Jón erwidert keinen der Blicke, sondern richtet seine Aufmerksamkeit auf Birta und danach auf die nächste Frau, die zum Sprechen ansetzt. Mit Sicherheit weiß er, dass er so ziemlich den Mittelpunkt unserer Runde bildet, doch es scheint ihn nicht zu interessieren. Ist das echt? Oder verbirgt er sein Ego nur sehr gut?

«Vielen Dank», sagt Embla, als auch die Letzte – eine Frau namens Ísabella – ausgeführt hat, was sie sich von diesem Kurs verspricht. Während wir uns vorgestellt haben, hat Embla sich gelegentlich Notizen gemacht. «Ich fasse eure Erwartungen mal zusammen: In erster Linie geht es euch um neue Rezeptideen, die am besten auch Leute überzeugen sollten, die veganem Essen eher skeptisch gegenüberstehen. Außerdem wüsstet ihr gern, wodurch ihr beim Kochen Zutaten wie Milch, Butter oder Eier ersetzen könnt. Und dann ist bei mehreren noch die Frage nach dem berühmten Vitamin B12 aufgetaucht.» Embla zwinkert in die Runde. «Ich kann euch schon mal beruhigen: Man kann sich vegan problemlos ausgewogen genug ernähren. Der größte Teil dieser Fragen wird sich im Laufe des Kurses ganz von selbst klären, versprochen.»

Stühle scharren, als die meisten es Embla gleichtun, die jetzt aufsteht.

«Für heute beginnen wir zunächst einmal mit einem Überblick, was die Grundausstattung in einer veganen Küche betrifft. Ihr werdet sehen, es ist ganz leicht, seine Vorräte so aufzustocken, dass ihr jederzeit in der Lage seid, ein leckeres Essen auf den Tisch zu bringen. Und danach bleibt noch genügend Zeit, um ein simples Rezept auszuprobieren: veganes Rührei. Für die ganz Experimentierfreudigen unter euch sogar mit veganen Baconstreifen. Folgt mir bitte.»

Gehorsam traben wir Embla hinterher, die einen der Edelstahlschränke öffnet und damit beginnt, uns Getreidesorten, Hülsenfrüchte, Nüsse, diverse Pflanzenmilchvarianten, unfassbar viele Öle und noch mehr Gewürze vorzustellen. Zu vielen Zutaten hat sie auch gleich ein paar Zubereitungstipps und Rezeptideen parat, und einige beginnen, sich Notizen zu machen. Als Nächstes führt Embla uns zu einem riesigen Kühlschrank, um uns einen Eindruck der unglaublichen Vielfalt an Gemüse und Obst zu vermitteln.

In meinem Kopf beginne ich, inspiriert von Emblas Vorschlägen, erste Menüs zusammenzustellen. Ich könnte ... Autsch!

«Verzeihung.»

Jón ist zurückgetreten, weil er Embla beim Öffnen einer Schranktür im Weg stand, und mir dabei voll auf den Fuß getrampelt.

«Schon in Ordnung, nichts passiert», erwidere ich automatisch, obwohl meine Zehen sich anfühlen, als sei ein Elefant darüber gestolpert. Ein Elefant mit Dreitagebart, ausgeprägten Wangenknochen und Zartbitterschokoladen-Augen.

Ähm.

Was, bitte, denke ich da für einen Blödsinn?

Die Sekunden scheinen sich zu dehnen, bevor es mir endlich gelingt, unseren Blickkontakt zu unterbrechen und den Versuch zu starten, mich wieder auf Embla zu konzentrieren.

Wieso, bitte, guckt der mich so lange an?

Weil er dich dick findet, flüstert mein Hirn gehässig.

Halt die Klappe, Hirn!

Etwa eine Viertelstunde später schließt Embla den Deckel

einer Gefriertruhe voller Tiefkühlgemüse und strahlt uns an. «Genug zur Theorie – kochen wir! Findet euch bitte jeweils zu zweit an einem Herd zusammen.»

Zu zweit, das ist gut. So kann ich ganz entspannt zumindest eine der anderen Frauen besser kennenlernen. Und das nächste Mal weiß ich dann schon, zu wem ich mich stellen kann.

Ich steuere eine freie Kochinsel an und drehe mich erwartungsvoll und mit meinem nettesten Lächeln um, nur um auf ein Kinn mit Dreitagebart zu starren. Hastig hebe ich meinen Blick um ein paar Zentimeter und bleibe einmal mehr an diesen verflixten Schokoladenaugen hängen.

«Hi.» Jón grinst mich an. «Dann wollen wir mal, oder?»

Kapitel 6

Jón begutachtet den Gasherd, während ich noch dabei bin, mich zu sammeln. Damit, dass ich ausgerechnet mit dem einzigen Kerl im Kurs kochen muss, hätte ich im Traum nicht gerechnet. Klar, ich stand ihm am nächsten, und auch er scheint hier niemanden zu kennen, aber trotzdem: Dass mir jetzt ein extrem attraktiver Mann beim Kochen auf die Finger sieht, passt mir nicht wirklich – vor allem weil ich deshalb schon wieder an Daníel denken muss.

Nicht dass Jón Daníel ähneln würde. Daníel hat dunkle, kurze Haare, ist kleiner und eher drahtig, wo dieser Jón muskulös zu sein scheint. Außerdem lächelt Jón, wenn er mich ansieht, und Daníel hat mich das letzte Mal so angelächelt, als ... ich weiß nicht. Ist wohl zu lange her.

Ich versuche, die Gedanken abzuschütteln. In den letzten Monaten unserer Beziehung ist es mir in Daníels Nähe zunehmend schwerer gefallen, mich auf das zu konzentrieren, was ich gerade tun wollte. Stattdessen habe ich ständig nur darüber nachgedacht, was in ihm vorgeht und dabei auf seine Sticheleien gewartet. Ich habe keine Lust, mir auch noch den Kochkurs von ihm verderben zu lassen.

«Veganes Rührei, hm?», sagt Jón jetzt. «Was meinst du, woraus besteht das? Karotten?»

«Tofu», ruft Embla, die Jóns Frage aufgeschnappt hat. «Die Grundzutat ist Tofu. Eine Packung von dem einfachen und eine halbe Packung Räuchertofu. Und außerdem holt ihr euch bitte Bratöl, Kurkuma, eine Zwiebel, fünf Pilze, eine kleine

Zucchini und Kala Namak aus den Schränken. Salz und Pfeffer stehen schon vor euch.»

«Hast du dir das alles gemerkt?», fragt Jón, während wir uns gemeinsam dem Gedränge nähern, das vor den Schränken entsteht. «Ich nämlich nicht. Was war das Letzte? Kallamakak?»

«Ziemlich nah dran», erwidere ich. «Kala Namak. Schwefelsalz. Wie wäre es, wenn du dich um Pilze, Zucchini und Zwiebeln kümmerst, und ich suche den Rest zusammen.»

«Geht klar.»

Er steuert den Kühlschrank an, und ich atme einmal tief durch, froh, kurz allein zu sein. *Hör endlich auf, alles so kompliziert zu machen. Jón ist einfach nur jemand, mit dem du heute kochst, mehr nicht.*

«Veganes Rührei aus Tofu und Schwefelsalz», sagt Jón, als er mit dem Gemüse in einer Schale zurück zu unserem Herd kommt. «Klingt ja extrem lecker, was?»

Er grinst, doch die Skepsis in seiner Stimme ist nicht zu überhören. Seine Schwester hat mit ihrem Geschenk wohl eher nicht ins Schwarze getroffen.

Eine Antwort scheint er nicht zu erwarten, weshalb ich auf Emblas Anweisungen hin mit den Vorbereitungen beginne, während Jón danebensteht.

«Was möchtest du übernehmen?», frage ich schließlich, weil er auch dann noch keine Anstalten macht, nach einem Messer zu greifen, nachdem ich bereits die Zucchini gewaschen und die Pilze abgerieben habe.

«Sag mir einfach, was ich tun soll, und ich tu's. Oder ich versuche es zumindest.» Jetzt wirkt er tatsächlich eine Spur verlegen.

«Okay, dann ... du könntest die Zwiebel kleinschneiden.»

«Alles klar.» Nach kurzem Zögern zieht er das größte Messer aus dem Messerblock.

«Du hast schon mal eine Zwiebel gehackt, oder?», erkundige ich mich sicherheitshalber.

«Nein.»

«Du hast noch nie ...?»

«Normalerweise gibt es bei mir Fertiggerichte, oder ich gehe essen. Kochen ist nicht so meins.»

«Okay, vielleicht schneidest du lieber die Pilze.»

Die sind zumindest weich. Ich nehme Jón das Tranchiermesser aus der Hand und reiche ihm eines der kleinen Gemüsemesser. «Einfach in dünne Scheiben.»

Langsam und sorgfältig beginnt Jón, einen Champignon in Scheibchen zu zerlegen. So langsam und sorgfältig, dass ich ihn nur fasziniert dabei beobachten kann. Ein erwachsener Mann, der noch nie in seinem Leben Gemüse kleingeschnitten hat, ist schon ziemlich beeindruckend. Und einem solchen Typen begegne ich ausgerechnet in einem Kochkurs?

Unwillkürlich muss ich grinsen.

«Worüber lachst du?», fragt Jón.

Auch wenn es so wirkt, richtet sich seine Konzentration ganz offenbar nicht einzig und allein auf die Pilze.

«Ich lache gar nicht.»

Jón blickt kurz auf, dann schneidet er weiter. Scheibchen für Scheibchen.

Hastig wende ich mich der Zwiebel zu, um zu verhindern, im nächsten Moment als Lügnerin dazustehen. Noch ein einziges, langsam zur Seite kippendes Scheibchen, und ich lache doch.

Als Jón endlich fertig ist, brutzelt in einer Pfanne bereits die gehackte Zwiebel zusammen mit den Zucchinistückchen, und ich bin dabei, den zerkrümelten Tofu in einer zweiten Pfanne anzubraten.

Er gibt die Pilze zum Gemüse und wischt sich die Hände an einem Küchentuch ab. «Woraus besteht eigentlich Tofu?»

«Aus Soja.» Auf Jóns misstrauischen Blick füge ich liebenswürdig hinzu: «Keine Sorge, wenn du die Gallenblase entfernst, ist es nicht giftig.»

Jón beginnt zu lachen, und um ein Haar bekommt unser Rührei deshalb eine zu große Prise Kala Namak ab. Wieso kann dieser Mann auf eine Art lachen, bei der mein Herz plötzlich heftiger zu schlagen beginnt?

Denk an Daniel, weise ich mich zurecht. *Und daran, wie das endete.*

Für den Anfang dosiere ich Kurkuma und Kala Namak, wie Embla uns angewiesen hat, sehr vorsichtig. Vor allem Letzteres hat einen ziemlich strengen Geruch.

«Mit dem Kurkuma nicht übertreiben – das soll mehr Farbe als Geschmack bringen», ruft Embla, die von Kochinsel zu Kochinsel schlendert und Tipps verteilt.

«Das Gemüse riecht echt lecker», sagt Jón. «Beinahe schade, das mit dem Sojaschwefelsalzzeug zu vermischen, findest du nicht?»

«Ach, ich glaube, das wird ganz gut.»

«Wenn, dann nur, weil da so viele Gewürze drin sind.»

«Würzt du dein Rührei sonst nicht?»

Jón stutzt. «Doch, aber normalerweise rühre ich da nicht auch noch Zwiebeln, Pilze und Zucchini unter. Oder Kurkuma.»

«Das schmeckt bestimmt auch mit echtem Ei gut. Und das Kurkuma kannst du ja weglassen, weil …»

«… es nur für die Farbe ist, ja, ja, ich weiß», unterbricht er mich. «Gib wenigstens zu, dass Schwefelsalz fragwürdig klingt.»

«Du meinst, fragwürdiger als Natriumchlorid?»

Nach ein paar Sekunden erwidert Jón mein Grinsen. «Okay, vergiss, was ich gesagt habe. Ich werde das Zeug probieren, in Ordnung? Damit du nicht alles allein essen musst.»

Kurz presse ich die Lippen zusammen. Ich kann nicht anders, als mich zu fragen, wie er seinen letzten Satz gemeint hat. Ob da ein Unterton herauszuhören war. Irgendwas in Richtung *Iss lieber nicht zu viel. Du bist dick genug.*

«Besorgt euch noch ein paar Stängel Petersilie, die frischen Kräuter stehen hier – braucht dabei jemand Hilfe?», ruft Embla. «Ihr müsst aufpassen, Koriander und glatte Petersilie sehen fast genauso aus. Im Zweifel ein Blättchen zwischen den Fingern zerreiben. Jeder von euch weiß, wie Petersilie riecht, oder?»

«Das übernimmst besser du», meint Jón. «Es wäre ein ziemlicher Glücksfall, wenn ich wirklich Petersilie erwische.»

«Sag nicht, du hast noch nie Petersilie gesehen. Das grüne Zeug, ohne das in der Werbung keine Katze ihr Futter frisst?»

«Doch, klar. Aber wenn Embla sagt, Koriander sieht genauso aus ...»

Ich besorge die Petersilie, und ich ziehe auch einige Male das Messer hindurch.

«Sieht aus wie bei einer Profi-Köchin», stellt Jón anerkennend fest. «Du kochst oft, oder?»

Auf diese Frage hin zucke ich nur mit den Schultern. Sie ist mir unangenehm, und ich weiß nicht einmal, warum eigentlich.

Ich streue die Petersilie über das vegane Rührei.

Doch. Natürlich weiß ich es.

Weil einfach alles, was mit dem Thema Essen zu tun hat, bei mir vermintes Gelände ist.

Im Grunde ist es verrückt, dass ich in diesem Kochkurs bin, genauso verrückt, wie dass Jón dabei ist. Ein Typ, der nicht kochen kann, und eine Frau, die ungern übers Kochen spricht. Passt ja perfekt.

«Okay, ihr scheint alle so weit zu sein. Besorgt euch bitte

Teller, wir treffen uns am Tisch.» Embla hat Roggenbrot aufgeschnitten und Besteck zurechtgelegt.

Jón organisiert die Teller, während ich ein letztes Mal an der Pfanne herumrüttele. Das Tofu-Ei sieht lecker aus. Eigentlich genau wie echtes Rührei. Ein paar der anderen Teams haben sich tatsächlich an veganen Baconstreifen versucht, und sie haben so viele gebraten, dass sie davon bereitwillig welche abgeben. Bevor ich mich wirklich dazu äußern kann, ob ich auch ein Stück möchte, landet eins der seltsamen Dinger auf meinem Teller. Macht optisch nicht viel her, riecht aber wirklich gut. Ich bin gespannt.

«Guten Appetit euch allen!», ruft Embla. «Ich hoffe, es schmeckt.»

Es schmeckt sogar erstaunlich lecker. Nicht wie Rührei, aber dicht dran. Und auf seine Art ebenso gut. Man könnte es vielleicht noch verfeinern. Schnittlauch würde auf jeden Fall passen. Oder Estragon.

«Das ist gar nicht übel.» Jón neben mir hat sein Tofu-Ei auf einer Scheibe Brot verteilt. «Hätte ich nicht erwartet.»

«Was dachtest du denn, wie es schmecken würde?», frage ich neugierig.

«Na ja, um ehrlich zu sein ...», er senkt die Stimme, «... es ist zermatschtes Gemüse mit Gewürzen. Soja ist letzten Endes Gemüse, oder?», fügt er hinzu. «Wie werden diese wabbeligen weißen Quadrate eigentlich hergestellt?»

«Lass es dir am besten von Embla erklären», erwidere ich mit einem leisen Lachen. Ich will nicht diejenige sein, die daran schuld ist, dass Jón am Ende doch noch der Appetit vergeht.

«Ich google das lieber. Es reicht, wenn du mich für die Nullnummer im Kurs hältst.»

«Tu ich gar nicht.»

«Soll ich noch mal einen Pilz für dich schneiden?»

Weil ich schon wieder kichern muss, überhöre ich beinahe Emblas Frage.

«Und? Seid ihr mit dem Ergebnis zufrieden?»

Nicht weiter überraschend gibt es niemanden am Tisch, der es nicht wäre.

«Es schmeckt großartig», rutscht es mir heraus. «Man könnte es noch mit Schnittlauch oder Estragon abrunden.»

Alle Augen richten sich plötzlich auf mich, und ich unterdrücke das plötzliche Bedürfnis, vom Stuhl unter den Tisch zu rutschen.

«Du hast recht, das würde dazu passen – muss ich mal ausprobieren. Danke, Elín.»

Ich erwidere Emblas Lächeln und konzentriere mich wieder auf meinen Teller. Dann geht mir auf, dass mir jetzt wahrscheinlich alle beim Essen zusehen, woraufhin ich die Gabel beiseitelege und nach meinem Wasser greife.

Natürlich sieht niemand auch nur in meine Richtung. Das ist einer dieser Momente, in denen Sophia mich vielsagend angucken würde. Mit hochgezogenen Augenbrauen.

Während ich mich eben mit Jón unterhalten habe, hat sich das Gespräch dem Thema Fitness zugewandt und wird nicht weiter verwunderlich zu einem großen Teil von der blonden Katrín bestritten. Gerade ist sie dabei, den Aufbau eines Pilates-Workouts zu erklären, das in ihrem Studio angeboten wird, und auch wenn nur zwei Frauen Fragen dazu stellen, hören die anderen doch interessiert zu. Offenbar ist der Pilates-Kurs in erster Linie für Anfängerinnen gedacht, und ein sichtbarer Erfolg stelle sich schon nach wenigen Tagen ein.

Vielleicht sollte ich so etwas auch mal ausprobieren.

Ich mustere den veganen Baconstreifen, der immer noch unangetastet auf meinem Teller liegt. Ob ich irgendwann damit aufhören kann, nach einem Weg aus meinem Körper heraus zu suchen?

Jón sieht auf die Uhr. Anscheinend findet er Fitnesskurse nicht ganz so spannend. Wieso sollte er auch? Ausgehend von seinen Armen und dem, was sich durch sein Shirt hindurch erahnen lässt, geht er entweder ohnehin jeden Tag ins Fitnessstudio, oder er gehört zu den Typen, die Hobbys haben, die andere als Training bezeichnen. Hätte ich einen Körper, der sich mit seinem vergleichen ließe, sähe ich wohl aus wie … na ja. Vermutlich wie Katrín.

«Jón», ruft die in diesem Moment. «Das alles langweilt dich bestimmt, oder? Frauengespräche. Wie hat dir das Rührei geschmeckt?»

«Gut», erwidert Jón. Mit einem Seitenblick auf Embla fügt er hinzu: «Wirklich sehr lecker.»

«Ich finde es toll, dass du an diesem Kurs teilnimmst», erklärt Katrín. «Es gibt bestimmt nicht viele Männer, die das tun würden.»

Darauf erwidert Jón nichts, sondern lächelt nur höflich. Was soll man auch auf eine Aussage erwidern, die von der einen Seite betrachtet ein Kompliment, von der anderen Seite jedoch genauso gut eine Beleidigung darstellen könnte?

Das scheint auch Katrín aufzugehen. «Ich meine – ich hätte sonst was dafür gegeben, wenn mein Ex-Freund sich mehr für solche Themen interessiert hätte. Wollen wir uns vielleicht noch zwei, drei Flaschen Wein aus dem Restaurant besorgen? Wann müssen wir hier draußen sein, Embla?»

«Für ein Glas Wein ist noch Zeit. Ich muss euch erst so gegen elf rauswerfen, damit alles wieder hergerichtet werden kann.»

«Also, was meint ihr?»

Katrín schaut in die Runde, als seien wir bereits ihre Freundinnen. Letzten Endes nicken natürlich alle, und während sie mit Freyja loszieht, um Wein zu organisieren, stellen Ísabella und ich Weingläser auf den Tisch, und Embla schneidet zusammen mit zwei Frauen mehr Brot auf und füllt außerdem Oliven in Schalen.

Jón, bei dem ich gewettet hätte, er werde sich pünktlich verabschieden, sitzt noch immer neben mir, als der Wein in unseren Gläsern dunkelrot schimmert und wir Embla zuhören, die vom *Le Cordon Bleu* erzählt, der altehrwürdigen internationalen Kochschule in Paris.

«Man bekommt dort auf jeden Fall den letzten Feinschliff», fasst sie zusammen. «In der Ausbildung lernt man in erster Linie die Methoden, die der jeweilige Küchenchef eben verwendet, während du an einer Kochschule in unterschiedlichen Seminaren einen Eindruck über die komplette Bandbreite erhältst. Ich war allerdings eine unbequeme Studentin.» Embla zwinkert. «Sterneköche haben nicht unbedingt Verständnis dafür, wenn man sich weigert, lebende Hummer in kochendes Wasser zu werfen oder frische Austern zu knacken. Dafür war ich aber ganz besonders gut im Tournieren.»

«Was ist das?», frage ich.

«Eine Schneidtechnik, die zum einen dazu dient, Zutaten eine ähnliche Größe und Form zu verpassen, damit alles gleichmäßig gart, und zum anderen tourniert man Obst und Gemüse oft einfach, damit es hübscher aussieht.»

Embla steht auf, geht zum Kühlschrank und kehrt mit einem braunen Champignon und einem Schälmesser zurück. Sie nimmt die Klinge zwischen Zeige- und Mittelfinger und schält mit kurzen Drehungen hauchzarte Spiralen vom Kopf des Pilzes, sodass der am Ende von oben ein Sternenmuster wie ein sehr kleines Brötchen aufweist.

Tournieren. Am liebsten würde ich das sofort auch ausprobieren.

«Das nächste Mal tourniere ich die Pilze also», sagt Jón. «Dafür komme ich dann allerdings zwei Stunden früher.»

«Ach, das hast du bestimmt schneller raus», sagt Embla.

«Sie hat dich vorhin nicht mit den Pilzen gesehen», flüstere ich Jón zu, und er lacht auf.

«Für heute müssen wir leider Schluss machen.» Embla hat ihr Weinglas geleert und steht auf. «Es war ein schöner Abend. Ich hoffe, ihr seid nächste Woche wieder dabei.»

«Auf jeden Fall», erwidere ich spontan. «Es war wirklich toll, vielen Dank.»

Ein paar Frauen treten an Embla heran, um sich persönlich zu verabschieden, während andere – ich auch – sich dem Jackenberg in der Nähe der Tür zuwenden.

«Bringt fürs nächste Mal ein paar Behälter mit, damit ihr die Reste mitnehmen könnt, sollte etwas übrigbleiben», ruft Embla uns hinterher.

Noch immer habe ich ihre geschickten Bewegungen vor Augen, mit denen sie den Champignon zwischen ihren Fingern gedreht hat. Auf die Idee, einzelne Zutaten eines Essens auf diese Art ansprechender zu gestalten, bin ich noch nie gekommen. Meine Mutter würde mich wohl auch für verrückt erklären, sollte ich unseren Pilzen demnächst ein Sternenmuster verpassen. Aber es ist so hübsch – ich werde das üben. Und aus den Resten eine Brühe kochen.

Jón tritt hinter mir zur Tür hinaus. Gemeinsam drücken wir uns in dem Gang vor dem Kursraum gegen die Wände, um die Kellnerinnen und Kellner vorbeizulassen, die noch immer auf Hochtouren herumwirbeln, und verlassen schließlich das Restaurant.

«Also, bis dann», sage ich.

«Ja, bis dann», erwidert Jón, tritt neben mir die Stufen hinunter und wendet sich ebenfalls nach links.

Oh. Okay.

«Hast du auch keinen Parkplatz in der Nähe gefunden?», frage ich, nur um irgendetwas zu sagen.

«Nein, ich wohne hier.» Jón schlägt den Kragen seines Mantels hoch. «Ich bin zu Fuß da.»

«Ah.»

«Einen anderen Grund als du hätte ich übrigens auch nicht nennen können», bemerkt Jón nach einigen Sekunden.

«Was meinst du?»

«Das mit den Tieren. Bei deiner Vorstellung vorhin. Warum isst man vegan, wenn nicht, weil man Tiere schützen will? Es sei denn natürlich wegen der Übersäuerung», betont er übertrieben ernsthaft, und ich muss lachen.

«Wirst du dich bei deiner Schwester für ihr Geburtstagsgeschenk bedanken oder eher nicht?», frage ich dann.

«Ich bin noch nicht sicher.»

Im Schein der Straßenlaternen sind unsere Atemwolken zu sehen. Ich stelle mir vor, wie sie zu winzigen Kristallen werden, die langsam zu Boden sinken. Dort liegen sie dann, eine Million gesprochene Worte unter unseren Füßen.

Jón bleibt stehen, als ich stehen bleibe.

«Mein Auto.» Ich klopfe auf das Dach meines in die Jahre gekommenen roten Toyota. «Dann also ... vielleicht bis nächste Woche.»

«Ja, bis nächste Woche. Hat mich gefreut.»

Irritierenderweise macht Jón keine Anstalten, weiterzugehen. Er steht da, als habe er alle Zeit der Welt, während ich nach dem Schlüssel in meiner Jackentasche taste. Die Straßenlaterne hinter ihm verpasst seinen hellen Haaren eine Aureole aus Licht.

«Hast du es noch weit?», will er wissen.

«Nein, ich muss nur nach Vík.» Es klickt, als ich die Tür öffne.

«Fahr vorsichtig, die Straße ist vielleicht vereist.»

«Ach, das glaube ich nicht. Aber selbst wenn – Óskar hat schon Winterreifen drauf.»

«Dein Auto heißt Óskar?»

Jón lacht, doch es ist kein spöttisches Lachen, weshalb ich ihm noch ein Lächeln schenke, bevor ich einsteige.

Er steht da, die Hände in den Taschen seines Mantels vergraben, während ich vorsichtig aus der Parklücke schere, und erwidert mein Nicken, bevor ich losfahre. Noch im Rückspiegel sehe ich seine Silhouette im Licht, und bis ich in Vík ankomme, gebe ich endlich vor mir selbst zu, dass ich mich auf den nächsten Freitagabend freue.

Kapitel 7

Alles in allem war es ganz gut. Und Embla ist total nett.»
Ich wechsele das Telefon vom linken auf das rechte Ohr
und rutsche in meinem Lesesessel ein Stück nach unten, um
die Beine über eine der Armlehnen zu legen. Wie früher. Man
könnte ein Suchbild daraus machen: Elín mit vierzehn, Elín
mit vierundzwanzig. Finde die fünf Unterschiede. Unterschied
Nummer Eins: Damals habe ich noch geglaubt, wenn ich erst
mal erwachsen bin, wird alles anders.

«Aha», sagt Sophia. «Und wie hieß der Typ noch mal? Der
hört sich doch auch ganz nett an.»

«Nicht dein Ernst. Ich habe dir gerade ewig lang von dem
Kurs erzählt, und dabei vielleicht dreißig Sekunden Jón erwähnt.»

Ich habe tatsächlich sehr genau darauf geachtet, nicht auffällig lange von ihm zu reden. Aber vermutlich hätte ich seine
Augenfarbe nicht erwähnen sollen.

«Das waren aber die interessantesten dreißig Sekunden.»
Sophia lacht. «Ist er schon vergeben?»

«Woher soll ich das wissen? Sophia, komm schon. Nur weil
wir zusammen Tofu-Rührei gebraten haben, bedeutet das
nicht automatisch, dass wir füreinander bestimmt sind.»

«Aber das wäre so eine süße Geschichte, um sie euren En-
keln zu erzählen. Es begann mit Tofu-Eiern …»

«Wir haben gekocht, und er hat mich danach zu Óskar begleitet, mehr nicht. Und das auch nur, weil er sowieso in diese
Richtung musste.»

«Hat er zumindest behauptet.»

«Sophia!» Ich muss lachen. «Ich will da wirklich nur ein paar neue Rezepte kennenlernen, okay? Und wer weiß, ob Jón sich überhaupt noch mal blicken lässt. Seine Schwester hat ihm den Kurs zum Geburtstag geschenkt, aber besonders begeistert war er davon nicht.»

«Vielleicht tut er nur so. Vielleicht ist er in Wirklichkeit auch ein heimlicher Koch wie du und sehnt sich danach, eine Küche zu verwüsten, um sie anschließend wieder aufräumen und putzen zu dürfen.»

«Unwahrscheinlich.» Ich denke an den Ausdruck in seinem Gesicht, mit dem er die Zwiebel gemustert hat. «Ich glaube eher, er hat sich das Ganze mal angesehen, weil er ein netter Kerl ist und seine Schwester nicht enttäuschen wollte.»

«Er ist also ein netter Kerl», fasst Sophia zufrieden zusammen, lässt dann aber zum Glück von dem Thema ab. «Und wie ist der Rest der Gruppe so? Hast du ein gutes Gefühl?»

«Ich glaube schon ... natürlich sind fast alle dünner als ich.»

Eine solche Aussage erlaube ich mir nur gegenüber meiner besten Freundin. Sophia verdreht zwar auch manchmal die Augen, aber sie weiß, wie sehr dieses Thema mich beschäftigt. Ihr habe ich sogar erzählt, was zwischen Daníel und mir vorgefallen ist ... na ja, das Meiste. Es gibt Erinnerungen in meinem Kopf, die will ich nicht einmal in die Gedanken meiner besten Freundin hinein duplizieren, und dazu gehört auf jeden Fall auch das, was in meiner letzten Nacht mit Daníel geschehen ist.

«Vielleicht sind sie dünner, aber garantiert nicht klüger, großartiger oder liebenswerter als du. Und keine hat schönere Haare», fügt Sophia hinzu. «Wenn wir schon einen Äußerlichkeiten-Vergleich starten müssen.»

Sophia hat ja recht. Ich sollte aufhören, mich ständig an

anderen zu messen. Genau genommen sollte ich aufhören, solche Dinge überhaupt zu bemerken. Nur wie sich so etwas ausschalten lässt, habe ich bisher leider noch nicht herausfinden können.

«Du gehst also nächsten Freitag wieder hin, oder?», will Sophia jetzt wissen.

«Ich denke schon.»

«Sehr gut. Ein bisschen mehr als veganes Rührei sollte dabei ja auch rausspringen. Schreib dir auf jeden Fall alle Nachtisch-Ideen auf.»

«Wenn wir uns das nächste Mal treffen, kriegst du ein Vier-Gänge-Menü, und das wird nur aus Desserts bestehen.»

«Klingt gut, vielleicht komme ich morgen schon vorbei.»

«Mach das. Du darfst auch deinen Freund mitbringen, wenn du willst.»

«Ach, Édouard.» Sophia seufzt auf eine Art, die ich leider gut kenne.

«Sag es nicht – Édouard ist Geschichte?»

«Sozusagen.»

«Sozusagen?»

«Wir haben festgestellt, dass es zwischen uns vielleicht doch nicht so gut funktioniert.»

«*Ihr* habt das festgestellt.»

«Édouard hat es zumindest eingesehen.»

Sophia lacht, und es klingt ein wenig verlegen. «Ich weiß auch nicht – irgendwie hat es letztlich einfach doch nicht gefunkt.»

«Du hast mir erzählt, er sei dein Traummann», erinnere ich sie. «Das ist jetzt wie lange her? Drei Wochen?»

«Das dachte ich damals ja auch.» Sie seufzt noch mal. «Lass uns über was anderes reden, ja? Eventuell habe ich deshalb ein klein wenig ein schlechtes Gewissen.»

«Okay.»

«Weißt du – er konnte einfach nicht küssen.»

«Und das hast du festgestellt, nachdem du ihn mir als Traummann präsentiert hast?»

«Ich dachte, es würde noch besser werden», verteidigt sich Sophia. «Aber als ich neulich beim Küssen darüber nachgedacht habe, was ich noch alles einkaufen muss ...»

Ich liebe es, mit Sophia zu kichern.

«Ich vermisse dich, Lieblingsfreundin», sage ich.

«Ich vermisse dich mehr.»

Kurz darauf starre ich in das gelbe Licht der Zimmerlampe. Mit Sophia an meiner Seite wäre es mir gestern leichter gefallen, die Tür zu öffnen, hinter der der Kochkurs stattfand. Das ist etwas, von dem ich immer dachte, später würde es anders sein. Einfacher. Fast habe ich ein schlechtes Gewissen der jungen Elín gegenüber, die sich so fest darauf verlassen hat, dass die erwachsene Elín viel, viel selbstbewusster sein würde. Irgendwie habe ich all meine Unsicherheiten und Selbstzweifel über die Jahre einfach mitgenommen, und wenn ich manchmal denke, dass ich vielleicht nur *noch* etwas älter werden muss, antwortet ein Teil in mir inzwischen sehr laut und vernehmlich mit *Haha*.

Vielleicht werde ich immer so sein. Immer so verletzlich. Vielleicht werde ich mich immer schuldig fühlen, weil ich nicht dünn bin. Gott, was für ein schrecklicher Gedanke. Vor allem weil es wirklich nur Äußerlichkeiten sind, wie Sophia gern betont. Und sich ständig an Äußerlichkeiten aufzureiben – macht mich das eigentlich zu einem oberflächlichen Menschen?

Das Telefon gibt einen Summton von sich. Ich habe es auf den Teppich gelegt, nachdem ich mich von Sophia verabschiedet habe, und nun angele ich danach in der Überzeugung, dass ihr noch etwas eingefallen ist.

Hi, wie geht's dir so?

Lange Augenblicke starre ich auf diese Nachricht, bevor ich mich in meinem Sessel hochkämpfe, und ich habe es noch nicht ganz wieder in eine normale Sitzposition gebracht, da erscheinen weitere Worte auf dem Display.

Wollte mich nur mal wieder melden. Wir haben lange nichts voneinander gehört.

Nicht lange genug. Eindeutig nicht lange genug. Wäre es lange genug her, würden mich Daniels dürre Sätze nicht mitten ins Herz treffen. Er will sich mal wieder melden? Einfach so? Nach dem, was er zu mir gesagt hat, bevor ich heulend meine wichtigsten Sachen in eine Tasche warf und aus unserer gemeinsamen Wohnung abgehauen bin, scheint mir eine solche Aussage völlig absurd zu sein. Aber natürlich fand Daniel das alles vermutlich gar nicht so schlimm. So wie er immer alles, was er sagte oder tat, gar nicht so schlimm fand. Kein einziges Mal hat er sich für irgendetwas entschuldigt, ich mich dagegen umso häufiger. Manche dieser Entschuldigungen habe ich laut ausgesprochen. *Es tut mir leid, dass du auf mich warten musstest. Es tut mir leid, dass ich das vergessen habe. Es tut mir leid, dass es hier so unordentlich aussieht.*

Und noch viel mehr Entschuldigungen fanden nur in meinem Kopf statt. *Es tut mir leid, dass ich so unsicher bin. Es tut mir leid, dass ich schon wieder weinen muss. Es tut mir wirklich leid, dass ich dick bin.*

Das Smartphone summt noch einmal.

Melde dich doch mal. Würde mich freuen.

Danach passiert nichts mehr, obwohl ich ewig dasitze, das Telefon in meiner verkrampften Hand.

Irgendwann klicke ich die Nachrichten weg. Eine behutsame Bewegung mit dem Daumen, und sie sind nicht mehr zu sehen.

Ich sollte sie löschen. Nicht nur Daníels Worte. Am besten gleich den ganzen Kontakt.

Am allerbesten wäre natürlich, ich könnte ihn aus meinem Kopf löschen. Daníel, der mich zärtlich an sich zieht. Daníel, der mir Blumen mitbringt, einfach so. Der gutaussehende Daníel. Er sah sogar gut aus, wenn er über mich lachte. Weil ich ihn gefragt habe, ob er mich betrügt, zum Beispiel.

Clumsy. Das war einer seiner Spitznamen für mich, und seine Stimme klang meistens so liebevoll dabei, dass ich es irgendwann aufgegeben habe, mich dagegen zu wehren. *Clumsy.* Ungeschickt. Schwerfällig.

Schluss jetzt. Ich stehe auf. Mir ist nach frischer Luft.

Die Dunkelheit hat sich längst über Vík hinabgesenkt, als ich die Haustür hinter mir schließe.

Sophia meinte mal, das Beste an Island seien die hellen Mittsommernächte. Mit den langen, dunklen Wintermonaten konnte sie noch nie etwas anfangen. Ich dagegen liebe auch diese Jahreszeit. Ich mag die spätestens ab Oktober spürbar immer früher einsetzende Dunkelheit und alles, was mit dem hereinbrechenden Winter einhergeht. Wind. Frost. Stille.

Außerdem trägt in diesen Monaten jeder Mäntel und Pullover, während ich im Sommer viel zu oft darüber nachdenken muss, ob ich mich unwohl fühle, weil ich zu viel von mir zeige, oder ob ich mich unwohl fühle, weil mir zu warm ist.

Ein glitzernder Himmel spannt sich von den Hügeln über das Meer hinweg bis hin zum Horizont, und als ich den schwarzen Strand erreiche, heißen mich die Trollfelsen inmitten der blass schimmernden Wellen willkommen.

In meinem Kopf drehe und wende ich Daniels Nachrichten. *Melde dich doch mal. Würde mich freuen.*

Heute bleibe ich nicht stehen, sondern laufe weiter in Richtung der schroffen Gebirgskette, die irgendwann ihren Kontakt zu den drei Felsnadeln verloren hat.

Warum um alles in der Welt sollte ich mich bei ihm melden? Um seine Stimme zu hören, die so weich und anziehend klingen kann? Selbst dann, wenn er grausame Dinge sagt?

Man gibt Kindern bittere Medikamente zusammen mit einem Löffel Zucker, um den Geschmack zu verschleiern. Doch als Daniel mal lachend meinte, er habe das Gefühl, ich würde von Tag zu Tag mehr auf die Waage bringen, war es gerade das Weiche und Samtige in seiner Stimme, das die Verletzung so schmerzhaft machte und dafür sorgte, dass jedes seiner Worte tief einschnitt.

Die Erinnerung daran lässt mich die Augenlider zusammenpressen. Ein Hauch von Wärme auf meinen Wangen, bevor der Wind die Spur meiner Tränen kühlt. Natürlich habe auch ich darüber gelacht, wie immer. Als sei es nur ein Scherz gewesen, als habe Daniel mich gar nicht treffen wollen, und bei der ersten sich bietenden Gelegenheit bin ich ins Badezimmer geschlichen, um dort mein Gewicht zu überprüfen. Jedes einzelne Kleidungsstück habe ich ausgezogen, weil ich wusste, dass selbst ein paar hundert Gramm mehr mich niederschmettern würden, und noch während ich auf das Display der elektronischen Waage starrte, rief Daniel durch die geschlossene Tür: «Kann ich reinkommen, oder bist du nackt?»

Ein weiterer demütigender Moment mit dem Mann, in den ich mich irgendwann verliebt hatte, und noch lange nicht der bitterste.

Daniel ist der letzte Mensch auf der Welt, den ich anrufen sollte. Warum also gibt es da noch immer einen Teil in mir, der das trotzdem tun möchte? Warum? Was stimmt denn nicht mit mir?

Abrupt bleibe ich stehen. Jeder Schlag meines Herzens sendet Stiche aus, kleine, gemeine Stiche, als splittere es. Winzige, scharfkantige Herzbruchstücke.

Mit einem tiefen Durchatmen wende ich mich dem offenen Meer zu, setze mich der ganzen Wucht des Windes aus und stehe dort so lang, bis ich die Kälte nicht mehr spüre.

Schwarzer Himmel, schwarzer Sand, der schwarze Ozean dazwischen und irgendwo noch ein winziger Punkt namens Elín.

In den Ohren nur das Toben der Wellen, beginnt alles Scharfkantige in mir sich endlich zu entspannen, wird ruhiger und immer ruhiger und schließlich still.

Und dann bin da nur noch ich.

Es beginnt zu schneien.

Kapitel 8

Am Wochenende dachte ich noch, Daníel könne seine Nachrichten aus einer Laune heraus geschrieben haben, und bekäme er keine Antwort, würde er mich schulterzuckend wieder vergessen. Eigentlich war ich sicher, dass er das ohnehin schon getan hatte, doch damit liege ich anscheinend falsch.

Nach nur zwei Tagen erscheint sein Name erneut auf meinem Display und kurz darauf ein weiteres Mal. Die dritte Nachricht führt dazu, dass ich aktuell auf meinem Bett liege und darauf warte, dass Sophia an ihr Telefon geht. Ich muss darüber reden, obwohl ich den Namen Daníel nie wieder aussprechen wollte.

Es ist fast elf, keine Zeit, zu der Sophia schon schlafen würde. Wenn sie nicht rangeht, ist sie eher in irgendeinem Club unterwegs. Gerade überlege ich, was ich ihr auf die Mailbox sprechen soll, da höre ich Sophias Stimme.

«Hi, Elín!»

«Sophia, hast du gerade Zeit?»

«Was gibt's?»

«Daníel schreibt mir.»

«Wie, er schreibt dir – was will er denn?»

«*Elín, lass uns bitte mal telefonieren. Es gibt einiges, was ich dir sagen muss*», lese ich Daníels letzte Nachricht vor, und Sophia explodiert, so wie ich es erwartet habe.

«Der Typ hat doch'n Knall! Elín – du hast ihn hoffentlich nicht angerufen?»

«Nein.» Ich ziehe meine Decke bis unters Kinn und drehe mich vom Licht der Nachttischlampe weg. «Hab ich nicht.»

«Gut! Und das wirst du auch nicht, oder?»

«Ich …»

«Und wenn, dann nur um ihm zu sagen, dass er dich gefälligst in Ruhe lassen soll! Der tickt wohl nicht richtig!»

«Ich ruf ihn nicht an. Aber … was denkst du, will er überhaupt? Ich meine – das ist schon seine sechste Nachricht …»

«Davon hast du mir gar nichts erzählt!»

«Weil ich nicht damit gerechnet habe, dass er so hartnäckig ist. Ich dachte, Ignorieren reicht.»

«Also hast du auch nicht zurückgeschrieben?»

«Nein, natürlich nicht.»

«Gut. Ich wette, der will nur wieder mit dir ins Bett.»

«Aber er … er mag mich nicht mal mehr.» Meinen Körper. Meinen Körper mag er nicht mehr. Und die Frage, ob er den jemals gemocht hat, könnte ich auch nicht mit einem überzeugten Ja beantworten.

«Darüber machst du dir jetzt nicht wirklich Gedanken, oder? Es ist doch vollkommen egal, ob er dich mag oder nicht – *du* magst ihn nicht mehr! Was schreibt er noch alles?»

Ich scrolle nach oben und lese Sophia die Nachrichten der letzten Tage vor, und das Schnauben, das Sophia dabei mehrmals von sich gibt, macht deutlich, dass sie sich nur schwer zurückhalten kann, mich nicht zu unterbrechen.

«Der Typ ist wirklich so ein unfassbarer Arsch! Erst wirft er dich quasi raus, und jetzt sollst du bitte zurückkommen.»

«Ob er das will, wissen wir ja nicht.»

«Was denkst du wohl, was der sonst will? Dieser komplett merkbefreite Typ schreibt dir sechsmal hintereinander, es interessiert ihn einen Scheiß, dass du nicht antwortest, es geht nur darum, dass du dich bei ihm melden sollst – er wird dir kaum sagen wollen, dass er froh ist, dich nicht mehr jeden Tag sehen zu müssen. Aber *du* solltest froh darüber sein! Lösch das alles! Und auch alles, was noch von ihm kommt, am besten, ohne es vorher zu lesen. Das ist echt so daneben – der ganze Typ ist daneben!»

Sophia hat recht und zwar mit jedem einzelnen Wort, aber ...

«Elín? Bitte sag mir, dass du nicht darüber nachdenkst, noch mal mit Daníel zu reden.»

«Weißt du ... es ist ja nicht mal so, dass ich ihm das glauben könnte, aber wenn er mir sagen würde, dass er – ich meine, dass er ...»

«Dass er dich noch liebt?»

Oh Gott, nein, daran habe ich nicht einmal gedacht. «Dass er mich zumindest irgendwann mal gern berührt hat», sage ich leise.

«Elín.» Gerade noch klang Sophia, als wolle sie umgehend in ein Flugzeug steigen, um Daníel zu verprügeln, jetzt jedoch spricht sie leise und weich. «Elín, ganz egal, was ein bescheuerter Arsch wie Daníel zu dir sagt oder von dir denkt, es spielt überhaupt keine Rolle. Der ganze Typ spielt keine Rolle. Er ist unwichtig und sollte absolut keinen Einfluss mehr auf dich und dein Leben haben.»

Wenn das doch so einfach wäre.

«Daníel hat dich die ganze Zeit nur herumgeschubst – wie oft hast du mich angerufen, weil er wieder mal irgendwas Fieses zu dir gesagt hat? Mir ist manchmal schlecht geworden, so sehr habe ich ihn dafür gehasst – wir haben darüber gesprochen, erinnerst du dich?»

Und ob ich mich erinnere. Für Sophia gänzlich untypisch ist sie anfangs furchtbar um das ganze Thema herumgeeiert, bis sie endlich damit herausrückte, voller Sorge, ich könne es ihr übelnehmen, dass sie Daníel schrecklich fand. Ab da haben wir ihn meistens umschifft, es sei denn, mir wurde mal wieder alles zu viel, und ich rechne es Sophia hoch an, dass sie immer versucht hat, Verständnis zu haben. Für mich. Für Daniel nie.

«Er hat keinen Funken deiner Aufmerksamkeit verdient, und am allerwenigsten sollte es dich kümmern, wie er dich sieht.»

«Ich weiß.»

«Bitte – wenn du ernsthaft in Versuchung kommst, ihn trotz allem anzurufen, dann ruf erst mich an, okay? Damit ich dich davon abhalten kann. Ich buche sofort ein Flugticket, falls nötig.»

«Ich ruf ihn nicht an.»

«Schwöre.»

Dass Sophia an dieser Stelle nicht erst *Versprich es mir* sagt, macht klar, wie wichtig ihr das ist. Ohne Umwege zu *Schwöre*. Wenn ich ihr jetzt sage, dass in mir der Gedanke schwelt, es könne mir besser gehen, wenn ich von Daniel höre, dass er den Sex mit mir zumindest anfangs mochte, bringt sie mich um.

Warum ist mir ausgerechnet das überhaupt so wichtig? Warum immer diese oberflächlichen Dinge? Müsste ich mir nicht eigentlich wirklich wünschen, dass Daniel mich tief in seinem Inneren doch liebt?

Aber nein, ich will hören, dass er gern mit mir geschlafen, mich gern angesehen hat. Mir ist plötzlich danach, mich selbst anzuschreien, weil ich so erbärmlich oberflächlich bin.

«Ich schwöre», sage ich müde. «Auf alles, was du willst. Ich ruf ihn definitiv nicht an.»

«Gut.» Sophia klingt halbwegs beruhigt. «Dann lösch diesen Dreck von ihm einfach. Und denk an etwas anders ... übermorgen ist Freitag – Kochkurstime!»

Der Kochkurs, ja richtig. Großartig. Meine minder durchdachte brillante Idee etwas zu tun, das mir Spaß macht.

«Ich wette übrigens, dieser Jón ist noch dabei», fügt Sophia plötzlich wieder gutgelaunt hinzu.

Dieser Jón. Für den ich garantiert die nette Dicke bin, während mein blödes, blödes Herz allein bei dem Gedanken an ihn Fahrt aufnimmt.

Es gelingt mir, mich halbwegs normal von Sophia zu verabschieden, ohne mir anmerken zu lassen, dass ich ihren Hinweis auf Jón unpassend finde. Sophia ist wirklich die Letzte, der ich etwas vorwerfen könnte, und trotzdem nagt hin und wieder Bitterkeit an mir, weil sie manche Dinge einfach nicht versteht. Nicht verstehen kann. Wie auch? Würde sie sich für Jón interessieren, wäre es eine Sache von Minuten, dann hätten sie ein Date.

Sie ist meine beste Freundin. Wir sind immer füreinander da, und keine hat der anderen jemals etwas missgönnt – na ja, zumindest Sophia mir nicht. Ich jedoch ... wie oft habe ich mir gewünscht, ich könne so sorglos wie sie essen, ohne mich wegen jedes einzelnen Stücks Schokolade schlecht zu fühlen? Und wie oft habe ich mir früher gewünscht, die Jungs in der Schule würden mich mal mit diesem Glanz in den Augen ansehen?

Für diese griesgrämigen Gedanken mag ich mich gleich noch etwas weniger.

Als Sophia mit ihrer Familie weggezogen ist, habe ich mehr geweint, als vor einigen Wochen wegen Daníel, und trotzdem gibt es immer mal wieder Momente, da wünsche ich mir, sie und ich könnten wenigstens einen Tag lang mal tauschen. Damit sie kapiert, wie es ist, in meinem Körper zu stecken.

Ich lösche Daníels Nachrichten, bevor ich mich umdrehe und mir den Wecker für morgen früh stelle.

Das Zimmer ist still und dunkel und lautlos, während ich mich unter der Bettdecke schäme, in meinem Kopf keine bessere Freundin zu sein.

Freu dich auf Freitag, hat Sophia mir geraten, und vielleicht, weil ich ihr gegenüber etwas wieder gutmachen möchte, bemühe ich mich, genau das zu tun.

Was, wenn Jón wirklich wieder dabei ist?

Der attraktive Jón mit seinen tiefbraunen Augen und diesem Grinsen in seinem Gesicht, das nur vorübergehend verschwindet, wenn er gebeten wird, eine Zwiebel zu hacken? Jón, der garantiert genau weiß, wie gut er aussieht, und der dennoch im ersten Moment gewirkt hat, als wolle er am liebsten wieder verschwinden?

Daníel weiß übrigens auch, dass er gut aussieht.

Daníel. An den wollte ich eigentlich nicht schon wieder denken.

Und an Jóns anziehendes Grinsen denke ich vielleicht besser auch nicht.

Eine ganze Weile versuche ich, mich auf irgendwas anderes zu konzentrieren. Darauf, dass ich morgen früh Jóhann als Erstes die Unterlagen für einen Klienten heraussuchen muss, weil er mich, kurz bevor ich heute gefahren bin, noch darum gebeten hat, und darauf, dass ich am Wochenende die Küche auf Hochglanz bringen will. Vielleicht gehe ich noch einkaufen und tourniere ein paar Pilze.

Ich denke so lange an alles Mögliche andere, bis ich spüre, dass die Müdigkeit mich langsam überkommt, und mit ihr kehren die ausgeblendeten Gedanken wieder zurück.

Jón hätte nicht warten müssen, bis ich ins Auto gestiegen bin. Er stand sogar noch da, als ich losfuhr und sah mir hinterher. Wieso? Nur in Märchen interessiert sich der Prinz für das unscheinbare Mädchen – und nicht einmal im Märchen wiegt dieses Mädchen so viel wie ich. Irgendetwas stimmt da nicht.

Trotzdem mochte ich Jóns Lächeln.

Ich mochte auch den Ausdruck in seinem Gesicht, während er sehr sorgfältig einen Pilz in Scheiben geschnitten hat. So völlig auf diese ungewohnte Aufgabe konzentriert.

Und ich mochte den Blick, mit dem er mich ansah. Ein Blick, dem man vertrauen will.

Das wollte ich allerdings schon einmal.

Daniels verächtliches Gesicht drängt sich vor Jóns, und noch beim Wegdriften in den Schlaf tut es mir leid, dass er es ist, den ich zuletzt vor mir sehe.

Kapitel 9

Schnee knirscht unter meinen Füßen, während ich zum Restaurant laufe. Gestern saß ich in der Mittagspause noch draußen in der Sonne, heute hingegen versucht der Wind bei knapp unter null Grad, einen Weg unter meine Daunenjacke und die hochgezogene Kapuze zu finden. Den Blick auf meine Füße gerichtet, stapfe ich vorwärts, und ich habe das *Reynir* beinahe erreicht, als mich ein Rufen innehalten lässt.

«Hi!»

Ich drehe mich um und sehe Jón auf mich zukommen, mit offenem Mantel und einem fröhlichen Grinsen.

«Na? Bereit für neue Experimente?», fragt er.

Schneekristalle glitzern in seinen Haaren, die er auch heute wieder zurückgebunden hat. Seine gute Laune wirkt ansteckend – mit meiner Einschätzung, dass es ihm letzte Woche nicht besonders gut gefallen hat, lag ich wohl daneben.

«Na klar. Und du?», erwidere ich.

«Unbedingt. Vielleicht machen wir ja heute nach dem veganen Ei auch noch veganen Käse. Oder ein veganes Grillsteak.»

«So was kannst du auch einfach kaufen.»

«Wirklich? Man kann veganen Käse kaufen?» Jón hält mir die Tür zum Restaurant auf und sieht dabei ehrlich überrascht aus.

«Klar. Veganen Käse, vegane Wurst, veganes Schnitzel, vegane Schokolade ...»

«Gibt's auch irgendwas, das es nicht in vegan gibt?»

Während wir zwischen den Tischen hindurch den Gang zu

den Küchen ansteuern, zucke ich mit den Schultern. «Ein lebendes Hühnchen?»

Jón lacht. «Und woraus besteht veganer Käse? Auch aus Tofu?»

«Keine Ahnung. Vielleicht aus Seitan?»

«Seitan. Was ist das nun wieder?»

«Ich weiß nur, dass es ganz lecker sein kann – ich habe mal ein Seitansteak gegessen.» Schwungvoll öffne ich die Tür zum Kursraum. «Letzten Endes schmeckt bei solchen Dingen aber vor allem die Panade. Oder eben die Gewürze. Du weißt schon, Natriumchlorid.» Ich kann mir ein Grinsen nicht verkneifen. «Hallo.»

«Hallo, Elín, Jón. Wir fangen gleich an, es fehlen noch zwei.» Embla nickt uns zu, während wir uns aus unseren Jacken schälen und anschließend zu den anderen setzen.

«Du meinst jetzt aber nur diese ganzen Ersatzprodukte, oder?», nimmt Jón den Faden wieder auf, sobald wir uns zurückgelehnt haben.

«Nein, auch bei einem richtigen Steak kommt es vor allem auf die Gewürze an.»

«Nicht dein Ernst. Seitan kenne ich nicht, aber dieses Tofu-Zeug – so etwas lässt sich doch nicht mit einem Stück Fleisch vergleichen. Allein der Geruch.»

«Hast du schon mal an einem rohen Stück Fleisch gerochen?», frage ich zurück. «Selbst das allerfrischeste Steak riecht ja wohl nicht so, dass du einfach so reinbeißen willst. Beinahe jede Grundzutat braucht ... na ja, eben Gewürze, um lecker zu schmecken.»

«Elín, ich sehe das genauso.» Emblas Stimme erhebt sich über die Gespräche am Tisch. Sofort wird es leiser, und die meisten mustern mich neugierig.

«Superköchin», murmelt Jón belustigt.

«Heute Abend wird es genau darum gehen – um Gewürze», beginnt Embla. «Sie spielen in der veganen Küche eine ebenso große Rolle wie bei jedem anderen Essen auch.» Den letzten Satz richtet sie mit einem Augenzwinkern an Jón, der ein unverbindliches Grinsen aufsetzt. Überzeugt wirkt er nicht.

«Lasst uns einmal sammeln. Welche Gewürze benutzt ihr normalerweise beim Kochen?» Embla steht auf und geht zu einem Whiteboard, das letztes Mal noch nicht da war. «Salz und Pfeffer, nehme ich an. Was noch?»

«Thymian», sagt Katrín. «Und Kerbel.»

Kümmel wird genannt. Lorbeer. Chili. Die Frage kommt auf, ob auch Zucker ein Gewürz sei. Embla schreibt ihn nach kurzer Diskussion mit etwas Abstand zu den anderen Gewürzen an die Tafel. Basilikum. Eine neue Spalte für frische Kräuter wird eröffnet, und die Gruppe trägt Petersilie, Schnittlauch, Estragon, Thymian und Dill zusammen. Embla schreibt Koriander, Minze, Salbei und Zitronengras dazu und deutet dann wieder auf die erste Spalte.

«Oregano», sagt eine Frau, die mir gegenübersitzt.

«Und Curry.» Das kommt von Freyja. «Oder Majoran.»

Ich könnte noch eine ganze Reihe an Gewürzen aufzählen, doch es widerstrebt mir, die Aufmerksamkeit gleich zu Beginn der Stunde ein zweites Mal auf mich zu lenken.

Embla steht noch immer mit dem Stift in der Hand neben der Tafel. «Das sind also so in etwa die Gewürze, mit denen jede von euch es schon einmal zu tun hatte, oder? Jeder natürlich auch.» Sie lächelt in Jóns Richtung. «Ich schreibe euch jetzt ein paar dazu – einige davon kommen heute beim Kochen direkt zum Einsatz.»

Ingwer, Kreuzkümmel, Kurkuma, geräuchertes Paprikapulver, Paprika edelsüß und Paprika rosenscharf, Fenchelsamen, Kardamom, Knoblauch- und Zwiebelpulver, Muskat, Schwarzkümmel, Piment, getrocknete Pilze, Wacholderbeeren, Rosmarin, Senfsaat und natürlich Kala Namak. Unter das Wort *Zucker* setzt Embla noch Ahornsirup, Vanille, Zimt und Tonka. «Es gibt selbstverständlich noch sehr viel mehr», sagt sie, während sie den Stift beiseitelegt. «Aber wir beschränken uns heute auf die Gewürze, die wir im Laufe der nächsten Wochen auch verwenden werden.»

Einladend weist sie auf eine ganze Reihe von Schälchen, die auf einer der Arbeitsflächen vor der Wand stehen. Stühle scharren, als alle aufstehen, um ihr zu folgen, und Rot, Gelb, Grün, Orange leuchtet uns entgegen.

«Ihr dürft ruhig daran riechen», meint Embla, «aber passt auf, dass ihr mit der Nase nicht zu nah rangeht – glaubt mir, keine von euch möchte Chili inhalieren. Hier an der Seite stehen aufgeschnittenes Brot und Olivenöl, wer ein paar der Gewürze probieren möchte, ist natürlich herzlich eingeladen, das zu tun.»

Etiketten auf den Schalen erklären den Inhalt. Wir schnuppern an Samen, getrockneten Kräutern und feingemahlenem Pulver, dippen olivenölgetränkte Brotstückchen hinein und hören Embla zu, die darauf hinweist, dass Gewürze möglichst immer im Ganzen gelagert und erst bei Bedarf frisch gemahlen oder gemörsert werden sollten.

«Sie halten so länger und schmecken auch viel intensiver. Einige der Gewürze, die wir gleich verwenden, habe ich bereits vorbereitet, mörsern dürft ihr aber auch selbst. Ich schlage vor, wir legen los – die Zubereitung dauert heute länger als beim letzten Mal, und wir wollen ja auch noch probieren, was wir so zaubern.»

Die ersten drehen sich zu den Kochinseln um. Auch ich marschiere zu dem Herd, an dem wir das letzte Mal ein durchaus ordentliches Rührei hinbekommen haben, und Jón, der schon bei den Gewürzen neben mir stand, geht mir wie selbstverständlich hinterher.

Ich stelle fest, dass ein Teil von mir darauf gehofft hat. Vermutlich der Teil, der auch über *zartbitterschokoladenbraune Augen* nachdenkt. Es ist ein eher peinlicher Teil, was aber nichts daran ändert, dass ich mich darüber freue, wieder zusammen mit Jón zu kochen, der sich mit der Hüfte gegen die Arbeitsfläche gelehnt hat und aufmerksam Embla lauscht. Wesentlich aufmerksamer als ich.

Bemüht, diesen Umstand zu ändern, reiße ich meinen Blick von ihm los.

«Heute kochen wir einen Schmortopf, und das Wichtigste dabei sind die Gewürze. Auf dieser Liste hier steht alles, was ihr verwenden könnt.» Embla hat ein Plakat über die Gewürzbar geheftet, auf der die Mengenangaben der benötigten Gewürze stehen, und auch dazugeschrieben, welche davon gemörsert werden sollen. «Seid mutig – probiert es einfach aus, auch wenn euch einige davon ungewohnt erscheinen oder ihr den Geruch vielleicht sogar als zu intensiv und fast schon unangenehm empfindet. Gewürze entfalten ihre volle Wirkung oft erst in der Harmonie mit anderen. Aber übertreibt es auch nicht – der Geschmack vieler Gewürze verstärkt sich beim Kochen. Also dann – besorgt euch bitte jeweils drei große Kartoffeln, drei Karotten, eine halbe Stange Lauch ...»

Embla zählt eine Reihe von Gemüsesorten auf, und diesmal schon routinierter als am letzten Freitag, tragen Jón und ich alles zusammen.

«Die Zubereitung ist leicht – ihr müsst alles nur zerkleinern und in den Schmortopf geben. Die meiste Zeit wird das Schneiden in Anspruch nehmen und natürlich das Zusammenstellen eurer Gewürzmischung. Ich schlage vor, ihr teilt euch auf: Eine von euch übernimmt das Gemüse, die andere die Gewürze.»

«Worum möchtest du dich lieber kümmern?», frage ich pro forma.

«Um die Gewürze», erwidert Jón dann auch sofort. «Bis ich das ganze Zeug kleingehäckselt habe, ist der Abend rum.» Das Lächeln auf seinem Gesicht wird zu einem breiten Grinsen. «Aber nett, dass du gefragt hast.»

Trotz Emblas Plakat ist Jón ziemlich lange damit beschäftigt, alles zusammenzusuchen.

«Hättest du gewusst, wie Pimentkörner aussehen?», will er wissen, als er zurückkommt und es im Schmortopf bereits vor sich hin brutzelt. «Oder Fenchelsamen?»

«Stand das nicht auf den Schüsseln?»

Ich schiebe die fertigen Kohlrabiwürfel auf dem Schneidbrett zu den Lauchringen und lasse das Messer sinken.

«Doch. Aber es sind ziemlich viele Schüsseln. Und als ich endlich alles hatte, waren keine Mörser mehr da, und ich musste kurz warten, bis Embla mir noch einen geholt hat. Das riecht ziemlich gut», fügt er hinzu.

«Zwiebeln, Ingwer und Chilischoten. Könntest du den Kreuzkümmel mörsern und dazugeben?»

«Klar.»

Unmittelbar nachdem Jón den Kreuzkümmel in den Topf geklopft hat, werfe ich das restliche gehackte Gemüse dazu und rühre anschließend darin herum, weil Embla sagt, dass alles nun zwar scharf angebraten werden soll, wir jedoch aufpassen müssen, damit nichts anbrennt.

«Beim Anbraten entstehen deftige Röstaromen, die die meisten Menschen in erster Linie mit Fleischgerichten verbinden», erklärt sie. «Ihr werdet jedoch feststellen, dass Fleisch gar nicht notwendig ist, um ein herzhaftes Essen zuzubereiten.»

Embla läuft zwischen den Kochinseln umher und gibt Tipps. Sie verfeinert Jóns Mörsertechnik, während der dabei ist, die

Fenchelsamen zu zerquetschen – «Dreh den Stößel, so zerreibst du die Samen, statt sie nur zu zerdrücken» –, dann sieht sie mir ein paar Sekunden beim Kleinschneiden der Petersilie zu und geht schließlich weiter.

«Wie schaffst du das so schnell?», fragt Jón. «Du hast dafür jahrelang geübt, oder? Würde ich das versuchen, wäre das Essen danach garantiert nicht mehr vegan.»

«Ich habe einfach schon ein paarmal gekocht – im Gegensatz zu dir», gebe ich zurück.

Jón sieht sich mit dem Stößel in der Hand in der Küche um. «Also, ich wette, keiner hier ist schneller als du. Guck mal, die da drüben – die ist sogar noch langsamer als ich», fügt er halblaut hinzu.

Ich werfe einen Blick in die Richtung, in die er nickt, weil ich nicht glauben kann, dass jemand Jóns Schneidtechnik an Geschwindigkeit noch unterbietet.

«Stimmt ja gar nicht», erwidere ich.

«Okay, vielleicht nicht ganz so langsam.» Jón wendet sich wieder den Fenchelsamen zu. «Aber auf jeden Fall nicht halb so schnell wie du. Gib zu, dass du jeden Abend einen Sack Karotten schneidest.»

«Mindestens.»

«Und dann nimmst du dir die Kartoffeln vor.»

«Zwei Säcke.»

Jón lacht. «Ich wette, du hast auch schon Pilze verziert.»

«Natürlich. Ich habe Orchideen daraus geschnitzt.»

Das stimmt sogar beinahe. Ich habe tatsächlich Pilze gekauft, und ich habe sie allesamt tourniert. Meine Mutter war darüber sehr ... überrascht, um es mal vorsichtig zu formulieren.

Plötzlich verlegen greife ich nach einem Holzlöffel, um – diesmal ein wenig sinnlos, weil alles darin mittlerweile in genügend Flüssigkeit gart – im Schmortopf herumzurühren.

Jóns Aufmerksamkeit gilt noch immer den Fenchelsamen. Ich lege den Kochlöffel beiseite, streife mit dem Messer die Hälfte der Petersilie in den Topf, dessen Inhalt vor sich hin blubbert, und beuge mich vor, um den köstlichen Duft einzuatmen. Im nächsten Moment kracht mein Schädel gegen den von Jón – ganz offenbar hatte er dieselbe Idee.

«Autsch!» Peinlich berührt fasse ich mir an die schmerzende Stirn. «Tut mir leid.»

«Nichts passiert», erwidert Jón lachend. «Riecht wirklich ziemlich gut, was?»

«Ja, ich ... ich glaube, das ist der Kreuzkümmel in Verbindung mit den karamellisierten Zwiebeln.»

«Das wird es sein», erwidert Jón todernst.

«Oder das geräucherte Paprikapulver. Das mit dem scharfen Anbraten muss ich mir merken. Bisher dünste ich Zwiebeln immer an und gebe andere Gemüsesorten nicht so früh dazu, aber ich glaube ...»

Stopp. Was rede ich denn da? Nichts davon dürfte Jón interessieren.

«Wenn ihr so weit seid, setzt den Deckel auf den Topf und schiebt das Ganze in den Ofen. Während euer Schmorgemüse fertiggart, kümmern wir uns um die Beilage», ruft Embla.

Erleichtert wende ich mich von Jón ab, der mich mit einem leichten Lächeln mustert, das ich nicht eingeordnet bekomme. Entweder ist er einfach zu nett, um sein Erstaunen über meinen plötzlichen Redeanfall heraushängen zu lassen, oder aber er lacht sich innerlich kaputt.

«Ich besorge uns mal alles.»

Verwirrt sehe ich Jón hinterher, bevor mir klar wird, dass ich nicht mitbekommen habe, was Embla uns zu der Beilage erklärt hat.

Es gibt Reis, aber natürlich nicht einfach nur *Reis*. Es gibt

Reis, der mit weißem Pfeffer, edelsüßem Paprikapulver und Limettensaft abgeschmeckt wird, und als Jón und ich den schließlich zubereitet haben, duftet es in der Großküche so unglaublich gut, dass ich meinen hungrigen Magen spüre.

Seit dem Frühstück habe ich nichts mehr gegessen, um heute Abend bedenkenlos zugreifen zu können und nicht aufzufallen. Weder will ich die Blicke auf mich ziehen, weil ich zu wenig auf meinen Teller gebe, noch will ich Embla den Eindruck vermitteln, es würde mir nicht schmecken.

Ein halber Fastentag dürfte ausreichen, um einen gut gefüllten Teller zu kompensieren – aber auch nicht zu gut gefüllt, sonst werden nämlich wieder die Blicke an mir kleben. Nur denken die anderen dann nicht: *Ach guck, die Dicke ist auf Diät*, sondern: *Tja, bei so einer Menge ist ihre Figur ja kein Wunder.*

Während ich Schmortopf und Reis sorgfältig abgemessen auf meinen Teller gebe, beneide ich all die Menschen, die sich um solche Dinge nie Gedanken machen müssen.

«Also, lasst es euch schmecken!», ruft Embla, als wir alle am Tisch sitzen, und entzückte Ausrufe machen unmittelbar deutlich, dass Emblas Aufforderung nicht schwierig werden dürfte.

Mit dem ersten Bissen entfaltet sich eine wahre Geschmacksexplosion in meinem Mund – oh mein Gott, das ist nicht nur gut, das ist grandios. Umwerfend. Ich habe mir beim Kochen keine Notizen gemacht, doch jetzt gehe ich im Geiste noch einmal alles durch, was in diesen Schmortopf hineingehört. Den koche ich nach. Und wenn mein Vater anschließend trotzdem noch Fleisch vermisst, gebe ich es endgültig auf.

«Das schmeckt unglaublich – Embla, ich habe nicht mitgeschrieben, aber wir kriegen das Rezept, oder?», fragt Freyja.

«Selbstverständlich! Entschuldigt, das habe ich noch gar nicht erwähnt – ihr findet die Rezepte des Abends immer hier und könnt sie gleich mitnehmen.» Embla legt die Gabel beiseite, erhebt sich und zieht eine Schublade auf, um ein paar Rezeptkarten in die Höhe zu halten. «Außerdem schicke ich sie euch auch noch per Mail. Nicht nur die Rezepte, sondern natürlich alles, worüber wir heute gesprochen haben, inklusive Tipps und Empfehlungen, was die Zusammenstellung von Menüs betrifft und wie ihr die Rezepte variieren könnt. Falls das nicht gewünscht ist, sagt mir kurz Bescheid, damit ich euch aus dem Verteiler herausnehmen kann.»

«Klingt gut.» Das kommt von Jón. «Ich habe meiner Schwester versprochen, nach dem Kurs ein Menü für sie zu kochen, und ich glaube, das wird der Hauptgang.»

«Es schmeckt wirklich wunderbar, Embla.» Katrín hält kurz beim Essen inne. «Und es ist wirklich nur Gemüse!»

«Gesund ist es also auch noch», wirft ein andere Frau ein, deren Namen ich mir noch nicht gemerkt habe.

Embla lächelt. «Ihr könnt dafür übrigens fast jedes Gemüse verwenden, das ihr gerade zur Hand habt. Süßkartoffeln zum Beispiel passen gut dazu. Oder versucht es mal mit einem Teil Spinat oder Mangold.»

«Es ist nur schade, dass der Reis ja eigentlich aus leeren Kalorien besteht – ich versuche, auf so etwas möglichst zu verzichten.» Natürlich Katrín wieder. Die Frau geht mir ein bisschen auf die Nerven. «Also, er schmeckt natürlich hervorragend, aber weißer Reis ...»

«Du kannst ihn auch einfach ersetzen oder weglassen», erwidert Embla. «Oder nimm Vollkornreis.»

«Vollkornreis», wiederholt Katrín. «Ja, gute Idee. Oder ein leichter Salat? Auf jeden Fall finde ich es gut, dass keine Dickmacher drin sind. Keine Sahne, keine Butter ... da darf man auch mal mehr essen und braucht danach nicht gleich ein paar Extra-Sporteinheiten.»

Ein paar der Frauen lachen, und während das Gespräch sich als Nächstes Kalorientabellen und Fitnessworkouts zuwendet, esse ich ein wenig schneller.

Zumindest sitzt nicht Daníel neben mir. Er würde mir immer mal wieder vielsagende Blicke zuwerfen, und sobald wir alleine wären, würde er mir erklären, dass ich über solche Dinge ja auch mal nachdenken könnte. Als hätte ich das noch nie getan.

«Möchtest du auch noch was?»

Jón ist aufgestanden. Er hält seinen leeren Teller in der Hand und mustert mich fragend.

«Nein, danke. Ich habe genug.»

«Wenn ich es schaffe, jogge ich morgens, bevor ich zur Arbeit fahre», sagt Freyja gerade. «Aber ich muss zugeben, wenn es so dunkel ist ...»

«Oder so windig!», wirft eine der anderen Frauen ein.

«Das ist einer der Vorteile von Fitnessstudios», meldet sich Katrín zu Wort. «Man kann seine Sporteinheiten viel besser planen, wenn man nicht vom Wetter abhängig ist. Ich verspreche euch, bei uns ist es nie dunkel.»

Als Jón mit seinem Teller zurückkommt, dreht sich das Gespräch darum, wie sich fehlendes Sonnenlicht auf die Motivation auswirkt, und ich habe meinen Teller fast geleert.

«Solltest du auf Reste zum Mitnehmen gehofft haben, tut es mir leid», sagt Jón, während er sich wieder neben mich setzt. «Es ist einfach zu lecker.»

«Ich habe eine Kalorientabelle gefunden, in der findet man wirklich alles, absolut alles, jedes Produkt, das du im Supermarkt kaufen kannst.»

Das kommt von einer schlanken Braunhaarigen, die neben Embla sitzt und die bei dieser Aussage so zufrieden wirkt, als habe sie irgendeinen Jackpot gewonnen.

«Wo finde ich die? Kannst du mir einen Link schicken, Birta?», fragt Katrín, und auch ein paar der anderen Frauen zücken ihre Smartphones. Offenbar hat Birta mit ihrer Kalorientabelle tatsächlich den Jackpot geknackt.

«Ist da auch die Energiedichte mit aufgeführt?», will die Frau links von mir wissen.

Wenn ich jetzt gehe, sieht es so aus, als würden mich die Themen Sport und Ernährung nicht interessieren, und was sich dann alle denken, kann ich mir ausmalen. Wenn ich allerdings sitzen bleibe, wird es früher oder später auffallen, dass ich mich nicht am Gespräch beteilige. Nur wenn ich mich beteilige, werden alle sich fragen, warum ich nichts von dem umsetze, über das gesprochen wird, und wenn ich erzähle, was ich alles schon ausprobiert habe, um abzunehmen, wird das wie eine Rechtfertigung aussehen.

«Ich muss los.» Jón steht auf, und ich werfe einen überraschten Blick auf seinen leeren Teller. Auf jeden Fall kann er schneller essen als schneiden. «Tut mir leid, wir sehen uns nächste Woche.»

Ohne darüber nachzudenken, erhebe ich mich ebenfalls. «Ich kann leider auch nicht länger.»

«Okay, dann kommt gut nach Hause – wollt ihr den Rest eures Schmortopfs mitnehmen? Habt ihr Boxen oder etwas anderes dabei?», fragt Embla.

«Es ist nichts mehr übrig», erwidert Jón. «Nächstes Mal kochen wir mehr.»

Alle am Tisch haben sich uns zugewandt, einige lachen. Und wahrscheinlich denken einige in diesem Moment auch, dass zumindest ich nicht so viel hätte essen sollen. Was ich nicht habe, aber solche Feinheiten sind egal, wenn es darum geht, mir Dinge zuzuschreiben, die man Menschen wie mir eben so zuschreibt.

«Gut, dann freue ich mich, euch nächste Woche wieder zu

sehen», sagt Embla, und ich verabschiede mich, wobei ich mich von allen angestarrt fühle.

Jón lässt mir den Vortritt, als wir den Raum verlassen, und weil meine Gedanken noch immer darum kreiseln, welches Bild ich gerade abgegeben habe, rückt er erst wieder ins Zentrum meiner Aufmerksamkeit, als wir draußen den Fuß der Treppe erreichen und er einmal mehr ganz selbstverständlich neben mir den Weg zu meinem Wagen einschlägt. Mag sein, dass ich den sogar absichtlich wieder in dieser Richtung geparkt habe.

«Ich habe selten so gut gegessen», stellt Jón fest. «Und ich glaube, ich habe noch nie so viele Gewürze in einen Topf gekippt. Nein, warte», fügt er hinzu, «ich habe noch nie etwas gegessen, in dem so viele Gewürze drin waren. Das andere wäre nicht wirklich aussagekräftig.»

«Salz und Pfeffer?», frage ich.

«Salz und Pfeffer und Chili», erklärt Jón würdevoll, und ich muss lachen.

«Dann magst du also scharfes Essen?»

«Auf jeden Fall. Ich finde, wenn's scharf ist, muss man auch gar kein so brillanter Koch sein – ein wenig mehr Chili gleicht fast alles aus.»

«Klingt nach ganz hoher Kochkunst.»

«Ja, oder?», erwidert Jón grinsend. «Ich könnte auch einen Kochkurs leiten. *Kochen mit Chili*. Käme bestimmt gut an.»

Garantiert wäre der Kurs voll, aber nicht deshalb, weil alle sich für scharfes Essen interessieren. Ich verkneife mir ein blödsinniges Wortspiel.

«Ich habe mal in ein Stück Pizza gebissen und hätte beinahe geheult, so scharf war die», sage ich stattdessen. «Den ganzen restlichen Abend über habe ich meine Zunge nicht mehr gespürt.»

Jón lacht auf. «Wo war das denn?»

«Bei einer Freundin von mir. Ich dachte, ich wäre auf der sicheren Seite, weil ich die extrascharfe Salami runtergenommen hatte, aber ich glaube, ihre Eltern haben die komplette Pizza in Chiliöl gebadet.»

Sophia hat mich damals vorgewarnt und für uns beide extra was anderes besorgt, aber ich dachte, es sei unhöflich, nicht wenigstens zu probieren.

«Meine Schwester hat an ihrem achtzehnten Geburtstag eine Party gemacht, und jeder sollte etwas mitbringen», sagt Jón. «Mich hat sie um einen Tomatensalat gebeten. Im Rezept stand, man soll für die Sauce zwei Zehen Knoblauch pressen, und damals kannte ich den Unterschied zwischen Knoblauchknollen und Knoblauchzehen noch nicht.»

«Du hast ...»

«Zwei komplette Knollen Knoblauch genommen, ja. Ich fand das auch seltsam, aber weil's nun mal so im Rezept stand ...»

«Hast du denn vorher nicht probiert?»

«Nein. Erst auf Liljas Party.»

«Oh Gott!» Ich kann nicht anders, als breit zu grinsen. «Und dann?»

«Dann habe ich den Salat im Schlafzimmer versteckt, bevor sich jemand daran vergiftet.»

Ich lache noch immer, als wir schließlich bei meinem Auto ankommen. «Ich glaube, ich an deiner Stelle hätte das Ganze lieber sofort entsorgt», sage ich.

«Meinte meine Freundin auch. Aber Lilja wollte damit noch irgendjemanden überraschen, der viel zu spät zu ihrer Party kam.»

Seine Freundin.

Natürlich.

Klar hat so ein Kerl eine Freundin. Was habe ich denn gedacht? Und wieso denke ich überhaupt in eine solche Richtung?

Noch auf dem Heimweg ärgere ich mich über mich selbst. Weil ich tatsächlich einen Stich verspürt habe, als Jón seine Freundin erwähnte, und weil irgendetwas Neues doch sowieso das Letzte ist, was ich derzeit brauchen kann, und weil ich erst einmal mein Leben wieder halbwegs auf die Reihe bringen sollte, statt darüber enttäuscht zu sein, dass Jón eine Freundin hat.

Und selbst wenn er keine hätte – seine zukünftige Freundin wäre das Supermodel, das optisch zu ihm passt, und garantiert nicht jemand wie ich.

Kapitel 10

Die nächsten Wochen ziehen überwiegend gleichförmig an mir vorüber. Die Tage werden kürzer, hin und wieder fällt Schnee. Von Daníel kommen noch zwei Nachrichten, die ich wie die vorherigen einfach lösche – mit Sophias Worten im Ohr gelingt mir das sogar ganz gut.

Die einzige Veränderung besteht darin, dass Magnús am ersten November das Büro seines Vaters bezieht, und dann wäre da natürlich noch Jón, der sich erstaunlicherweise weiterhin an jedem einzelnen Freitagabend neben mir an der Kochinsel einfindet und es mir dadurch schwermacht, ihn zumindest gedanklich beiseitezuschieben. Vielleicht besteht seine Freundin ja darauf, dass er zu Frauen wie Katrín einen Mindestabstand einhält.

Inzwischen sind wir ein eingespieltes Team, und ich glaube, ich lache an diesen Abenden mehr als die ganze restliche Woche über zusammengenommen. Obwohl ich mir jedes Mal wieder sage, dass es pure Selbstquälerei ist, parke ich Óskar absichtlich immer möglichst weit am Ende der Straße – einmal muss ich dafür sogar mehrere Male hin und her fahren, weil der einzig freie Parkplatz sich direkt vor dem *Reynir* befindet. Mit ziemlicher Sicherheit ist Jón längst klar, dass es sich bei der Wahl meines Parkplatzes kaum um einen Zufall handelt, aber er müsste ja nicht zusammen mit mir aufbrechen, sondern könnte sich auch mit Katrín unterhalten, die regelmäßig versucht, mit ihm näher ins Gespräch zu kommen. Wahrscheinlich rätselt sie im Stillen darüber, warum Jón ausgerechnet mich zu seiner Kochpartnerin auserkoren hat. Ich frage mich das ja selbst, wann auch immer er mir in den Sinn kommt. Also ständig.

Zum Beispiel, wenn ich mich in frühmorgendlicher Finsternis auf dem Weg zur Kanzlei befinde, so wie in diesem Augenblick. Statt an all die Aufgaben, die auf mich warten, denke ich an Jón und daran, dass ich ihn heute wiedersehen werde, dann zum sechsten Mal. Der Kurs bei Embla geht über zehn Abende, und verrückterweise beschäftigt mich bereits jetzt, dass Jón und ich danach keinen Grund mehr haben werden, Zeit miteinander zu verbringen. Es macht Spaß, sich mit ihm zu unterhalten, wir haben denselben Humor und ... ich mag ihn einfach. Gibt ja auch wirklich überhaupt keinen Grund, ihn nicht zu mögen. *Ich kann dich nicht ausstehen, weil du charmant, attraktiv und freundlich bist und ich in deiner Gegenwart manchmal sogar vergesse, dass das Leben normalerweise Daniels für mich bereithält* – klingt doch unlogisch.

Und irgendetwas an mir interessiert ihn ja offensichtlich auch. Was auch immer das sein mag. Selbst wenn es nur das Schweigen ist, das uns verbindet, sobald das Gespräch bei Tisch sich mal wieder Diäten und Sport zuwendet. Mitreden könnte ich übrigens durchaus – aktuell versuche ich zum millionsten Mal, ein paar Kilo loszuwerden, und ich rede mir ein, dass das absolut nichts mit Jón zu tun hat.

In der Kanzlei ist noch alles dunkel, als ich um kurz vor acht dort eintreffe. An den Tagen, an denen Magnús an Jóhanns Schreibtisch sitzt, bin ich zuverlässig die Erste. Magnús kommt dienstags, mittwochs und freitags, und obwohl er mir gegenüber wirklich freundlich auftritt, vermisse ich an diesen Tagen das Licht, das morgens normalerweise aus Jóhanns Zimmer fällt, und den Duft nach Kaffee.

Die ersten Mails sind beantwortet, sämtliche Unterlagen zurechtgelegt, und für den Kaffeeduft habe ich auch gesorgt, als Magnús die Kanzlei um kurz nach neun betritt. «Hallo, Elín.»

«Guten Morgen.»

Ich stehe auf, um seine Klamotten in den Wandschrank zu räumen und ihm seinen Kaffee zu holen, weil er mich gleich am ersten Tag gebeten hat, ihm den morgens zusammen mit den Unterlagen für seine anstehenden Besprechungen zu bringen.

«Wann ist der Termin mit Helga noch mal?», fragt Magnús, bevor er in dem Verbindungsgang verschwindet. «Schon am Vormittag?»

«Um zehn.»

«Alles klar, danke.»

Die schwere Tür zu Jóhanns Büro fällt leise klickend ins Schloss. Wie lange ich wohl brauchen werde, um irgendwann einmal *Magnús' Büro* zu denken?

Helga wirkt angespannt, als sie kommt, und grimmig, als sie wieder geht. Sie beachtet mich normalerweise kaum, und auch heute belässt sie es bei einer knappen Verabschiedungsfloskel, bevor die Tür sich hinter ihr wieder schließt.

Nur ein paar Minuten später tritt Magnús aus dem Büro. Mit einem vernehmlichen Seufzen wirft er die Ordner des Falls neben meinen Rechner.

«Diese Frau macht mich fertig. Was will sie denn noch alles? Man könnte meinen, sie wäre erst zufrieden, wenn sie ihrem Ex-Mann noch die letzte Krone aus der Tasche gezogen hat.»

Es irritiert mich, dass Magnús sich auf diese Art über Mandanten äußert. Jóhann hat das nie getan, und ich habe keine Ahnung, wie ich reagieren soll. Weder will ich Magnús zustimmen, weil ich das Helga gegenüber respektlos finde, noch scheint es mir angemessen, seine Äußerungen zu ignorieren. Immerhin ist er mein neuer Chef.

«Hm», erwidere ich unverbindlich.

«Ist mir ein völliges Rätsel, wie die überhaupt so weit kommen konnte – die ist doch ein hässlicher Besen, wer heiratet denn sowas?»

Ich starre Magnús an. Das habe ich jetzt falsch verstanden, oder? Also – nicht, dass es daran viel falsch zu verstehen gäbe.

«Ruf bitte Arnar Bjarki für mich an und stell ihn dann durch, ja?», sagt Magnús. «In etwa zehn Minuten.»

«Sicher», erwidere ich automatisch und greife in meiner Verwirrung, unmittelbar nachdem Magnús in seinem Büro verschwunden ist, nach dem Telefon.

Moment, erst in zehn Minuten, hat er gesagt.

Das, was Magnús da von sich gegeben hat, läuft all dem zuwider, wofür die Kanzlei Jóhann Ólafursson in meinen Augen steht. Ob sein Vater auch nur den Hauch einer Ahnung hat, wie unpassend sein Sohn sich verhält? Meinetwegen kann Magnús denken, was er will, aber solche Sätze laut auszusprechen ... die arme Helga. Ob er seine Einstellung ihr gegenüber durchschimmern lässt? Sah sie deshalb so unzufrieden aus?

Vielleicht vertritt er sie auch nicht so, wie er es tun müsste. Sehr viel Verständnis für ihre Situation bringt er eindeutig nicht auf.

Es ist das erste Mal, dass Magnús sich so abfällig über eine Mandantin äußert. Während ich Arnars Sekretärin anrufe und die Verbindung ins Büro hinüberstelle, versuche ich, eine Erklärung dafür zu finden, aber mir fällt nichts ein. Ganz egal, was ihn da geritten hat, es war völlig daneben – hoffentlich kommt es nie wieder vor.

Für den Rest des Tages läuft alles wie immer, und ich bin geneigt, Magnús seinen Ausrutscher vom Vormittag zu verzeihen, als ich um kurz nach fünf meinen Rechner herunterfahre. *Ausrutscher* trifft es wohl am besten. Kann jedem mal passieren, wir vergessen es einfach wieder, und gut.

«Elín, tippst du das bitte noch schnell ab, bevor du gehst?»

Magnús kommt aus dem Büro. Am Abend bleibt er meistens länger als ich, das immerhin hat er mit seinem Vater gemeinsam.

«Natürlich.»

Ein Blick auf den Stapel Notizen, den Magnús mir entgegenhält, macht unmittelbar deutlich, dass diese Aufgabe mit Sicherheit nicht schnell erledigt ist, und obwohl ich mich beeile, ist es fast sechs, als ich fertig bin. Mir bleibt eine knappe halbe Stunde, um mich zu Hause umzuziehen und frischzumachen.

Frischmachen. Als wäre ich ein Brötchen von gestern, das im Ofen noch einmal aufgebacken werden muss.

Ich tippe die Durchwahl ins Büro an. «Magnús, ich geh dann. Schönes Wochenende!»

«Ach, warte bitte kurz.»

Sekunden später öffnet sich die Verbindungstür ein weiteres Mal, und Magnús kommt mit einem Gesicht zu mir, in dem das schlechte Gewissen hineingeschrieben steht.

«Ich weiß, es ist Freitagabend, und bestimmt bist du verabredet, aber könntest du vielleicht hierzu noch die notwendigen Formulare aufsetzen? Damit ich morgen früh direkt daran weiterarbeiten kann?»

Unschlüssig mustere ich den Schnellhefter, den er in die Höhe hält. Ich bin bereits eine Stunde länger da als gewöhnlich, und wenn ich das noch erledige, schaffe ich es nicht mehr, nach Vík zu fahren. Was wiederum bedeutet, dass ich in meinem Sekretärinnenoutfit zum Kochkurs muss. Heute besteht das aus einem schwarzen Kleid und einem Paar Schuhe, deren Absätze zu einer renommierten Kanzlei gut passen, nachher jedoch unpraktisch sind. Und die Sneakers, die ich immer zum Autofahren trage, sähen unmöglich zu dem Kleid aus.

«Bitte?» Jetzt guckt Magnús auch noch treuherzig.

«Na gut», erwidere ich und unterdrücke ein Seufzen. «Ich bin wirklich verabredet, aber gib her.»

«Vielen Dank.» Er strahlt mich an. «Ich weiß das zu schätzen.»

Ja, ja, denke ich und lasse den Rechner wieder hochfahren. Ich sollte mir für die Zukunft ein paar Sachen mitbringen, falls das jetzt häufiger vorkommt. Umziehen kann ich mich auch in der Kanzlei. Und es wäre eigentlich sogar ganz praktisch, die Strecke nach Vík über die mittlerweile häufig vereiste Straße am Freitagabend nicht doppelt fahren zu müssen.

Sobald Magnús verschwunden ist, rufe ich bei meiner Mutter an, um ihr Bescheid zu geben, bevor ich den Schnellhefter zu mir heranziehe. Diesmal lasse ich mir Zeit, und nachdem ich fertig bin, gehe ich noch einmal ins Bad, um mein Makeup zu kontrollieren. Trotzdem ist Magnús noch da, als ich ein weiteres Mal seine Nummer antippe.

«Okay, die Sachen liegen auf meinem Schreibtisch. Ich bin dann weg, ja?»

«Alles klar, vielen Dank, wirklich. Sag mal, Elín ... hättest du morgen Vormittag vielleicht Zeit?»

«Morgen?»

«Für zwei, maximal drei Stunden.»

«Morgen ist Samstag», sage ich und fühle mich im selben Moment bescheuert. Als ob Magnús das nicht wüsste.

«Das ist mir bewusst», erklärt er dann auch. «Es ist nur so, dass sich ein paar Dinge angehäuft haben, und deine Unterstützung würde mir sehr helfen. Also nur, wenn dir das möglich wäre. Das soll kein Überfall sein», fügt er mit einem Lachen hinzu. «Und ich rechne dir das selbstverständlich als Überstunden an.»

«In Ordnung», sage ich nach einigen Sekunden. Ist ja nicht

so, dass ich morgen etwas Wichtiges vorhätte. «Wann soll ich da sein?»

«Gegen neun wäre perfekt.»

«Gut, dann bis morgen.»

«Bis morgen. Ich wünsche dir einen schönen Abend.»

Den werde ich vielleicht sogar haben. Nein, bestimmt sogar.

Kurz darauf laufe ich langsam zu meinem Wagen. Erstes, weil es glatt ist und ich die Absatzschuhe trage, und zweitens, weil ich noch zwanzig Minuten habe, bevor ich im *Reynir* sein muss.

Allein bei dem Gedanken, in spätestens einer halben Stunde Jón zu sehen, fühle ich mich zapplig, Freundin hin, Freundin her. Ich sehe ihn nur noch fünfmal, bevor der Kurs beendet ist, und danach werde ich ihm vermutlich ein wenig hinterherweinen. Weil es so nett ist mit ihm, und weil ich ihn so gerne ansehe, und weil ich mittlerweile die wenigen Minuten, die wir am späten Abend gemeinsam zu meinem Wagen laufen, beinahe noch lieber mag als den Kochkurs selbst.

Ich schwinge mich in den treuen Óskar und verzichte für das kurze Stück darauf, die Sneakers anzuziehen, die hinten im Auto liegen.

Ich weiß, dass mein Verhalten nicht unbedingt klug ist, doch immerhin ist ein Abend mit Jón etwas, auf das ich mich freuen kann, also werde ich die verbleibende Zeit einfach genießen. Und deshalb suche ich jetzt als Erstes mal nach einem Parkplatz ganz am Ende der Straße.

Kapitel 11

Heute gehöre ich zu den Ersten. Nur Ísabella ist schon da, als ich die Küche im *Reynir* betrete, und Embla natürlich.

«Hallo, Elín», ruft sie mir zu, kaum dass ich die Tür hinter mir geschlossen habe. «Schick siehst du heute aus!»

«Ich komme direkt von der Arbeit», wehre ich das Kompliment ab, «sonst hätte ich mich noch umgezogen.»

«Das Kleid ist auf jeden Fall toll. Ich mag es auch gern schlicht und einfach.»

Schlicht und einfach bedeutet in meinem Fall kerzengerade geschnitten und sackartig. Vermutlich erinnere ich darin ein bisschen an ein laufendes Kastenbrot. Schick? Ich weiß ja nicht. Embla traue ich zu, dass ihre Worte ernst gemeint waren, aber Ísabellas Lächeln scheint mir doch eher mitleidig zu sein. Klar. In mein Kleid passt sie zweimal rein.

Nach und nach trudeln die anderen Teilnehmerinnen ein, bis nur noch Jón fehlt. Wir sitzen bereits mit unseren Wassergläsern am Tisch und hören Embla zu, die dabei ist, uns zu erzählen, mit welchen Zutaten alternative Milchprodukte hergestellt werden, als die Tür sich öffnet und er endlich erscheint.

Es fällt mir schwer, nicht zu ihm rüberzustarren, während er sich aus seinem Mantel windet und den Schal abnimmt, und wie immer geht das nicht nur mir so.

Jón trägt zu dunklen Jeans einen hellgrauen Pullover, unter dem der Saum eines weißen Hemds hervorblitzt, und als er auf den Tisch zugeht, wünschte ich, neben mir wäre noch frei. Leider sitze ich zwischen Ísabella und Freyja, und ich bin auch nicht so geistesgegenwärtig wie Katrín, die mit ihrem Stuhl zur Seite rutscht und so eine Lücke zwischen sich und Birta herstellt.

«Hier ist noch Platz», ruft sie und zwinkert Birta so offensichtlich zu, dass einige der Frauen am Tisch kichern.

Statt einen der noch freien Plätze zu wählen, zieht Jón sich tatsächlich einen Stuhl heran und setzt sich neben sie. Immerhin lächelt er mir dabei kurz zu.

Daran halte ich mich fest, während ich versuche, nicht darauf zu achten, dass Katrín Jón mit leiser Stimme in ein Gespräch verwickelt, während Embla ihren Vortrag beendet – und was auch immer die beiden sich zu sagen haben, scheint sehr lustig zu sein.

Ab sofort kann ich mir also nicht mehr einbilden, Jón würde im Kochkurs nur mit mir lachen.

Katrín weicht auch nicht von Jóns Seite, als wir Embla kurz darauf zu einer Arbeitsfläche folgen, auf der mehrere gefüllte Glaskrüge stehen.

«Cashewmilch», sagt Embla, «sehr einfach herzustellen, genau wie Cashewsahne. Cashewnüsse sind so weich, dass sie sich beim Pürieren vollständig auflösen, das heißt, ihr müsst das Ganze nicht noch passieren.»

Als ich mitbekomme, dass Katrin sich in dieser Sekunde bei Jón unterhakt, gehe ich ein paar Meter zur Seite, um die beiden nicht mehr anschauen zu müssen. Es sollte mir völlig egal sein. Nur weil Jón und ich an den letzten Freitagabenden zusammen gekocht haben, kann ich ja schließlich nicht erwarten, dass er sich in jeder einzelnen Stunde zu mir stellt.

Blöderweise ist es mir nicht egal.

«Das ist Hafermilch, das Reismilch und das Sojamilch, und hier steht Mandelmilch – die bereitet ihr gleich selbst zu, denn die brauchen wir für unser heutiges Gericht.»

Es ist anstrengend, mich nur auf Embla zu konzentrieren, die uns verschiedene Sahnevarianten vorstellt und am Ende noch den Kühlschrank öffnet, um uns einen Mandel-Cashew-Joghurt zu präsentieren. Dabei steht sie neben Katrín, die sich ihre langen, blonden Haare über die Schulter und wieder zurück streicht.

«Ihr dürft wie immer alles gern probieren», ruft Embla. «Und wer so weit ist, stellt sich schon mal an einen Herd.»

Ich kleckse mir ein paar Löffel Joghurt in eine Schale, weil mich interessiert, wie stark die Nüsse herausschmecken, verzichte jedoch darauf, das Milch- und Sahneangebot zu testen. Um nicht zu lange auf die anderen warten zu müssen und dabei gleichzeitig zu demonstrieren, dass ich mich von den Kalorienbomben fernhalte, lasse ich mir mit dem Joghurt viel Zeit, bevor ich endlich meine gewohnte Kochinsel ansteuere.

Ob ich dort heute allein bleibe? Mit wem hat Katrín eigentlich sonst immer gekocht? Mit Birta?

Birta unterhält sich in diesem Moment mit Sara, und zum ersten Mal bereue ich es, in den vergangenen Wochen ausschließlich zusammen mit Jón gekocht zu haben. Dadurch habe ich keine der anderen Frauen näher kennengelernt.

Um mich abzulenken, mustere ich die Dinge, die Embla bereits auf den einzelnen Kochinseln zurechtgestellt hat. Ein Topf, eine rechteckige Backform und ein Beutel, der aussieht wie ein dünnes Netz.

Okay, dann kocht Jón heute eben mit Katrín, auch kein Drama. Später, beim Essen, werde ich erst gar nicht versuchen, mich neben ihn zu setzen, und vielleicht steuere ich ein paar Diät-Anekdoten bei. Irgendetwas, worüber die anderen lachen können. Meiner Erfahrung nach ist es auf diese Art am leichtesten, mit Leuten ins Gespräch zu finden.

Katrín und Jón kommen auf mich zu. Erwarten sie, dass ich

mir einen anderen Platz suche? Unwillkürlich strecke ich den Rücken durch. Auch das könnte mir völlig egal sein, aber ich stand nun mal zuerst hier. Katríns Hand umfasst noch immer seinen Unterarm. Ich hingegen habe bisher immer darauf geachtet, ihn nicht zu berühren. Wäre ich auch nur halb so selbstsicher wie Katrín …

Jóns Hand legt sich über Katríns Finger, und ganz kurz frage ich mich, ob er das bei mir wohl auch getan hätte, hätte ich mich ein einziges Mal getraut – dann entzieht er ihr seinen Arm.

«Also dann – viel Spaß beim Kochen», sagt er und stellt sich neben mich.

Schwer zu sagen, wer ihn in diesem Moment entgeisterter anstarrt, Katrín oder ich.

Auf jeden Fall erholt Katrín sich schneller von der Tatsache, plötzlich ohne Jón am Arm dazustehen. «Ja, viel Spaß», sagt sie und sieht nur Jón dabei an. Erst danach wirft sie mir einen schnellen Blick zu, aus dem ich nichts als Herablassung herauslesen kann.

Einfach abprallen lassen. Sie ist nicht der erste Mensch, der mich so ansieht, und sie wird auch nicht der letzte sein.

«Gibt's was zu feiern?», fragt Jón.

«Bitte?»

Jón tritt einen Schritt zurück und macht eine Handbewegung, bei der ich mich fühle, als befände ich mich auf einem Präsentierteller. Ach, das Kleid. Natürlich.

«Ich hatte keine Zeit mehr, mich umzuziehen. Arbeitsoutfit», erwidere ich und wünschte, er würde aufhören, die Aufmerksamkeit auf mich zu lenken. Wegen Katríns Abgang gucken eh schon zu viele in unsere Richtung.

«Sieht gut aus», stellt er fest.

«Zum Kochen ist es nicht wirklich praktisch. Aber ich musste spontan Überstunden machen und … na ja.»

Das interessiert ihn doch alles gar nicht, halt einfach die Klappe.

Emblas Stimme erlöst mich aus der Situation. «Für die Mandelmilch gebt ihr bitte vierhundert Milliliter Wasser in den Mixer, und dazu noch hundertfünfundzwanzig Gramm Mandeln, ein wenig Vanille ...»

Es wird ziemlich laut im Raum, als ein paar Minuten später alle Mixer fast gleichzeitig loslegen, aber zumindest ist jetzt jeder beschäftigt.

«Gießt die Masse in die Nussbeutel und presst sie so lange aus, bis das, was übrigbleibt, möglichst trocken ist», weist Embla uns an und hält dabei so ein Säckchen in die Höhe, wie es neben der Backform liegt. «Bringt die Beutel danach bitte hierher.» Sie zeigt auf ein riesiges, tiefes Backblech.

«Was passiert mit dem Rest?», will Freyja wissen. «Wird der weggeworfen?»

«Nein, die Nussmasse werde ich trocknen. Man kann sie zum Kuchenbacken verwenden oder um veganen Käse herzustellen», erwidert Embla. «Ihr könnt auch schon anfangen, euch die nächsten Zutaten zu besorgen», fügt sie hinzu. «Die Liste dafür hängt hier.»

«Ich hole schon mal alles», sagt Jón, während ich noch dabei bin, den Nussbeutel auszuwringen, und ich bin dankbar, dass er sich ohne mich in das Gewühl wirft. All die Frauen in ihren engen Jeans und den hohen Stiefeln – ich fühle mich in meinem schwarzen Kleid wie meine eigene Oma. Nur nicht so modisch.

Wir machen heute einen *Sticky Toffee Pudding* – einen Toffee-Kuchen –, erfahre ich, als Jón zurückkehrt, und es dauert nicht lange, bis es in der Küche verführerisch nach Karamell, Ingwer und Zimt duftet.

Seit ich mit dem Kochkurs begonnen habe – nein, ehrlicherweise müsste der Satz beginnen mit: Seit ich Jón kennengelernt habe, übe ich mich einmal mehr in Selbstdisziplin, und dazu gehört auch, dass ich kein Dessert mehr esse, aber mein Gott, dieser wunderbare Duft ... ein kleines Stück, beschließe ich. Ein wirklich winzigkleines Stückchen.

Während der Toffee-Kuchen im Ofen ist, kochen wir dazu einen süßen Sirup. Wenn Sophia mich das nächste Mal besuchen kommt, werde ich ihr definitiv diesen Nachtisch servieren – und dann werde ich sie davon abhalten müssen, sich reinzulegen. *Sticky Toffee Pudding* dürfte sogar meine Mutter überzeugen, sofern ich ihr nicht verrate, dass sich weder Eier noch Butter noch Milch darin befinden. Den Schmortopf mochte sie jedenfalls – sogar mein Vater mochte ihn.

«Du hast nicht zufällig etwas dagegen, wenn ich den allein esse, oder?», fragt Jón, nachdem wir den Kuchen aus seiner Form gelöst haben.

«Kannst du vergessen», erwidere ich genauso unbeschwert und locker, wie eine Katrín das wohl tun würde, statt: *Mach mal, wenn ich davon mehr esse als eine homöopathische Portion, wiege ich morgen zehn Kilo mehr.*

«Du weißt schon, dass das eben ein Witz war?», sagt Jón kurz darauf, während sein Blick von meinem zu seinem Teller und wieder zurück wandert. Der Unterschied ist augenscheinlich.

«Ich habe vorhin schon gegessen», behaupte ich.

«Ich dachte, du kommst direkt von der Arbeit?»

«Nein, es hat sich nur nicht mehr gelohnt, nach Hause zu fahren. Aber um mir eine Kleinigkeit zu besorgen, war noch Zeit.»

«Du isst was, bevor du zu einem Kochkurs gehst?», fragt Jón belustigt, und ich vergewissere mich, dass gerade niemand in unsere Richtung sieht.

«Nein, ich ... also doch, aber ... ich hatte heute kein Mittagessen. Und war völlig unterzuckert», improvisiere ich. «Setzen wir uns zu den anderen?»

Ohne auf Jóns Antwort zu warten, steuere ich den Tisch an, inständig hoffend, er werde nicht versuchen, das Thema dort fortzuführen.

Als er sich Augenblicke später neben mich setzt, kommt Gelächter auf. Sein Kuchenstück ist mit Abstand das größte, und das auf meinem Teller wirkt daneben wie eine winzige Probierportion.

«Jón!», ruft Katrín, die diesen Vergleich offenbar als Erste zieht. «Lass doch der armen Elín auch noch etwas übrig!»

Mir schnürt es die Kehle zu. Das klingt wie ein harmloser Satz, aber ich wette, es ist kein harmloser Satz.

Für Jón allerdings schon. «Es ist noch mindestens der halbe Kuchen da», erklärt er und greift nach der Gabel.

«Na dann.» Katrín schenkt mir ein Lächeln, so zuckersüß wie ein vergifteter Apfel. «Muss ich mir ja zumindest keine Sorgen um dich machen.»

Noch so ein harmloser Satz, und ich senke den Blick, weil ich mich frage, ob alle anderen dasselbe wie ich herausgehört haben: *Als müsse man sich bei dir Sorgen machen, du fette Kuh.*

Das Stückchen Kuchen vor mir, auf das ich mich gerade noch so gefreut habe, wird zu etwas Hässlichem, in das meine Schuldgefühle hineinsickern wie der dunkle Sirup, den ich darüber gegeben habe. Als ich schließlich trotzdem davon probiere, breitet es sich saftig, süß und klebrig in meinem Mund aus, doch am liebsten möchte ich nichts davon hinunterschlucken. Eine Million Kalorien zusätzlich, die mein verfluchter Körper mal wieder feiern und in Fettzellen anlegen wird.

«Das ist unfassbar gut.» Jeder Bissen, den Jón auf seine Gabel nimmt, ist fast so groß wie mein komplettes Stück. «Der Wahnsinn.»

«Finde ich auch», ruft Katrín, als habe Jón nur sie angesprochen. «Es ist so lecker – ich brauche mehr. Soll ich jemandem auch noch etwas mitbringen? Freyja? Elín?»

«Ja, sehr gern, danke.»

Das kommt von Freyja. Ihr Teller ist leer, meiner nicht. Und Katrín hat genau mitbekommen, dass nicht etwa deshalb so wenig Kuchen vor mir steht, weil ich schon so viel davon gegessen hätte.

«Nein, danke», sage ich.

«Ich verstehe dich vollkommen.» Katrín greift nach Freyjas Teller, den diese ihr entgegenstreckt, doch ihr Blick ruht weiterhin auf mir. «Eigentlich sollte ich es mir auch verkneifen, aber ... na ja. Dafür legen wir morgen einfach ein Extra-Training ein, oder?»

Die letzten Worte gelten Birta, Ísabella und ein paar anderen, von denen ich mitbekommen habe, dass sie mittlerweile in Katríns Fitnessstudio gehen.

«Elín, wenn du Lust hast, schau doch auch mal vorbei. Ich gebe dir gern eine Einführung – wir haben auch Anfängergruppen. Spinning wäre vielleicht was für dich, das schont die Gelenke.»

Ich bemühe mich, ihr falsches Lächeln zu erwidern. Keiner soll merken, wie sehr mich ihre Worte treffen. Die anderen nehmen vermutlich nur das liebenswürdige Angebot wahr, mal bei Katríns Fitnessstudio vorbeizuschauen. Genau das hat sie in den letzten Wochen ja auch zu allen anderen Frauen gesagt – nur sind alle anderen Frauen eben dünn. Und bei ihnen hat sie auch nicht hinzugefügt, dass es gelenkschonende Anfängerkurse gibt.

«Ja, mal sehen», erwidere ich und verkneife mir jeden weiteren Zusatz. Diese Antwort lässt mich schon schlecht genug dastehen. Alles, was nicht auf dankbare Zustimmung hinausläuft, ist in den Augen anderer eine Form von bockiger Uneinsichtigkeit und mangelnder Selbstdisziplin – fieserweise fühle ich mich in solchen Momenten auch so. Alles ist meine Schuld. Weil ich zu viel esse und mich zu wenig bewege. Daníel hat das auch oft gesagt.

Trotzdem werde ich den Kuchen auf meinem Teller jetzt essen. Und ich werde das nicht hastig und verschämt tun – du kannst mich mal, Katrín.

Es wäre schön, würden meine Gefühle diesen Gedanken folgen, tun sie aber leider nicht. Stattdessen würge ich den Kuchen hinunter, ohne ihn wirklich zu schmecken, und fühle mich die ganze Zeit schlecht dabei.

Meine endlosen Schuldgefühle sind vermutlich auch der Grund, aus dem ich danach sitzenbleibe und Freyja zuhöre, die sich lang und breit darüber auslässt, wie sie nach der Geburt ihrer Tochter zurück zu ihrer alten Figur gefunden hat. Ich höre zu, bis ich es einfach nicht mehr ertrage.

Ihre alte Figur – und was tut man, wenn die alte Figur schon immer dieselbe war? Wenn einfach alles nichts nutzt?

Ich schiebe meinen Stuhl zurück. Für heute reicht es. Was für ein mieser Tag.

«Gehst du?» Jón sieht auf.

«Ja, ich muss leider.»

Ich muss leider unbedingt diesen Raum verlassen, sonst schreie ich.

Nach einem kurzen Blick auf die Uhr erhebt Jón sich ebenfalls. «Ich komme mit.»

«Du gehst immer so pünktlich, Jón», beklagt Katrín sich prompt. «Immer, wenn es gerade gemütlich wird. Könnten wir euch nicht mit irgendetwas überzeugen, noch ein wenig zu bleiben?»

Dass sie mich mit angesprochen hat, überrascht mich ein wenig. Ich ringe mir ein entschuldigendes Lächeln ab und winke nur noch einmal zu Embla hinüber. «Heute hab ich's leider eilig.»

Alle Blicke hängen nun an Jón, was ihn allerdings nicht daran hindert, seinen Stuhl an den Tisch zu rücken. Mein Herz beginnt schneller zu schlagen. Könnte es sein, dass er …

«Nächstes Mal vielleicht. Ich bin noch verabredet», sagt er. Ach so.

Natürlich. Heute passt einfach alles zusammen. Nach Überstunden und Sticheleien ist Jón eben auch noch verabredet. Seine Freundin hat wahrscheinlich keine Lust mehr, jeden Freitagabend allein zu verbringen.

Obwohl ich mir extra Zeit lasse, geht Jón nicht voraus, sodass ich schließlich die Tür öffne und vor ihm in den Gang hinaustrete.

Was genau habe ich eigentlich erwartet? Wieso denke ich ausgerechnet über jemanden wie Jón nach? Es ist völlig idiotisch, sich jede Woche mehr in diesen Gedanken zu verstricken, sich darin zu verheddern wie in einem Netz, das Jón ganz sicher nicht einmal nach mir ausgeworfen hat.

Vor dem Restaurant weht mir ein schneidend kalter Wind entgegen, und ich atme einmal tief durch. «Also dann.»

«Wir könnten noch irgendwo etwas zusammen trinken gehen», sagt Jón. «Hättest du Zeit?»

Kapitel 12

Perplex starre ich Jón an. «Aber ... hast du nicht gesagt, du bist noch verabredet?»

«Bin ich doch. Oder habe ich dich nicht gerade gefragt, ob wir noch etwas zusammen trinken wollen? Ich hatte keinen Bock, mir mal wieder einen ganzen Abend lang irgendetwas über Kalorientabellen anzuhören», erklärt er mit einem entwaffnenden Lächeln. «Du offenbar auch nicht. Oder hast du es wirklich eilig?»

«Nein, aber ich ... also ...» Wortgewandt geht anders. «Okay, vielleicht auf einen Kaffee?»

«Kaffee?», erwidert Jón eindeutig amüsiert. «Ja, klar, warum nicht? Ich dachte an das *Rabbithole*, da gibt's sicher auch Kaffee.»

Rabbithole. Nie gehört. «Ist es weit?»

«Nein, wir können laufen. Keine Viertelstunde.»

«Okay», stimme ich endgültig zu und zucke zusammen, weil Jón mir daraufhin kurz die Hand auf den Rücken legt.

«Wir müssen nach rechts», sagt er.

Nebeneinander gehen wir durch Sólvíks nächtliche Straßen, der Schnee unter unseren Füßen glitzert im Licht der Laternen gelegentlich auf. Trotz der späten Uhrzeit ist eindeutig mehr los als in Vík – wenn dort um diese Jahreszeit nach zehn Uhr mal ein Auto über die Hauptstraße fährt, ist das schon viel. Hier jedoch sind wir nicht die Einzigen, die noch unterwegs sind, und auch wenn die Temperaturen und der Wind nicht dazu einladen, ins Schlendern zu geraten, fühle ich mich gerade leicht und warm. Vor wenigen Minuten noch bin ich davon ausgegangen, mich als Nächstes ins Auto zu setzen und direkt zurück nach Vík zu fahren. Jetzt jedoch befinde ich mich auf den Weg in eine Bar, zusammen mit einem Mann, dessen Attraktivität selbst dann noch ins Auge sticht, wenn ein Schal sein Gesicht bis zur Nase verbirgt. Ein Blick in seine Augen reicht völlig aus.

Wenn ich das Sophia erzähle – ich höre sie schon jetzt *Ich hab's dir ja gesagt!* rufen.

«Und, wie gefällt dir der Kochkurs bisher?», fragt Jón und reißt mich dadurch aus meinen Gedanken.

«Gut. Embla macht das wirklich super», setze ich hinzu. «Und wie findest du ihn?»

«Besser als erwartet. Oder sagen wir: Leckerer als erwartet. Dass da alle dauernd über Selbstoptimierung reden würden, hatte ich allerdings befürchtet.»

Das ist nur so ein Satz. Einfach Geplauder. Kein Grund, darauf zu erwidern, dass jemand wie er vermutlich noch an keinem einzigen Tag im Leben über Selbstoptimierung nachgedacht hat. Hätte er aber vermutlich, wäre er eine Frau. Und hätte er auf jeden Fall, wäre er noch dazu eine dicke Frau.

«Warum hat dir deine Schwester einen Kochkurs zum Geburtstag geschenkt?», frage ich stattdessen. Erstens, weil das ein unverfänglicheres Thema ist, und zweitens, weil mich das schon die ganze Zeit interessiert. Wie kommt man auf die Idee, jemandem, der mit dem Kochen nichts anzufangen weiß, zu einem Kochkurs zu verdonnern?

«Lilja war der Meinung, mit sechsundzwanzig müsste ich in der Küche mehr auf die Reihe kriegen als Mikrowellengerichte», erwidert Jón. «Ihre Freundin Sóley ist Veganerin, und Lilja seit Kurzem auch. Die beiden arbeiten für *Wild & Free*, die Tierschutzorganisation. Kennst du die?»

Ich gebe ein zustimmendes Geräusch von mir. Von *Wild & Free* habe ich schon gehört. «Die setzen sich gegen den Walfang ein, oder?»

«Ja, unter anderem. Sóley hat überlegt, mit Embla und anderen Leuten, die solche Kurse anbieten, eine Art Kooperation zu starten, vegan und so, du weißt schon, und dadurch kam Lilja letztlich auf die Idee. Außerdem mag meine Schwester absurde Geschenke.»

«Sie mag absurde Geschenke?» Obwohl ich hinter dem Schal Jóns Grinsen nicht sehen kann, höre ich es aus seiner Stimme heraus. «Wie meinst du das? Was schenkt deine Schwester dir denn sonst so?»

«Als wir noch Kinder waren, hat sie mir zum Beispiel mal eine Schneckenhaussammlung geschenkt. In den meisten waren nur leider noch Schnecken drin. Die klebten am nächsten Morgen überall in meinem Zimmer.»

Ich lache auf. «Oh nein!»

«Oh doch. Und sie haben Schleimspuren hinterlassen. Und letztes Jahr hat Lilja mir einen Fallschirmsprung geschenkt.»

«Wow!», entschlüpft es mir.

«Ja, wow. Glaub mir, das sagst du nicht mehr, wenn du in einer klapperigen Zweipropellermaschine fliegst und dich fragst, ob der Typ, mit dem du dich gleich in die Tiefe stürzen wirst, gerade echt einen Schluck aus einem Flachmann getrunken hat.»

«Oh Gott.»

«Ganz genau. Bei dem, was meine Schwester sich unter einem gelungenen Geschenk vorstellt, gehört ein *Oh Gott* eindeutig dazu.»

«Zumindest macht sie sich Gedanken – stell dir vor, sie würde dir einfach nur Pralinen oder ... oder Hausschuhe schenken.»

«Sowas könnte ich wenigstens in einen Schrank werfen und dort vergessen», erwidert Jón. «Aber du hast schon recht. Deswegen mache ich diese Aktionen ja auch immer mit.» Er streckt den Arm aus und deutet die Straße hinunter. «Da vorn ist es übrigens. Und ich warne dich besser schon mal vor: Um diese Zeit ist es normalerweise voll.»

Das *Rabbithole* befindet sich in einem dunkelroten Wellblechhaus mit einer schwarz abgesetzten Tür und zwei großen Fenstern, hinter denen Gestalten zu erkennen sind, die an kerzenbeleuchteten Tischen sitzen. Leute stehen in Gruppen vor dem Eingang, um zu rauchen, doch nach dem Zigarettenqualm schlägt uns drinnen angenehm warme Luft entgegen.

Es ist wirklich voll. Nicht nur sind sämtliche Tische besetzt, die Menschen drängen sich auch vor der Bar und lehnen an den Wänden. Gesprächsfetzen vermischen sich mit Musik, die aus verborgenen Lautsprechern kommt, und es riecht nach Schnaps, gegrilltem Fisch und einer angenehmen Mischung aus Holz, Kerzenrauch und Menschen – alles in allem finde ich es recht behaglich.

«Ich versuche mal, uns Plätze an der Bar zu organisieren. Wenn es leerer wird, schnappen wir uns einen der Tische, okay?»

Jón hat sich aus seinem Schal gewickelt und ist dabei, seinen Mantel abzustreifen. Bemüht, dicht hinter ihm zu bleiben, ziehe ich mir die Mütze vom Kopf und schüttele meine Haare aus.

Es ist zu laut, um zu verstehen, was er zu einem der Typen sagt, der an der Bar sitzt, doch nach einem kurzen Blick auf mich – automatisch knipse ich ein Lächeln an – rutscht er von seinem Barhocker und zieht noch einen weiteren Mann mit sich.

Mit einer einladenden Handbewegung weist Jón auf die freigewordenen Ledersitze. «Bitte sehr.»

Jetzt winde auch ich mich aus meiner Jacke, dankbar für das schummerige Licht, das Lampen mit bernsteinfarbenen Glasschirmen verbreiten. Schummeriges Licht schmeichelt mir.

«Bleibst du wirklich bei Kaffee?», fragt Jón, und er muss sich dicht an mein Ohr beugen, damit ich ihn verstehen kann. «Oder wie wäre es mit einem Wein?»

«Ich muss noch fahren», erinnere ich ihn.

«Okay, wie wäre es mit einem kleinen Glas Wein?»

So nah war Jóns Gesicht noch nie an meinem. Außer das eine Mal, als unsere Köpfe zusammenstießen. Bei der Erinnerung daran lache ich nervös auf. «Okay, warum nicht.»

«Ísak!»

Nachdem es Jón gelungen ist, uns in diesem völlig überfüllten Laden Plätze an der Theke zu verschaffen, wundert es mich auch nicht weiter, dass er den Barkeeper kennt. Ein paar Minuten später stehen zwei Gläser Rotwein vor uns.

«Okay, auf was stoßen wir an?», fragt Jón.

«Auf ...» Ich greife nach meinem Wein. «Auf gutes Essen?»

Scheiße, ich kann nicht glauben, dass ich das gerade tatsächlich gesagt habe.

Jón allerdings findet meinen Trinkspruch nicht weiter ungewöhnlich, zumindest lässt er sich nichts anmerken. Er stößt sein Glas leicht gegen meines und setzt es an die Lippen. Hastig tue ich es ihm gleich. Der Schluck gerät mir um einiges zu groß, weswegen ich mich zu allem Überfluss auch noch fast verschlucke. Herrgott.

«Warum bist du eigentlich in diesem Kochkurs?», beginnt Jón die Unterhaltung.

«Ähm ...»

Oh nein, bitte. Können wir nicht über irgendetwas anderes reden?

«Es war eine spontane Idee. Einfach weil ...» Ich gerate ins

Stocken. Jón sitzt da und mustert mich aufmerksam. «Einfach so», antworte ich schließlich und beeile mich, selbst eine Frage zu stellen. «Was machst du denn sonst so?»

Die originellste Frage der Welt. Wenn das so weitergeht, werde ich Sophia lieber doch nichts von diesem Abend erzählen.

«Ich bin Grafiker», sagt Jón und stellt sein Weinglas auf dem Tresen ab. «Selbstständig. Flyer, Plakate, Broschüren, Kataloge und solche Sachen.»

Sein Lächeln verblasst ein wenig bei dieser Aufzählung, und vermutlich ist es das, was zu meiner nächsten Frage führt. «Macht es dir Spaß?»

«Na ja, was heißt Spaß?» Jón streift ein paar helle Strähnen zurück, die sich in den letzten Stunden aus den zurückgebundenen Haaren gelöst haben; eine fahrige Geste, fast schon ungeduldig. «Es ist ein Job. Ich hatte mir den irgendwann einmal kreativer vorgestellt, aber wenigstens lässt sich einigermaßen Geld damit verdienen. Was machst du denn, wenn du nicht gerade alle Rekorde im Gemüsehäckseln brichst?»

«Ich arbeite in einer Anwaltskanzlei. Als Sekretärin», füge ich hinzu und finde, dass das wesentlich langweiliger als *Grafiker* klingt. «Es ist okay – wie du schon sagst, mit irgendwas muss man ja Geld verdienen.»

«Tja. Man will ja nicht auf der Straße sitzen, richtig?»

Oder wieder zu Hause bei seinen Eltern, denke ich.

Nichts auf der Welt könnte mich in dieser Sekunde dazu bringen, meine Gedanken laut auszusprechen. Ich wäre so gern interessant, attraktiv, amüsant – keine langweilige Sekretärin, die zurück zu Mama und Papa gezogen ist, weil ihr Freund sie zu dick fand.

«Willst du …?»

«Wie hattest …?», beginne ich gleichzeitig.

Jón lächelt. «Du zuerst.»

«Okay ... wie hattest du dir die Arbeit als Grafiker denn ursprünglich vorgestellt?»

«Ich glaube, in erster Linie dachte ich, man würde mehr Stifte benutzen.» Er lacht leise.

«Das hätte ich auch angenommen», gebe ich zurück.

«Gibt bestimmt auch viele, bei denen das der Fall ist. Ich allerdings sitze hauptsächlich am Rechner und bastele Werbezeug zusammen. Oder Infomaterial. Websites. Und die Kunden wissen sowieso immer ganz genau, was sie wollen, nämlich das, was jeder will.» Jón greift nach seinem Glas. «Und wenn mal einer dabei ist, der es scheinbar ernst meint mit seiner Aussage, dass es etwas Neues sein soll, findet er in der Regel früher oder später doch zurück zu dem, was sich angeblich bewährt hat. Meistens mache ich also immer dasselbe – es ist extrem spannend.»

Er trinkt einen Schluck, und plötzlich empfinde ich seinen Blick als so intensiv, dass ich unwillkürlich nach meinem eigenen Wein taste.

Ich trinke zu schnell. Im Gegensatz zu Jóns ist mein Glas schon beinahe zur Hälfte geleert.

«Was würdest du tun, wenn du dich noch einmal umorientieren müsstest?», frage ich.

«Wenn ich es müsste?» Jóns Mundwinkel hebt sich auf einer Seite. «Was sollte mich denn dazu zwingen?»

«Ich weiß nicht ... nehmen wir mal an, du würdest keine Aufträge mehr bekommen, weil ... weil ...»

«Weil mich meine Aufträge so sehr langweilen, dass ich die Designs nur noch stümperhaft zusammenschustere und alle meine Kunden beginnen, mich zu hassen?»

«Genau.»

«Dann ... keine Ahnung. Fischer? Mein Vater war Fischer.»

«Fischer?», wiederhole ich ungläubig.

«Was findest du daran so überraschend? Mein Vater war wirklich Fischer. Aber nein, für mich wäre das nichts. Lilja würde mir auch den Kopf abreißen.»

Jón in der Fischereibranche – diesen Gedanken finde ich tatsächlich völlig absurd, ohne dass ich wirklich sagen könnte, wieso eigentlich. Die Muskeln dafür hätte er jedenfalls.

«Vielleicht wäre ich Barkeeper.»

Ja, das würde schon eher zu ihm passen. In meiner Vorstellung müssen Barkeeper in erster Linie gut aussehen, und so ein paar Drinks bekäme sogar ich gemixt.

«Oder ich mache einen auf Selbstversorger. Ein kleines Haus mit Grundstück irgendwo, wo es ruhig ist ... man braucht ja eigentlich nicht viel.»

Eventuell ist es der Wein, der mir langsam zu Kopf steigt, aber mich beschleicht das Gefühl, dass Jón diesen Vorschlag ernster meint als die vorhergehenden. Ausgerechnet. Ein Mann, der nur einen Raum betreten muss, damit ihm alle zu Füßen liegen, träumt von einem Leben in Abgeschiedenheit? Das passt nicht zusammen.

«Selbstversorger also», wiederhole ich. «Das heißt, du kümmerst dich um deinen Garten, und was machst du dann sonst so?»

«Mir würde bestimmt was einfallen», erwidert Jón, und er sagt es auf eine Art, als müsse er darüber nicht lange nachdenken.

«Was ...»

«Was würdest du tun, wenn du von heute auf morgen etwas anderes tun müsstest?», unterbricht mich Jón.

Mit dieser Frage hätte ich rechnen müssen. Es gibt darauf nur eine Antwort, und die ist ähnlich schräg wie die Vorstellung von Jón als Einsiedler. Nein, eigentlich ist es nicht schräg, es ist lächerlich, und ich bringe es nicht einmal über mich, es auch nur anzudeuten.

«Vielleicht irgendwas mit Büchern», erwidere ich daher ausweichend.

«Du würdest Bücher schreiben?»

In meinem Kopf sah ich mich eher Bücher verkaufen oder in einer Bibliothek Bücher in Regale sortieren, doch Jóns Idee gefällt mir besser.

«Ja, warum nicht?»

Schriftstellerin. Das klingt doch spannend. Und wenn ich es mir gerade schon aussuchen kann ...

«Was für Bücher?»

«Krimis.» Das erste Genre, das mir in den Sinn kommt. Mein Leben wird immer spannender. Und mein Glas ist beinahe leer.

«Warum machst du es nicht?»

«Was?»

«Einen Krimi schreiben. Du könntest es doch ausprobieren. Einfach mal schauen, ob dir das überhaupt Spaß macht.»

«Tja, also ... vielleicht versuche ich es ja wirklich mal. Irgendwann.»

Dass ich jetzt lachen muss, hängt nicht damit zusammen, viel zu schnell fast ein ganzes Glas Wein ausgetrunken zu haben, obwohl ich erstens kaum Alkohol trinke, weil ich den zweitens nicht besonders gut vertrage, sondern ich lache, weil ich es in der Schule gehasst habe, Aufsätze schreiben zu müssen. In meinem Kopf war alles immer sehr viel bunter und lebendiger als in den kümmerlichen Sätzen, die ich letztlich zu Papier brachte, und ganz sicher befände sich der Berufswunsch *Autorin* nirgendwo auf meiner Wunschliste. Jón allerdings scheint an diesem Gedanken Gefallen zu finden.

«Ja, tu das», bekräftigt er. «Du kannst mir dann dein erstes

Buch widmen. *Für Jón, der mir meine wahre Berufung aufzeig-te.*»

«Okay, die Widmung steht also schon mal. Möchtest du auch als Figur in der Geschichte auftauchen?»

Auf diese Frage hin führt Jón zunächst ein weiteres Mal sein Glas an den Mund. Er hat einen sehr schönen Mund. Alles an diesem Mann ist ziemlich schön, ist ja nicht so, als wäre mir das nicht bereits mehrfach aufgefallen.

«Wer wäre ich denn?», fragt er.

«Wer würdest du sein wollen?»

«Mir egal. Überrasch mich. Nur bitte kein durchgeknallter Psychopath, ja?»

Jón wäre mit Sicherheit der Mann, in den sich die Heldin verliebt, schießt es mir durch den Kopf, ein Gedanke, der mich derart in Verwirrung stürzt, dass ich ebenfalls mein Glas hebe. Nur leider ist es im Gegensatz zu Jóns Glas mittlerweile leer.

«Ich würde dich ja fragen, ob du noch einen Wein willst, aber dann könntest du nicht mehr Auto fahren», sagt Jón. «Ande-rerseits – wenn du heute hier übernachten würdest, müsstest du das auch nicht.»

Es dauert gefühlte Äonen, bis ich Jóns letzten Satz ausrei-chend lang hin und her gedreht habe, um meinen Blick von dem Weinglas ab- und ihm zuzuwenden.

Was genau hat er mir da vorgeschlagen? Das kann er unmög-lich so gemeint haben, wie es sich angehört hat.

Jón hat einen Ellbogen auf dem Tresen abgestützt, und es ist dieses leichte Lächeln in seinen Mundwinkeln, das zum einen dazu führt, dass etwas in mir sanft zu summen beginnt, wäh-rend mir gleichzeitig die Kehle enger wird.

Er veralbert mich. Oder? Er spielt ein Spiel, und ich kenne die Regeln nicht.

Es gab da mal diesen blöden Film, in dem ein Kerl die Wette

eingeht, sich mit dem unattraktivsten Mädchen der ganzen Schule zu verabreden. Es war wie eine Mutprobe, eine grausame Mutprobe. Aber Jón ist keine eindimensionale Filmfigur, sondern ein Mann, den ich in einem *Kochkurs* kennengelernt habe. Mit wem sollte er da bitte eine idiotische Wette abgeschlossen haben?

Na ja. Mit Katrín vielleicht.

«Lieber Kaffee?», fragt Jón.

Wenn es keine Mutprobe ist, dann … dann geht mir das alles etwas zu schnell. Daníel drängt sich in meine Gedanken.

«Kaffee ist in Ordnung», bringe ich hervor und bereue es im selben Augenblick.

Jón ist *nicht* Daníel.

Nur was, wenn er dasselbe *denkt* wie Daníel, sobald er mich nackt sieht?

Ach, verdammt! Daníel ist der Letzte, der meine Entscheidungen beeinflussen sollte, und allein deswegen krame ich in meinem Hirn herum auf der Suche nach einem Satz, in dem die Worte *Ach weißt du was, ich nehme doch noch einen Wein* auftauchen. Könnte ich doch genau so sagen. Warum sage ich es also nicht einfach?

Jón hat den Barkeeper noch einmal zu sich gewinkt, um einen Kaffee und noch ein zweites Glas Wein zu bestellen. «Wie kommt es, dass du in einer Anwaltskanzlei arbeitest? Ist das Zufall oder interessierst du dich dafür?», fragt er.

Okay, das war's. Die Gelegenheit ist vorbei. Ich unterdrücke ein frustriertes Seufzen und sammele mich für eine vernünftige Antwort.

«Eher ein Zufall. Es war die erste Bewerbung, die ich je geschrieben habe. Jóhann hat mich direkt eingestellt. Es hat menschlich gut gepasst. Er ist ein netter, älterer Mann, und er ist witzig.»

«Er ist witzig.»

«Ja, sehr witzig. Er hat für einen seiner Mandanten ein Schmerzensgeld aufgrund eines Arbeitsunfalls erwirkt.»

Jón hebt die Brauen und mustert mich fragend. «Den Witz kapiere ich nicht.»

«Sein Mandant ist an seinem Büroschreibtisch eingeschlafen, vom Stuhl gerutscht und hat sich die Nase gebrochen.»

Wenn Jón lacht, so wie er jetzt lacht, macht das etwas mit mir, und wenn er mich ansieht, wie er mich jetzt ansieht, ebenfalls. War das schon so, bevor er mir quasi angeboten hat, die Nacht mit ihm zu verbringen? Ich fürchte schon. Blöderweise hat sich dieses Gefühl mittlerweile noch verstärkt. Vielleicht trägt auch der Wein dazu bei.

«Wie hat er das denn begründet?»

«Er hat argumentiert, dass das Arbeitspensum des Mannes extrem hoch war, und nur aufgrund von Übermüdung sei es zu einem Sekundenschlaf gekommen. Weil man das Gegenteil nicht beweisen konnte, hat sich der Richter überzeugen lassen.»

«Gib mir die Adresse von diesem Anwalt – wenn ich jemals - einen brauche, lasse ich mich auf jeden Fall von ihm vertreten.»

«Dann musst du dich beeilen. Ab Januar übernimmt sein Sohn die Kanzlei, und Jóhann zieht sich zurück.»

«Schade, das wird für einen ausgefeilten Coup ein bisschen knapp.»

«Vielleicht lässt du es dann besser.»

«Ja, vielleicht. Wäre ja auch eher etwas für dich. So als Krimiautorin.»

Der Barkeeper stellt unsere Getränke vor uns ab. Jón legt die Finger um den Stiel des Weinglases.

Das zweite Glas Wein. Er hat es zusammen mit meinem Kaffee bestellt. Offenbar hat er nicht vor, den Abend trotz des

Kaffees, mit dem ich sein zweideutiges Angebot beantwortet habe, schnell zu beenden. Es war doch ein zweideutiges Angebot, oder? Oder habe ich ihn nur komplett falsch verstanden?

Ich sollte ihn das fragen. *Jón, das gerade eben, das lief auf Sex hinaus, oder?*

Oh Gott. Ich ziehe den Kaffee näher zu mir und öffne das danebenliegende Zuckerpäckchen. Es ist mit Sicherheit besser, irgendwie den Wein zu neutralisieren, bevor ich mich noch um Kopf und Kragen rede.

Ein Missverständnis, beschließe ich nach dem ersten süßen Schluck. Nur ein Missverständnis. Und es liegt an der gefährlichen Kombination von Alkohol und der Überraschung darüber, dass Jón mich überhaupt gefragt hat, ob wir noch etwas zusammen trinken wollen, die mich kurz etwas anderes vermuten ließ. Er ist einfach nett – wahrscheinlich wollte er mir nur freundlicherweise sein Sofa anbieten.

«Falls es mit den Büchern nichts wird, könntest du übrigens immer noch Fünf-Sterne-Köchin werden», sagt Jón in diesem Moment.

«Was? Nein.» Ich lache auf, als wäre das der Witz des Abends.

«Wieso nicht? Ich könnte mir das gut vorstellen.»

Ein Blick in sein offenes Gesicht erinnert mich zum zweiten Mal heute Abend daran, dass Jón nicht Daníel ist. Seine Bemerkung ist kein Seitenhieb, und ich muss auch keine Angst haben, dass als Nächstes ein Kommentar kommt wie: *Dann könntest du den ganzen Tag fressen.*

Warum ich auf seine harmlose Frage so seltsam reagiere, kann Jón nicht wissen – wie sollte er auch ahnen, dass ich es verabscheue, wenn Menschen mich mit dem Thema Essen in Verbindung bringen? Selbst wenn es ganz bestimmt nicht gehässig gemeint war?

«Hab ich was Blödes gesagt?», will Jón wissen.

«Nein, wieso?» Mein allerbestes, mein allernettestes Lächeln begleitet meine Gegenfrage.

«Du hast gerade so ernst ausgesehen.»

Unter Jóns aufmerksamen Blick werde ich mich als Nächstes zu winden beginnen – Zeit für einen Themenwechsel.

«Hast du schon immer in Sólvík gewohnt?»

Einmal mehr nicht unbedingt Stufe zehn auf der Smalltalk-Skala, aber egal.

«Weißt du ...» Jón mustert für einen Moment seinen Wein, dann sieht er wieder auf. «Eigentlich ist es nie wirklich zu spät, oder?»

«Wie bitte?»

«Ich meine, wenn du Köchin werden willst ...»

«Will ich aber nicht!» Die Worte geraten mir zu heftig, und ich mildere ihre Schärfe unmittelbar durch ein Lachen ab. «Ehrlich, Jón, das ist ja nun nicht gerade ein Traumberuf, oder?»

Ein paar Sekunden lang scheint Jón zu versuchen, meine Worte einzuordnen, dann senkt er den Kopf, und als er ihn wieder hebt, ist der prüfende Ausdruck in seinen Augen glücklicherweise verschwunden.

«Dort drüben wird ein Tisch frei – wollen wir uns da hinsetzen?», fragt er.

«Ich glaube, ich sollte lieber langsam fahren», erwidere ich, und das sollte ich wohl wirklich.

Sonst müsste ich demnächst noch einmal meine Mutter anrufen, die ihre frühere Gewohnheit wieder aufgenommen hat, erst zu Bett zu gehen, wenn ich zu Hause bin. Bisher war das nicht wirklich ein Problem – in den letzten Wochen war ich abends selten unterwegs, und wenn doch, dann eigentlich nur, um zum Strand zu gehen. Klar könnte ich für diesen Anruf schnell mal zu den Toiletten verschwinden, aber ich habe irgendwie das blöde Gefühl, ohnehin schon alles vermasselt zu haben.

Ein Blick auf Jóns Glas macht mir klar, dass ich sogar das Ende des Abends verpatzt habe: Wie unfassbar nett von mir, ihn mit einem halbgefüllten Glas sitzenzulassen. Verflucht. Kann ich bitte mal eben jemand anderes sein?

«Ich meine ... also, ich muss nicht sofort los, aber ...»

Jón ist meinem Blick gefolgt, dann trinkt er einen Schluck und steht auf.

«Ich bringe dich noch zu deinem Auto, okay?»

«Das musst du nicht.»

«Muss ich nicht, oder soll ich nicht?»

«Du ...» Ich kapituliere, weil ich allein aufgrund der Tatsache, dass er so dicht vor mir steht, schon wieder bereue, mich verabschiedet zu haben. «Du musst nicht.»

«Okay, dann lass uns gehen.»

Jón zieht ein paar Scheine aus seiner Hosentasche und nickt gleichzeitig auffordernd in Richtung Ausgang.

Eine kalte Bö, nur bedingt durch die Häuserfronten gebremst, reißt mir draußen fast die Mütze aus den Händen, die ich gerade über meinen Kopf ziehen wollte. So stürmisch war es vorhin noch nicht.

Schweigend laufen wir die Straße entlang. Mittlerweile ist es sehr viel ruhiger geworden. Nur noch vereinzelt sind Leute unterwegs, und außer dem Pfeifen des Windes ist kaum etwas zu hören.

Was genau passiert hier eigentlich gerade?

Die schlichten Fakten: Ich laufe neben Jón zu meinem Auto. Und darüber hinaus?

Warum hat er mich gefragt, ob wir noch etwas trinken gehen wollen? Ist er nett? Höflich? Also, ich meine, vermutlich ist er beides, aber ist er ... ich meine ...

«Was machst du so am Wochenende?», fragt Jón dicht an meinem Ohr, um sich über den Wind hinweg verständlich zu machen, und meine Gedankenkette bricht für einen Moment in sich zusammen, nur um ähnlich wirr wiederaufzuerstehen.

Warum fragt er das? So ähnlich fing das damals auch mit Daniel an, und ich weiß noch, wie überrascht ich war, dass der gutaussehende Daniel Interesse an mir zeigte. Es war bei einer Fortbildung, und er war mir sofort aufgefallen, genau wie Jón vor einigen Wochen.

Wie es dann endete – *happily ever after* würde ich es nicht gerade nennen.

Und ich würde auch nicht von mir behaupten, dass ich die Trennung von Daniel schon komplett verarbeitet hätte, weshalb es reiner Irrsinn wäre, sich so schnell wieder auf etwas Neues einzulassen, und wieso denke ich über all das überhaupt nach? Jón hat mich gefragt, was ich am Wochenende vorhabe und mir keinen Antrag gemacht!

Was mich zu der Feststellung bringt, dass ich seine Frage nun schon seit langen Sekunden in der Luft habe stehen lassen.

«Nicht viel», erwidere ich viel zu ehrlich, füge jedoch immerhin nicht *mir selbst leidtun* und *traurige Zukunftsgedanken denken* hinzu. Mit Katzen und Schaukelstühlen im Vorgarten.

«Hättest du Lust, einen Ausflug zu machen? Wir könnten zum Skógafoss fahren.»

«Okay», erwidere ich und spüre, wie sich unmittelbar etwas in mir breitzumachen beginnt, das ich erst nach einigen Sekunden als Vorfreude identifiziere. Und Aufregung. Und Verwirrung. Aber eben auch – Vorfreude. Das wäre das erste Wochenende seit Langem, an dem ich nicht nur die Zeit totschlage.

«Gut.»

Auch Jón sieht aus, als würde er sich freuen. Obwohl wir mittlerweile die Straße hinablaufen und der scharfe Wind uns vom Meer direkt entgegenbläst, hat er seinen Schal etwas heruntergezogen, und ich kann sein Lächeln sehen. Mir fällt ein, was ich in der ersten Stunde bei Embla dachte: *Mit diesem Lächeln hat er sie alle.*

«Morgen? Ich könnte dich abholen.»

Von Sólvík aus kommt Jón ohnehin bei mir vorbei. Es ist also nur logisch, zu nicken, «In Ordnung», zu sagen und ihm meine Adresse zu diktieren, die er in sein Smartphone eintippt.

«Gib mir besser auch noch deine Nummer. Nur, falls es später wird.»

Als er auch die gespeichert hat, lässt Jón sein Telefon in die Manteltasche zurückgleiten. «Neun Uhr? Dann wären wir mit dem Sonnenaufgang am Wasserfall.»

«Hört sich gut an. Ich ...» Magnús fällt mir ein. Ach, Mist. Ausgerechnet! «Oder nein – es tut mir leid, ich habe völlig vergessen, dass ich morgen Vormittag arbeiten muss.»

«Kein Problem. Dann verschieben wir es einfach auf Sonntag?»

«Das wäre perfekt.»

Wir haben Óskar erreicht und sind stehen geblieben. Tatsächlich finde ich in dieser Sekunde geradezu alles perfekt. Den bisherigen Abend, den ich vorhin noch unter *Katastrophe* abgelegt habe. Die Aussicht auf einen ganzen Tag mit Jón. Und vor allen Dingen Jón selbst, unter dessen Blick mir trotz des eiskalten Windes warm wird.

Das ist verrückt, verrückt, einfach verrückt.

«Dann bis Sonntag», sage ich und überlege, wie verrückt das alles wohl noch werden wird.

«Bis Sonntag», erwidert Jón.

Mein Herzschlag verdoppelt sich, als er einen Schritt auf mich zutritt. Noch mehr Strähnen haben sich gelöst und werden ihm ins Gesicht geweht. Sie reichen ihm bis fast zum Kinn – wie lang Jóns Haare wohl sind, wenn er sie nicht so streng zusammengebunden hat? Wenn sie ihm offen auf die Schultern fallen?

«Ich freu mich», sagt er und ist mir dabei so nah, dass er seine Stimme über den Wind hinweg nicht erheben muss.

Keine Ahnung, was passieren müsste, damit es mir in diesem Moment möglich wäre, meinen Blick von seinen Augen abzuwenden. Ein Vulkanausbruch vielleicht.

Eine Sekunde lang umfasst Jón meine Hand. Mir ist danach, die Handschuhe abzustreifen, um seine Haut an meiner zu spüren, und außerdem würde ich gern die Aufschläge seines Mantels umfassen und ihn noch näher heranziehen.

Stattdessen weiche ich zurück, und Jóns Hand sinkt herab.

Zu schnell. Das geht alles zu schnell.

Und vielleicht ist es auch zu verrückt.

«Ich freu mich auch», sage ich, bemüht, ganz natürlich zu klingen und nicht so atemlos, wie ich mich fühle. «Also dann ...»

Die Autoschlüssel finden geradezu von selbst ihren Weg in meine Hand, Wagentür öffnen, einsteigen, Motor anlassen. Ich lächle Jón noch einmal durch das Seitenfenster zu, bevor ich mich aufs Ausparken konzentriere und dann meinen Blick nicht mehr von der Straße nehme, bis ich Sólvíks Lichter hinter mir gelassen habe.

Doch in dem Moment, in dem ich das erste Mal in den Rückspiegel sehe, habe ich Jón wieder vor Augen, und als mir als Nächstes bewusst wird, dass er Sonntagmorgen erneut vor mir stehen wird, weil wir nämlich verabredet sind, schließe ich meine Finger fester um das Lenkrad und unterdrücke den

Impuls, an den Straßenrand zu fahren, auszusteigen und in stockdunkler Nacht ein paar Male auf und ab zu springen.

Das wäre nämlich ebenfalls ziemlich verrückt.

Und für heute war alles eindeutig bereits verrückt genug.

Kapitel 13

Es ist kurz vor Mitternacht, als ich zu Hause ankomme. Eigentlich könnte ich mit meinem Anruf bei Sophia vernünftigerweise auch bis morgen warten, doch erstens ist sie mit ziemlicher Sicherheit noch wach, und zweitens muss ich wirklich dringend mit ihr reden.

«Elín? Was ist los?»

«Hab ich dich geweckt?», erkundige ich mich sicherheitshalber.

«Nein, ich gucke gerade mit einer Freundin einen Film – warum rufst du an? Ist was passiert?»

«Hast du einen deiner One-Night-Stands jemals bereut?»

«Was?»

«Oder denkst du, du hättest es eher bereut, wenn du dich nicht auf deine One-Night-Stands eingelassen hättest?»

«*Was*?»

«Und woran hast du gemerkt ...»

«Elín! Wovon redest du eigentlich?»

«Von One-Night-Stands.» Ich seufze. «Und vielleicht rede ich auch von Jón.»

«Jón? Der gutaussehende Typ aus dem Kochkurs?»

«Er hat mich gefragt, ob ich bei ihm übernachten will.»

«Was? Wann?»

«Vorhin.»

«Und wieso rufst du mich an? Bist du gerade bei ihm? Hat er ...»

«Nein, ich sitze auf meinem Bett. Zu Hause. Ohne Jón.»

«Okay, noch mal ganz von vorne bitte, ja?»

Das Telefon zwischen Schulter und Ohr geklemmt, ziehe ich mir die Strumpfhose aus und werfe sie auf den Schreibtischstuhl.

«Er hat mich nach dem Kurs gefragt, ob wir noch zusammen etwas trinken gehen wollen. Und ich habe ja gesagt.»

«Aha?»

«Und dann haben wir jeder ein Glas Wein getrunken. In einer Bar.»

«Aha?»

«Und dann hat er angedeutet, dass ich ja bei ihm übernachten könnte, wenn ich noch ein zweites Glas will. Weil ich ja mit dem Auto da bin. Und nach zwei Gläsern Wein nicht mehr fahren ...»

«Und was hast du gesagt?»

Kurz lege ich das Telefon zur Seite, um mir das Kleid über den Kopf zu streifen. «Ich habe gesagt, mir wäre mehr nach Kaffee.»

Schweigen am anderen Ende, lang genug, um mir mein Schlafshirt überzuziehen.

«Du hast ihn echt abblitzen lassen?»

«Nein! Oder doch, aber ... Sophia, das war unser erster gemeinsamer Abend, also, wenn man die Kochkursstunden nicht mitzählt, und ... ich kann doch nicht ... hättest du?»

«Was?»

«Bei ihm übernachtet?»

«Wir reden hier von Jón, oder? Dem Jón, von dem du die ganze Zeit schwärmst?»

«Tu ich gar nicht.»

«Du hast noch nie die Augenfarbe eines Typen so kitschig beschrieben.»

«Das war ein Witz!»

«Keine Ahnung, ob ich mitgegangen wäre – warum bist du nicht?»

«Weil mir das alles zu schnell ging.»

«Dann war es die richtige Entscheidung.»

Ich stehe auf, um ins Bad zu gehen. Aus dem Schlafzimmer meiner Eltern ist kein Geräusch zu hören, und ich rede erst weiter, nachdem die Badezimmertür sich hinter mir geschlossen hat.

«Ich bin nicht sicher.»

«Du bist nicht sicher, ob das die richtige Entscheidung war?»

«Weißt du, er ist ... also, wenn ich ihn ansehe, dann ...»

Jóns Gesicht taucht vor mir auf. «Ich weiß dann irgendwie immer gar nicht, wohin mit mir. Und das geht mir übrigens auch zu schnell.»

«Was jetzt? Dass du offenbar gerade dabei bist, dich ein wenig in den gutaussehenden Jón zu verlieben?»

«Ja. Nein. Ich meine – ich trauere noch. Um Daníel.»

«Stimmt doch gar nicht. Warte mal kurz.»

Im Hintergrund höre ich Sophia etwas auf Französisch sagen, bevor ich den Lautsprecher einschalte und das Smartphone auf die Ablage über dem Waschbecken lege. Ich habe mir bereits die Haare aus dem Gesicht gebunden und damit begonnen, mich abzuschminken, als Sophia wieder in der Leitung ist.

«Du trauerst nicht um Daníel, sondern um die Beziehung, die du gern mit ihm gehabt hättest. Und die mit einem Arsch wie ihm gar nicht möglich war.»

«Vielleicht. Trotzdem habe ich das Gefühl, es ist noch zu früh für etwas Neues.» Die benutzten Baumwoll-Abschminkpads landen im Wäschekorb, und ich drehe den Wasserhahn auf. «Sekunde, ich will mir kurz das Gesicht waschen.»

«... um dich auf andere Gedanken zu bringen», höre ich Sophias Stimme, als ich das Wasser abdrehe und nach einem Handtuch taste.

«Wie bitte?»

«Ich habe gesagt, dass jemand wie Jón sich dazu eignen könnte, dich auf andere Gedanken zu bringen. Und dass es ja nicht darum gehen muss, direkt von einer Beziehung in die nächste reinzurutschen, sondern erst mal nur darum, den Kopf frei zu kriegen.»

«Ich weiß nur nicht, ob ich das kann.» Ich greife nach meiner Zahnbürste.

«Was? Mit jemandem ins Bett gehen, ohne dass es etwas Ernstes für dich ist? Musst du ja nicht. Du kannst auch einfach ein bisschen flirten. Und wenn er so ein Arsch ist wie Daníel und dich bei der nächsten Kochstunde nicht mehr beachtet, nur weil du nicht mit ihm geschlafen hast, dann ...»

«Wir treffen uns übermorgen», nuschele ich gegen die Zahnbürste an.

«Du hast ihn abblitzen lassen, und danach hat er dich gefragt, ob du dich am Sonntag mit ihm treffen willst?»

«So ungefähr.»

«Okay, dann sieht er offenbar nicht nur gut aus, sondern ist auch ziemlich cool. Meinen Segen hast du, wenn er dir noch mal anbietet, bei ihm zu übernachten.»

«Vielleicht wollte er auch nur nett sein und mir einfach sein Sofa anbieten.» Ich drehe den Wasserhahn noch einmal auf, um Zahnpastaschaum auszuspülen.

«Ja, ganz bestimmt. Männer ticken so. *Ich biete ihr mal völlig ohne jeden Hintergedanken mein Sofa an.* Genau das wird er sich gedacht haben, als er dich in einer Bar bei einem Glas Wein ...»

«Ja, ist ja gut.» Leise tapse ich durch den Flur hinüber in

mein Zimmer und schließe die Tür. Vor dem Kleiderschrank bleibe ich stehen. «Okay, das Problem ist … ich meine … weißt du, ich bin nicht sicher, ob …» Unglücklich starre ich auf die Frau, deren Umrisse ich im Spiegel sehe. «Was, wenn er mich hässlich findet?»

«Elín …»

«Sag jetzt nicht, das wäre Blödsinn, okay? Ich weiß, dass Daníel ein Arsch war, aber auch er war mal nett. Am Anfang. Und erst später hat er mir gesagt, dass … also dass …»

«Dass er dich hässlich findet?», fragt Sophia leise.

«Dass er nie wirklich gern mit mir ins Bett gegangen ist, ja. Dass ich ihm immer zu … zu …»

«Ich hasse deinen Scheiß-Ex-Freund.» Sophia atmet geräuschvoll aus. «Ich möchte sofort zu ihm fahren und ihm seine blöden Eier bis hoch zwischen die Ohren treten.»

Die Elín im Spiegel lächelt schwach. Das halblange, weiße Shirt reicht ihr bis zur Mitte der Oberschenkel, die Daníel häufiger mal als *Stampfer* bezeichnet hat, und ihre Haare fließen über zu große Brüste. Sophia hat Körbchengröße 75B. Ich wäre schon mit D glücklich.

«Ich weiß einfach nicht, ob ich das schaffe. Ich habe Angst, dass Jón es bereut, sobald er mich sieht.»

«Aber er sieht dich doch.»

«Er sieht mich angezogen. Angezogen ist das etwas völlig anderes. Man kann viel kaschieren, und dann wirkt es gar nicht so schlimm, aber nackt …»

«Elín, hör zu. Vielleicht ist es wirklich noch zu früh, um mit einem Typen ins Bett zu steigen, keine Ahnung, aber ganz unabhängig davon: Lass Daníel nicht weiter dein Leben beeinflussen. Das ist er nicht wert. Er hat wirklich schon genug kaputtgemacht.»

«Kann sein. Aber vielleicht hat er das ja durch die Wahrheit geschafft.» Ich reiße mich von meinem Spiegelbild los, weil ich die Wahrheit nicht auch noch anschauen will.

«Die Wahrheit ist nicht, dass du hässlich bist.»

«Die Wahrheit ist, dass ich dick bin. Und dass viele das hässlich finden.»

«Die Wahrheit ist, dass ein Arsch wie Daníel hässlich und widerlich ist. Er ist nur irgendein bescheuerter Typ mit allen möglichen Komplexen, der sich daran aufgegeilt hat, dich fertigzumachen.»

Daníel und Komplexe. Fast muss ich lachen. Keiner ist weiter davon entfernt als er.

«Du triffst dich am Sonntag also mit Jón, oder?», fragt Sophia, während ich mich ins Bett lege, die Decke über die Schulter ziehe und die Lampe auf meinem Nachtschrank ausschalte.

«Das werde ich wohl.»

«Wisst ihr schon, was ihr machen wollt?»

«Wir fahren zum Skógafoss.»

«Zum Skógafoss? War das sein oder dein Vorschlag?»

«Seiner.»

«Oh Gott, er ist genauso irre wie du», murmelt Sophia. «Dann auf jeden Fall viel Spaß beim Erfrieren. Kino wäre Mitte November ja auch völlig absurd gewesen. Und Elín?»

«Mh?»

«Du bist nicht dick.»

Sophias letzter Satz hallt noch eine Weile in mir wider, nachdem wir uns verabschiedet haben. Ich verstehe, was sie mir damit sagen will: Du bist nicht das, was jemand wie Daníel in dir sieht.

In Sophias Augen bin ich nicht hässlich und vielleicht nicht einmal unattraktiv. Doch in den Augen so vieler anderer ... ob das früher die Kinder in der Schule waren, für die ich immer nur *die dicke Elín* war, oder ob jemand wie Daníel mich *Clumsy* nennt, sie alle mochten mich nicht. Mochten meinen Körper nicht. Und mein Körper ist nun mal das, was jeder als Erstes wahrnimmt, noch bevor ich die Möglichkeit habe, witzig oder klug oder sonst wie liebenswert zu sein.

Vielleicht ist das etwas, das ich endlich annehmen muss. Dass ich die Möglichkeit habe, eine gute Freundin zu sein, eine gute Tochter, gut in meinem Job. Ein guter Kumpel vielleicht auch, jemand, mit dem Jón zum Skógafoss fahren und einen schönen Tag erleben kann. Aber eben niemand, der begehrenswert ist.

Will ich, dass Jón mich jemals nackt sieht?

Nein.

Noch findet er mich nicht abstoßend, weil ich durchaus in der Lage bin, mich so zu präsentieren, dass all das Unvollkommene an meinem Körper nicht sofort ins Auge springt. Aber ich will nie wieder bei irgendjemanden das sehen, das ich so oft in Daníels Augen habe lesen müssen.

Guck dich doch mal an.

Das hat er gesagt, nachdem er mir im Badezimmer das Handtuch weggerissen hat, in das ich mich nach dem Duschen gerade einwickeln wollte. *Guck dich doch mal an. Wirklich, du bist fett. Ich bin scheiße noch mal mit einer fetten Frau zusammen.*

Dann hat er mir auf den Hintern geschlagen, mit der flachen Hand und so fest, dass ich vor Schmerz die Luft anhalten musste. Und so stand ich noch da, als Daníel das Badezimmer verließ, ohne die Tür hinter sich zu schließen. Nackt, nass, mit Tränen in den Augen und dem Handtuch zu meinen Füßen, so unendlich gedemütigt, dass ich dachte, ich müsse sterben.

Nie wieder. Niemals wieder möchte ich so etwas erleben, nie wieder.

Kapitel 14

Es ist ein bisschen peinlich, dass meine Mutter mindestens genauso aufgeregt ist wie ich. Seit ich ihr gestern gesagt habe, dass ich heute einen Ausflug unternehme, mit einem Typen, den ich in meinem Computerkurs kennengelernt habe, verhält sie sich, als habe ich ihr einen potenziell bevorstehenden Antrag angekündigt, und gerade ist sie ins Badezimmer gegangen, um sich «ein wenig herzurichten».

Ich hoffe, sie kommt nicht auf die Idee, Jón ins Haus zu bitten, und ich hoffe außerdem, dass sie ihn nicht nach dem Computerkurs fragt. Am besten, ich sorge dafür, dass er gar nicht erst hereinkommt. Ein einziger Schritt über die Schwelle könnte unmittelbar eine Einladung zum Kaffee hinter sich herziehen.

Jón hat meine Nummer, ich seine jedoch nicht, sonst würde ich ihn vielleicht vorwarnen. Das hätte ich Freitagabend schon tun sollen, aber da war zu viel anderes, worüber ich nachdenken musste. Er dürfte ziemlich überrascht sein, wenn er feststellt, dass ich noch – oder wieder, aber das weiß er ja nicht – bei meinen Eltern wohne.

Mich zu entscheiden, was ich anziehen soll, fiel mir heute ausnahmsweise mal leicht, so hoch ist die Zahl meiner extrawarmen Jacken nicht. Allerdings habe ich eine Weile überlegt, was ich mit meinen Haaren mache – trage ich sie offen? Hochgesteckt? –, und außerdem käme ich normalerweise nicht auf die Idee, mich für einen Wanderausflug zu schminken, aber in diesem Fall ... wäre ein komplettes Make-up übertrieben?

Oder nur Concealer und Wimperntusche? Wenn der Wind allerdings so schneidend ist wie in den letzten Tagen, läuft mir die trotz des Prädikats *wasserfest* früher oder später die Wangen runter.

Als es um kurz vor neun klingelt, stehe ich mit einem gepackten Rucksack bereit. Die Haare habe ich schließlich zu einem lockeren Zopf geflochten, der unter einer Mütze nicht weiter stören wird, und auf Wimperntusche habe ich verzichtet. Unter meiner Softshelljacke befinden sich mehrere Kleiderschichten, ich habe feste Wanderstiefel an den Füßen, und alles in allem bin ich derart praktisch und kumpelig unterwegs, dass Jón garantiert nicht noch einmal auf die Idee kommt, mich auf sein Sofa einzuladen. Oder in sein Bett. Oder wohin auch immer.

Schwungvoll öffne ich die Tür, und das Licht der Lampe fällt auf Jón, der vor der Schwelle steht.

«Hi», sagt er.

Verdammt.

Allein sein Anblick bringt mich dazu, mir in diesem Moment tausend Dinge gleichzeitig zu wünschen. Gänzlich unpraktische Klamotten zum Beispiel. Wimperntusche und Lippenstift. Mindestens zwanzig Kilo weniger. Und könnten wir uns bitte so gut kennen, um uns so zu begrüßen, wie wir uns am Freitag verabschiedet haben? Oder zumindest beinahe verabschiedet hätten?

Er ist fast komplett schwarz gekleidet, der Reißverschluss seiner Jacke ist geöffnet und gibt den Blick frei auf einen Schal und einen Rollkragenpullover. Auch Jón trägt feste Wanderstiefel, und es hilft nichts, jetzt muss ich wieder nach oben schauen, in dieses Gesicht, auf dem mittlerweile ein amüsiertes Lächeln aufgetaucht ist.

Ja, lach nur. Mach mir ruhig deutlich, dass du solche Reaktionen gewohnt bist.

Die hellen Haare bilden einen interessanten Kontrast zu all dem Schwarz. Er trägt sie wie immer zurückgebunden, aber heute nicht so streng. Ich frage mich, ob es ein Zufall ist, dass ihm ein paar lange Strähnen links und rechts vor den Schatten seiner Wangenknochen ins Gesicht fallen, oder ob er seine Frisur eben noch im Rückspiegel seines Autos überprüft hat – so attraktiv und ungezwungen und dabei so verflucht lässig sehen normalerweise doch nur Typen in der Werbung aus.

«Hi», sage ich endlich. «Wir können sofort los.»

Hinter mir höre ich meine Mutter in die Diele treten. Okay, das sollte jetzt besser schnell gehen.

«Hallo, Jón. Schön, dich kennenzulernen ... ich bin Anna, Elíns Mutter.»

Sie hält Jón die Hand hin, die dieser ergreift, ohne dass ihm auch nur ein Hauch Überraschung anzumerken wäre.

«Hallo, Anna.»

«Ihr wollt zum Skógafoss, hat Elín erzählt. Ich hoffe, ihr habt gutes Wetter.»

«Ja, das hoffe ich auch», erwidert Jón. «Aber falls es zu stürmisch wird, fällt uns bestimmt etwas anderes ein.»

«Okay», mische ich mich ein, obwohl ich durchaus mitbekomme, dass meine Mutter zu einer weiteren Bemerkung anhebt. Oder eher, *weil* ich das mitbekomme. «Wir wollen beim Wasserfall sein, bevor die Sonne aufgeht, deshalb müssen wir jetzt los.»

«Dann wünsche ich euch einen schönen Tag», sagt meine Mutter in einem sehr freundlichen, sehr mütterlichen Tonfall, als verabschiede sie ihre halbwüchsige Tochter zu einem Date mit dem netten Jungen von nebenan. Bitte lass sie nicht auch noch fragen, wann ich wieder zu Hause bin.

«Wann bist du denn ungefähr wieder da?»

Kurz blicke ich zu Jón. Dem ist nicht anzusehen, ob er sich

darüber wundert, dass die Frau, mit der er heute wandern geht, nicht nur bei ihren Eltern wohnt, sondern auch noch Rechenschaft darüber ablegen muss, wie lange sie auszubleiben gedenkt.

«Weiß ich noch nicht. Bis später, ja?», erwidere ich.

«Gut, bis später ...», meine Mutter geht mir die wenigen Schritte hinterher, die ich benötige, um zur Haustür hinauszutreten, «... aber wegen des Abendessens ...»

Oh nein. Mama. Bitte.

«Jón, möchtest du vielleicht mit uns zusammen ...?»

«Wir gehen vermutlich irgendwo essen», rufe ich über meine Schulter. «Ihr müsst nicht auf uns warten. Bis dann.»

Ich höre, wie Jón sich von meiner Mutter verabschiedet, während ich über die dünne, frischgefallene Schneedecke entschlossen zu seinem Wagen stapfe. Immerhin fiel das Wort *Computerlehrgang* nicht.

Als ich in das Auto steige und Jón sich ein paar Sekunden später auf den Fahrersitz fallen lässt und die Tür zuzieht, beginne ich, nach den richtigen Worten zu suchen. Ich suche immer noch, nachdem wir die letzten Häuser von Vík hinter uns gelassen haben.

«Deine Mutter ist nett», durchbricht Jón schließlich das Schweigen und wirft mir dabei einen Blick zu, aus dem ich nicht herauslesen kann, ob diese Bemerkung eine einfache Feststellung war oder ob eine Frage dahintersteht.

Ich atme tief durch. «Ja, das ist sie. Und nur falls du dich wunderst – ich bin erst seit einigen Wochen wieder in Vík. Und gerade auf Wohnungssuche. Wenn du also zufällig von einer hörst ...»

«Einer Wohnung? Wo suchst du denn?»

«In der Umgebung wäre gut. Ich arbeite ja in Sólvík. Davon abgesehen bin ich für alles offen.»

«Okay, ich hör mich mal um.» Ein weiterer schneller Blick, den ich mehr aus den Augenwinkeln wahrnehme. «Hast du in Sólvík gewohnt, bevor du wieder nach Vík gezogen bist?»

«Nein, in Kirkjubæjarklaustur.»

«Und wieso wohnst du dort nicht mehr?»

«Ich habe mich von meinem Freund getrennt.»

Genau genommen er sich von mir, aber wen interessieren schon solche Feinheiten?

Auf diese Antwort erwidert Jón einige Sekunden lang nichts. Dann räuspert er sich. «Sorry, ich hoffe, ich habe da nicht irgendwas wieder hochgeholt.»

«Nein, schon in Ordnung. Ich bin damit durch.»

Haha. Vor etwa zwei Wochen kam die letzte Nachricht von Daniel, aber dass ich deshalb überhaupt nicht mehr an ihn denken würde, kann man trotzdem nicht behaupten.

In der beginnenden Dämmerung gewinnt die Umgebung an Kontur, Hügel und Felsmassive heben sich zunehmend stärker vor einem immer heller werdenden Himmel ab. Die Landschaft holt sich langsam ihre Farben wieder, und mit dem ersten Wagen, der uns entgegenkommt, verliert sich auch das Gefühl, völlig allein durchs Nirgendwo zu fahren.

Jón hat nicht weiter nachgefragt, und in die menschenleere Stille hat unser Schweigen hineingepasst. Doch als wir jetzt in die Straße einbiegen, die zum Skógafoss führt, beuge ich mich vor. «Da ist er.»

Ich bin nicht zum ersten Mal hier, doch es ist immer wieder ein erhebendes Gefühl, das tobende Wasser zwischen den Hügeln weiß aufleuchten zu sehen, das sich über eine scharfe Abbruchkante hinweg sechzig Meter in die Tiefe stürzt.

«Und noch haben wir ihn ganz für uns», erwidert Jón, während er auf den leeren Parkplatz unterhalb des Wasserfalls einschwenkt.

Das stimmt. Im Sommer wäre das mit Sicherheit nicht der Fall, doch jetzt im November und um diese Uhrzeit sind wir die Ersten. Die Wolkenfetzen am Himmel haben begonnen, sich zartrosa zu verfärben, und als ich aussteige, empfängt mich das Rauschen des brodelnden Wassers. Ich schultere meinen Rucksack, während Jón zum Kofferraum tritt. Auch er zieht einen Rucksack heraus, außerdem eine Fototasche und ein Stativ, das er einige Sekunden lang mustert, bevor er es zurücklegt.

«Du fotografierst?», frage ich in dem Moment, in dem der Kofferraumdeckel zuschlägt.

«Ja, gelegentlich.» Jón setzt seinen Rucksack auf und hängt sich die Tasche über die Schulter. «Aber nur so zum Spaß.»

Die Art, wie Jón diese Worte gleichmütig dahinsagt, kommt mir bekannt vor. Ich klinge ähnlich, wenn ich behaupte, dass das Kochen nicht mehr als ein Hobby von mir ist, und mit Sicherheit nicht eines meiner liebsten.

«Was fotografierst du?», will ich wissen, während wir am Fluss entlang das letzte Stück Weg über schneeüberzuckerte Steine und Sand zurücklegen.

«Hauptsächlich Landschaften. Manchmal Porträts. Architektur. Im Großen und Ganzen einfach das, worauf ich Lust habe», sagt Jón, ohne es weiter auszuführen.

Noch eine Gemeinsamkeit. Über das Kochen rede ich ebenfalls nie mehr als nötig. Ob auch Jón schon bemerkt hat, dass uns da etwas verbindet?

So früh war ich noch nie hier. Das Getöse des Wasserfalls wird bei jedem Schritt lauter, feiner Nebel legt sich auf mein Gesicht. Das Bild, das sich uns bietet, ist ein Gemälde aus dunklen Farbtönen, zerklüfteter Stein hinter schaumig weißem Wasser, und darüber ein Himmel, dessen Leuchtkraft von Minute zu Minute an Intensität gewinnt. Immer wenn ich vor dem Skógafoss stehe, fühle ich mich winzig und gleichzeitig beschenkt. Genauso fühle ich mich auch, wenn ich am Strand an einem stürmischen Tag die Wellen beobachte, wie sie sich gegen den nackten Fels werfen und wie die steinernen Trolle vor der Küste ihnen trotzen, Jahr um Jahr. So viel Kraft, so viel Ausdauer und Stärke und eine Art duldsames Hinnehmen der Ewigkeit – wer bin ich im Vergleich zur Macht des Wassers? Manche Menschen haben das Bedürfnis, sich die Natur untertan zu machen, sie kontrollieren und für sich nutzen zu wollen. In mir jedoch steigt in solchen Momenten nur Dankbarkeit auf. Dafür, dass ich Teil von etwas so Großartigem bin.

Mein Blick huscht zu Jón, der neben mir stehen geblieben ist und auf dessen Gesicht dieselbe Ergriffenheit liegt, die ich auch spüre. In seinen Haaren schimmern Wassertröpfchen, und als er bemerkt, dass ich ihn ansehe, wischt er sie fort und lächelt. «Gehen wir hoch?»

«Okay.»

Wenn wir uns beeilen, erreichen wir die Aussichtsplattform über dem Wasserfall, noch bevor die Sonne aufgeht. Wir laufen den Hügel entlang, in dessen Schatten sich Schneeverwehungen angehäuft haben, bis wir auf die ersten flachen Stufen stoßen. Festgetretene Erde mit je einem schweren Holzbalken als Befestigung und dünnen Ketten rechts und links, an denen man sich entlanghangeln kann, wenn es glatt, vereist und rutschig wird.

Der Wind ist nicht besonders stark, und ich verliere mich beim Hinaufsteigen immer wieder in den Farben der Morgenwolken. Zu meiner Linken ist nach einer Weile unter uns wieder der Fluss zu sehen, rechts breiten sich nur scheinbar sanft abfallend schneebedeckte Ebenen aus, durchstochen von verfilztem braunem Gras. Im Frühjahr, wenn alles wieder zu seiner alten Kraft findet, wirken die Hügel wie mit grünem

Samt überzogen, heute jedoch glättet die Schneedecke alle Unebenheiten.

Als wir die Metallgittertreppe erreichen, die steiler in die Höhe führt, lässt Jón mich vorausgehen. Die baumelnden Ketten werden auf einer Seite durch ein festes Geländer ersetzt, auf das ich eine Hand lege, während ich Schritt für Schritt weiter hinaufsteige, mich immer wieder vergewissernd, dass meine Füße festen Halt haben. Keine Ahnung, ob Jón mich überhaupt halten könnte, sollte ich ausrutschen und nach hinten fallen. Vermutlich nicht, so ritterlich der Versuch auch wäre. Stattdessen würde ich ihn wohl umreißen und mit ihm gemeinsam ziemlich lang nach unten schlittern – nichts, das ich unbedingt ausprobieren möchte.

Die Plattform über dem Skógafoss besteht aus dem gleichen Gitter wie die Treppenstufen; durch viele kleine Rechtecke hindurch kann man direkt nach unten sehen. Das ist das erste Mal, dass ich allein hier stehe – also: fast allein. Jón ist neben mir an das brusthohe Geländer getreten. Der herabstürzende Fluss sieht von hier oben aus wie ein im Wind wehender Schleier.

Jón atmet tief durch, und ich muss lächeln, als er zufrieden aufseufzt und dabei die Unterarme auf das Geländer stützt. Eine Weile stehen wir nur da und nehmen das Panorama in uns auf. Der normalerweise schiefergraue Berg auf der anderen Seite des Flusses sieht aus wie mit Puderzucker bestäubt, und die aufsteigende Gischt tief unter uns erzeugt in mir das unwirkliche Gefühl eines kochenden Wasserbeckens. Die Skógá fließt von hier aus nach ein paar Kilometern ins Meer, das man am Horizont gerade noch erahnen kann. So schlank und ruhig, wie sie sich dem Atlantik entlangschlängelt, scheint sie gar nicht zu dieser Urgewalt direkt vor uns zu passen.

Dann bricht der Himmel auf. Für einen Augenblick sieht es

so aus, als würden Sonnenstrahlen sich zusammen mit dem Wasser über den Rand der Klippen stürzen wollen, und die Hügelkuppen erstrahlen in ihrem Licht.

Jón hat seine Fototasche geöffnet und hält eine Kamera in den Händen. Ich versuche mein Glück erst gar nicht. Die Erfahrung hat mir schon oft genug bewiesen, dass es unmöglich ist, das, was sich vor mir ausbreitet, mit meiner Handykamera einzufangen. Und bevor ich mir ein solches Schauspiel völlig sinnloserweise nur auf dem Display meines Telefons ansehe, genieße ich lieber jede einzelne Sekunde ganz unmittelbar.

«Ist es dir recht, wenn ich auch ein paar Bilder von dir mache?», fragt Jón.

«Okay», sage ich überrascht.

Im nächsten Moment dränge ich Gedanken zurück wie *Bist du irre?* und *Spätestens, wenn er dich auf den Bildern sieht, wird ihm klarwerden, wie dick du bist.*

Warum ein Teil von mir ihm dennoch genug vertraut, dass ich sogar lächle, als die Kamera in meine Richtung zeigt, bekomme ich nicht zu fassen, und in meiner Verwirrung wende ich mich dem Wasserfall zu, bis ich merke, dass Jón aufgehört hat, zu fotografieren.

«Frühstück?», fragt er stattdessen.

«Frühstück?», wiederhole ich. «Willst du runter zum Restaurant? Ich weiß gar nicht …»

«Nein, eigentlich will ich wissen, ob du Lust auf ein Frühstück hättest. Jetzt und hier.»

«Hier?»

Jón setzt seinen Rucksack ab und öffnet dessen Verschlüsse. Zuerst breitet er eine dünne, silbrig glänzende Isomatte über den Gitterboden, dann lässt er sich im Schneidersitz darauf nieder und packt weiter aus.

Eine Thermoskanne. Einen Viererpack Muffins. Ein in Plastik eingeschweißter Kuchen. Zwei Eier und ein paar Scheiben Brot, die er in Alufolie eingewickelt hat. Zum Schluss legt er noch zwei Äpfel dazu und grinst zu mir hoch. «Es ist angerichtet. Ach, halt …» Noch einmal wühlt er in seinem Rucksack und zieht schließlich noch zwei Becher hervor. «Für den Kaffee. Wasser hätte ich auch.» Er nickt zu der Trinkflasche, die in einer Seitentasche klemmt. «Aber das hast du vermutlich selbst.»

Angemessen beeindruckt setze ich mich ihm gegenüber. «Ich habe hier oben noch nie gefrühstückt.»

«Ich auch nicht», erwidert Jón. «Jedenfalls nicht so. Aber ich dachte, nachdem wir uns ja in einem Kochkurs kennengelernt haben … eigentlich wollte ich noch einen Kuchen backen, aber frag nicht. Kaffee?» Er greift nach der Thermoskanne.

«Ja, gern.»

«Zucker gibt's auch.»

Jón reicht mir einen dampfenden Becher, und ich beeile mich, den Kaffee vorsichtig auf der Isomatte abzustellen, bevor ich mir die Finger daran verbrenne.

«Fangen wir mit dem Kuchen an?» Jón streckt sich bereits nach der Packung.

«Nein … nein, danke, ich nehme lieber einen Apfel.»

«Shit!» Er erstarrt in der Bewegung. «Du isst ja vegan, oder?»

«Nein! Also … nein, ich esse vegetarisch.»

«Uff. Glück gehabt. Daran hab ich überhaupt nicht mehr gedacht – aber ich glaube, dann ist alles okay.» Jetzt greift er doch nach dem Kuchen. «Scheint kein Tier dafür gestorben zu sein. Eier isst du, oder?»

«Eier sind in Ordnung.»

Ich lehne mich gegen eine der Metallstreben, deren Lücken zusätzlich noch mit einem Maschendrahtzaun abgesichert sind, und beiße in den Apfel.

«Wir bleiben garantiert nicht mehr lang allein. Um diese Zeit sind meistens schon Leute da.» Jón trinkt einen Schluck Kaffee und öffnet dann die Tüte mit den Muffins.

«Bist du häufiger um diese Zeit hier?», frage ich.

«Ja, ich bin gern schon früh unterwegs.» Er macht eine Handbewegung, die so ziemlich alles umfasst. «Es ist etwas völlig anderes, ob man alleine ist oder aufpassen muss, dass man niemandem auf die Füße tritt.»

Auch Jón lehnt sich mit dem Rücken gegen eine Metallstrebe und befreit gleichzeitig einen Muffin aus seinem Papierförmchen.

«Ich weiß, was du meinst», sage ich und denke an die Abende, an denen ich spät allein am Strand unterwegs bin.

Mein Blick fällt auf die Fototasche. Am liebsten würde ich Jón fragen, ob er mir seine Bilder zeigt. Dass das Fotografieren ihm viel bedeutet, steht für mich außer Frage – die Ausrüstung mitsamt Stativ hat er kaum wegen unserer Verabredung in seinen Wagen geworfen. Allerdings mag ich es nicht, wenn mich jemand auf meine Kochleidenschaft anspricht, und so kurz angebunden, wie er vorhin auf meine Frage reagiert hat …

«Wo bist du noch gern am frühen Morgen?», frage ich stattdessen.

Jón senkt den Kopf, doch ich habe das Grinsen auf seinem Gesicht entdeckt und kann mir denken, welcher Gedanke ihm durch den Kopf geschossen ist.

«Am Reynisfjara-Strand», erwidert er jedoch netterweise, ohne auf meine Steilvorlage einzugehen. «Die Sonne geht direkt hinter den Felsnadeln auf, perfektes Licht. Oder an irgendeinem See, zum Beispiel dem Jökulsárlón. Oder in einem Gletscher – das muss allerdings nicht unbedingt früh am Morgen sein.»

«Ich war noch nie in einem Gletscher.»

«Dein Ernst?» Jón mustert mich ungläubig. «Dann wird's aber mal Zeit.»

Mit beiden Händen umfasse ich meinen Kaffeebecher. Eben war er noch viel zu heiß, jetzt jedoch eignet er sich perfekt, um meine Finger daran aufzuwärmen. «Hat sich irgendwie nie ergeben.»

«Wenn du Lust hast, zeig ich dir mal einen», bemerkt Jón, während er einen zweiten Muffin auswickelt. «Ein Freund von mir ist Gletscherscout. Der weiß, wo Höhlen sind, die man in diesem Winter sicher betreten kann.»

Ein weiteres Treffen. Jón schlägt noch ein Treffen vor, und statt mich einfach darüber zu freuen, habe ich Angst vor dem Moment, in dem ich wieder aus meinem Traum gerissen werde. Wenn er jede haben könnte, warum sollte er mich wählen?

«Okay», erwidere ich jedoch mit einer Selbstverständlichkeit, als bekäme ich solche Angebote täglich. «Klingt gut. Ich kenne Bilder von solchen Höhlen, aber ich würde das gern mal in echt sehen.»

«Bilder werden dem Ganzen wirklich nicht gerecht», erklärt Jón. «Glaub mir, kein Bild kann mit der Realität mithalten.»

Spricht da der Fotograf aus ihm? Auf gewisse Weise kenne ich das unbefriedigende Gefühl, etwas nicht so wiedergeben zu können, wie ich es mir vorstelle. Wie oft schon habe ich fast auf der Zunge schmecken können, wie ein Gericht sein müsste, um wirklich perfekt zu werden, und doch habe ich es nicht hinbekommen. Wie oft saß ich da und habe mir den Kopf darüber zerbrochen, was ich hätte anders machen müssen, um alles perfekt abzurunden. Sophia meint dann immer, ich solle aufhören, darüber nachzudenken, alles sei bestimmt absolut göttlich. Da Sophia in erster Linie total auf Desserts abfährt und es eigentlich schon ausreicht, genügend Zucker zu verwenden, um sie zufriedenzustellen, ist sie allerdings kein wirklicher Maßstab.

«Und wo bist du besonders gern?», fragt Jón in meine Gedanken hinein.

Wenn ich jetzt sage, in einer Küche, kriegt er bestimmt einen Lachanfall und vergisst spontan alle Ausflüge zu Gletscherhöhlen. Beschämt dränge ich meinen ersten Impuls zurück und entscheide mich für den nächsten Gedanken.

«Am Meer. Ganz egal, wo und wann. Ich bin oft am Reynisfjara, vor allem abends.»

«Vielleicht waren wir ja schon gleichzeitig da.»

«Ja, vielleicht.»

Der Gedanke gefällt mir. Gerade um diese Jahreszeit treffe ich nur selten andere Menschen, wenn ich zum Strand hinuntergehe. Aber es gibt immer mal wieder Leute, die mit ihren stativgestützten Kameras auf Polarlichter hoffen. Vielleicht war Jón irgendwann mal einer von ihnen?

«Möchtest du?» Jón hält mir die Muffintüte hin.

«Nein, danke», erwidere ich automatisch und greife nach einer Brotscheibe.

Ich frage mich, ob Jón vielleicht annimmt, dass ich den Muffin ablehne, weil ich nicht noch dicker werden will – womit er recht hätte. Doch die Sorge verfliegt, als mich sein Blick plötzlich gefangen nimmt. Er hat die Tüte sinken lassen, sich jedoch nicht von mir abgewandt. In dieser Sekunde möchte ich ihn gern fragen, was er denkt, wenn er mich so ansieht, und gleichzeitig will ich es lieber nicht wissen.

Ich jedenfalls denke, dass ich nicht damit gerechnet hätte, mich jemals wieder so zu fühlen. So zu jemandem hingezogen, meine ich. Wenigstens nicht so schnell nach Daníel. Das Ende unserer Beziehung war furchtbar – na ja, eigentlich ist sie schon viel früher furchtbar geworden.

Aber diese irritierende Sehnsucht nach mehr Nähe ist in Jóns Gegenwart trotzdem da. Ich möchte mit den Fingerspitzen die Konturen seiner Wangenknochen nachfahren und herausfinden, wie es sich anfühlen würde, ihn zu küssen. Wenn er sich nur ein bisschen vorbeugen würde ...

Allein die Vorstellung führt zu einem sehnsüchtigen Ziehen in meiner Brust.

Vielleicht kann Jón Gedanken lesen.

Oder steht es mir ins Gesicht geschrieben?

Es knistert, als er die Muffintüte beiseitelegt und sich langsam vorbeugt, ohne unseren Blickkontakt zu unterbrechen. Die Sekunden, in denen wir einander ansehen, dehnen sich endlos und rasen zugleich an mir vorbei. In seinen Augen scheint sich die Weite des Himmels zu spiegeln.

Moment. Moment, da war noch was.

«Was ist mit deiner Freundin?» Er hat sie doch erwähnt. Seine Freundin.

«Was denn für eine Freundin? Ich bin mit niemandem zusammen.»

Ein schwacher Windstoß bläst Jón eine vereinzelte Strähne ins Gesicht. Er streicht sie sich hinters Ohr, und ich habe gerade noch Zeit, zu denken, dass es eigentlich unmöglich ist, dass das jetzt passiert, bevor es passiert.

Kühl und weich, warm, als sein Mund sich leicht öffnet, und ich glaube, ich war es, die eben aufgeseufzt hat. Ich kann seine Hand in meinem Nacken fühlen und ihren sanften Druck, und als Jón die Augen schließt, tue ich es ihm gleich.

Ein tastender Kuss, ein forschender Kuss, ein Wie-weit-darf-ich-gehen-Kuss. Ich habe das Brausen des Wasserfalls im Ohr, während ich mir die Erlaubnis gebe, mich fallen zu lassen. Ich will über nichts anderes nachdenken als darüber, was dieser Kuss in mir in Brand setzt. Er schmeckt nach süßem Kaffee, und es ist so leicht, sich in diesem Moment zu verlieren, der nur aus Nähe, Licht, Luft und Sonne zu bestehen scheint.

Dann klatsche ich Jón eine Scheibe Brot ins Gesicht.

Oh Gott.

Oh mein Gott.

Es war keine Absicht, natürlich nicht, ich habe ganz einfach vergessen, dass ich die Brotscheibe noch immer in der Hand halte, und als ich dann sein Gesicht berühren wollte ...

Jón reißt die Augen auf, und ich erstarre.

Dann beginne ich haltlos zu kichern. Mit Sicherheit habe ich niemals einen Kuss auf peinlichere Art unterbrochen. Es toppt sogar die Frage nach der Uhrzeit, mit der ich vor Ewigkeiten einen Typen aus der Schule aus dem Konzept brachte, dessen Küsse ich erstens ziemlich langweilig fand und zweitens auch recht unmotiviert. Vermutlich, weil es ihm mehr um das Betatschen meiner Brüste ging als darum, mich zu küssen.

Jón beginnt zu grinsen, während mir die Hitze ins Gesicht steigt, und das nicht nur, weil ich so angestrengt versuche, mit dem dämlichen Gekicher aufzuhören.

«Du hättest mir auch einfach sagen können, dass du mich nicht küssen willst», stellt er fest, und gleich ersticke ich.

«Entschuldigung, ich wollte nur ... ich habe nicht ...»

«Ich bin nur froh, dass du nicht gerade die Thermoskanne in der Hand hattest.»

«Jón! Ich ... das war ...»

Wo ist das Loch im Erdboden, wenn man es mal braucht? Die Hand vor den Mund gepresst, kann ich nur beten, dass mein hysterischer Lachanfall schnell wieder abklingt. Als Erstes müsste ich dazu allerdings Jóns perplexen Gesichtsausdruck aus dem Kopf kriegen, und das ist nicht gerade leicht.

Jón hat sich wieder zurückgelehnt, und jedes Mal, wenn ich

ihn ansehe, winkt er mit dieser Brotscheibe zu mir rüber – ich werde niemals mehr aufhören können zu lachen.

Als er das nächste Mal zum Winken ansetzt, versuche ich, ihm das verflixte Brot abzunehmen, woraufhin seine Finger sich um mein Handgelenk schließen.

Plötzlich ist sein Gesicht wieder ganz nah vor meinem, und auf einmal fällt es mir leicht, ernst zu werden. Das ist verrückt, alles. Ich sagte das schon, mehrfach sogar, aber ...

Der nächste Kuss ist weniger vorsichtig. Wir machen einfach da weiter, wo wir aufgehört haben, ich streiche über raue Bartstoppeln und die zarte Haut seiner Schläfen, während Jóns Griff um mein Handgelenk sich löst, doch nur, um mich näher an sich heranzuziehen.

Ich lege ein Bein über seine Oberschenkel, sitze halb auf ihm, ohne mich mit meinem ganzen Gewicht auf ihm abzustützen, und ich weiche erst wieder ein Stück zurück, als ich spüre, wie seine Hände unter meine Jacke gleiten, unter meinen Pullover und unter das Hemd, und schließlich warm über die Haut meines Rückens streichen.

Jón hat die Augen noch immer geschlossen, und ich will den Kuss gar nicht unterbrechen, ich möchte nur nicht ... es ist ... wenn seine Hände gleich nach vorn wandern und er dabei die Falten bemerkt, die sich nun mal bilden, wenn man sich vorbeugt und verflucht noch mal keinen flachen Bauch hat, und wenn seine Hände dann vielleicht über meinen Bauch ...

Jón öffnet die Augen. «Alles okay?», fragt er leise, und seine Stimme klingt rauer als gewöhnlich.

«Ja, ich bin nur ... es ist ziemlich kalt.»

«Sorry.» Die Wärme seiner Hände verschwindet, und ich kann fühlen, wie er meine Kleidung wieder zurechtzieht. Das leichte Lächeln ist auf seine Lippen zurückgekehrt, und ich hätte gern ein Foto von diesem Moment, von den schneebedeckten Hügeln, vom Wasserfall, der einen Nebel aus Gischt zu uns nach oben schickt, und von Jón, der noch vorgestern um diese Zeit nur der attraktive Mann aus meinem Kochkurs war und der mich in dieser Sekunde auf eine Art anlächelt, bei der ich mir beinahe wünschen würde, wir wären irgendwo, wo es nicht ganz so kalt ist.

Beinahe.

Ein Schatten legt sich über meine Stimmung, und ich versuche erst gar nicht so zu tun, als wüsste ich nicht, warum.

Vorsichtig ziehe ich mein Bein wieder zurück.

Jón sieht an mir vorbei und flucht leise.

Ich folge seinem Blick. Weit unter uns laufen Menschen in roten, blauen und schwarzen Jacken auf dem kurzen Stück Weg vom Parkplatz zum Skógafoss, und vermutlich haben sich einige auch schon an den Aufstieg gemacht.

Jón streckt sich nach der Thermoskanne, und ich halte ihm meinen Becher hin. So langsam beginne ich wirklich die Kälte zu spüren. Viel intensiver allerdings ist das nachklingende Gefühl von Jóns Lippen auf meinen.

So viel zum Thema *Auf gar keinen Fall lasse ich mich auf etwas Neues ein.*

Als Jón damit beginnt, die mitgebrachten Sachen in seinem Rucksack zu verstauen, reiche ich ihm mechanisch den übriggebliebenen Apfel und den Kuchen, der noch immer in seiner versiegelten Plastikhülle ruht. Dann steht er auf und streckt mir eine Hand entgegen. Ich beeile mich, ihm entgegenzukommen.

«Hör mal», beginnt er, ohne meine Hand loszulassen. «Ich weiß nicht, was dir durch den Kopf geht, aber vielleicht glaubst du, dass ich so etwas häufiger mal mache.»

Kurz presse ich die Lippen zusammen. Um ehrlich zu sein, würde ich das nicht ausschließen.

«Falls du das wirklich von mir denkst, liegst du falsch. Das ist ...» Jón wählt seine Worte so sorgfältig, dass Pausen entstehen. «Das ist keine Masche oder so. Ich schleppe nicht ständig Frauen am frühen Morgen zum Skógafoss. Und ich bin normalerweise auch kein Typ, der unmittelbar zur Sache kommt, aber ... na ja.» Er fährt sich über den Nacken. «Aber manchmal wohl doch.»

Vorsichtig löse ich meine Hand aus seiner. «Dir ist schon klar, dass ich mir jetzt eine ähnliche Rede ausdenken muss, oder?», erwidere ich. «Von wegen, dass ich natürlich normalerweise auch keine bin, die sich so schnell auf einen Typen einlässt.»

«Ach?», gibt sich Jón überrascht und lächelt, als ich ihm einen leichten Schlag gegen den Oberarm verpasse. «Dann passt das doch ziemlich gut – du machst das normalerweise nie, ich mach das normalerweise nie ...» Mit dem Zeigefinger fährt er von meiner Stirn über meine Nase bis zu meinen Lippen hinunter. «Manchmal sollen Dingen vielleicht einfach so sein.»

Als er mich jetzt küsst, will ich genau das gern glauben. Dass Dinge eben manchmal so sein sollen. Dass Jón sich aus welchem Grund auch immer zu mir hingezogen fühlt und dass das hier einfach eine Sache ist, wie sie jeden Tag überall zwischen zwei Menschen entstehen kann.

Ich will es glauben, unbedingt, und es gelingt mir sogar für einen kurzen Moment – einen Moment, den ich nicht festzuhalten vermag.

Langsam stemme ich beide Hände gegen Jóns Brust und weiche zurück.

Ich kann das nicht. Ich kann einfach nicht.

«Jón, ich ... könntest du mich bitte nach Hause fahren?»

Erst wirkt er überrascht, dann legt sich seine Stirn verwirrt in Falten. «Klar, kann ich, aber warum?»

Ja, warum?

Weil ich mir nicht vorstellen kann, dass nicht alles wieder in einer Katastrophe enden wird? Weil du zu gut aussiehst? Weil ich glaube, dass du früher oder später bereuen wirst, dich auf jemanden wie mich eingelassen zu haben, obwohl du doch die Katríns dieser Welt haben kannst?

Weil ich Angst habe.

Davor, dass du mich irgendwann so ansiehst, wie Daníel mich angesehen hat.

All diese Gründe, von denen ich keinen einzigen laut aussprechen werde.

«Weil ich das Gefühl habe ... ich ... es tut mir leid, vielleicht geht es mir einfach doch ein bisschen schnell.»

In einiger Entfernung tauchen hinter Jón die ersten Leute auf, die sich über die Metallstufen zu uns vorarbeiten.

Jón folgt meinem Blick, dann wendet er sich wieder mir zu. «Wenn es dir zu schnell geht, fahren wir die Geschwindigkeit runter – wir können auch einfach alles etwas langsamer angehen.» Er hat sein Lächeln wiedergefunden, als er sein Smartphone aus der Tasche zieht. Ein paar Sekunden später summt es in meiner Tasche. «Meine Nummer. Du entscheidest, okay?»

Keine Ahnung, wie überzeugt mein Lächeln ausfällt. «Okay», sage ich und weiß in dieser Sekunde nicht, ob ich lieber weglaufen oder Jóns Gesicht noch einmal näher zu mir ziehen will.

Jón nimmt mir diese Entscheidung ab.

«Dann lass uns mal schauen, wie wir heil wieder runterkommen.»

Kapitel 15

Am anderen Ende der Leitung ist es bereits ziemlich lange still. Es ist Sonntagabend, und ich habe Sophia gerade nicht nur erzählt, dass Jón und ich uns beim Skógafoss geküsst haben, sondern auch, dass ich unmittelbar danach einen Rückzieher gemacht habe. Jetzt sitze ich nervös in meinem Sessel und warte auf ihre Reaktion.

Schließlich räuspert sie sich. «Okay, erklär mir das bitte. Ich meine – Jón. Seit Wochen kocht ihr zusammen und versteht euch offensichtlich ziemlich gut dabei, aber jedes Mal, wenn ich etwas dazu sage, wehrst du ab. Und jetzt küsst du ihn und überlegst es dir direkt danach anders?»

«Ich wollte erst mal über alles nachdenken», verteidige ich mich eher lahm.

«Über was?»

«Na eben – über alles.»

«Eigentlich hast du doch nur Angst, das mit Jón könne genauso eine Katastrophe werden wie mit Daníel.»

Jetzt bin ich es, die nicht sofort antwortet. Sophias Angewohnheit, den Nagel direkt auf den Kopf zu treffen, ist manchmal anstrengend.

«Elín? Ist doch so, oder? Aber du kannst nicht für den Rest deines Lebens einen Sicherheitsabstand allem und jedem gegenüber einhalten.»

«Das habe ich auch gar nicht vor.»

«Warum willst du dann …?»

«Sophia, das mit Daníel ist noch nicht mal drei Monate her.»

«Mh.»

«Und Jón sieht aus wie diese Typen auf dem Cover von Männermagazinen.»

«Mh.»

«Ich glaube, es gibt keine Frau im Kurs, die ihn nicht heimlich anstarrt – wahrscheinlich starren ihn alle Frauen dieser Erde an.»

«Mh.»

«Das ist ... es ist einfach ...»

«Wie ist es denn?», hakt Sophia nach. «Du erzählst mir gerade, dass du solo bist und der Typ, der sich für dich interessiert, ausgesprochen gut aussieht – bisher kann ich daran noch keinen Haken finden. Und jetzt sag nicht, es sei wie bei Daníel», kommt sie meinem nächsten Satz zuvor. «Du versuchst eben doch, einen Sicherheitsabstand einzuhalten.»

«Ich versuche nur, nicht dieselben Fehler zu wiederholen.»

«Das tust du nicht, solange du nicht wieder etwas mit deinem Arsch von Ex-Freund anfängst. Meldet der sich eigentlich noch?»

«Nein.»

«Gut. Elín, mal ehrlich: Wäre es denn anders, wenn Jón einfach nur ein netter Kerl wäre, der niemandem weiter auffällt?»

Nein, denke ich. «Vielleicht», sage ich, um meinen guten Willen zu demonstrieren.

«Dann bist du diskriminierend.»

«Bitte was?»

«Du bist diskriminierend. Du unterstellst Jón miese Absichten, nur weil er gut aussieht. Das ist fast dasselbe, wie wenn du eine Frau als Schlampe bezeichnest, nur weil sie attraktiv ist.»

Damit hat Sophia wohl recht. «Was, wenn ich gesagt hätte, es wäre auch dann nicht anders?»

«Dann hätte ich das mit dem Sicherheitsabstand wiederholt.»

«Sophia!» Ich muss lachen. «Ich brauche einfach noch ein bisschen Zeit.»

«Okay. Ich verstehe das sogar. Ehrlich, ich verstehe es wirklich. Es wäre nur schade ... also mal angenommen, der gutaussehende Jón meint es tatsächlich ernst. So richtig. Nehmen wir mal an, du wüsstest das ganz genau – würdest du dich dann auf ihn einlassen?»

Wahrscheinlich würde ich mich ihm gegenüber trotzdem schuldig fühlen, weil ich nicht die perfekte Frau bin, die er haben könnte. Das ist allerdings ein Gedanke, den ich nicht mal Sophia gegenüber aussprechen kann.

«Elín?»

«Ich weiß es nicht.»

«Wenn du *wüsstest*, er wäre einfach glücklich mit dir, weil du so ein toller, liebenswerter Mensch bist? So wie ich glücklich darüber bin, dich zur Freundin zu haben?»

Mir treten die Tränen in die Augen. Das ist jetzt ein klarer Ich-vermisse-Sophia-Moment.

«Dann vielleicht schon», sage ich leise.

«Dann denk noch mal darüber nach, ja? Und übrigens will ich ein Foto von Jón. Oder mach gleich ein Video. Wenn ihn wirklich alle heimlich anstarren, wird es Zeit, dass du ihn mir auch mal zeigst.»

«Du könntest dir seine Website ansehen.»

«Wie langweilig.»

«Was ist eigentlich mit dir? Du hast schon lange nichts mehr von irgendwelchen Édouards erzählt – gibt's was Neues?»

«Vielleicht.»

«Vielleicht?», wiederhole ich. «Was bedeutet vielleicht?»

«Das bedeutet, dass sich da vielleicht etwas anbahnt, aber dass noch nichts sicher ist.»

Eine solche Äußerung ist für Sophia eher ungewöhnlich. Normalerweise präsentiert sie mir ihre potenziellen Traummänner immer sehr viel enthusiastischer.

«Erzähl mehr!»

«Wir haben uns in der Redaktion kennengelernt. Also, eigentlich arbeiten wir schon länger zusammen, aber bisher ist mir irgendwie nie aufgefallen ... na ja, dass es etwas Besonderes sein könnte.»

«Wie weit seid ihr denn schon?»

«Wir beschnuppern uns noch.»

Sophia gibt ein Geräusch irgendwo zwischen Kichern und Seufzen von sich, und mein Gefühl sagt mir, dass es diesmal wirklich etwas Besonderes ist. Eine vorsichtige, eher zurückhaltende Sophia, die verlegen kichert, wenn es um neue Bekanntschaften geht, ist derart ungewöhnlich ...

«Bekomme ich auch ein Video?», frage ich neugierig.

«Wenn es wirklich etwas werden sollte, dann auf jeden Fall.»

«Okay. Ich werde dich daran erinnern.»

«Tu das. Und Elín – ich wünschte, du könntest dich so sehen, wie ich dich sehe. Du würdest garantiert nicht so oft an dir zweifeln, glaub mir.»

Noch Minuten nach dem Gespräch mit Sophia starre ich auf das Handy, das ich auf meine Oberschenkel habe sinken lassen. Manchmal frage ich mich, ob sich etwas in mir verändern würde, könnte ich mich tatsächlich für einen Moment mit Sophias Augen sehen. Würde ich mich schön finden? Oder wäre ich zumindest nachsichtiger mit mir? Vielleicht würde ich auch nur feststellen, dass Sophia einfach ein netter Mensch ist. *Natürlich ist meine Freundin dick, aber ich mag sie trotzdem.*

Meine Aufmerksamkeit richtet sich auf mein Telefon und

wie viel rechts und links daneben von meinem Schenkel zu sehen ist.

Zu viel.

Langsam atme ich aus.

Selbst dieser kleine Teil von mir frustriert mich.

Du würdest nicht so oft an dir zweifeln.

Zweifle nicht. Das ist wie eine dieser ganzen Liebe-dich-selbst-Aufforderungen, die man immer liest. *Body Positivity.* Als ob das so leicht wäre, als müsste man sich nur ein wenig Mühe geben. *Liebe dich selbst.* Um ehrlich zu sein, finde ich diesen Satz eher deprimierend, weil ich etwas, das so wichtig ist und so simpel zu sein scheint, einfach nicht kann.

Das Aufleuchten des Handydisplays unterbricht meine Gedanken. Daníel. Und diesmal schreibt er keine Nachricht.

Ich fühle mich wie plötzlich in Eiswasser getaucht. Warum ruft er jetzt auch noch an? Was will er denn von mir? Kann er mich nicht einfach in Ruhe lassen?

Es klingelt und klingelt und klingelt, dann hört es auf.

Mit wild schlagendem Herzen sitze ich da und starre auf das Telefon, als sei es in der Lage, sich auf mich zu stürzen.

Wieso all diese Nachrichten in den letzten Wochen? Er hat doch mehr als deutlich gemacht, dass ich ein riesengroßer Fehler in seinem Leben war. Nichts als Zeitverschwendung.

Das Telefon beginnt von Neuem zu klingeln.

Ich könnte es einfach ausschalten. In einer der Schreibtischschubladen versenken. Oder es aus dem Fenster werfen. Alles wäre wohl besser, als sich anzuhören, was Daníel anscheinend unbedingt noch loswerden muss.

Ich will gar nicht wissen, was es über mich aussagt, dass ich das Telefon jetzt ans Ohr hebe. «Hallo?»

«Elín?» Daníel klingt überrascht, als hätte ich mich bei ihm

gemeldet und nicht umgekehrt. «Hi ... ich meine, hier ist Daníel. Ich wollte ... passt es dir gerade?»

Ich brauche ein paar Sekunden, in denen ich versuche, Fes-
tigkeit in meine Stimme zu legen. «Was willst du, Daníel?»

Er antwortet nicht gleich, und ich wappne mich gegenüber
allem, was kommen mag.

«Hör zu, können wir uns treffen? Ich muss mit dir reden.»

Mich mit Daníel treffen?

Auf keinen Fall.

«Nein.»

Das klingt wunderbar klar und resolut, und nicht einmal Daníel dürfte ahnen, dass für jedes Wort mehr meine Kraft nicht
ausreicht.

«Elín ... es tut mir leid. Ich muss dir ein paar Dinge erklären.
Ich habe so viel Mist gebaut. Dir so viel Scheiße an den Kopf
geknallt ... Ich wünschte, ich hätte so vieles nie gesagt.»

Das wünschte ich auch.

«Können wir uns treffen? Nur einmal? Bei mir oder bei dir?
Ganz egal, wo.»

«Ich glaube nicht, dass das eine gute Idee wäre.»

Die paar Zentimeter Abstand, die ich mittlerweile zu Daníel
aufgebaut habe, habe ich mir hart erarbeitet. Wenn ich ihn
jetzt sehe, muss ich vielleicht ganz von vorn anfangen.

«Elín ...» Bei der letzten Silbe scheint Daníels Stimme zu brechen. «Elín, ich erwarte gar nicht, dass du mir verzeihst, ich
will nur ... gib mir bitte eine Chance, okay? Wie wäre es am
Strand? Wir könnten uns da treffen. Neutraler Boden.»

Daníel eine Chance geben – wozu? Was soll das für eine
Chance sein? Die Chance, mir noch einmal ins Gesicht zu
sagen, ich müsse mehr Sport machen? Mich mehr bewegen?
Nicht immer nur auf meinem fetten Arsch sitzen? Die Chance,
mir zum Geburtstag eine Waage zu schenken, mit einer Karte,

auf der steht: *Die hält einiges aus?* Die Chance, mich so fest in den Oberschenkel zu zwicken, dass der blaue Fleck noch Wochen später zu sehen war, und meinen überraschten Aufschrei mit der Bemerkung zu quittieren, durch so viel Fett käme doch gar nichts durch?

Scheiße, ich habe mir so viel von ihm gefallen lassen. Er war die Quintessenz aller spöttischen Blicke und gehässiger Bemerkungen in meinem Leben.

«Bist du noch da?», höre ich seine Stimme. «Ich habe seit unserer Trennung über alles nachgedacht, und es war ein Fehler. Mein Fehler. Ich habe so vieles falsch gemacht und weiß nicht mal, warum. Ich glaube, ich war einfach unzufrieden mit mir selbst und habe es an dir ausgelassen.» Daníel atmet einmal tief durch. «Ich will es wieder gutmachen.»

Wieder gutmachen. Wie soll das gehen? All die gesagten Worte zurückholen? Was würde ich dafür geben, wäre das möglich.

«Denk wenigstens darüber nach, okay?», redet Daníel weiter. «Elín? Hallo?»

«Daníel ...»

«Bitte.»

Ach, verflucht! «Okay, ich denke darüber nach.»

«Gut.» Daníels Erleichterung ist spürbar. «Denk darüber nach. Danke, okay? Dann ... soll ich dich wieder anrufen?»

«Vielleicht melde ich mich besser.»

«Wann auch immer du so weit bist.»

Diesen weichen, warmen Tonfall kenne ich, ich kenne ihn so gut. Es war ja nicht immer alles schrecklich zwischen uns. Es gab sie, die nahen Momente, in denen Daníel sich zu mir lehnte und mich küsste, auf eine Art küsste, bei der ich immer wieder alles vergaß ... oder zumindest fast. Ich gebe zu, irgendwann wurde es schwierig.

«Gute Nacht, Elín. Und ich meine das ernst: danke.»

«Gute Nacht, Daníel.»

Es ist seltsam, Daníel eine gute Nacht zu wünschen. Wie früher. Danach habe ich oft auf eine Berührung von seiner Seite gehofft. Umgekehrt eine Hand nach ihm auszustrecken, mich an ihn zu kuscheln, habe ich nicht mehr gewagt, seit er mich einmal ungnädig fragte, ob ich vielleicht Rücksicht darauf nehmen könne, dass er nachts erstaunlicherweise müde sei. Ob ich müde war, vor allem zu müde für Sex, hat ihn umgekehrt allerdings nie interessiert, und ich hätte es ihm auch nie gesagt. Ich habe trotzdem immer gern mit Daníel geschlafen, bis …

Ich stehe auf.

Diese eine Nacht. Die letzte Nacht. Daníel kam nach Hause, er hatte getrunken. Wir haben miteinander geschlafen, und dann …

Ein paar Sekunden lang bemühe ich mich, die aufsteigenden Erinnerungen zu unterdrücken, nicht darüber nachzudenken, was dazu geführt hat, dass ich am frühen Morgen überstürzt unsere Wohnung verließ, dann gebe ich es auf.

Ich muss raus. Den ganzen Tag über hat es heftig geregnet, doch das ist egal, ich muss nach draußen. Ich greife mir einen dicken Wollpulli, streife ihn über, während ich die Treppenstufen hinuntereile, schlüpfe in meine Regenjacke, nehme Schal und Mütze vom Haken und öffne keine Minute später schließlich die Haustür.

Meinen Plan, bis zum Strand hinunterzugehen, gebe ich fast unmittelbar wieder auf. Es regnet nur noch schwach, aber heute ist es zu finster. Die Wolkendecke verbirgt die Sterne, und jenseits des Scheins der Straßenlaternen kann ich kaum die Hand vor Augen sehen. Da ist nur lichtloses Nichts, und ich bleibe schließlich stehen, um wenigstens den Wellen zu lauschen. Die kalte Luft schmiegt sich an mein Gesicht, und der Wind, der vom Atlantik heranweht, fühlt sich an wie eine dünne Maske aus Eis, die sich über meine verwundeten Gedanken legt.

Es riecht nach Salz und Seetang, das Brausen des anbrandenden Wassers erfüllt mich bis ins Innerste. In dieser Sekunde ist nichts von dem, das von außen meine Sinne berührt, etwas Schlechtes.

Wenn jetzt Jón hier wäre.

Jón.

Dass ich an ihn denken muss, überrascht mich nur einen Herzschlag lang. Der Tag hat mit ihm begonnen, mit seinem Kuss über dem Skógafoss, und es passt irgendwie, dass er auch mit ihm endet. Wäre Jón wirklich hier, würde ich nach seiner Hand greifen. Für den Moment würde mir das schon genügen.

Ich sehe das Lächeln in seinem Gesicht. *Wir können einfach alles etwas langsamer angehen.*

Ein Teil von mir will trotz allem daran glauben, dass es möglich sein könnte. Der Teil, der ihn küssen wollte und ihn wieder küssen will.

Sollte ich mich darüber freuen, dass es diesen Teil in mir noch gibt? Oder wäre es leichter, gäbe es ihn nicht?

Als ich mich irgendwann auf den Heimweg mache, habe ich noch keine Antwort auf diese Frage gefunden.

Kapitel 16

Als Magnús am Dienstagmorgen gegen halb zehn die Kanzlei betritt, beschäftige ich mich in etwa zu gleichen Teilen mit den Vorbereitungen seiner Besprechung mit Mikael Kristjánsson und der Frage, ob ich Jón anrufen sollte. Um ehrlich zu sein, beschäftigt mich Letzteres um einiges mehr, und mit schlechtem Gewissen komme ich um meinen Schreibtisch herum, um Magnús den nassen Mantel abzunehmen.

«Hi.» Er legt Schal und Handschuhe dazu. «Was für ein Mistwetter.»

«Das kann man wohl sagen», erwidere ich.

Während ich seine Sachen aufhänge, öffnet Magnús die Verbindungstür zum Büro. «Liegen die Unterlagen für Mikael schon auf meinem Tisch?»

«Noch nicht, aber ich bringe sie dir gleich.»

«Danke.» Er verschwindet in dem kurzen Gang, nur um eine Sekunde später noch einmal herauszuschauen. «Und denkst du an den Kaffee, bitte?»

Als ich ihm fünf Minuten später sowohl die Unterlagen als auch den Kaffee bringe, steht er mit dem Smartphone in der Hand vorm Fenster. Leise lege ich die Akten neben seinen Rechner und stelle die Tasse ab, bevor ich wieder zur Tür hinaushusche.

Kurz darauf meldet Magnús sich über die Telefonanlage. «Elín, kommst du bitte noch mal kurz?»

Er sitzt am Schreibtisch, als ich ein weiteres Mal die Tür zu seinem Zimmer öffne.

«Sag mal, entschuldige die Frage, aber das ist nicht vollständig, oder?» Er zeigt auf die Mappe, die ich eben hereingebracht habe.

«Ähm ...» Das sind die Unterlagen im Fall Mikael Kristjánsson. «Doch, die sollten vollständig sein. Was fehlt denn?»

«Da fehlt ein Protokoll. Das letzte. Hast du es vielleicht noch nicht ausgedruckt?»

«Eigentlich schon.»

Verwirrt trete ich näher und nehme die Mappe an mich. Das letzte enthaltene Protokoll ist vom zwölften Oktober, Jóhann hat dieses Gespräch geführt. Allerdings hat Magnús danach auch selbst mit Mikael gesprochen, und bis eben wäre ich mir hundertprozentig sicher gewesen, dass ich die Zusammenfassung dieser Besprechung abgeheftet habe, aber als ich die ersten Seiten umblättere, taucht es auch darunter nicht auf.

«Es tut mir leid.» Ich lege die Mappe zurück. «Ich kümmere mich sofort darum.»

«Kein Problem», erwidert Magnús gut gelaunt. Wenigstens nimmt er mir mein Versäumnis nicht übel.

Eine Minute später bin ich dabei, das Protokoll erneut auszudrucken. Daran, dass ich es bereits einmal ausgedruckt habe, besteht kein Zweifel – ich erinnere mich, dass der blöde Drucker dabei in einen Papierstaustreik getreten ist. Aber wo habe ich es danach abgelegt? Ist es irgendwo falsch einsortiert?

Unmittelbar nachdem ich Magnús die fehlenden Seiten ins Büro gebracht habe, suche ich nach dem Protokoll, doch ohne Erfolg. Nachdem ich mir jeden einzelnen Ordner der letzten Tage vorgenommen habe und es nirgends entdecken kann, komme ich fürs Erste zu dem Ergebnis, dass ich es versehentlich entsorgt haben muss. Warum auch immer. Vielleicht habe ich zu viel an Jón gedacht.

Jón. Meine Gedanken nehmen den abgerissenen Faden von vorhin wieder auf.

Ich könnte ihn anrufen und vorschlagen, sich noch einmal auf einen Drink zu treffen. Oder ich könnte ihn fragen, ob er am Freitag nach dem Kochkurs schon etwas vorhat. An die Sache mit den Gletschern könnte ich ihn vielleicht erinnern – so eine Eishöhle würde ich wirklich gern einmal besuchen. Jeder Tourist hat mir da etwas voraus, fast alle besichtigen Gletscher. Und ich? Lebe hier seit meiner Geburt und war noch nie auf oder gar in einem.

Während ich die Ordner zurück in die Regale räume und mich schließlich an den Rechner setze, driften mein Gedanken schon wieder ab. Ich sehe mich zusammen mit Jón inmitten blauen Eises stehen, die perfekte Kulisse, um …

Ich hätte ihn nicht küssen sollen. Dann würde sich dieser Kuss jetzt nicht ständig in meinem Gedächtnis wiederholen.

Ich habe ihn aber geküsst, nicht nur einmal, sondern gleich mehrfach.

Ich schüttele den Kopf. Zurück zu der Feststellung, dass es noch zu früh für etwas Neues ist. Also wäre es klug, Jón nicht anzurufen, und vor allem nicht mehr länger darüber nachzudenken. Stattdessen könnte ich mich vielleicht endlich mal um eine eigene Wohnung kümmern.

Mit diesem Entschluss mache ich mich wieder an die Arbeit und setze eines der Anschreiben auf, die ich heute verfassen muss. Immerhin komme ich bis zur Anrede, bevor ich weitergrübele.

Ich könnte mich gleich in der Mittagspause hinsetzen und Wohnungsanzeigen durchgehen. Ein Zimmer mit Küche und Bad würde schon reichen. Vielleicht in Sólvík. Weil ich hier arbeite. Nicht wegen Jón.

«Hallo.»

Mikael steht vor meinem Schreibtisch, Tropfen glitzern auf seinem Kaschmirmantel. Die Tür hinter ihm fällt gerade sanft zurück ins Schloss.

«Guten Morgen», erwidere ich ein wenig zu hastig. Schluss jetzt mit all den Gedanken über Jón oder Wohnungen. Das geht ja gar nicht. «Bitte setz dich doch noch einen Moment, ich melde dich sofort an. Möchtest du einen Kaffee?»

«Bitte», erwidert Mikael knapp.

Einen Tastendruck und wenige Worte später weiß Magnús Bescheid, und als ich mit dem Kaffee aus der Küche zurückkehre, hat er Mikael schon in Empfang genommen. Die beiden Männer beachten mich nicht weiter, als sie gemeinsam durch den Gang ins Büro treten, und ich lege einen neutralen Gesichtsausdruck auf, während ich ihnen den Kaffee hinterhertrage. Jeder andere hätte mir die Tasse abgenommen, von Mikael jedoch ist das wohl zu viel erwartet.

Er ist mir unsympathisch, und das liegt nicht nur an den Einblicken, die mir seine Akte gewährt. Vom ersten Tag an hat er sich mir gegenüber herablassend verhalten. Als wäre ich nicht Jóhanns Sekretärin, sondern kaum etwas Besseres als Jóhanns Hund. Es gehört zu meinen Aufgaben, mich um Klienten zu kümmern, und dazu gehört auch frischer Kaffee, aber es gibt durchaus Leute, bei denen mir das leichter fällt.

Mikael beachtet mich auch weiterhin nicht, als ich ihm die Tasse auf den Tisch stelle, der zwischen dem Sofa und zwei Sesseln steht. Schwer lässt er sich auf die Polster fallen, ein großer, breitschultriger Mann mit kurzem grauem Haar. Sein Vermögen beläuft sich auf mehrere Millionen, und sein ganzes Auftreten bis hin zur Breguet-Armbanduhr atmet Reichtum. Jóhann hat neben ihm immer ein wenig abgewetzt gewirkt, und selbst Magnús mit seinem durchaus teuren, wenn auch eher legerem Stil kann nur schwer mithalten.

Geräuschlos schließe ich erst die Tür zum Büro und dann die Verbindungstür, bevor ich mich zurück an den Schreibtisch setze und mir ein zweites Mal den Brief vornehme, den ich noch schreiben muss.

Damit bin ich fast fertig, als Magnús sich meldet. «Elín, bringst du uns noch mal Kaffee, bitte?»

Er hat aufgelegt, bevor ich etwas erwidern kann, und ich lasse das Anschreiben ein weiteres Mal warten, um für Kaffeenachschub zu sorgen.

Als ich die Tür zum Büro öffne, schlägt mir Zigarrenqualm entgegen. Jóhann hat nie einem Mandanten gestattet, in seinem Büro zu rauchen, aber – ich beuge mich vor und stelle die beiden Tassen ab – leider ziehen sich zusammen mit Jóhann auch seine Gewohnheiten zurück.

Mikael und Magnús haben ihr Gespräch unterbrochen und mustern mich, als ich mich wieder aufrichte.

Unwillkürlich sehe ich an mir hinab. Helle Bluse, schwarzer Rock, alles ganz seriös – warum starren mich die beiden so an? Der Blick von Mikael ist so herablassend wie immer, Magnús dagegen wirkt, als müsse er ein Lachen unterdrücken.

«Danke, Elín. Bring mir doch bitte noch die Mappe, die auf dem Schreibtisch liegt, ja?»

Fast bin ich erleichtert, mich umdrehen zu dürfen. In der Sekunde, in der ich mich abwende, überprüfe ich noch einmal unauffällig meine Bluse. Nichts. Was sollte da auch sein? Bisher habe ich nur Kaffee gekocht und noch nicht mal selbst einen getrunken, wie hätte ich mich da bekleckern können?

Magnús nimmt mir die Unterlagen aus der Hand, bevor ich sie auf den Tisch legen kann. «Das wäre alles, danke.»

Der Zigarrengeruch und mit ihm die großkotzige Arroganz eines Mikael Kristjánsson hängen noch an mir, nachdem ich wieder vor meinem Rechner sitze. Seine zukünftige Ex-Frau kann einem leidtun – ich wette, er unternimmt alles, um sie mit weniger als Nichts abzuspeisen.

Eine ganze Weile später tritt er neben Magnús zur Tür hinaus. Vor meinem Schreibtisch schütteln sie sich die Hände.

«Vielen Dank», sagt Magnús. «Ich melde mich.»

Ein knappes Lächeln von Seiten Mikaels, dann geht er an mir vorbei, ohne mir auch nur zuzunicken, und Sekunden später ist er endlich weg.

Ich bin in dieser Kanzlei eindeutig die Einzige, die ihn nicht leiden kann. Magnús wirkt ausgesprochen zufrieden.

«Das ist mal ein Fall, der sich wirklich lohnt», erklärt er, und ich knipse mein Lächeln an, um sein Grinsen zu erwidern.

Sobald die Tür sich hinter ihm schließt, knipse ich es wieder aus.

Auch etwas, das Jóhann niemals getan hätte – seine Mandanten danach bewerten, was sie ihm einbringen. Helga hat Magnus zum Beispiel noch nie persönlich zur Tür hinausbegleitet.

Ich werfe einen Blick auf die Uhr. In einer halben Stunde habe ich Pause. Vor dem Fenster schüttet es beinahe wasserfallartig. Ich glaube, ich setze mich gleich in die Küche, esse meinen Quinoa-Salat, den ich mir heute mitgebracht habe – nach einem Rezept von Embla – und durchforste den Wohnungsmarkt. Sollte mich irgendwann mal wieder jemand besuchen, wird meine Mutter keine Gelegenheit haben, denjenigen direkt zum Abendessen einzuladen.

Magnús reißt die Tür auf. «Elín, du isst doch immer in einem der Cafés am Hafen, oder?»

«Eigentlich ...»

«Könntest du mir heute etwas mitbringen?»

«Eigentlich wollte ich meine Mittagspause hier verbringen.»

«Ach so? Nun ...» Ganz kurz wirkt Magnús irritiert, dann jedoch lächelt er sogar noch netter als zuvor.

«Könnte ich dich irgendwie überzeugen? Frag mich bitte nicht, wieso, aber ich würde alles für ein Stück Kuchen aus dem *Salkas* geben – du könntest dir auch ein Stück mitbringen.»

«Magnús ...», seufze ich.

«Komm schon, Elín – oder muss ich erst den Chef raushängen lassen?»

Sein Gesichtsausdruck hat sich nicht verändert, doch jetzt betrachte ich ihn genauer. Er *lässt* gerade den Chef raushängen, ob er das bewusst tut oder auch nicht.

«Okay, was für einen Kuchen willst du?»

Als ich in Stiefeln – meine Absatzschuhe habe ich in der Kanzlei gelassen – und hochgeschlagener Kapuze die Straße hinunterlaufe, wobei ich einen Schirm gegen den Wind stemme, ärgere ich mich über mich selbst. In diesem Moment könnte ich gemütlich im Warmen sitzen, statt in meiner Mittagspause das Dienstmädchen für Magnús zu geben. Er hätte sich einfach etwas zu essen liefern lassen können. Es muss ja wohl nicht ausgerechnet der Kuchen aus dem *Salkas* sein.

Um nicht gleich wieder hinaus in den Regen zu müssen, esse ich in einem Winkel des Cafés die Tagessuppe, bevor ich mir den Kuchen für Magnús einpacken lasse und den Rückweg antrete.

Trotz des Schirms fühle ich mich durchweicht, als ich zur Kanzlei hineinstolpere.

«Bitteschön, einmal hoffentlich noch trockener Apfelkuchen.» Mit diesen Worten bringe ich das Päckchen in Jóhanns Büro. Magnús hat dort offenbar die Fenster geöffnet, denn es ist kalt und riecht nicht mehr ganz so extrem nach Zigarren.

Er sieht von der Tastatur seines Rechners auf. «Vielen Dank.

Schreib mir auf, was du dafür bekommst, ja? Hast du dir auch ein Stück Kuchen mitgebracht?»

«Nein, ich habe dort eine Kleinigkeit gegessen.»

«Setz das ruhig auf meine Rechnung», erwidert er.

«Danke, das ist nett, aber nicht nötig.»

Magnús zuckt mit den Schultern. «Dann muss ich das wohl irgendwie anders wieder gutmachen.»

«Musst du nicht, ein bisschen Bewegung hat mir ganz gutgetan.»

Unmittelbar nach diesem Satz möchte ich mich treten. Erstens habe ich jetzt quasi abgesegnet, dass Magnús mich in meiner Pause sonst wohin schicken darf, und zweitens wiederhole ich damit etwas, das ich von Daníel häufiger mal zu hören bekommen habe.

Auf der Toilette wechsele ich die Schuhe und bringe meine Haare wieder ansatzweise in Form, die sowohl von der Mütze plattgedrückt als auch vom Wind durcheinandergewirbelt wurden, bevor ich mich wieder an den Schreibtisch setze.

Den Nachmittag über bin ich mit der Zusammenfassung der Tonaufnahme seiner Besprechung mit Mikael beschäftigt, die offenbar einige Male unterbrochen wurde. Das erste Mal, unmittelbar nachdem Magnús fragt: *Noch Kaffee?* An dieser Stelle dürfte wohl mein Auftritt gewesen sein. Das Gespräch endet jedoch noch zwei weitere Male ziemlich abrupt, was in mir das Gefühl aufkommen lässt, dass Dinge besprochen worden sind, die sich in einem Protokoll nicht besonders gut machen würden. Nach kurzem Nachdenken beschließe ich, diese Stellen zumindest mit dem Vermerk *Abbruch der Aufnahme* zu markieren. Ich gehe davon aus, dass Jóhann die Zusammenfassungen lesen wird und was auch immer in der Besprechung mit Mikael Fragwürdiges ablief – ich will damit nichts zu tun haben. Mir reicht schon das, was ich zu hören bekomme, denn ich hatte natürlich recht: Mikael will seine Frau mit dem absoluten Minimum abspeisen, und das nach immerhin über fünfundzwanzig Ehejahren. Was für ein Mistkerl.

Es ist fast fünf, und ich sitze vor meiner To-do-Liste für den nächsten Tag, als Magnús mich noch einmal zu sich ruft.

«Schließt du bitte die Tür?» Er sitzt hinter seinem Schreibtisch und weist auf den davor stehenden Stuhl. «Keine Sorge, es dauert nicht lang.»

Tatsächlich bin ich davon ausgegangen, dass er mich mal wieder bittet, länger zu bleiben. Wenn es nicht darum geht, bin ich jetzt doch gespannt. Oder auch ein wenig angespannt. Ausgehend von seinem Gesichtsausdruck muss es sich um etwas Ernstes handeln.

«Elín, wie lange arbeitest du mittlerweile in der Kanzlei?»

«Ähm ... fast drei Jahre?»

Keine Ahnung, warum ich diese Antwort wie eine Frage formuliere.

«Du hast bisher für meinen Vater gearbeitet, und er ist immer zufrieden mit dir gewesen – hat nur lobend von dir gesprochen.» Magnús wirft einen Blick auf den Monitor seines Rechners. «Ich sehe das auch gar nicht anders als er, aber sowas hier ...», er schiebt mir ein paar Seiten hin, «... muss doch nicht sein, oder?»

Das ist das Protokoll des Gesprächs von heute Morgen.

«Was stimmt denn ...?», setze ich an, bevor mir auffällt, dass Magnús mehrere Stellen rot umkringelt hat. *Abbruch der Aufnahme.*

Ich sehe wieder auf. «Wieso ist das nicht in Ordnung? Die Aufnahme wurde an diesen Stellen unterbrochen.»

«Aber das spielt doch keine Rolle.»

«Na ja ... doch.»

Magnús lächelt, aber auf eine eher unangenehme Art. «Muss

ich jetzt echt doch noch den Chef raushängen lassen? Wenn ich sage, es spielt keine Rolle, spielt es keine Rolle, ganz einfach. Nimm diese Vermerke bitte raus und steck das in den Aktenvernichter.» Er nimmt die Papiere und hält sie mir entgegen.

Nach einigen Sekunden ergreife ich sie.

«Siehst du? Ist ganz leicht, oder?» Magnús beugt sich ein wenig vor. «Ein Mandant, der sich an uns wendet, erwartet, dass man sich bestmöglich um seine Belange kümmert. Und in dieser Kanzlei tun wir das. Hier geht es nur darum, gute Arbeit zu leisten. Da sind wir doch einer Meinung, oder?»

«Sicher, aber ...»

«Hier werden keine illegalen Geheimabsprachen getroffen, Elín, wir sind kein Mafiabüro. Es gibt nur manchmal unter Männern Themen, die in einem offiziellen Protokoll nichts zu suchen haben, das verstehst du doch, oder?»

«Aber dann ...»

«Möchtest du vielleicht ins Protokoll aufnehmen, was Mikael mir über die unfassbaren Titten seiner neuen Freundin erzählt hat?»

Gerade noch war mir nach Widerspruch, jetzt jedoch schließe ich meinen Mund so heftig, dass mir die Zähne gegeneinanderschlagen.

«Dass sie nicht echt sind, dass ihm das aber scheißegal ist, solange sie sich echt anfühlen? Elín? Bist du wirklich der Ansicht, so etwas gehört in ein Protokoll?»

«Ich ...»

«Oder möchtest du vielleicht noch hinzufügen, dass er zwischen diesen Titten besser kommt, als wenn er ...»

«Okay, ich hab's verstanden!» Ich stehe auf, so hastig, dass der Stuhl hinter mir kurz ins Kippeln gerät.

«Gut», sagt Magnús sanft. «Das ist doch schön. Dann entlasse ich dich in deinen wohlverdienten Feierabend.»

Mein Herz macht bei dem Wort *entlassen* einen Satz. Diese Formulierung hat Magnús garantiert nicht zufällig gewählt. Um ein Haar stolpere ich über meine eigenen Füße, bei dem Versuch, möglichst rasch dieses Zimmer zu verlassen, in dem noch immer die letzten Spuren des Zigarrenqualms in der Luft hängen.

«Ach, Elín, sieh mal», höre ich Magnús hinter mir, während meine Hand die Türklinke schon umfasst. Widerwillig drehe ich mich um.

Magnús hat den Monitor in meine Richtung gedreht. Darauf leuchten mir zwei Bilder entgegen. Links eine ältere Frau in einem eleganten Hosenanzug mit strengen, aber schönen Gesichtszügen, rechts eine Blondine mit langen, glatten Haaren, einer unfassbar schmalen Taille und so riesigen Brüsten, dass sie wirken, als würden sie bei der geringsten Berührung explodieren.

«Erkennst du den Unterschied?», höre ich Magnús sagen. «Die Gesellschaft einer dieser beiden Frauen kostet viel Geld. Da kann man für die andere nicht auch noch so viel ausgeben. Insofern – wie wäre es mit etwas Verständnis für Mikael? Es geht schließlich um sein Vermögen. Seine Ex-Frau hat sich von ihm immer nur aushalten lassen.»

Noch nie in meinem Leben war ich so froh, diesen Raum verlassen zu können, Jóhanns ehemaliges Büro, jetzt Magnús' Büro. Und mir ist noch viel mehr danach, gleich ganz zu verschwinden, aber vorher muss ich noch ein paar Dinge erledigen.

Zum einen stopfe ich die Seiten, die Magnús mir mitgegeben hat, wie angewiesen in den Aktenvernichter. Dann jedoch setze ich mich noch einmal an den Rechner. Eine korrigierte Version für die Akte – und die Originalversion für mich. Es ist nicht schwierig, die Datei so zu speichern, das sie nicht auf

Magnús' Rechner auftaucht, sobald er die Geräte miteinander verbindet. Dazu muss man kein Hacker sein. Man muss nur einen Typen wie Mikael widerlich genug finden, um ein Dokument anzulegen, in dem sich auch die Sätze wiederfinden, die Magnús mir eben mitgeteilt hat. Nach kurzem Nachdenken füge ich auch noch hinzu, was Magnús über Helga gesagt hat, speichere alles zusätzlich auf einem USB-Stick ab und versenke diesen in meiner Tasche. Mag sein, dass ich die Datei nie brauchen werde, aber so habe ich sie. Nur für den Fall.

Ich muss mit Jóhann reden. Leider ist er erst nächste Woche wieder im Büro, allerdings denke ich, spätestens dann sollte er erfahren, auf welche Art und Weise sein Sohn die Kanzlei, die er aufgebaut hat, fortführt.

Kapitel 17

Bis Freitagabend habe ich meiner geheimen Datei noch einen weiteren Punkt hinzugefügt. Gäbe es die anderen Vorfälle nicht, wäre mir Magnús' Bemerkung, eine unserer Mandantinnen verhalte sich *so hysterisch, wie man es von Frauen eben kennt,* zwar unangenehm aufgefallen, ich hätte sie jedoch vermutlich beiseitegeschoben, so wie ich es zunächst auch mit seinen Äußerungen über Helga getan habe.

Zusammen mit der Tatsache, dass Magnús mir mit der Selbstverständlichkeit eines amtierenden Thronfolgers jeden Morgen seinen Mantel über den Empfangstresen legt und nach wie vor nicht im Traum daran denkt, sich selbst eine Tasse Kaffee einzuschenken, bevor er in seinem Büro verschwindet, ergibt sich mittlerweile ein ziemlich eindeutiges Bild. Sollte ich jemals nach einem Beispiel für einen klassischen männlichen Chauvinisten suchen – Magnús würde sich perfekt dafür anbieten.

Weder Daníel noch Jón haben sich im Laufe der Woche noch einmal bei mir gemeldet. Bei Daníel bin ich froh, dass er sich an unsere Absprache hält. Bei Jón hingegen verursacht es ein seltsam unbefriedigendes Gefühl, auch wenn wir verabredet hatten, dass ich mich melde, wenn ich bereit bin. Nur werde ich das jemals sein?

Pünktlich um halb acht finde ich mich zum Kochkurs ein, und als ich Jón bereits am Tisch sitzen sehe, beginnt mein Herz schneller zu schlagen.

Natürlich hat Katrín den Platz neben ihm beansprucht. Sie

sieht mal wieder perfekt aus – sie beide sehen perfekt aus. Katríns lange blonde Haare fallen ihr heute in weichen Wellen über die Schultern und schimmern so seidig, wie meine Haare es nie tun. Ihre Haltung ist entspannt, die schlanken Beine in den engen Jeans hat sie locker übereinandergeschlagen, und ihr Shirt ist über eine ihrer schmalen Schultern gerutscht. Und Jón daneben ... mein Herz sackt in meinen Magen, wo es weiterhämmert und ein flaues Gefühl auslöst. Zurückgelehnt auf seinem Stuhl, die Hände locker über dem flachen Bauch verschränkt, hört er sich an, was auch immer Katrín ihm zu erzählen hat, und als sie auflacht, breitet sich ein Grinsen auf seinem Gesicht aus, das Katrín dazu bringt, sich vorzubeugen und eine Hand auf sein Bein zu legen.

Beide so wunderschön zusammen.

«Elín?»

Fast wäre ich beim Klang von Emblas Stimme zusammengezuckt.

«Setzt du dich zu uns?»

Hastig entledige ich mich meiner Jacke und beeile mich, einen Platz am Tisch zu finden, an dem außer Embla offensichtlich noch ein paar andere darauf gewartet haben, dass ich meine Starre endlich überwinde. Peinlich.

Ich setze mich neben Ísabella, weil ich von dort aus nicht Gefahr laufe, Jón und Katrín ständig anzustarren.

«Gut, dann sind wir vollständig. Heute geht es um Kreativität beim Kochen», beginnt Embla.

Erstmals wünschte ich mir, so wie einige andere einen Block vor mir liegen zu haben, um darauf Notizen zu machen; einfach um mich auf etwas konzentrieren zu können, das nichts mit Jón oder Katrín zu tun hat.

«Ich finde es wichtig, dass ihr euch traut, Dinge auszuprobieren und euch nicht nur streng an die Rezepte haltet. Man kann alles anpassen, entweder an die Jahreszeit oder an das, was im Kühlschrank liegt. Nehmt ein Rezept nur als Vorschlag und betrachtet es nicht als in Stein gemeißelte Wahrheit – spielt damit. In der Küche soll es um Spaß und Lust und Freude gehen und nicht nur um die Frage, wer den Abwasch übernimmt.»

«Spaß und Lust in der Küche klingt gut», sagt Katrín, und sie sagt es so betont unschuldig, dass vergnügtes Gekicher am Tisch entsteht. Es kostet mich einiges an Selbstbeherrschung, um mich nicht vorzubeugen, damit ich sehen kann, wie Jón auf diese Bemerkung reagiert. Ob er sich wohl irgendeine Variante von Spaß und Lust in der Küche mit Katrín vorstellt? Welcher Mann würde das bei Katrín nicht tun?

«Für den Anfang fassen wir heute zunächst einmal Lebensmittel in Gruppen zusammen, die man gut untereinander austauschen kann. Beginnen wir mit etwas ganz einfachem – Kartoffeln.» Embla steht auf und tritt an ihr Whiteboard. «Wodurch könnte man Kartoffeln ersetzen?»

Ich höre nicht wirklich zu. Wenn ich koche, entstehen meine Gerichte ohnehin meistens aus den Lebensmitteln, die sich gerade im Haus befinden. Sehr viel mehr als die Frage, ob Kürbis oder Süßkartoffeln sich als Ersatz anbieten, beschäftigt mich gerade, ob Jón unseren Kuss beim Skógafoss schon wieder vergessen hat. Auch wenn er sagte, wir könnten es langsam angehen – hat er das wirklich ernst gemeint? Wenn eine Frau wie Katrín vielleicht viel schneller zur Sache kommen würde?

Ich dagegen habe ihn in den letzten Tagen nicht einmal angerufen, sondern versucht, mir einzureden, dass es noch zu früh ist, um sich in eine neue Beziehung zu stürzen. Was habe ich denn erwartet? Dass Jón mein tagelanges Schweigen einfach so hinnimmt, nachdem wir uns immerhin geküsst haben?

Sophia würde mir an dieser Stelle sagen, dass jeder Mann, der nach dem ersten Kuss nichts mehr von sich hören lässt, ein Mistkerl sei. Was bin also ich? Gibt es ein weibliches Äquivalent zu Mistkerl? Ein Miststück?

«Okay, eure heutige Aufgabe lautet: Variiert den Schmortopf, den ihr ganz am Anfang schon einmal gekocht habt. Macht etwas Neues aus diesem Rezept!» Embla steht auf. «Die Küche gehört euch. Wenn es noch Fragen gibt, sagt Bescheid.»

Wir erheben uns ebenfalls und verteilen uns auf unsere Stamm-Kochinseln. Jón läuft vor mir, und als er ganz selbstverständlich neben unserem Herd stehen bleibt, werde ich langsamer. Denn Katrín befindet sich noch immer an seiner Seite.

Wenn sie jetzt nicht weiter in Richtung Birta geht, sondern sich zu ihm stellt ... doch in diesem Augenblick sieht Jón in meine Richtung. Ein Kribbeln breitet sich in mir aus, weil er mich anlächelt.

«Hi», sagt er, und er sagt es, obwohl Katrín durchaus bereit scheint, Birta zu versetzen.

«Hi», erwidere ich.

«Und?», fragt er und hebt eine Augenbraue. «Lust auf Schmortopf? Und Spaß? Und Freude?»

Plötzlich erleichtert pruste ich los, und mir ist sogar Katríns missvergnügter Blick egal, den sie mir noch zuwirft, bevor sie kopfschüttelnd den Platz freigibt. Lust und Spaß und Freude mit einem Schmortopf und Jón? Ja, bitte.

Er steht gegen die Arbeitsfläche gelehnt, die Hände in den Taschen seiner Jeans, und grinst mich auf eine Weise an, bei der aus dem Kribbeln von eben ein sanftes Glühen wird.

Viel zu früh für etwas Neues. Warum denke ich das noch gleich?

«Das Grundrezept findet ihr wie immer hier an der Wand», ruft Embla, während Jón und ich uns noch immer ansehen. «Wandelt es ab. Macht euren persönlichen Schmortopf daraus!»

Gerade erst habe ich aufgehört zu lachen, jetzt kichere ich in einer seltsamen Mischung aus Anspannung, Aufregung und Nervosität schon wieder los. Es ist nicht so, dass an dem Wort *Schmortopf* irgendetwas besonders witzig wäre, aber Spaß und Lust und Freude mit unserem persönlichen Schmortopf …

«Sieht nach einem fröhlichen Essen aus», sagt Jón und stößt sich mit der Hüfte ab. «Ich geh mal gucken, was wir alles in den Topf werfen könnten – gibt es etwas, das du nicht magst?»

Die Hand vor den Mund gepresst, schüttele ich den Kopf. *Schluss. Hör auf. So lustig ist das gar nicht.*

Jón geht so dicht an mir vorüber, dass sein Arm meinen streift, und eine Sekunde lang möchte ich ihn plötzlich festhalten, nach seiner Hand greifen, und ich stelle mir vor, wie seine Finger sich um meine schließen.

Herrgott, was macht dieser Mann nur mit mir?

Zwanzig Minuten später köcheln in unserem Schmortopf Süßkartoffeln, Paprika, Lauch, Kichererbsen und Mangold vor sich hin, und was die Gewürze betrifft, haben wir uns auf einen indischen Einschlag mit viel Garam Masala, Ingwer, Kurkuma und extra Kardamom geeinigt.

«Zimt würde noch passen, oder was meinst du?» Jón probiert zum ich weiß nicht wievielten Mal die Soße.

Ich tauche ebenfalls einen Löffel ein. «Stimmt, das würde es perfekt abrunden.»

Über Jóns selbstzufriedenes Gesicht, als er unserem Freudentopf einen Hauch Zimt beigibt, muss ich schon wieder grinsen.

«Was?» Jón öffnet den Ofen. Warme Luft schlägt uns entgegen, als er den Topf hineinstellt, bevor er die Klappe wieder schließt. «Sag nicht, du lachst über mich.»

«Niemals.»

«Dein Glück. Was gibt's dazu?»

«Couscous?»

«Okay.»

Es ist meine Idee, das Couscous mit frischer Minze und Koriander zu würzen, aber es ist Jón, der den genialen Einfall hat, kleingehackte getrocknete Datteln darunter zu mischen. Das Ergebnis schmeckt so gut, dass ich mir die Zusammenstellung abspeichere. Vielleicht das nächste Mal noch ein wenig Petersilie?

Embla ist ebenfalls begeistert. Reihum macht sie bei den einzelnen Kochinseln Halt und notiert sich nicht nur unser Couscous-Rezept, sondern auch die Gewürzzusammenstellung für den Schmortopf.

«Ihr seid wirklich ein gutes Team», sagt sie schließlich, und ich wette, in dieser Sekunde steht meine Miene Jóns hochzufriedenem Ausdruck in nichts nach.

Als wir später alle zusammen am Tisch sitzen, beugt Jón sich leicht in meine Richtung. «Gehen wir gleich noch auf einen Drink ins *Rabbithole*?»

Die Wärme seines Atems an meinem Ohr führt zu einem Schauer, der mir angenehm den Nacken hinunterläuft. Würde ich jetzt einfach den Kopf zu ihm drehen ... unsere Lippen würden sich beinahe berühren.

«Okay», erwidere ich und bin einen Moment lang glücklich, bis ich Katríns Blick begegne. Das, was ich in ihren Augen lese, holt mich unmittelbar zurück in die Realität. Ja, ich weiß auch nicht, was Jón an mir findet, danke, Katrín.

Dieser Gedanke folgt mir, während ich kurz darauf neben Jón aus dem *Reynir* trete und wir uns von den anderen verabschieden.

«Bis nächste Woche», ruft Katrín und legt im Vorbeigehen ihre Hand auf Jóns Oberarm.

Obwohl mich ihre Hartnäckigkeit nervt, muss ich sie gleichzeitig bewundern. Sie ist so unglaublich selbstsicher, und ich bin in ihren Augen vermutlich eine Art skurriles Rätsel, das sie zu lösen gedenkt. Leichtfüßig springt sie die Stufen hinunter und winkt uns dabei noch einmal zu.

Kurz darauf schlendern Jón und ich ohne Eile die Straße entlang, und es dauert nicht lange, bis von den anderen niemand mehr zu sehen ist.

«Ich habe nachgedacht», eröffnet Jón unvermittelt das Gespräch. «Beim Skógafoss habe ich dich ziemlich überrumpelt, oder?»

Genau genommen überrumpelt mich diese Frage um einiges mehr.

«Vielleicht ein bisschen», erwidere ich und stelle im selben Moment fest, dass diese Antwort gelogen ist.

Nichts von dem, was zwischen Jón und mir am Wasserfall war, hat mich überrumpelt. Ich habe es mir ja die ganze Zeit gewünscht.

«Das wollte ich nicht.» Mir fällt auf, dass Jón darauf zu achten scheint, mich nicht versehentlich zu berühren. «Ich war nicht sicher, ob du heute überhaupt Lust hast, noch mal ins *Rabbithole* zu gehen», fährt er fort, und etwas fast schon Prüfendes liegt in seinem Blick.

«Weil ich mich seit Sonntag nicht gemeldet habe, meinst du?»

Jón nickt.

Vereinzelte Schneeflocken heben sich im Licht der Laternen hell vor dem dunklen Himmel ab, während ich nach einer passenden Antwort suche.

«Die Woche war ziemlich überstundenlastig.»

Das ist zwar die Wahrheit, jedoch nicht der Grund. Unmittelbar nachdem ich den Satz ausgesprochen habe, kommt er mir oberflächlich vor.

«Und vielleicht war ich auch nicht sicher ... na ja. Ob du unseren Ausflug zum Skógafoss nicht doch eher locker nimmst.»

Das ist nicht ganz die Wahrheit, kommt meinem eigentlichen Grund aber immerhin näher. Ich kann Jón einfach nicht erzählen, dass ich die Woche über damit beschäftigt war, mir einzureden, noch nicht bereit für eine neue Beziehung zu sein – und dabei habe ich nur Angst, er könne sich von mir abwenden, sobald er erstmals realisiert, wie unperfekt ich bin.

Wie dick. Sei wenigstens dir selbst gegenüber ehrlich.

«Ich nehme so etwas nicht locker.»

Sein Blick führt dazu, dass ich mich auf der Stelle schuldig fühle. Darin bin ich gut.

«Das ist es also, ja?», fragt Jón. «Du hältst mich für einen Aufreißer?»

Er klingt nicht unfreundlich bei diesen Worten, und mir kommt der Gedanke, dass er es gewöhnt ist, in diese Schublade gesteckt zu werden.

«Nein», erwidere ich spontan, und diesmal ist das die Wahrheit und nichts als die Wahrheit. «Ich halte dich nicht für einen Aufreißer.»

Seine Gesichtszüge werden weicher, und nur daran lässt sich erkennen, dass ihm diese Frage wichtig war.

«Gut», sagt er. «Dann wäre das geklärt.»

Kapitel 18

D as *Rabbithole* ist genauso voll wie letztes Mal, doch diesmal haben wir Glück: Ein Pärchen steht auf, als wir uns gerade an ihrem Tisch vorbeidrängen. Jón stoppt so plötzlich, dass ich beinahe in ihn hineinlaufe, und greift nach der Lehne von einem der beiden Holzstühle.

«Bitteschön,» sagt er mit einer einladenden Geste. «Soll ich uns etwas zu trinken besorgen, und du bewachst den zweiten Stuhl oder lieber umgekehrt?»

«Eine Bedienung gibt's hier nicht?»

«Doch, aber das dauert Jahre.»

«Dann ...» Ich mustere den Pulk Menschen vor dem Tresen. «Ich bewache den Stuhl.»

«Okay, Wein oder Kaffee? Oder heute mal was anderes?»

«Der Wein war gut.»

«Alles klar.»

Jón verschwindet im Gedränge, und es dauert eine ganze Weile, bis er wieder zurückkommt.

«Wahnsinn», sagt er, während er zwei Gläser neben die Kerze stellt, die auf unserem Tisch flackert. «Heute stapeln sich die Leute aber. Ich hab noch Erdnüsse mitgebracht.» Er zieht ein Päckchen aus der Hosentasche und reißt es an einer Ecke auf. «Möchtest du?»

«Danke. Vielleicht nachher.»

Jón bedient sich selbst und lehnt die kleine Packung gegen die dunkle Holzverkleidung der Wand. «Was hast du die Woche über so gemacht, außer mich nicht anzurufen?»

Er beugt sich vor, damit ich ihn trotz des Stimmengewirrs verstehen kann, und beinahe automatisch verschränke ich die Unterarme auf der schweren Tischplatte und lehne mich ihm entgegen.

«Festgestellt, dass mein neuer Chef ein ziemlicher Idiot ist.»

«Ach. Warum?»

Jón ist nicht zurückgewichen, und wir können uns jetzt zum einen wunderbar miteinander unterhalten, ohne die Stimme heben zu müssen, und zum anderen sind trotz des schummerigen Lichts die beiden hauchzarten Falten zu erkennen, die sich auf meine Worte hin zwischen seinen Augen gebildet haben.

«Er hält nicht viel von Frauen.»

«Er hält nicht viel von Frauen? Du meinst, er ist ein Frauenhasser?»

«Nein, das vielleicht nicht. Aber er hält uns alle für habgierige, hysterische Schmarotzerinnen und traut uns quasi überhaupt nichts zu.»

So deutlich habe ich das bisher nie auf den Punkt gebracht, aber meine Umschreibung dürfte ziemlich genau passen.

«Heißt das, dir auch nicht? Klingt nicht so, als würde es Spaß machen, mit ihm zu arbeiten.»

«Ich arbeite auch nicht mit ihm, ich arbeite für ihn – und wenn du ihn danach fragen würdest, würde er dir wahrscheinlich sagen, dass meine Kernkompetenz darin besteht, guten Kaffee zu kochen. Leider sind mir in letzter Zeit wirklich ein paar Fehler passiert. Ausgerechnet jetzt.»

Das verlegte Protokoll fällt mir ein, und neulich habe ich nicht mitbekommen, dass Magnús mir aufgetragen hat, mich um eine Reisekostenabrechnung zu kümmern.

«Es waren bisher zum Glück nur Kleinigkeiten, aber das bestätigt ihn natürlich. Außerdem finde ich es völlig daneben, wie er sich über unsere Klientinnen auslässt. Über eine hat er neulich gesagt, sie sei hässlich wie ein Besen, und er könne überhaupt nicht verstehen, wie sie einen Mann dazu gebracht hat, sie zu heiraten. Ich wünschte, ich könnte einfach weiter mit Jóhann arbeiten.»

Jón wirkt schockiert. «So was haut der raus? Das geht ja gar nicht. Was ist denn mit deinem alten Chef? Der ist doch noch nicht völlig draußen, oder?»

«Offiziell ist er an zwei Tagen in der Woche in der Kanzlei, aber meistens kommt nur Magnús. Diese Woche war Jóhann zum Beispiel gar nicht da.»

«Frag doch mal nach einem Mitarbeitergespräch.»

«Mit Magnús?» Ich trinke einen Schluck Wein. «Ich kann mir nicht vorstellen, dass das etwas bringt. Ich kann ihm ja schlecht sagen, dass ich sein Verhalten total unprofessionell finde.»

«So direkt vielleicht nicht, aber du könntest ihm schon klarmachen, dass du es wichtig findest, auch intern höflich zu bleiben, was eure Kunden betrifft. Und dass du dich unwohl fühlst, wenn er sich so scheiße verhält – das müsstest du natürlich umformulieren.»

Kurz denke ich darüber nach, wie ein solches Gespräch mit Magnús wohl aussehen würde. Es dürfte ziemlich frustrierend ausfallen, sollte es ähnlich erfolgreich ablaufen wie mein Beharren darauf, die Unterbrechungen im Gespräch mit Mikael schriftlich festzuhalten. Aber zumindest versuchen sollte ich es wohl. Statt direkt zu Jóhann zu rennen.

Jón trinkt einen Schluck Wein, und mein Blick bleibt an seinen Lippen hängen, während Magnús in meinen Gedanken verblasst. Ein wenig fahrig taste ich nach meinem eigenen Glas. Die Tatsache, dass es schon wieder halbleer ist, während Jón nur zweimal genippt hat, spricht mal wieder Bände. Vorsichtshalber schiebe ich es weg, bis fast an die Wand, und greife in einer Übersprunghandlung nach den Erdnüssen.

Verflucht.

Ich will gar keine essen. Viel zu viele Kalorien. Tausend pro Nüsschen, mindestens. Die Packung aber einfach wieder zurückzustellen geht auch nicht.

Vorsichtig schütte ich ein paar salzüberzogene Fettbomben in meine Handfläche und hoffe, dass Jón die Überwindung, die mich das kostet, nicht auffällt.

Als ich wieder aufsehe, lächelt Jón. Lacht er mich aus? Entdecke ich Spott in seinen Augen? Vielleicht ist es längst zu spät, und er hat mich durchschaut. Daníel hat meinen Versuch, mich beim Essen zurückzuhalten, mal mit der Bemerkung quittiert, bei mir sei doch sowieso schon alles verloren, also könne ich mir auch den Teller vollladen.

«Weißt du was?», fragt Jón.

Unwillkürlich balle ich die Hand um die Erdnüsse zur Faust. Was? Was kommt jetzt?

Er küsst mich, bevor sich ein weiterer Gedanke dazwischendrängen kann. Seine Hand berührt warm meine Wange, und ich lehne mich in diesen Kuss hinein, mit geschlossenen Augen und jede Sekunde voll auskostend, jedes Innehalten, jedes Nachspüren, jeden sanften Druck.

«Sorry», murmelt Jón, und ich öffne die Augen. «Eigentlich solltest ja du entscheiden, wann ...»

Ich schließe die Augen wieder, und Jón redet nicht weiter, kann nicht weiterreden, weil ich ihm die Worte von den Lippen küsse.

Seine Hand gleitet in meine Haare, und jetzt strecke auch ich über den Tisch hinweg einen Arm nach ihm aus, bis meine Handfläche sich gegen seine Brust presst und der Rhythmus seines Herzschlags in alles hineinfließt, was in diesem Moment zwischen uns passiert.

Als wir uns irgendwann voneinander lösen, lässt Jón nicht zu, dass die Verbindung ganz zwischen uns abreißt, indem er seine Finger mit meinen verschränkt.

«Eigentlich waren wir bei deinem Frauenhasser-Chef», sagt er, und in seiner Stimme schwingt etwa Raues mit, das bei mir unmittelbar den Wunsch aufkommen lässt, mich wieder vorzulehnen. «Denk jetzt bloß nicht, dass der mich so angeregt hätte.»

«Tu ich nicht», erwidere ich und verkneife mir die Frage, wodurch das Ganze denn ausgelöst wurde. Damit ich es wiederholen kann.

Jón greift nach seinem Weinglas. «Du könntest mit mir üben.»

«Was?», frage ich verwirrt.

«Das Gespräch. Mit deinem Chef. Tu einfach so, als wäre ich ... wie heißt er noch mal?»

«Magnús.»

«Tu so, als wäre ich Magnús.»

«Das geht nicht.» Ich ziehe meine Hand zurück und beginne sogar, die Erdnüsse zu essen, die ich noch immer in meiner Faust verschlossen gehalten habe.

«Wieso nicht?»

«Darauf müsste ich mich vorbereiten.»

«Aber das *wäre* doch die Vorbereitung.»

Er meint das wirklich ernst. Seelenruhig trinkt er einen Schluck, während mein Hirn das Unterste nach oben krempelt, auf der Suche nach einem geeigneten Einstieg.

«Aber ... ich habe echt keine Ahnung ...»

«Also, Elín, du hast um ein Gespräch gebeten?», unterbricht mich Jón.

Verlegen greife ich ebenfalls nach meinem Wein. «Okay ... gut, es geht um Folgendes: Ich wollte mit dir darüber sprechen ... ich muss dir ehrlich sagen, dass es mich stört, wie du über Klienten redest. Über Klientinnen, um genau zu sein.»

«Aha? Was stört dich denn daran?»

«Ich finde es nicht in Ordnung, dass du dich so respektlos äußerst. Diese Frauen ... also, sie haben sich an die Kanzlei gewendet, um beraten und angemessen vertreten zu werden, und sie wären sicher entsetzt, wenn sie wüssten, wie du hinter ihrem Rücken über sie sprichst.»

«Aber zum Glück wissen sie das ja nicht.»

«Darum geht es doch aber gar nicht.» So langsam laufe ich warm. «Es geht um Loyalität, Höflichkeit und Anstand. Außerdem glaube ich nicht, dass du unsere Klientinnen gut vertreten kannst, wenn du so eine schlechte Meinung über sie hast.»

«Ach komm, was macht es schon für einen Unterschied, ob ich die eine oder andere hässlich finde? Deshalb vertrete ich sie letztlich doch nicht schlechter als die Hübschen.»

Ich reiße die Augen auf. Noch einen Schluck Wein. Jón guckt genauso selbstgerecht, wie Magnús das mit Sicherheit auch tun würde.

«Ich finde, es ist einfach eine Sache des Respekts, und es ist absolut würdelos, überhaupt hinter dem Rücken einer Person so zu sprechen!»

«Worüber regst du dich eigentlich auf? Das betrifft dich doch alles gar nicht.»

«Natürlich betrifft mich das! Weiß ich denn, wie du über mich sprichst, wenn ich nicht da bin?»

Mein Mund klappt zu. Betroffen lehne ich mich zurück.

Das ist ein Punkt, den ich mir so noch nicht bewusst gemacht hatte. Wenn Magnús sich in meiner Gegenwart so abfällig über eine Helga auslässt, dann ist wohl stark anzunehmen, dass er sich ähnlich mies auch über mich äußert.

Mir fällt wieder ein, wie er und Mikael mich gemustert haben und wie Magnús wirkte, als würde er jeden Moment vor Lachen herausplatzen. Worüber haben die beiden gesprochen? *Tut mir leid, dass meine Sekretärin so ein fetter Besen ist?*

«Elín?» Jón mustert mich prüfend. «Alles okay?»

Automatisch versuche ich mich an einem Lächeln. «Ja, klar. Alles in Ordnung. Mir ist nur gerade aufgefallen, dass dieses Gespräch mit Magnús echt notwendig ist, was?»

«Das glaube ich auch.»

«Sei froh, dass du selbstständig bist», sage ich und versuche, dabei nicht allzu bitter zu klingen.

«Bin ich», erwidert Jón. «Jedenfalls meistens. Wobei es bei dir vorher ja ganz gut funktioniert hat, oder? Mit deinem alten Chef, meine ich.»

«Ja, Jóhann war immer nett. Aber ...»

«Aber?», hakt Jón nach.

«Na ja.» Ich leere mein Glas. «Der Job ist insgesamt nicht unbedingt das, was ich mir irgendwann mal erträumt habe.»

«Was hattest du dir denn früher erträumt?»

«Ich wollte ...»

Moment.

Normalerweise geschieht es nicht so leicht, dass ich plötzlich mit meinen Kindheitsträumen anfange, und auf ein einzelnes Glas Wein kann ich es auch nicht schieben.

«Nur so typische Kinderideen», winke ich ab. «Was wolltest du werden, als du noch klein warst?»

«Löwenbändiger.»

Entzückt lache ich auf. Das ist doch mal ein Berufswunsch.

«Später wollte ich eine Weile Vulkanforscher werden. Oder Paläontologe.»

«Wie alt warst du da?»

«Keine Ahnung. Sieben? Acht?»

«Da wusstest du schon, was ein Paläontologe ist?»

«Ich habe Dinosaurier geliebt», erwidert Jón todernst.
«Noch cooler als Löwen. Aber eben leider ausgestorben.»

«Und danach?»

«Was meinst du?»

«Was wolltest du danach werden?»

«Fotograf», sagt Jón, und er sagt es so betont gleichmütig,
dass ich das Brodeln spüre, das dieses schlichte Wort begleitet.
Da wären wir wieder.

«Hast du es versucht?», frage ich.

«Als Fotograf was auf die Reihe zu bekommen? Kurz. Nicht
ernsthaft.»

«Wieso nicht?»

«Hoffnungslose Sache. Das ist einer dieser Berufe, von denen viele träumen, aber wer schafft es letzten Endes schon
wirklich? Also – ich meine, wenn man nicht unbedingt Lust
hat, von Hochzeit zu Hochzeit zu tingeln und dazwischen die
Kinder anderer Leute abzulichten.»

«Und wie kam es dazu, dass du jetzt als Grafiker arbeitest?»

Jón zuckt mit den Schultern. «Zufall. Ich mag Sachen, die
mit Gestaltung zu tun haben. Und irgendwas muss man ja tun,
um Geld zu verdienen.»

«Aber eigentlich würdest du noch immer lieber fotografieren.»

Jóns Lächeln fällt ein wenig angestrengt aus. «In meiner
Freizeit mache ich das ja auch. Und was ist mit dir? Dein
Traumberuf mit fünf war es also nicht, die Sekretärin für einen
Idioten zu spielen.»

«Doch, natürlich», sage ich und drehe dabei mein leeres Glas
in den Händen.

«Möchtest du noch einen Wein?»

Der Blick, mit dem Jón mich das fragt, macht klar, dass wir den Teil mit *Ich muss noch fahren* überspringen können, wenn ich will. Will ich?

«Ja, gern.»

Jón trinkt sein Glas ebenfalls aus und steht auf. «Vergiss nicht, was du gerade sagen wolltest», weist er mich an, bevor er zur Bar geht.

Ich weiß gar nicht, was ich sagen wollte. Wollte ich Jón wirklich erzählen, dass mein Berufswunsch immer derselbe war und dass sich das nie verändert hat?

Stattdessen bin ich Sekretärin geworden.

Ein paar Minuten später ist Jón zurück.

«Also?», fragt er und stellt dabei zwei neue Gläser Wein zwischen uns. «Was waren das früher so für Kinderideen?»

Kurz presse ich die Lippen zusammen, dann atme ich aus.

«Ich wollte Köchin werden.»

Köchin. Jetzt ist es raus, das Wort, und es klingt genauso albern, wie ich es befürchtet habe. Nach dicker Matrone mit Kochlöffel und Schürze, die in Töpfen herumrührt und ständig viel zu viel von allem probiert.

«Und warum bist du dann Sekretärin geworden?»

«Weil ... es hat sich irgendwie so ergeben.»

Jón nickt, bevor er ein Weinglas zu sich zieht. «Darauf trinken wir jetzt nicht, auf die Dinge, die sich irgendwie so ergeben.»

«Sie sind ja nicht immer schlecht.» Eine schwache Verteidigung.

«Vielleicht nicht schlecht, aber meistens belanglos. Nur Spatzen in der Hand.»

«Was?»

«Es ist ein Sprichwort. Meine Mutter hat das ab und zu gesagt, ihre Familie kommt aus Deutschland. *Besser den Spatz in der Hand, als die Tauben auf dem Dach.* Nichts gegen Spatzen, aber ...»

«... manchmal müssen es einfach Tauben sein», vervollständige ich den Satz, und darauf stoßen wir an.

In dieser Sekunde fühle ich mich seltsam gelöst. Erleichtert. Weil Jón weder gelacht hat, noch sein Blick unabsichtlich über meinen Körper geglitten ist, als ich *Köchin* gesagt habe.

«Würdest du mir mal deine Fotos zeigen?», frage ich und setze das Glas wieder ab.

Jón antwortet nicht sofort, doch ausnahmsweise kann ich dieses Schweigen gut aushalten.

«Wenn du willst», sagt er schließlich, und obwohl er es in demselben gleichmütigen Ton sagt wie vorhin, kann ich die Überwindung spüren, die dahintersteht.

«Falls es okay für dich wäre. Wenn es dir zu persönlich ist, natürlich nicht.»

«Nein, schon in Ordnung.» Er atmet einmal tief durch. «Wie wäre es mit jetzt gleich?»

«Gut», erwidere ich ein wenig überrumpelt, und damit habe ich wohl endgültig zugestimmt, heute Abend nicht mehr zu Óskar, sondern mit zu Jón zu gehen. Seine Fotosammlung ansehen. Und dann ...

Mein Blick fällt auf meinen Wein. Wenn ich den noch trinke, werde ich zum einen ganz sicher nicht mehr fahren können, und zum anderen wird mir alles Mögliche andere danach vielleicht leichter fallen. Also – soll ich? Oder nicht?

«Natürlich nur, falls es okay für dich wäre», wiederholt Jón meine Worte von eben.

Es verunsichert mich, dass er meine Zerrissenheit zu spüren scheint – mir wäre es lieber, ich käme so unbeschwert und lässig rüber wie eine Katrín.

«Klar», sage ich und setze mein Glas an die Lippen.

Ein dezentes Nippen hätte wohl verführerischer gewirkt, doch das fällt mir erst nach zwei großen Schlucken ein.

Ich stehe auf und bringe Jón damit zum zweiten Mal in Folge dazu, sein noch halbvolles Glas zur Seite zu schieben – oh, Mist!

«Wie weit ist es denn zu dir?», frage ich aufs Geratewohl, um meine Unsicherheit zu überspielen, während diesmal ich Geld für unsere Getränke auf den Tisch lege.

«Nicht weit», erwidert Jón, greift nach meiner Jacke, die über der Stuhllehne hängt, und hält sie mir entgegen.

Während ich in die Ärmel schlüpfe, versuche ich, mich in eine Katrín hineinzuversetzen, weshalb es mir hoffentlich gelingt, irgendwie verheißungsvoll zu klingen, als ich «Danke» sage. Warum auch immer man verheißungsvoll klingen sollte, nur weil man sich eine Jacke übergezogen hat. Ist ja noch kein Vorspiel oder so.

Jón knöpft sich den Mantel zu, und ein Blick in seine Augen mildert die aufsteigende Panik ein wenig.

«Wollen wir?», fragt er, zufällig der schönste Mann der Welt und der einzige Mensch neben Sophia, der weiß, was ich als Kind werden wollte.

Ich nicke, und mit einer kleinen Geste bedeutet er mir, vorauszugehen.

Sobald uns die eiskalte Nachtluft entgegenschlägt, umfasst er lächelnd meine Hand, und endlich, *endlich* fühlt sich alles zumindest für diesen einen Moment richtig an.

Kapitel 19

Jóns Wohnung scheint nur aus einem einzigen, riesigen Zimmer zu bestehen. Sie liegt unter dem Dach und ist auf einer Seite komplett verglast, wodurch es tagsüber sicher so hell ist, als würde man sich im Freien befinden. An der Decke hängen unter rohen Holzbalken zwei Pendelleuchten, zarte Papierkugeln, und ein unfassbar bequem aussehendes, extrabreites Sofa steht unter einer der Wandschrägen. Am Ende des Raums ist eine Küche mit schwarzen Schränken, in denen sich die Papierlampen spiegeln, und während ich einige Schritte in die Wohnung hineintrete, knarrt der silbergraue Dielenboden, als würde ich über das Deck eines Schiffs laufen. Wunderschön.

Ich habe Bilder erwartet, gerahmte Aufnahmen, die Jóns Leidenschaft zeigen würden, doch die Wände sind leer bis auf einen Flachbildschirm schräg gegenüber vom Riesensofa.

Jón ist hinter mir zur Tür hineingetreten und geht jetzt auf die Küche zu. Im Vorübergehen schaltet er das Licht einer Stehlampe neben dem Sofa ein.

«Was möchtest du trinken?»

«Was trinkst du denn?», erwidere ich, gedanklich gerade mit der Frage beschäftigt, wo sich das Bad und das Schlafzimmer befinden. Also, nicht dass es mich direkt ins Schlafzimmer ziehen würde. Vielleicht schläft Jón ja auch auf dem Sofa?

«Ich könnte uns noch einen Wein aufmachen. Oder vielleicht einen Whiskey? Kaffee gäbe es auch.»

«Vielleicht erst einen Wein und danach einen Kaffee?»

War das missverständlich? Das Wort *danach*? Wie geht es jetzt überhaupt weiter? Meiner Mutter muss ich noch Bescheid sagen. Wenn Jón wüsste, dass es in meinem Kopf gerade aussieht wie in dem einer Fünfzehnjährigen. Und warum fühle ich mich eigentlich oft so wahnsinnig wenig erwachsen? Sollte das mit vierundzwanzig nicht endlich mal anders sein?

Während Jón einen Schrank öffnet, entdecke ich die weiße Schiebetür, die sich zwischen der Küche und dem Flachbildschirm befindet.

«Ist dahinter das Bad?», frage ich.

«Das Bad und das Schlafzimmer.» Er stellt Weingläser auf den Tresen, vor dem zwei Barhocker stehen. «Geh einfach durch.»

Die Schiebetür gleitet sanft zurück und gibt den Blick frei auf ein dämmeriges Zimmer. Auch hier gibt es ein großes Dachfenster, und im Licht der Sterne lässt sich darunter ein Futon erkennen, auf dem Kissen und Decken ordentlich zurechtgerückt und gefaltet liegen. Die Tür zum Bad steht einen Spalt weit offen, und ich schließe sie sorgfältig hinter mir, bevor ich mein Telefon aus der Tasche ziehe. Meine Mutter liest ihre Nachrichten so gut wie nie, und um diese Uhrzeit würde sie daher eventuell noch sehr lang im Wohnzimmer sitzen und stricken, ohne dass ihr einfallen würde, ihr Smartphone zu überprüfen. Ich tippe ihre Nummer an und setze mich auf den geschlossenen Klodeckel.

«Elín? Hallo, ist alles in Ordnung bei dir?»

«Ja, alles okay», erwidere ich halblaut. «Ich wollte dir nur Bescheid sagen, dass ich erst morgen nach Hause komme.»

Wie blöd kann man sich eigentlich dabei fühlen, so etwas seiner Mutter erklären zu müssen, nachdem man eigentlich schon ausgezogen war? Ich brauche wirklich eine eigene Wohnung. Am besten so eine tolle, wie Jón sie hat.

«Wo übernachtest du denn? Bei dem jungen Mann aus deinem Computerkurs? Bei Jón?»

Mir ist nach unfreiwilligem Lachen. Gestatten, Elín. Hat eventuell gleich Sex mit dem jungen Mann aus ihrem Computerkurs. Und eigentlich ist es ein *Kochkurs*. Sophia reißt ihre One-Night-Stands wenigstens standesgemäß in Kneipen auf ... aber Jón ist ja kein One-Night-Stand, oder?

«Genau, bei Jón», bestätige ich, und damit meine Mutter nicht weiterfragt, füge ich hinzu: «Ich melde mich morgen, bevor ich losfahre, okay?»

«Gut, dann ... also ... ich wünsche euch noch einen schönen Abend.»

Um kurz vor Mitternacht ist das jetzt irgendwie süß.

«Danke. Gute Nacht, und bis morgen, ja?»

«Gute Nacht.»

So. Das Telefon wandert in meine Tasche zurück. Das wäre geklärt.

Im Spiegel kontrolliere ich noch mein Make-up, fahre mir mit allen zehn Fingern auflockernd durch die Haare und bemühe mich ansonsten angestrengt, über nichts weiter nachzudenken.

Erst beim Hinausgehen fällt mir das unförmige Gebilde neben dem Kleiderschrank auf. Ein Tuch verbirgt etwas Rechteckiges, Großes, und eine schwache Ahnung steigt in mir auf, was sich darunter befinden könnte. Nur schwer widerstehe ich der Versuchung, einen Blick unter das Laken zu werfen.

Jón sitzt auf einem der Barhocker, als ich wieder ins Wohnzimmer komme. Von diesem Moment hätte ich gern ein Foto, dieser wunderschöne Mensch in dieser wunderschönen Wohnung, der mich mit einem Blick mustert, als würde ich dazu passen. Verflixt, Jón, wir sollten das Ganze einfach an dieser Stelle einfrieren, sehr viel besser kann es unmöglich werden.

Ich nehme Jón das Weinglas aus der Hand, das er mir entgegenhält.

«Deine Wohnung ist unglaublich», sage ich und trinke nervös einen Schluck. Langsam diesmal, befehle ich mir selbst. Nachdem Jón seinen zweiten Wein im *Rabbithole* beinahe unangetastet zurückgelassen hat, bin ich ihm ohnehin schon voraus. Und ich würde nicht von mir behaupten, sonderlich trinkfest zu sein.

«Danke. Das war ein Glücksfall. Ein Freund von mir hat hier vorher gewohnt. Mittlerweile lebt er in Reykjavík.»

«Darf ich mal die Lichter ausmachen?»

Jón lächelt. «Sicher.»

Während ich zur Tür gehe, löscht Jón auch noch die Stehlampe, und Sekunden später gewöhnen sich meine Augen an die Dunkelheit. Es ist, wie ich es erwartet habe: atemberaubend. Als befände ich mich unter freiem Himmel. Wenn sich jetzt noch Polarlichter zeigen würden …

Jón hat sich auf das Sofa gesetzt und stellt sein Glas auf einer flachen Holzkiste ab. Ein Teil von mir würde sich gern dazusetzen, doch der Teil, der lieber am Sofa vorbeigeht und den Blick auf den Sternenhimmel gerichtet hält, gewinnt.

«Ich habe übrigens von einer freien Wohnung in der Nähe des Hafens gehört», sagt Jón. «Falls du Interesse hast.»

«Das habe ich.» Abrupt drehe ich mich um. «Auf jeden Fall.»

«Sie ist allerdings winzig. Die Eltern einer Freundin von mir suchen einen Nachmieter – oder eben eine Nachmieterin. Soll ich dir mal die Nummer geben, damit du sie anrufen kannst?»

«Ja, bitte.»

Jón zieht sein Smartphone aus der Tasche und tippt etwas ein. «Erledigt.»

«Meinst du, ich kann mich gleich morgen melden?»

«Warum nicht? Sag ihnen, dass du die Nummer von mir hast.»

«Okay. Zeigst du mir jetzt deine Fotos?»

In der Dunkelheit ist Jón nicht anzusehen, was er von dieser Frage hält, und seine Stimme klingt völlig neutral, als er mir nach einigen Sekunden antwortet.

«Es stehen ein paar Bilder im Schlafzimmer.»

Dachte ich mir.

Ich folge Jón, der aufsteht und zu der Schiebetür geht. Augenblicke später zieht er das Laken von dem herunter, das sich als eine Reihe von Glasrahmen entpuppt, die hintereinander gegen die Wand gelehnt stehen. Jón hat die Deckenlampe angeknipst, und mir verschlägt es beim Anblick des ersten Bildes fast den Atem. Es ist ein Farbenspiel aus Grün- und Blautönen, durchbrochen vom Schwarz nackter Felsen. In einem endlosen Himmel schimmern Polarlichter über dem Meer, die sich auf der ruhigen Wasseroberfläche spiegeln. Beinahe mythisch sieht es aus, wie nicht von dieser Welt.

«Das würde ich sofort aufhängen», murmele ich andächtig.

Jón lacht auf, dann setzt er sich auf die Kante des Futons, die Ellbogen auf die Oberschenkel gestützt, die Hände locker zwischen den Beinen herabhängend.

«Darf ich?» Ich zeige auf die Rahmen.

«Wenn du willst.» Er zuckt mit den Schultern.

Die nächste Aufnahme zeigt einen Wasserfall, der in eine Schlucht mit moosbewachsenen Felsen hinunterstürzt. In der Tiefe scheint der Fluss nicht mehr als ein Rinnsal zu sein, doch die Strudel, die noch zu erkennen sind, sprechen eine andere Sprache. Ich wette, Jón hat dieses Bild im ersten Morgenlicht gemacht, denn am Himmel ballt sich eine dramatische Wolkenkulisse in Orange, Rosa und Gold.

Der See auf dem Bild dahinter ist ein geschliffener, dunkler

Opal, eingebettet in einem Tal aus grünem Samt, und danach folgt eine Aufnahme von gebrochenem Eis, kristallklar glänzend unter einem sternenübersäten Himmel.

Es gibt in der Sonne strahlende Wasserfälle, die in Täler stürzen, und Berge, Hügel, Klippen, zwischen denen man Trolle und Feen vermutet. Die Bilder sind so unwirklich schön, dass mir fast die Tränen kommen.

«Mein Gott, Jón!» Ich reiße meinen Blick von einem Geysir los, dessen Fontänen in allen Sonnenfarben leuchten, um Jón anzusehen. «Das sind die unglaublichsten ... die wunderbarsten ... ich habe noch nie so viel Schönheit auf einmal gesehen!»

Dass er auf meinen Ausbruch hin nur lächelt und nichts weiter erwidert, lässt in mir den Wunsch aufsteigen, bessere Worte zu finden, treffendere Worte – ich will ihm unbedingt vermitteln, was seine Bilder in mir auslösen.

«Ich meine das ernst, sie sind ... das alles ist ...»

«Pathetisch», sagt Jón.

«Was?», frage ich entgeistert.

«Die Aufnahmen sind pathetisch und eindimensional. Es fehlt ihnen an Tiefe und deshalb berühren sie nicht.»

«*Was*?», wiederhole ich. «Wer sagt denn sowas?»

«Hilmar Sigurðursson, Kunstkritiker. Nicht irgendein Kunstkritiker. *Der* Kunstkritiker. Ich glaube, man könnte zusammenfassend sagen, dass er meine erste Ausstellung für ein Desaster hielt.»

Dazu fällt mir sekundenlang nichts ein.

«Der spinnt doch», sage ich schließlich, und diese Aussage scheint mir für einen offensichtlich blinden Kunstkritiker genauso unzureichend wie mein Versuch, die treffenden Worte für Jóns Bilder zu finden.

«Stehen diese Fotos deshalb verdeckt neben dem Schrank?

Weil ein einziger dummer Mensch zu dämlich war, das zu sehen, was bestimmt jeder sieht, nur der nicht?»

«Na ja, der einzige war er nun gerade nicht.»

«Also ...» Mein Blick gleitet über die Aufnahmen und dann zurück zu Jón, der noch immer mit unbeteiligtem Gesichtsausdruck auf dem Futon sitzt. «Du willst mir nicht ernsthaft erzählen, dass niemand diese Bilder gut fand?»

«Nein, das nicht.» Jetzt schwingt resignierte Erschöpfung in seiner Stimme mit. «Es gab natürlich Leute, die sie mochten, aber ... nach Hilmars Urteil hätte ich die Bilder an niemanden mehr verkaufen können, der bereit gewesen wäre, dafür mehr auszugeben als für ein billiges Poster.»

«Wäre ich reich, würde ich sie kaufen! Alle! Und ich würde auch noch das passende Haus zu deinen Bildern kaufen, und ich würde ...»

Jón steht auf, tritt auf mich zu und küsst mich. In mir vermischen sich die Eindrücke der Bilder, die Farben und das Licht, mit der Weichheit seiner Lippen und der Wärme seines Körpers. Es ist ein berauschendes Gefühl, leicht, beinahe schwebend, und wegen mir dürfte es ewig anhalten.

«Ich würde ja sagen, schade, dass du nicht Hilmar bist», sagt Jón halblaut, «aber das wäre gelogen.»

Ich muss lächeln, doch auch wenn es ganz bestimmt nicht Jóns Absicht war, hat er mit seinen Worten den gelösten Zustand unterbrochen, in dem ich mich gerade noch befunden habe. Mein Kopf ist wieder angesprungen. Nein. Dieser Hilmar bin ich nicht, aber leider bin ich auch nicht die, die ich in diesem Moment gern wäre, während Jóns Hände über meine Arme hinweg nach oben streichen, über meine Schultern und den Rücken wieder hinunter. Wir küssen uns noch immer, nur konzentriere ich mich jetzt auf eine ganz andere Art auf Jón, als er wohl annehmen würde. Was spürt er, während er mich berührt? Ich trage ein Kleid, das ich extra für den Kochkurs heute Abend ausgewählt habe. Es hat halblange Ärmel und ist aus einem weichen, angenehmen Stoff, und es verbirgt dankenswerterweise so ungefähr alles von mir, was ich gern verbergen möchte. Sicherheitshalber habe ich auch noch eine Strickjacke darüber gezogen, und beides zusammen macht zwar jedem Betrachter klar, dass die Frau, die darin steckt, nicht dünn ist, aber wie wenig dünn, lässt sich nicht genau beurteilen.

Als Jón mir die Jacke sanft über die Schultern streift und sie zu Boden fällt, gebe ich alles, wirklich alles, um mich wieder in den Kuss hineinfallen zu lassen und nur noch auf das zu achten, was meine Sinne wahrnehmen. Dünner Stoff unter meinen Händen und der Geschmack von Wein. Jón, der mein Gesicht umfasst und mir die Haare nach hinten streicht. Seine geschlossenen Augen – hastig schließe ich meine ebenfalls. Mein Herz beginnt zu rasen, als Jón langsam über meine Seiten fährt und dabei meine Brüste streift. Vielleicht denkt er gerade, dass ich doch um einiges *runder* bin, als er es erwartet hat. Runder. Leute sagen runder, wenn sie nicht fett sagen wollen.

Seine Hände lösen sich von meinem Körper. Na also, er hat es bemerkt. Nein, er greift nur nach dem Saum seines Shirts und zieht es sich über den Kopf.

Scheiße, Jón – könntest du nicht bitte ein bisschen weniger perfekt sein? Doch er sieht genauso aus, wie ich es schon habe erfühlen können, ein flacher Bauch mit Ansätzen eines Sixpacks, breite Schultern, muskulöse Oberarme. Nichts an ihm ist weich, absolut nichts – neben Jón bin ich ein laufender Pudding.

Ich muss mit dem Denken aufhören. Unbedingt. Mich auf etwas anderes konzentrieren. Seine nackte Haut unter meinen

Händen, so glatt, so fest, führt zu einer heftigen Sehnsucht nach mehr Nähe und schürt gleichzeitig die Angst davor. Und als Jón damit beginnt, den Stoff meines Kleids nach oben zu raffen, besteht mein erster Impuls darin, alles wieder herunterzuziehen.

Dass Jón daraufhin innehält, tut mir leid, es schmerzt regelrecht, doch es vermag nichts daran zu ändern, dass ich mein Kleid in der Faust zerknittere, um es an Ort und Stelle zu halten.

Auch Jón hat begonnen, nachzudenken. Nach ein paar Sekunden gleiten seine Hände wieder federleicht über meine Arme, küsst er wieder meine Lippen, doch etwas hat sich verändert. Er ist langsamer, zögernder geworden.

Jón, es tut mir wirklich leid, wirklich – du hättest dir doch Katrín aussuchen sollen.

«Du willst das lieber anbehalten?», sagt er schließlich.

Ich räuspere mich. «Also ...»

Was sage ich denn jetzt? Ja, ich will es anbehalten, aber ich will deswegen nicht, dass er sich entfernt. Er soll sich nicht von mir zurückziehen, berühren soll er mich aber auch nicht. Oder doch, aber eben ... ach, verdammt!

«Es ist ein bisschen kalt hier und ...»

«Elín.» Seine Hände gleiten über meine nicht vorhandene Taille, und alles in mir verkrampft sich. «Hier drin hat's mindestens zwanzig Grad, und ich weiß ja nicht, wie du dich gerade fühlst, aber für mich scheint es sogar doppelt so heiß zu sein. Und – ich würde dich gern ansehen. Ist das nicht okay?»

«Doch ... doch, klar, natürlich.»

Nein. Nein, so gar nicht. Ich will nicht, dass er mir das Kleid auszieht, ich will nicht, dass er feststellt, dass ich eine Strumpfhose trage, die meinen verfluchten Bauch einklemmt, und ich will auf gar keinen Fall ohne diese verfluchte Strumpfhose vor ihm stehen – wobei Sex mit Strumpfhose schwierig werden dürfte.

Jón küsst meine Schläfe, verteilt Küsse in meinem Haar, zart streichelt er über meine Brüste, und ich kann nur denken, dass er jetzt fühlt, wie weich und schwer und überhaupt nicht straff und sexy sie sind, und am liebsten würde ich auf der Stelle meine Sachen zusammenpacken und gehen.

«Okay, zu früh», sagt Jón. Ein letzter Kuss, bevor er zurückweicht.

Mir ist nach Heulen. Zu früh, ja. Nur wird es immer zu früh sein. Warum habe ich uns überhaupt in diese Situation gebracht? Ich meine – ich *wusste* doch, worauf es hinauslaufen würde!

«Ich glaube, ich gehe jetzt besser», sage ich.

«Was?»

Wirkte Jón eben nur verwirrt, so scheint er nun geradezu fassungslos zu sein, und mein Herz zieht sich zusammen. Es tut mir leid, alles.

«Ich wollte nicht ... ich ...» Hastig bücke ich mich nach meiner Strickjacke. «Entschuldige.»

Er unternimmt keinen Versuch, mich aufzuhalten, als ich an ihm vorbeigehe, das Schlafzimmer verlasse und nach meiner Tasche greife, die auf einem der Barhocker liegt. Doch er taucht im Rahmen der Schiebetür auf, während ich mir gerade die Strickjacke überziehe. Ratlos sieht er aus, irritiert und auch – und diese Erkenntnis bringt mein Herz endgültig zum Bluten – verletzt. *Jón, es tut mir so leid. Ich schwöre, das wollte ich nicht.* Ich dachte ... ich dachte, vielleicht ...

«Elín, würdest du mir das bitte erklären, bevor du gehst?»

Mit gesenktem Kopf schlüpfe ich erst in meine Winterjacke und dann in meine Schuhe, die ich neben der Wohnungstür ausgezogen habe.

«Elín?»

«Es ist einfach …» Ich richte mich auf. Jóns Blick zu erwidern, fällt mir unendlich schwer. «Ich kann es dir nicht erklären. Es passt einfach nicht.»

Die falschen Worte, völlig falsch, und völlig zu Recht führen sie dazu, dass Jóns Gesicht sich in dieser Sekunde verschließt.

«Okay», sagt er steif. «Dann … du hast vermutlich etwas viel getrunken, um noch zu fahren.»

«Das wird schon gehen.» Ich will nur noch raus. «Ich fahre langsam.»

«Ich ruf dir ein Taxi.»

«Nein, darum kümmere ich mich selbst. Ich … bis nächste Woche!»

Obwohl ich die Tür nicht besonders fest ins Schloss gezogen habe, scheint der Knall mir durchs Treppenhaus nachzuhallen, während ich die Stufen hinuntereile. Wie konnte das nur passieren? Mit dem Handrücken wische ich mir so heftig über die Augen, dass sie dadurch gleich noch mehr zu tränen beginnen. Ich bin so blöd! So verflucht blöd! Es hätte doch alles wunderbar unverbindlich bleiben können, ich hätte mich auf jeden Freitagabend gefreut, und irgendwann wäre es eine nette Erinnerung gewesen. Eine schöne. Nicht sowas wie jetzt.

Ich zerre mir die Kapuze über den Kopf, weil ich meine Mütze bei Jón liegengelassen habe.

Nur kurz denke ich tatsächlich über ein Taxi nach, bevor ich mich auf den Weg zu meinem Wagen mache. Die beiden Gläser Wein im *Rabbithole* liegen sicher lang genug zurück, und das dritte Glas bei Jón habe ich kaum zur Hälfte geleert – es scheint unser Schicksal zu sein, jede Menge Wein zu vergeuden.

Bisher zumindest. Ab sofort wohl nicht mehr.

Auf jeden Fall fühle ich mich ernüchtert genug, um nach Hause zu fahren, und sollte der unwahrscheinliche Fall eintreten, dass mich tatsächlich eine Polizeistreife anhält, dann betrachte ich das als Strafe für den Blick, mit dem Jón mir hinterhergesehen hat.

Im Schneckentempo krieche ich nach Hause, es ist halb zwei, als ich den Wagen abstelle, und es gelingt mir, so leise zur Haustür hinein und in mein Zimmer zu kommen, dass selbst meine Mutter nicht wach wird.

Mir ist danach, das blöde Kleid samt blöder Strumpfhose in die Ecke zu feuern, und das tue ich auch, und als ich in meinem Schlafshirt ins Bad schleiche, vermeide ich nicht nur den Blick in den großen Spiegel meines Kleiderschranks, sondern halte auch beim Zähneputzen die Augen gesenkt. Ich weiß, wie ich verheult aussehe, kein Grund, sich diesen Anblick jetzt auch noch zu geben.

Das Smartphone allerdings nehme ich mit ins Bett, wenn auch mit einem flauen Gefühl im Magen, und als ich sehe, dass Jón mir eine Nachricht geschickt hat, steigt eine Mischung aus Angst und Hoffnung in mir auf.

Das Angstgefühl lässt sich leicht erklären, aber worauf um alles in der Welt hoffe ich denn noch?

Eine Nummer. Und dazu hat Jón geschrieben:

Ronja Hannasdottír und Árni Dagursson.
Plan mich für den Umzug ein. Ich mach auch Pizza.
Vegan!

Man sollte meinen, ich hätte schon genug geheult, aber offenbar doch nicht.

Kapitel 20

Im Laufe des Wochenendes beginnt meine Mutter damit, besorgt um mich herumzuschleichen, weil ich einsilbig und wortkarg bin, und je mehr sie um mich herumschleicht, desto stärker wird mein Drang, ihr aus dem Weg zu gehen. Ich möchte nicht darüber reden, wie mein Treffen mit Jón war, und ich möchte auch nicht, dass meine Mutter mich mit einem Blick ansieht, in dem Mitgefühl liegt. Leider ist es zu stürmisch für den Strand, der Wind treibt Schnee und Regen fast waagrecht vor sich her. Sonntagabend habe ich schließlich einen Zustand erreicht, in dem ich befürchte, auch noch ernsthaft mit meinen Eltern aneinanderzugeraten, wenn ich nicht schleunigst rauskomme. Ich meine – richtig rauskomme.

Weil es mir unangenehm ist, die Nummer zu wählen, die Jón mir geschickt hat, durchforste ich online Wohnungsangebote, ohne etwas Passendes zu finden. Entweder sind die Wohnungen zu teuer oder zu weit weg oder gleich beides.

Am Montag setzt Magnús mal wieder völlig selbstverständlich voraus, dass ich länger bleibe, und beginnt obendrein auch noch damit, mich wegen Kleinigkeiten herbeizuzitieren, um die er sich bisher selbst gekümmert hat und die eindeutig eher in den Aufgabenbereich eines Kammerdieners als in den einer Sekretärin fallen. Am Abend streiche ich den Punkt *In der Nähe von Sólvík* von meiner Liste und werfe zusätzlich einen genaueren Blick auf die Stellenanzeigen. Eigentlich hätte Jóhann am Montag in die Kanzlei kommen sollen, doch im Gegensatz zu mir scheint er völlig zufrieden damit zu sein, alles in die Hände seines Sohns zu übergeben.

Wenn ich nicht nach einer Wohnung oder einem neuen Job Ausschau halte, denke ich an Jón, und bisweilen geschieht es, dass ich auch währenddessen an ihn denke.

Ich wünschte, ich hätte alles anders gemacht, und noch mehr wünsche ich mir, anders zu sein. Dünner. Oder selbstbewusster. Am besten beides.

Dienstagmorgen fahre ich mit dem festen Vorsatz in die Kanzlei, zumindest so zu tun, als wäre ich es. Selbstbewusst, meine ich. Ich kann ja schlecht so tun, als sei ich dünn.

Bevor Jóhann mir Magnús vorgesetzt hat, war das Büro ein Ort, an dem ich mich wohl gefühlt habe. Es war kein Traumjob, aber ich war dort zufrieden. Ich wusste, was ich tat. Magnús jedoch gibt mir das Gefühl, nicht meine Fähigkeiten als Sekretärin, sondern wie so oft meine Erscheinung zu bewerten, und – seien wir ehrlich – weder das eine noch das andere hält er für ausreichend.

Es muss doch aber möglich sein, mir zumindest in der Kanzlei meinen ursprünglichen Status zurückzuholen. Ich erwarte ja gar nicht viel. Nur ein wenig Vertrauen in meine Kompetenz. Wobei die selbst bei mir bröckelt. In den letzten Wochen sind mit gehäuft Fehler passiert, und ich verstehe einfach nicht, warum. Ganz egal, wie sehr ich mich bemühe, alles im Blick zu behalten, immer wieder übersehe ich irgendetwas, und Magnús' freundlich-gönnerhafte Reaktion darauf trägt nicht dazu bei, mein zunehmend schwindendes Selbstwertgefühl jetzt auch noch als Sekretärin wieder aufzubauen.

Das muss sich ändern. Dringend. Ich werde sonst irre. Zu viele Baustellen.

Auch wenn ich mich bemühe, einiges von meinem letzten Treffen mit Jón auszublenden, hat sich doch die Gewissheit in mir festgekrallt, dass ich mit Magnús reden muss. Werde ich das nicht tun, wird sich auch nichts ändern, ganz im Gegenteil: Es wird mit jeder Woche, die vergeht, unerträglicher werden. Außerdem passt es wunderbar zu meinem Vorsatz, mich selbstbewusst zu geben, weshalb ich Magnús nach meiner Mittagspause tatsächlich um ein Gespräch bitte, als er mich zum x-ten Mal an diesem Tag zu sich ruft. Diesmal, weil ich doch bitte schnell einmal über den Glastisch wischen soll, bevor seine nächste Besprechung stattfindet.

«Magnús, ich hätte da noch was, das ich gern mit dir besprechen würde. Hättest du heute oder in den nächsten Tagen dafür Zeit?», frage ich, das feuchte Tuch noch in der Hand.

Während ich überlege, ob dieser Einstieg nicht zu defensiv war, wirft Magnús einen Blick auf seine Armbanduhr. «Klar. Nach der Besprechung mit Gunnar?»

Die Besprechung beginnt um drei, vermutlich ist sie gegen vier beendet – perfekt.

«Das passt gut, danke.»

Magnús hat mich mit seiner Bitte, bei ihm die Putzfrau zu spielen, aus der Ausarbeitung eines Vertrages geholt, und es fällt mir schwer, wieder hineinzufinden. Aber wenigstens bietet mir dieser Vorfall einen guten Einstieg in das später anstehende Gespräch.

Obwohl nur ein Testament aufgesetzt werden soll, ist es fast halb fünf, bevor Gunnar sich endlich verabschiedet, und als Magnús mich gegen fünf noch immer nicht aufgefordert hat, zu ihm ins Büro zu kommen, rufe ich durch. Das ist doch mal wieder typisch. Der Gedanke, ich könne zur Abwechslung mal wieder pünktlich gehen wollen, scheint völlig absurd zu sein.

«Magnús, denkst du noch an unser Gespräch?»

«Ach ja, sicher – tut mir leid. Ich hätte jetzt noch Zeit, oder willst du es lieber auf morgen verschieben?»

«Nein, ich komm rüber, okay?»

«Alles klar, gib mir fünf Minuten.»

Während ich die Unterlagen auf meinem Schreibtisch ordentlich auf Mappen und Ablagekörbe verteile und nebenbei den Rechner herunterfahre, versuche ich, mich an die Sätze zu erinnern, mit denen ich das Gespräch gleich eröffnen will. Als ich den Verbindungsgang betrete, breitet sich Nervosität wie Sprudelwasser in mir aus. Es wird nur ein sachliches Gespräch, versichere ich mir selbst, während ich die Klinke zu Magnus' Büro herunterdrücke. Und sollte es aus irgendwelchen Gründen unsachlich werden, fahre ich anschließend einfach nach Hause und spreche bei nächster Gelegenheit mit Jóhann, fertig.

Magnús steht auf, als ich den Raum betrete. Er trägt ein helles Hemd zur dunklen Anzughose, die er zurechtzieht, bevor er sich die Ärmel herunterkrempelt, wie ein Handwerker, der für heute seinen Job erledigt hat. Vielleicht brauchen Männer, die den ganzen Tag am Schreibtisch sitzen, zumindest in ihrer Vorstellung das Gefühl, etwas Konkretes, etwas Ärmelaufkrempelnswertes erledigt zu haben.

«Setz dich.» Er weist auf das Sofa. «Willst du was trinken?»

«Nein, danke.» Ich lasse mich auf die Polster nieder. Wie wollte ich das Gespräch noch gleich beginnen?

«Okay, worum geht's?», fragt Magnús.

Einmal tief durchatmen.

«Magnús, ich wollte mit dir über verschiedene Dinge sprechen, die meinem Gefühl nach nicht so optimal laufen. Es ist ...»

«Na, das ist ja mal ein Einstieg.» Magnús lacht auf. «Dann mal los – reden wir darüber, wie wir die Abläufe optimieren können – ich bin gespannt. Für so etwas bin ich immer offen.»

Sein Einwurf lässt mich stocken, weil ich den Satz, den ich eigentlich gerade habe sagen wollen, umstellen muss.

«Also, zum einen betrifft das all die Kleinigkeiten, für die du mich in letzter Zeit ständig in dein Büro bittest», fange ich mit dem leichteren Thema an. «Weil ich den Tisch abwischen soll oder du Papier brauchst oder Kaffee oder weil du nach einer Telefonnummer fragst, die du mit ein paar Klicks auch selbst rausfinden könntest – es ist so, dass du mich dadurch oft in einer Arbeit unterbrichst. Das scheint mir für uns beide wenig effektiv zu sein.»

Ich mache eine Pause, doch Magnús sagt nichts, sondern mustert mich nur interessiert.

Hastig rede ich weiter. «Es ist nicht so, dass ich diese ganzen Dinge nicht auch gern noch zusätzlich erledige» – warum bitte, erzähle ich jetzt einen so unfassbaren Blödsinn? –, «aber es führt dazu, dass ich aus anderen Aufgaben immer wieder herausgerissen werde. Und darunter leidet dann einfach die Konzentration.»

«Du bist also nicht in der Lage, dich schnell wieder in das hineinzudenken, wobei ich dich unterbrochen habe, willst du mir sagen, oder?»

Magnús lächelt, doch er hat meine Worte auf eine fiese Art zusammengefasst, und ich bin mir sicher, dass er das weiß.

«Ich bin absolut in der Lage, mich wieder in meine Arbeit reinzudenken», erwidere ich ein wenig zu scharf. «Nur passiert es mittlerweile oft, dass ich zwei-, dreimal unterbrechen muss, und dann dauert alles eben länger. Und meiner Meinung nach unnötig länger, weil du viele der Dinge, für die du mich rufst, schon in der Zeit selbst erledigen könntest, die ich brauche, um zu dir zu kommen. Ich meine, neues Papier zum Beispiel befindet sich in diesem Schrank. Von deinem Schreibtisch aus sind das fünf Schritte.»

«Okay, notiert. Sorry, darüber denke ich oft gar nicht nach», erwidert Magnús. «Ich bin manchmal so in irgendeinem Gedanken drin – aber du hast recht. Wahrscheinlich sehe ich dich auch einfach gern», fügt er hinzu.

Was bitte soll das denn heißen? Er sieht mir gern dabei zu, wie ich ihn bediene oder was?

Ich beschließe, diese Bemerkung zu übergehen.

Magnús lehnt sich im Sessel zurück. «Du hast gesagt, es gäbe mehrere Dinge zu besprechen?»

«Ja, ich ...»

Für das, was ich jetzt noch ansprechen will, kommt mir jeder Anfang unpassend vor. Wahrscheinlich, weil ich das ganze Thema so schrecklich unpassend finde.

«Also, es ist so, dass ich es ... schwierig finde, wie du über einige Mandantinnen sprichst. Oder überhaupt manchmal über Frauen.»

Ich will resolut auftreten. Freundlich, aber bestimmt. Stattdessen klinge ich fast schon entschuldigend, Herrgott.

«Du findest das schwierig? Was denn genau?»

«Du bist manchmal beleidigend. Und abwertend. Es ist ... ich finde es ...»

«Ja?»

«Ich meine, es spielt doch zum Beispiel gar keine Rolle, wie eine Frau aussieht, die sich an die Kanzlei wendet.»

«Na ja.» Jetzt lacht er schon wieder, und diesmal ärgert mich das.

«Helga zum Beispiel kommt hierher, weil sie darauf vertraut, dass sie von dir gut vertreten wird. Sie sieht dich als jemanden, der auf ihrer Seite ist, und du ...»

«Aber das bin ich doch. Ich vertrete sie nach bestem Wissen und Gewissen, da kannst du völlig beruhigt sein», erwidert Magnús mit einer Gelassenheit, die mich daneben übertrieben aufgeregt wirken lässt. *Hysterisch, wie man es von Frauen eben kennt.*

«Ich finde es trotzdem unangemessen. Solche Aussagen, wie dass du nicht kapierst, wie jemand Helga überhaupt heiraten konnte, oder auch ...»

Kurz presse ich die Lippen zusammen, weil Magnús schon wieder belustigt aussieht und ich an das Gespräch zwischen ihm und Mikael denken muss. Und daran, wie die beiden mich angesehen haben.

Wahrscheinlich denkt er, dass jemand wie ich natürlich Probleme damit hat, wenn er Frauen nach ihrem Äußeren beurteilt. Da schneide ich nun mal ganz eindeutig nicht besonders gut ab.

«Elín, ich verstehe dich ja, und ich werde darauf achten, okay? Es ist nur Gerede, aber wenn es dich stört ...»

«Ja, es stört mich. Und ich frage mich außerdem ... ich habe das Gefühl, dass du mit meinen Fähigkeiten nicht wirklich zufrieden bist.»

«Mit deinen Fähigkeiten?»

Dass Magnús jetzt die Brauen hebt, lässt ihn nicht nur erstaunt aussehen, es beleidigt mich auch, ohne dass ich in Worte fassen könnte, wieso genau. Verflucht, dieses ganze Gespräch läuft auf eine Art und Weise, dir mir nicht gefällt. Und meine Rolle darin auch nicht. Dabei dachte ich, ich sei einigermaßen überlegt hineingegangen.

«Mir sind in letzter Zeit kleinere Fehler passiert.» Wie unglaublich geschickt, jetzt auch noch explizit darauf hinzuweisen. «Und ich denke ... also, ich finde es schwierig, wenn ich mitbekomme, wie du manchmal über Frauen sprichst ...»

«Du denkst, ich rede auch über dich so, nur weil du manchmal etwas vergesslich bist?»

Vergesslich. Ich war früher nie vergesslich. Trotzdem nicke ich.

«Okay, das war wirklich nicht meine Absicht. Ich kann dir

versichern, dass ich deine Arbeit sehr schätze. Wir müssen uns als Team eben erst ein wenig einspielen. Du kennst mich noch nicht besonders gut, und umgekehrt genauso – aber wir werden schon zusammenfinden, oder?»

Wäre da nicht dieses verflixte Gefühl, dass hinter Magnús' Worten noch etwas anderes steht als das Bedauern darüber, mir zu nahe getreten zu sein, könnte ich jetzt eigentlich halbwegs zufrieden sein. Dass ich es nicht bin ... liegt das vielleicht an mir? Bin ich nur zu empfindlich? Ausschließen kann ich es nicht.

«Gut.» Ich stehe auf. «Danke, dass du dir die Zeit für dieses Gespräch genommen hast.»

«Aber selbstverständlich. Wenn noch etwas ist, sag Bescheid. Irgendeine Lösung findet sich immer. Könntest du bitte noch die Unterlagen wegräumen, die auf meinem Schreibtisch liegen?»

«Klar.»

Ich bemühe mich, nicht allzu auffällig durchzuatmen. Sobald ich hier raus bin, werde ich in Ruhe über alles nachdenken. Zumindest war es kein völlig katastrophales Gespräch.

Während ich zu Magnús' Schreibtisch gehe, kann ich förmlich dabei zusehen, wie mein Hirn beginnt, die letzten zwanzig Minuten zu sezieren, um mir alles vorzuhalten, was ich hätte deutlicher betonen müssen. Aber immerhin hat er sich entschuldigt, oder? Hat er doch?

Ich sammele mehrere Ordner auf und schiebe dann die Maus zur Seite, die auf der letzten Mappe liegt. Der Bildschirm des Monitors leuchtet auf.

Im ersten Moment kapiere ich gar nicht, was mir da entgegenstrahlt.

Es ist ein pornographisches Bild, ein wenig verzerrt, wie mitten in der Bewegung angehalten. Eine nackte Frau ist zu sehen, genau genommen nur ihr Rücken und ihr Hinterteil, und zwei Männerhände, die links und rechts auf den Gesäßhälften liegen, die Daumen in der Pofalte, und dazwischen …

«Hoppla, sorry.»

Ich fahre so heftig zusammen, als Magnús an mir vorbeigreift und das Bild zum Verschwinden bringt, dass ich um ein Haar die Ordner fallenlasse, die ich in den Händen halte.

«Das gehört zu einem Fall. Willst du wissen, wer die Frau ist?»

«Was?»

Magnús' Grinsen ist nun auch in Wirklichkeit so breit, wie es mir die ganze Zeit über vorkam. Er wirkt kein bisschen schockiert, nicht einmal peinlich berührt.

«Die Frau in diesem Film. Willst du wissen, wer das ist?»

Ich denke daran, wie Magnús sich die Hose zurechtgerückt und die Ärmel seines Hemds heruntergerollt hat, und Ekel steigt in mir auf. «Nein, will ich nicht.»

Ohne nach dem letzten Ordner zu greifen, dem, auf dem ganz zufällig die Maus lag, stürze ich aus dem Zimmer und durch den Verbindungsgang, wobei ich beide Türen hinter mir zuschlage. Ein paar Sekunden noch stehe ich vor meinem Schreibtisch, dann werfe ich die Unterlagen darauf, zerre meine Sachen aus dem Wandschrank und renne hinaus, die Jacke über den Arm und die Stiefel, die ich beim Autofahren trage, in der Hand. Nur raus. Raus, bevor ich noch einmal in dieses widerwärtig grinsende Gesicht von Magnús blicken muss.

Kapitel 21

Es war eine dicke Frau.

Dieser Gedanke pulsiert in meinem Kopf, als wäre das irgendwie wichtig.

Es war ein voluminöser Hintern, der sich mir da entgegengestreckt hat, aber das ist nicht der Grund, aus dem ich den gesamten Heimweg über das Gefühl habe, mich gleich übergeben zu müssen. Einmal fahre ich sogar an den Straßenrand und öffne die Tür, doch nichts kommt.

Es war nur ein Bild. Nur ein Bild. *Lass dich davon doch nicht so fertigmachen.* Nur ein Bild. Ein blöder Porno, auch wenn Magnús behauptet, das Ganze würde zu einem seiner Fälle gehören – und selbst wenn es die Ex-Frau von irgendeinem Klienten wäre, egal.

Es sollte mir einfach egal sein.

Ist es mir aber nicht.

Magnús ist ein Dreckskerl, und ich werde nie wieder einen Fuß in die Kanzlei setzen, solange er da ist.

Zu Hause kostet es mich einige Anstrengung, mir meinen Eltern gegenüber nicht anmerken zu lassen, wie ich mich fühle. Klebrig. Benutzt.

Obwohl es nur ein Bild war, fuck, verdammt!

Ist das sexuelle Belästigung? Ja, oder? Oder wo fängt die an? Bei Bildern? Die *vielleicht* zu einem Fall gehören?

Hat Magnús mich also sexuell belästigt? Ausgerechnet mich? Indem er mir pornografische Bilder von dicken Frauen vor die Nase hält?

Es gibt verbale, nonverbale und physische Formen von sexueller Belästigung, rufe ich mir während des Abendessens, bei dem ich jeden Bissen hinunterwürge, in Erinnerung. Und Bilder sind eine nonverbale Form. Herrgott, ich bin Sekretärin in einer Anwaltskanzlei. Wieso stelle ich das überhaupt in Frage?

Ich würde gern mit jemanden darüber reden und gleichzeitig auch nicht. Bei dem Versuch, mir das Ganze irgendwie zurechtzubiegen, sodass ich erkennen kann, was ich als Nächstes tun muss, bekomme ich Kopfschmerzen, während die Stimme in mir, die fast schon beschwörend wiederholt, dass letzten Endes ja eigentlich nichts passiert ist, zunehmend eindringlicher wird.

Sophia würde wahrscheinlich darauf bestehen, Magnús zur Rede zu stellen. Oder mich damit an Jóhann zu wenden. Oder die ganze Geschichte gleich bei der Polizei anzuzeigen. Das sollte ich vermutlich tun.

Ich will nur nicht.

Allein der Gedanke, überhaupt irgendjemanden davon zu erzählen, widerstrebt mir – und schon gar keiner völlig unbeteiligten Person.

Was genau gibt es denn da auch zu erzählen?

Und dann war da plötzlich dieses Bild.

Was für ein Bild?

Ein pornografisches Bild.

Was genau war denn darauf zu sehen?

Da war ... eine Frau, und sie ... wurde von einem Mann penetriert, der ...

Sind Sie sich sicher? Wie lange haben Sie das Bild angesehen?

Scheiße, ich weiß doch, wie solche Befragungen schlimmstenfalls ablaufen. Und Magnús sagt, das Ganze gehöre zu einem verdammten Fall!

Mir ist immer noch schlecht.

Dabei war es doch nur ein Bild.

Ich meine, Magnús hat mich ja nicht angefasst, und auch wenn ich weiß, dass ein solches Bild schon als sexuelle Belästigung gilt, will ich trotzdem nicht darüber reden!

An dieser Stelle meiner Gedankenkette angekommen, verkrieche ich mich ins Bett, ohne mir die Mühe zu machen, meine Kleider auszuziehen.

Ich will auch nicht mehr nachdenken.

Vielleicht morgen. Erst mal eine Nacht drüber schlafen, morgen sieht dann alles anders aus. Meine Mutter sagt das immer.

Ich wünschte, ich wäre Magnús nie begegnet.

Bestimmt war es kein Zufall, dass die Frau auf dem Bild dick war. Er hat sich diesen Film angesehen und sich dabei mit ziemlicher Sicherheit einen runtergeholt, und ich bin auch dick, was sagt das also aus? Dass er sich vorstellt ... dass er sich so etwas vorstellt, wenn ich in sein Büro komme? Wollte er, dass ich es sehe? Und wenn ja, was genau sollte das dann sein – irgendeine widerliche Form von Kompliment?

Nein, er will dir nur zeigen, dass er die Macht hat. Weil er der Chef ist. Und weil er deshalb Pornos im Büro gucken kann, ohne dass er etwas befürchten müsste.

Der Rechner war dunkel, der Bildschirm leuchtete erst auf, als ich an die Maus kam, und statt sofort wegzugucken, habe ich draufgestarrt, bis Magnús alles weggeklickt hat.

Vermutlich war das falsch. Ich hätte mich abwenden, am besten sofort etwas sagen müssen. Was zum Teufel das soll? Was für eine Frechheit das ist.

Nein, das Wort passt nicht.

Eine *Frechheit* ist, dass ich zehnmal an einem Vormittag in Magnús' Büro renne, weil er zum Beispiel will, dass ich den

Tisch vor dem Sofa abwische. Dabei muss ich mich vorbeugen, und Magnús sitzt hinter mir am Schreibtisch und ...

Ich springe auf und schaffe es gerade noch ins Bad.

Scheiße.

«Elín?»

Meine Mutter. Natürlich. Solche Geräusche überhört sie nicht.

«Geht es dir gut?»

«Ich glaube, ich hab mir den Magen verdorben», erwidere ich nach einigen Sekunden. Auch eine Antwort. Gar nicht so weit entfernt von *Mein neuer Chef zeigt mir Sexbilder*.

«Brauchst du irgendwas? Soll ich dir eine heiße Suppe machen?»

«Nein, es geht schon. Ich leg mich einfach wieder ins Bett, glaube ich.»

«Okay», sagt meine Mutter zögernd.

Als ich aus dem Bad komme, höre ich sie unten in der Küche, obwohl es schon nach zehn ist.

Bevor ich tatsächlich ins Bett gehe, stopfe ich all meine Klamotten bis auf die Unterhose in die Wäschekiste. Am liebsten würde ich auch noch duschen, doch ich unterdrücke dieses Bedürfnis und ziehe mir stattdessen mein Schlafshirt über. Frauen duschen, wenn sie wirklich sexuell belästigt werden, also so *richtig*.

Und bei mir war es doch nur ein Bild.

Es klopft an die Tür, und meine Mutter kommt herein. Zumindest muss ich mir nicht mehr so viel Mühe wie beim Abendessen geben. Immerhin bin ich jetzt offiziell krank.

«Vielleicht magst du ja nachher noch etwas davon», sagt sie und stellt dabei vorsichtig einen Teller auf meinen Nachttisch. «Ein, zwei Löffel. Ich hab sie mit Gemüsebouillon gemacht.»

Reissuppe. Die kocht meine Mutter bei jeder Form von Unwohlsein, seit ich klein bin. Nur hat sie früher immer Hühner-brühe als Basis genommen. Ihre weiche Hand auf meiner Stirn lässt in mir das Gefühl aufsteigen, gleich losheulen zu müssen.

Wegen der Sache von vorhin.

Und wegen Jón.

Was würde er sagen, würde ich ihm erzählen, wie mein Ge-spräch mit Magnús heute endete?

«Fieber hast du keins.» Meine Mutter zieht ihre Hand zu-rück. «Vielleicht hast du was Falsches gegessen.»

«Könnte sein.»

«Am besten, du schläfst. Morgen sieht alles bestimmt schon ganz anders aus.»

Sie streicht mir noch einmal liebevoll über die Haare, dann verlässt sie mein Zimmer, und ich denke sinnlose Sätze wie *Lustig, dass sie genau das sagt, wo ich gerade noch darüber nachgedacht habe* und *Ob Magnús sich noch mal die Ärmel hochgekrempelt hat, nachdem ich weg war?*

Ich ziehe mir die Decke über den Kopf und versuche mir Jóns Reaktion auf all das vorzustellen, doch es geht nicht.

Liegt vielleicht daran, dass ich es schrecklich finden würde, wüsste er davon. Dann wäre ich nicht nur die komische Frau, die quasi mitten im Kuss wegrennt, sondern auch noch die, deren Chef ihr Pornobilder zeigt. Und außerdem noch die, deren Ex-Freund …

Nein, genug. Das nicht auch noch. Für heute reicht es.

Ich will keine dieser Frauen sein, und könnte ich noch ein-mal einfach wegrennen, ich würde es tun.

Kapitel 22

Am nächsten Morgen ist mir immer noch übel, und meine Mutter findet es deshalb nicht weiter verwunderlich, dass ich nicht zur Arbeit fahre. Sie akzeptiert es auch noch am Donnerstag und am Freitag, zumal ich am Vormittag beim Arzt vorbeischaue und mir ein Attest ausstellen lasse. Ich brauche Zeit zum Nachdenken.

Natürlich fällt abends auch mein *Computerlehrgang* flach, was nicht nur Embla, sondern auch meine Mutter sehr bedauert. Mit Sicherheit denkt sie dabei an den netten, jungen Mann, den sie kennengelernt hat. Noch verkneift sie sich jede Nachfrage, doch lange wird es nicht mehr dauern, dann sollte ich ihr irgendeine Geschichte erzählen, warum sie Jón nicht mehr zu Gesicht bekommt. Bevor ich mir jedoch darüber Gedanken mache, muss ich mir überlegen, wie ich mit der Situation in der Kanzlei umgehen soll.

Auf keinen Fall werde ich weiterhin für Magnús arbeiten, so viel ist sicher. Aber soll ich wirklich kündigen und mich bis zum Ablauf der Kündigungsfrist krankschreiben lassen? Oder sollte ich Jóhann von dem Vorfall erzählen? Was, wenn er mir nicht glaubt? Immerhin geht es dabei nicht um irgendeinen Mitarbeiter, sondern um seinen eigenen Sohn.

Oder doch direkt eine Anzeige?

Es kostet mich nicht mehr ganz so viel Überwindung, mich mit diesen Fragen auseinanderzusetzen, in erster Linie deshalb, weil meine Verdrängungsmechanismen mal wieder hervorragend funktionieren und lediglich das Gefühl durchlassen, dass Magnús ein Arsch ist, dem ich nie wieder begegnen will.

Entsprechend gibt es nur zwei Möglichkeiten: Entweder er verschwindet von der Bildfläche oder ich gehe. Und da es doch sehr unwahrscheinlich ist, dass Jóhann mich seinem Sohn vorziehen wird ...

Ich brauche eine eigene Wohnung, und ich brauche einen neuen Job.

Was ich definitiv nicht brauche, ist Daníel, der Samstagnachmittag anruft, weshalb ich auch nur mäßig begeistert das Gespräch annehme. Eigentlich bin ich zum Strand hinuntergegangen, um meine Gedanken zu entwirren – auf die neuen Knoten, die Daníel zuverlässig verursachen wird, kann ich verzichten.

«Hallo.»

«Hi, Elín, Daníel hier.»

Ein paar Sekunden Pause, in der wir vermutlich beide überlegen, was wir uns überhaupt noch zu sagen haben. In meinem Fall weiß ich es immerhin: nichts.

«Hör zu, ich weiß, wir haben ausgemacht, dass du dich meldest, aber ... hast du heute Abend vielleicht Zeit?»

«Nein, leider nicht.»

Meine Antwort kommt spontan und ohne nachzudenken. So spontan, dass ich automatisch die übliche Weichspüler-Floskel anhänge. Dabei tut es mir nicht leid. Kein bisschen.

«Und morgen?»

«Daníel ...»

«Ich will, dass wir es noch mal miteinander versuchen, Elín.»

Langsam über den schwarzen Sand gehen und dabei einige Touristen beobachten, die gefährlich nah an der Brandungslinie stehen, bekommt etwas Surreales, wenn man die Stimme

· 209 ·

seines Ex-Freundes am Telefon hört, der Sätze sagt, die völlig absurd sind.

«Ich bin sicher, wir hätten noch eine Chance», redet Daníel weiter. «Ich ... vermisse dich. Komm zu mir zurück.»

Ein Teil von mir wird bei diesen Worten weich. *Ich vermisse dich.* Ich habe mich immer danach gesehnt, solche Worte von ihm zu hören. Und jetzt höre ich sie, Samstagnachmittag um kurz nach vier. Die Sonne ist vor wenigen Minuten am Horizont verschwunden und hat nichts zurückgelassen außer graues Meer, grauen Himmel, graue Felsen, einen schwarzen Strand und Schnee. Die Jacken der Menschen wirken wie nachträglich hinzugefügte Farbtupfer in einer Schwarz-Weiß-Aufnahme.

«Daníel, ich glaube nicht, dass das funktionieren würde.»

Leider. Ich glaube. Kann ich vielleicht mal aufhören, alles ständig abzumildern?

«Ich glaube schon», erwidert Daníel dann auch, nachdem meine Antwort ihm diese Tür offen gelassen hat. «Ich verspreche dir, all das, was ich gesagt und getan habe, wird nie wieder vorkommen. Nie wieder. Es war einfach grundfalsch, und ich weiß nicht, warum ich immer weitergemacht habe. Als du letztlich gegangen bist ...»

«Stopp, Daníel.»

Über diese Nacht will ich nicht reden. Schon gar nicht mit Daníel.

«Ich wollte nur sagen – ich verstehe es. Wirklich. Du musset gehen, du hättest vielleicht schon viel früher gehen sollen, damit ich endlich kapiere, was für ein Arsch ich war.»

Noch einer. Ich könnte ihm Magnús' Nummer geben.

«Bitte, lass mich dir beweisen, dass ich es ernst meine. Und dass ich wirklich ...»

«Daníel, dafür ist es zu spät», unterbreche ich ihn. Ohne *leider* und ohne *vielleicht*.

«Okay, dann ... wenigstens ein Treffen. Bei unserem letzten Telefongespräch hast du gesagt, das wäre in Ordnung.»

Habe ich das? So genau kann ich mich nicht mehr daran erinnern.

«Wenn du danach sagst, du hast die Nase voll von mir, dann akzeptiere ich das, ohne Wenn und Aber.»

Wieso erst dann? Wieso nicht gleich?

«Ich könnte in einer Stunde bei dir sein.»

«Ich kann heute nicht.»

«Gib mir irgendeinen Tag und irgendeine Zeit, zu der es dir passt, und ich bin da.»

«Daníel, bitte hör auf.»

«Verdammt, Elín!»

Seine Stimme ist rau. Erstickt. Es klingt tatsächlich so, als weine er. Daníel. Weinen. Ich hatte keine Ahnung, dass er das überhaupt kann. Bisher hat er sich eher darauf beschränkt, anderen beim Weinen zuzusehen.

Ich will nicht so ein Arsch sein wie er.

«Also gut, morgen. Drei Uhr. Am Strand.»

Dann ist es noch hell. Es werden Leute unterwegs sein. Und die Chance, dass sich in unser Treffen etwas einschleicht, das ich nachher als Schwäche verfluchen werde, ist geringer.

«Danke. Danke, Elín. Ich werde da sein. Bei den Trollfelsen?»

«Ja.»

«Okay. Danke», wiederholt er. «Bis morgen. Ich freu mich darauf, dich zu sehen.»

«Bis dann.»

Die über den Strand hereinbrechende Dunkelheit treibt die kleine Touristengruppe langsam zurück zu ihrem Auto, doch ich wandere weiter, weit genug von der tückischen Brandung entfernt. Der Reynisfjara-Strand ist berüchtigt für seine Sneaker Waves, lang auslaufende Wellen, die plötzlich die Hosenbeine überraschter Touristen umspülen, weil sie zwanzig, dreißig Meter weiter als ihre Schwesternwellen rollen. Es kommt vor, dass die Strömung die Menschen von den Füßen holt und sie ins eiskalte Meer zieht, und mir kommt der Gedanke, dass Daniels Worte, sein unerwarteter Gefühlsausbruch, mich ebenso wie eine dieser Sneaker Waves hat straucheln und letztlich stürzen lassen.

Wie weit mich diese Welle davontragen wird, stellt sich dann wohl morgen heraus, doch immerhin bin ich dieses Mal gewappnet.

Und wer weiß – die Hoffnung, was auch immer Daniel mir zu sagen hat, könnte mich mit einigen Dingen abschließen lassen, schwelt noch immer in mir.

Wäre es weniger eisig, würde ich mich in den Sand setzen. Vielleicht tauchen noch Polarlichter auf. Der Himmel ist klar und wolkenfrei, beste Voraussetzungen also.

Als Kind hat mir mein Vater immer erzählt, die in Farben getauchte Nacht sei das Werk von winzigen Elfen, die zwischen den Sternen tanzen, und manchmal würden sie Wünsche erfüllen. Obwohl meine Wünsche eher selten von den Elfen erfüllt wurden, finde ich es noch heute schwer, beim Anblick schillernder Lichtbänder nur an elektromagnetische Teilchen in der Erdatmosphäre zu denken.

Die letzten Leute verschwinden, während ich noch immer dastehe und dabei zusehe, wie das Licht des Mondes an Kraft gewinnt, bis es weit draußen auf dem Meer schimmernde Reflexe auf die scheinbar glatte Oberfläche wirft. Dort draußen wirkt das Wasser sanft, harmlos. Erst wenn man die Brecher beobachtet, wie sie sich wieder und wieder gegen Klippen werfen, wie sie sich am Strand aufzubauen beginnen und gierig über alles herfallen, was sie mit sich reißen können, erhält man eine schwache Ahnung von der Macht, die dem Wasser innewohnt.

Immer mehr Sterne erstrahlen, während das Grau der Dämmerung dunkler und immer dunkler wird, und obwohl ich langsam meine Füße nicht mehr spüre und die Kälte nahezu alle meine Kleiderschichten durchdrungen hat, will ich mich von dem silberfunkelnden Schimmer, der über dem Ozean liegt, noch nicht losreißen.

Nur noch ein helles Band aus Gischt trennt den schwarzen Strand vom schwarzen Wasser, und mit dem Rauschen der Brandung im Ohr, erlaube ich meinen Gedanken schließlich, sich dem Mann zuzuwenden, mit dem sie sich schon die ganze Zeit über befassen wollen.

Meiner Mutter habe ich erklärt, dass es die Übelkeit sei, die mich davon abhalten würde, zu meinem Computerkurs zu fahren, und mir selbst gegenüber habe ich behauptet, dass ich noch immer zu gedemütigt von Magnús' Verhalten bin. Die Wahrheit jedoch ist: Ich habe Angst, Jón wiederzusehen. Angst davor, dass er nicht da sein könnte. Angst, dass er mich ignoriert. Und ich dann heulen muss.

Das Telefon in meiner Jackentasche klingelt.

Es könnte Sophia sein. Wir haben schon seit Tagen nicht mehr miteinander gesprochen. Oder es ist meine Mutter, die wissen will, wo ich bleibe. Sie fand es zwar gut, dass ich endlich mal wieder mein Zimmer verlasse, aber stundenlange Strandspaziergänge bei eiskaltem Wind und etwas über null Grad sind in ihren Augen vermutlich übertrieben.

Vielleicht ist auch Daníel noch etwas eingefallen.

Oder es ist …

Es klingelt noch einmal, dann verstummt es.

Ich wünsche mir so sehr, dass es Jón war, dass ich mich mehrere Sekunden lang sammeln muss, bevor ich nach dem Smartphone taste und es mit steif gefrorenen Fingern umschließe, ohne es herauszunehmen.

Wenn er es nicht war, hat sich im Vergleich zu den letzten Tagen eigentlich überhaupt nichts verändert, beschwichtige ich mich selbst. Und warum sollte er anrufen? Ich habe ihn halbnackt stehenlassen und gesagt, es *passe* nicht. Im Leben nicht würde ich jemanden noch einmal anrufen, der sich mir gegenüber so verhalten hat.

Nein, du triffst dich stattdessen morgen mit einem Typen, der ...

Hastig zerre ich das Telefon heraus, um diesen Gedankengang abzuwürgen.

Es war Jón.

Er hat keine Nachricht hinterlassen.

Bevor ich darüber nachdenken kann, tippe ich seinen Namen an und nehme das Handy ans Ohr.

Ich spüre mein Herz bis hinauf zu meinem Hals schlagen.

Er geht nicht ran.

Er hat es sich anders überlegt.

Er ...

«Hey.»

Hey, will ich erwidern, doch mein Hals ist zu trocken, und ich muss mich erst räuspern. «Ich wollte damit nicht sagen, dass es zwischen uns nicht passt», platze ich ohne jede Begrüßung heraus. «Und es tut mir leid, dass ich einfach abgehauen bin.»

Es folgt eine Stille, die lange genug andauert, um mir klarzumachen, dass es mir vermutlich niemals gelingen wird, Jón gegenüber so aufzutreten, wie ich mir das wünsche. Souverän und perfekt eben. Ist das denn zu viel verlangt?

Jetzt ist es Jón, der sich räuspert. «Weißt du, du musst mir wirklich mal in Ruhe erklären, was in deinem Kopf alles abläuft, *bevor* du etwas sagst.»

«Warum willst du das überhaupt wissen?»

Warum, Jón? Alles an mir fühlt sich zu wenig an. Abgesehen von meinem Gewicht, haha.

«Wo bist du?», fragt Jón.

«Ich stehe am Strand.»

«Bist du dort festgefroren, bis ich ankomme?»

«Wahrscheinlich.»

«Okay, ich hol dich bei dir zu Hause ab, ja?»

Blödes Herz. Der plötzliche Hüpfer, den es fabriziert, verhindert eine direkte Antwort. «Okay.»

«Dann bis gleich.»

Das Gespräch ist beendet. Ein paar Sekunden lang starre ich noch auf das Telefon, bis das Display sich verdunkelt, dann renne ich los.

Kapitel 23

Ich hol dich ab.
Er kommt vorbei. Jetzt gleich. Irgendetwas hat er vor, und sollten wir zu ihm fahren, dann ... diesmal werde ich es besser machen. Ich will es besser machen, unbedingt, weil ich nämlich vorhabe, ihn zu küssen, sobald er vor mir steht. Und wenn ich das so dringend will, schaffe ich den Sex auch noch.

Wie das schon wieder klingt. Ich sollte wirklich dankbar sein, dass niemand in meinen Kopf hineinsehen kann, und ob ich wirklich jemals versuchen werde, Jón das alles zu erklären – lieber nicht.

Als es wenig später läutet und ich an meiner Mutter vorbei zur Haustür stürze, sehe ich hoffentlich ganz passabel aus. Ich habe mehrere Kleidungsstücke aus dem Schrank gerissen und hinter mich aufs ungemachte Bett geworfen, bevor ich mich endlich für etwas entscheiden konnte, und es ist mir auch noch gelungen, meine Haare zu bürsten.

Ich öffne die Tür. «Hi!», rufe ich ein wenig außer Atem, während gleichzeitig eine so heftige Sehnsucht in mir aufsteigt, mich Jón einfach an den Hals zu werfen, dass nur die Anwesenheit meiner Mutter mich davon abhält, die ich hinter mir herankommen höre.

Schwarze Hose, schwarze Stiefel und eine sandfarbene Jeansjacke. Die hellen Haare wie immer zurückgebunden, und er lächelt, nicht nur mit dem Mund, auch mit seinen dunklen Augen. Er freut sich, mich zu sehen, und, verdammt noch mal, ich freue mich auch.

«Hi», sagt er, und dafür, dass ich ihn beim Klang seiner Stimme höchst unerwartet halbnackt vor mir stehen sehe, kann er vermutlich nichts.

«Hallo, Jón!» Meine Mutter klingt so begeistert, dass es mir fast peinlich ist. «Was für eine schöne Überraschung.»

Oh Gott, Mama – nicht weiterreden!

«Ich hole nur meine Jacke, ja?», sage ich und hoffe, dass meine Mutter die Sekunden, die ich dafür brauche, nicht für irgendetwas verwendet, bei dem ich einschreiten müsste.

«Ach, ihr fahrt gleich wieder?», höre ich ihre Stimme hinter mir. «Wie schade – wir hätten uns gefreut, dich ein wenig näher kennenzulernen.»

«Ein andermal», sage ich und drücke ihr einen Kuss auf die Wange. «Bis dann.»

Heute ganz bestimmt nicht. Auf keinen Fall darf Jón mein ziemlich chaotisches Zimmer betreten. Und ich will auch nicht, dass meine Mutter ihn ins Wohnzimmer komplimentiert, in dem auch noch mein Vater sitzt, um ihn dann gemütlich auszufragen.

Jóns Wagen steht am Straßenrand, doch sobald ich die Haustür ins Schloss fallen höre, bleibe ich stehen und tue genau das, was ich die ganze Zeit schon tun wollte, nämlich meine Arme um Jóns Nacken legen und ihn zu mir ziehen. Die Tatsache, dass da kein Zögern, kein Stocken, kein kurzes Innehalten ist, zeigt mir, dass auch er nur auf diesen Moment gewartet hat, und all das zu spüren, das aufsteigende Glücksgefühl und seine Lippen auf meinem Mund, seine Hände in meinem Haar, schaltet jeden anderen Gedanken für einen langen Augenblick einfach aus.

«Was war das denn?», flüstert er irgendwann mit einem leisen Lachen.

«Ich weiß nicht», flüstere ich zufrieden zurück.

Nicht darüber nachdenken. Einfach noch ein bisschen in diesem wunderbaren Zustand verharren.

Unmittelbar bevor Jón mir die Wagentür öffnet, küssen wir uns noch mal, und als wir beide sitzen, ein weiteres Mal.

Erst als er den Motor startet und anschließend eine Hand auf meinen Oberschenkel legt, naht etwas heran, das ich mit aller Macht zu unterdrücken versuche.

Jetzt nicht.

Verflucht noch mal, doch nicht so früh. Nicht so schnell.

Ich blicke auf Jóns Hand, auf seine gespreizten Finger über meinem Oberschenkel, und dann aus dem Fenster.

Das gibt's doch nicht. Ich hasse mein Hirn. *Und* meine Oberschenkel.

«Wo fahren wir hin?», frage ich, ein schwacher Versuch, das Unausweichliche hinauszuzögern, doch ich weiß, würde ich Jón jetzt noch einmal küssen, würde ich darüber nachdenken, wie es sich für ihn anfühlt, wenn ich mich so gegen ihn presse, wie ich das eben getan habe.

Wie *hat* es sich für ihn angefühlt?

«Du entscheidest, wohin wir fahren», sagt Jón. «Aber vorher müssen wir noch etwas klären.»

Er wirft mir einen ernsten Blick zu, aber weil er eben so aussieht, wie er aussieht – wie ein Mann, der gerade ziemlich leidenschaftlich geküsst worden ist –, nimmt das seinen Worten zu einem Teil die Schwere, die mitschwingt.

«Okay», gebe ich zurück und atme möglichst unauffällig einmal tief durch. «Was müssen wir klären?»

Jón hat den Weg aus Vík heraus in Richtung Sólvík eingeschlagen, doch jetzt fährt er von der Straße herunter über knirschende Steine ins Gras hinein und schaltet den Wagen aus. Das Licht der Armaturen erlischt, Dunkelheit senkt sich über uns. Nach einem Moment beginnen meine Augen, sich an das schwache Sternenlicht zu gewöhnen. Rechts von uns erstreckt sich glitzernd im Mondlicht das Meer. Würde ich aussteigen, könnte ich die Wellen hören, deren Gischt weiß wie verschüttete Milch im schwarzen Lavasand ausläuft.

Jón atmet einmal tief durch. «Du hast mich vorhin gefragt, warum ich wissen will, was in deinem Kopf vorgeht», beginnt er, und das Klicken seines Sicherheitsgurts ist zu hören, bevor er sich im Sitz zu mir umdreht.

Sein Gesicht ist voller Schatten, trotzdem habe ich das Gefühl, er mustert mich mit einer Konzentration, die ihn nicht die geringste Regung von mir übersehen lassen wird.

«Um ehrlich zu sein, habe ich darüber die ganze letzte Woche nachgedacht. Es ist nämlich nicht so, dass es mir nichts ausgemacht hätte, von dir einfach stehengelassen zu werden.»

«Das tut mir leid», murmele ich.

Mehr als das. Ich wünschte, ich könnte es rückgängig machen.

Jón geht nicht darauf ein. «Seit ich dich das erste Mal gesehen habe, scheinst du ein einziger Gegensatz zu sein. Du warst so still, dass du mir anfangs nicht mal aufgefallen bist, aber dann warst du die Einzige am Tisch, die genau das sagt, worum es geht.»

«Was meinst du? Das mit den Tieren? Dass ich nicht will, dass ...»

«... dass sie sterben müssen, genau, nur weil ich Hunger habe», beendet Jón meinen Satz. «Ich habe nie über vegane Ernährung nachgedacht, bevor Lilja mit diesem Kurs ankam, aber das war für mich wirklich der einzige Grund, es mir zumindest mal anzusehen. Scheiß auf gesunde Ernährung – ich will nicht, dass wegen mir ein anderes Lebewesen leidet oder stirbt, fertig. Jedenfalls ...» Er hält kurz inne, um seinen Faden wiederzufinden. «Als wir dann zusammen gekocht haben, war es ähnlich. Mal hatte ich das Gefühl, es wäre dir lieber, ich wäre gar nicht dabei, dann hast du mich wieder angesehen und warst so ... präsent. Und dir beim Kochen zuzugucken war noch mal eine Nummer für sich. Das liebst du wirklich, oder?»

«Mh», erwidere ich unverbindlich.

«Es ist, als würdest du dich manchmal ins Licht stellen und dann wieder heraustreten. Und mir gefällt, was ich sehe, wenn du im Licht bist. Ich wüsste nur gern, was dich dazu bringt, dich immer wieder zu verstecken.»

Den letzten Satz hat Jón nicht als Frage formuliert, doch vielleicht hat sich seine Stimme zum Ende hin um eine Nuance gehoben. Oder die sich daran anschließende Stille ist einen Hauch zu lang. Auf jeden Fall bin ich sicher, dass er nun auf eine Reaktion von mir wartet.

Ob er eine Ahnung hat? Vielleicht sogar schon zu wissen glaubt, wo das Problem liegt? Falls ja, wird er gleich irgendwas in Richtung *Ich finde, du siehst gut* aus sagen. Im schlimmsten Fall *Ich finde, du siehst trotzdem gut aus.* Wenn er dann auch noch mitleidig klingt, steige ich aus und laufe nach Hause.

Jón atmet hörbar aus. «Darf ich dich eine Sache fragen? Du musst es nicht beantworten, wenn du nicht willst.»

«Ja?»

Oh Gott, was kommt jetzt?

«Ich will nur wissen ... damit ich nicht aus Versehen etwas sage oder mache – hast du mal schlechte Erfahrungen mit einem Typen gemacht?»

«Was?» Im nächsten Moment kapiere ich, worauf Jóns Frage abzielt. «Nein! Nein, ich ...»

Oder doch. Habe ich. Ich habe schlechte Erfahrungen mit Daníel gemacht. Und ganz aktuell auch mit Magnús. Letzteres kommt Jóns Überlegungen vermutlich näher, hat aber absolut nichts mit dem zu tun, was zwischen Jón und mir steht. Was zwischen mir und der Welt steht.

Und Daníel ... Daníel hat viel kaputtgemacht, ja. Und auch viel dazu beigetragen, dass mein Ego die meiste Zeit über nur ein winziges Flämmchen ist. Aber er hat mich nie zu Sex gezwungen, und das ist es, was Jón annimmt.

«Nein», bekräftige ich und schüttele den Kopf.

«Okay.»

Seine Erleichterung ist spürbar, und warum auch nicht? Er hat das Schlimmste angenommen, und ich habe es verneint.

Mein eigentliches Problem wird vor diesem Hintergrund allerdings einmal mehr zu einer Lappalie – Äußerlichkeiten. Einfach nur Äußerlichkeiten. Ich bin nicht nur dick, ich bin auch noch schwach, weil ich mich dafür schäme, dick zu sein, wo es doch so viel Schlimmeres gibt.

«Dann erzähle ich dir jetzt was. Auch auf die Gefahr hin, dass ich voll danebenliege, okay? Falls das so sein sollte, wirst du vermutlich gar nicht kapieren, warum ich dir das erzähle.» Ein paar Sekunden lang ist die Stille zwischen uns fast greifbar, dann füllt Jóns Stimme das dunkle Auto aus. «Als ich zwölf war, zog meine Mutter mit uns von einem kleinen Ort in der Nähe von Reykjavík nach Sólvík. Sie hatte sich erst vor kurzer Zeit von meinem Vater getrennt und wollte sich mehr um meine Oma kümmern, die Hilfe gebrauchen konnte, nachdem mein Opa gestorben war. Meine Schwester und ich mussten die Schule wechseln, und das fiel Lilja auch nicht schwer, mir aber schon. Ich hatte in Reykjavík wirklich gute Freunde, und hier kannte ich niemanden, und ich war auch nicht der Typ, der einfach auf andere zuging. In meiner alten Klasse waren gute Noten irgendwie allen wichtig, aber in der neuen Schule schienen nur die Lehrer Wert darauf zu legen. Ich galt plötzlich als Streber, bevor ich das kapiert habe. Und was auch nicht besonders gut ankam, waren meine Ohren.»

«Was?», rutscht es mir heraus. Woran kann man sich bitte bei Jón Ohren stören? Mir sind sie bisher nicht mal aufgefallen. «Wieso das denn?»

«Sie standen ab. Und zwar nicht nur ein wenig. Meine Ohren sahen aus, als hätte sie mir ein Kind an den Kopf gezeichnet, und alles zusammen war ... schwierig.»

Ich versuche, mir Jón als Zwölfjährigen vorzustellen. Selbst wenn ich mir abstehende Ohren hinzudenke, ändert das rein gar nichts an der Tatsache, dass er in meinem Kopf ein hübscher Junge ist.

«Eine Zahnspange hatte ich auch noch. Die hatten viele, aber die Kombination aus allem ... keine Ahnung, was letztlich wirklich dazu geführt hat, vielleicht war ich auch nur zur falschen Zeit am falschen Ort, aber ich fand keine Freunde. Ich fand nicht nur keine Freunde, ich war der Klassenstreber, mit dem niemand etwas zu tun haben wollte. Also habe ich mich auf den Schulstoff konzentriert, damit mich zumindest die Lehrer mochten. Du kannst dir vielleicht vorstellen, dass dadurch nichts besser wurde. Die anderen fingen an, sich auf meine Ohren einzuschießen, und ich ließ mir die Haare wachsen. Dadurch mochten mich ein paar Lehrer nicht mehr ganz so sehr wie vorher, und geändert hat es auch nichts. Man kann verprügelt werden, weil man abstehende Ohren hat, wusstest du das?»

Jón lacht, doch es hört sich kein bisschen belustigt an.

«Ich habe zu Hause nie über all das gesprochen, weil meine Mutter genug zu tun hatte, aber meine Schwester hat es irgendwann trotzdem mitbekommen, und nachdem sie mich nicht dazu bringen konnte, mit ihr darüber zu reden, hat Lilja es einfach beim Abendessen auf den Tisch gebracht. Bis dahin hatte ich zerrissene Klamotten und Blutergüsse immer mit Stürzen erklärt, jetzt waren meine Mutter und meine Oma völlig schockiert, dass meine Klassenkameraden dafür verantwortlich waren. Klassenkameraden. Ein Scheißwort für Leute, mit denen man ganz bestimmt nicht freiwillig jeden Tag in einem Raum sitzt, finde ich. Meine Mutter hat mich dann in eine Klinik geschleift, in der mir die Ohren angelegt wurden. Am ersten Tag danach in der Schule zog einer der Ärsche aus meiner Klasse an meinem Ohr. Er fand das wohl lustig. Wollte mein Ohr wieder in seine vorherige Position bringen. Nur leider riss dadurch die Naht wieder auf. Hat ziemlich geblutet, und das war anscheinend irgendwie beeindruckender als das Blut, das aus meiner Nase kam, wenn sie mich nach der Schule verdroschen haben. Jedenfalls war danach plötzlich Ruhe. Meine Mutter wollte mich zwar auch noch aus der Schule nehmen, aber ich habe mich geweigert. Es war bis zum Ende nie gut, aber ich kannte es zumindest.»

Ich habe mit angehaltenem Atem zugehört, und diesen Satz kann ich nachempfinden. Ich musste nie die Schule wechseln und hatte immer ein paar Freundinnen. Natürlich kamen fiese Sprüche, oft genug war den anderen nicht mal bewusst, wie fies sie wirklich waren, und es wurde schmerzhafter, je älter ich wurde. Aber nicht im Traum wäre ich auf die Idee gekommen, woanders einen Neustart zu versuchen. Wieso auch? Es wäre mit Sicherheit nicht besser geworden. An meiner Schule konnte ich immerhin einordnen, was ich zu erwarten hatte, und von Worten blutet man nicht. Zumindest nicht äußerlich.

Jón hat in den letzten Minuten überwiegend zur Windschutzscheibe gesprochen, jetzt jedoch wendet er sich wieder mir zu. «Es ist immer in mir drin. Das Gefühl, nicht wie alle anderen zu sein. Auch wenn meine Ohren mittlerweile niemandem mehr auffallen und ich dank Zahnspange keine Lücke zwischen den Schneidezähnen mehr habe. Aber wenn ich jemanden kennenlerne, frage ich mich automatisch, ob derjenige mich so akzeptieren würde, wie ich bin. Mit allem, was zu mir gehört und zu mir gehört hat. Und bei vielen Leuten denke ich: Nein, würden sie nicht. Ich will aber der sein können, der ich bin, verstehst du?»

«Ja, das verstehe ich», erwidere ich leise.

Ich würde auch gern die sein können, die ich bin. Vor allem mir selbst gegenüber. Jóns Geschichte hat mich berührt, und ich ahne, warum er sie mir erzählt hat. Auch er hat seine grausamen Erfahrungen mit einer Welt gemacht, die jeden in Formen pressen will und diejenigen bestraft, die nicht hineinpassen. Und doch ... bei ihm liegt alles in der Vergangenheit. Es ist etwas anderes, weil er sein früheres Ich abgestreift und gleichzeitig entschieden hat, es freiwillig behalten zu wollen.

Ich dagegen stecke fest.

Das ist jetzt ein Moment, der im Leben von jemand anderem einen Wendepunkt darstellen könnte, eine Art Erleuchtung, doch ich fühle nur die Enttäuschung, nichts dergleichen fühlen zu können. Es ist wunderbar für Jón, dass er zu sich stehen kann – und ich will auch eine OP, bei der mir die Ohren zurechtgebogen werden.

Verdammt! Kann ich nicht einmal aufhören, so zu denken?

Dass Jón mich noch immer ansieht, wird mir erst bewusst, als seine Stimme wieder an mein Ohr dringt.

«Bei wem kannst du die sein, die du bist?»

Bei wem ...?

Ich starre auf das mondhelle Meer jenseits der Fenster und durchforste dabei mein Hirn nach Namen. Bei Sophia. Oder? Ja, Sophia vielleicht. Ihr kann ich fast alles anvertrauen. Und bei ... bei ... meinen Eltern? Ich liebe meine Eltern, aber selbst meine Mutter weiß nicht, wie es hinter meiner gefassten Fassade aussieht, vor allem in den letzten Monaten.

Daníel? Zumindest anfangs?

Nein. Nicht einmal in den allerersten Wochen. Er mochte mich fröhlich und selbstbewusst, also war ich es. Immer. So gut es eben ging.

Eine Bewegung lässt mich zur Seite sehen.

Jón setzt sich wieder hinter dem Lenkrad zurecht und greift dabei nach dem Gurt. «Wenn du Lust hast, könnten wir jetzt zu der Wohnung von Ronja und Árni fahren. Ich habe mir von ihnen die Schlüssel geben lassen.»

«Okay. Sehr gern. Jón?»

«Mh?»

«Danke.»

Er fragt nicht, was ich meine, sondern sieht mich nur an, bevor er nach einigen Sekunden den Motor startet.

Kapitel 24

Die Wohnung ist wirklich winzig. Sie besteht eigentlich nur aus einem Raum, der ins Licht einer einsamen, von der Decke baumelnden Glühbirne getaucht ist, und einem Badezimmer mit Dusche. Das Bad ist so eng, dass man sich darin kaum umdrehen kann, doch im Zimmer gibt es eine Empore, die über eine Treppe aus eingebauten Schränken erreichbar und groß genug zum Schlafen ist, und als ich eines der Fenster öffne, kann ich das Meer zwar nicht sehen, aber immerhin riechen.

Die Küche ist durch einen Tresen optisch abgeteilt. Er erinnert mich an den in Jóns Wohnung, und Jón lehnt mit dem Rücken dagegen, als ich mich zu ihm umdrehe.

«Sie ist perfekt», erkläre ich. «Wie viele Bewerber gibt es?»

«Noch niemanden. Sie ist noch gar nicht inseriert. Ich schätze mal, du hättest gute Chancen, wenn du sie willst.»

«Ich will definitiv.»

Auf der Empore könnte ich es mir mit einer Matratze und Kissen richtig gemütlich machen, und neben das Fenster würde ich ein Sofa hinstellen, ein extrabreites, und ich glaube, die Wand dahinter würde ich dunkelrot streichen ...

«Diese Wohnung ist von meiner Wohnung übrigens keine zehn Minuten entfernt.» Jón hat die Arme vor der Brust verschränkt und grinst mich an. «Weiß nicht, ob dir das aufgefallen ist.»

Ist es nicht. Aber wenn das mal kein zusätzliches Argument ist.

Es wäre meine erste eigene Wohnung. Bisher bin ich in meinem ganzen Leben genau zweimal umgezogen. Von meinem Zuhause aus zu Daníel, den ich viel zu lang auf mir herumtrampeln ließ, und knapp anderthalb Jahre später wieder zurück zu meinen Eltern.

Eine eigene Wohnung. Mit eigener Küche. Sie ist wie der ganze Rest nicht besonders groß, aber sie würde mir gehören, und ich könnte darin herumexperimentieren, solange ich eben will, ohne dass meine Mutter im Türrahmen erscheint, um mich zu bitten, das Chaos wieder aufzuräumen, weil es sie nervös macht. Ich gebe zu, eine sehr strukturierte Köchin bin ich nicht.

Vorsichtig steige ich die breiten Schrankstufen zur Empore hinauf. Über eine Seite zieht sich dort ein schmales Regal mit integrierter Lichtleiste. Von hier oben könnte ich eine dieser Wasserfalllichterketten herunterhängen lassen. Vor meinem inneren Auge sehe ich sie leuchten, und Jón würde am Küchentresen sitzen und sich mit mir unterhalten, während ich koche – nein, vielleicht würden wir das sogar zusammen tun. Und Kerzen. Ich würde überall Kerzen hinstellen.

Die Stufen knarren, als Jón hinter mir auftaucht.

Ich selbst kann hier oben nur gebückt laufen, und Jón bleibt gleich auf Händen und Knien. Er setzt sich hin und umfasst locker seine angewinkelten Beine.

«Du würdest diese Wohnung also nehmen?», fragt er.

«Auf jeden Fall.»

«Nicht lieber noch mal drüber schlafen?»

Ich setze mich ihm gegenüber. «Nein.»

Dafür gibt es keinen Grund. Die Miete ist in Ordnung, die Lage ist perfekt – fast direkt am Meer. Und ich glaube, in der Nähe gibt es sogar einen kleinen Strand.

«Also ganz sicher.»

Das war jetzt schon keine Frage mehr, die Jón mir da gestellt hat, eher eine Feststellung, und deshalb nicke ich einfach.

Jón zückt sein Smartphone und tippt auf das Display. Wir sehen uns an, als er das Telefon ans Ohr nimmt.

«Hi, Ronja, hier spricht Jón. Wenn ihr wollt, hättet ihr eine neue Mieterin.»

Mein Herzschlag startet durch.

«Moment.» Jón senkt das Smartphone. «Ab wann könntest du einziehen?»

«Also, ich ... ich weiß nicht – ab Dezember?»

«Das wäre schon in sechs Tagen.»

«Ich muss nur eine Tasche packen.»

Lächelnd spricht Jón wieder ins Smartphone. «Nächsten Monat. Ja. Wirklich.» Er sieht auf und hält das Telefon in meine Richtung. «Wirklich?»

«Wirklich.»

«Du hörst es. Mh. Hast du Montagabend Zeit?» Jón sieht mich fragend an. «Ronja würde dich gern treffen, damit ihr euch kennenlernen könnt, bevor irgendwelche Verträge unterschrieben werden.»

«Klar. Klar, hab ich. Wann?»

«Wann?», gibt Jón weiter und eine Sekunde später erfahre ich Ronjas Antwort. «Gegen sieben?»

«Perfekt.» Ronja hätte auch um Mitternacht oder sofort vorschlagen können, mir wäre alles recht.

«Okay, dann kommt Elín am Montag bei euch vorbei. Alles klar, ihr auch. Bis dann.»

Stille breitet sich aus, nachdem Jón das Smartphone zurück in die Tasche gesteckt hat.

Alles klar. Genau.

Ich atme einmal tief durch. Ganz ruhig. Ich sitze hier einfach nur in meiner demnächst vielleicht eigenen Wohnung.

Kein Problem. Machen bestimmt alle Leute so, eine Zusage abgeben, ohne auch nur einen einzigen Schrank geöffnet oder mal überprüft zu haben, wie hellhörig alles ist.

Oh Gott, ich sitze vielleicht in meiner eigenen Wohnung!

Mir entfährt eine Art Juchzer, und wäre es möglich, würde ich am liebsten aufspringen. Stattdessen lege ich mich flach auf die Holzbohlen und starre an die Decke.

Eine Bewegung neben mir, als Jón sich ebenfalls auf den Rücken legt.

«Eine Tasche, ja?», sagt er.

«Na ja, vielleicht auch zwei.»

«Wie groß sind deine Taschen?»

«Wie groß ... ganz normal, würde ich sagen. Warum?»

«Passt ein Bett rein?»

Eine Sekunde lang verschlägt es mir die Sprache, dann lache ich los, einfach so, weil ich mir mein Bett in einer Tasche vorstelle, und weil ich so glücklich bin. Ich habe eine eigene Wohnung! Vielleicht!

Im nächsten Moment drehe ich mich um und stütze einen Ellbogen auf, um Jón ansehen zu können. Er erwidert mein Lächeln, und als ich meine Hand auf seine Brust lege und ihn küsse, wird dieser besondere Augenblick zu einem perfekten. Mit den Fingerspitzen streicht er zart über meinen Hals, und ich schmiege mich in diese Berührung hinein, ohne unseren Kuss zu unterbrechen. Ich könnte einfach immer damit weitermachen, glaube ich, und dass meine innere Alarmanlage zu vibrieren beginnt, wird mir erst bewusst, als seine Hand langsam meine Wirbelsäule entlang über meinen Rücken fährt. Okay, nicht nachdenken. Einfach nicht nachdenken und auch nicht darauf achten, wie sie weiter zu meiner Hüfte gleitet und dort innehält.

«Elín», flüstert Jón gegen meine Lippen.

Könnte sein, dass ich vorübergehend vergessen habe, zu atmen.

«Gehen wir deine neue Wohnung irgendwo feiern?»

«Was?»

Ich reiße die Augen auf und begegne Jóns fragenden Blick. Im selben Moment wird mir klar, warum er mir diese Frage stellt: Er holt uns aus der Situation. Und zwar, bevor ich Panik kriegen kann.

Ist das gut?

Ich weiß es nicht. Trotzdem bin ich ihm dankbar.

Jón stemmt beide Ellbogen hinter sich, und ich richte mich auf.

«Okay», sage ich, und trotz aller Dankbarkeit sage ich es eine Spur widerstrebend, weil ein kleiner Teil von mir an dieser Stelle gern weitergemacht hätte. «Wohin wollen wir gehen?»

«Was würdest du am späten Abend von deiner neuen Heimatstadt denn gerne sehen?»

Darüber muss ich nicht lange nachdenken. «Den Strand.»

Kurz darauf haben wir erst die Wohnung und dann auch die Cafés am Hafen hinter uns gelassen. Sólvík wurde über Klippen erbaut, doch es gibt eine Stelle, an der man auf einem befestigten Steig hinunter zu einem Strandabschnitt gelangt. Platz für eine längere Wanderung bietet er nicht – eingeschlossen von Felsen ist er keine fünfhundert Meter breit, doch mir gefällt das Verborgene, das ihm anhaftet, vor allem, nachdem Jón mir erzählt, dass kaum je Touristen hierherkommen. Dafür ist die Küste an anderen Stellen einfach spektakulärer.

«Dann also noch einmal offiziell willkommen in Sólvík», sagt er und greift nach meiner Hand, als ich die letzte Steinstufe hinter mir lasse und neben ihm ankomme. Unsere Finger verschränken sich miteinander. «Nachbarin», fügt er grinsend hinzu.

Ich lache auf, weil dieser Gedanke mein Herz kurz hüpfen lässt.

Langsam schlendern wir den glattgespülten Bereich in der Nähe der Brandungslinie entlang. Die Nacht ist hell und sternenklar, und der Mond steht als kleine Scheibe am Himmel – wie spät ist es eigentlich? Mein Zeitgefühl ist mir in den letzten Stunden abhandengekommen.

«Bei Flut ist der Strand nicht begehbar, du hast also Glück», merkt Jón an.

«Doppelt Glück», erwidere ich. «Ich kann es irgendwie noch gar nicht wirklich glauben – hoffentlich mögen mich Ronja und ihr Mann.»

«Mit Sicherheit.»

«Was, wenn nicht?»

«Mit *Sicherheit*», betont Jòn, und mir ist schon wieder danach, loszulachen. Eine eigene Wohnung. In Sólvík. In der Nähe von Jón.

«Eigentlich habe ich sogar dreifach Glück», rutscht es mir heraus, und weil ich als Nächstes nicht irgendwas unsagbar Kitschiges sagen will, drücke ich stattdessen Jóns Hand.

Jón drückt zurück.

Je näher wir zu der Stelle kommen, an der die Klippen in einer sanften Kurve auf das Meer treffen, desto windstiller wird es. Als Jón einen Arm um meine Schultern legt, ist das okay, und als wir uns irgendwann wieder küssen, ist auch das in Ordnung. Die anbrandenden Wellen und der Geruch nach Wind, Felsen und Meer vermischen sich mit dem Gefühl von Jóns Lippen auf meinen. Für einen Moment sehe ich uns von außen und finde uns schön zusammen.

Als ich die Augen schließlich wieder öffne, hat sich der Himmel verändert. Ein schwacher, grün schimmernder Streifen bildet sich über uns, ein Streifen, der kräftiger wird, mit jeder

Minute, die vergeht. Immer mehr von ihnen tauchen auf, ein Strahlen, das sich schlingernd ausbreitet, den nachtblauen Himmel erobert, wie ein lautloser Wasserfall aus Licht.

Wir stehen da, die Köpfe in den Nacken gelegt, und ja, natürlich sind das tanzende Elfen, was sollte es auch sonst sein?

«Willst du heute noch nach Vík zurück?», murmelt Jón irgendwann.

Möchte ich das? Nach Hause fahren. Über alles nachdenken. Über eine eigene Wohnung. Über das, was Jón mir anvertraut hat. Und über die Frage, bei wem ich die sein kann, die ich bin.

Jón hat mich nicht losgelassen, doch er hat sich aufgerichtet. Es ist zu dunkel, um seinen Gesichtsausdruck erkennen zu können, doch sein Blick ist mir zugewandt. In seinen Augen spiegeln sich die Farben des Himmels.

«Nein», erwidere ich.

An dem Gefühl, an dem *Wunsch*, der zu dieser Antwort geführt hat, halte ich mich fest, während wir zurückgehen, uns die Stufen in der Felswand hinauftasten und Arm in Arm die leeren Straßen entlanglaufen, den Wind in unserem Rücken.

Ich halte mich daran fest, bis wir das Haus erreichen, in dem Jóns Wohnung liegt und schwach gelbliches Licht uns über die Treppen nach oben geleitet.

Die Lampen bleiben graue Kugeln im Mondlicht, als Jón die Tür hinter uns schließt, mir aus der Jacke hilft und seine eigene auszieht.

Es ist klar, worauf das alles hinauslaufen wird, und ich sage mir selbst, dass es auch völlig in Ordnung ist. Mehr noch – dass ich es will.

Will ich, dass Jón sich den Pullover über den Kopf zieht und nur noch im Shirt vor mir steht?

Will ich eindeutig.

Will ich, dass er meine Hände nimmt und sie auf seine Hüften legt, unter den dünnen Stoff sanft nach oben schiebt, über glatte, warme Haut und Muskeln?

Auch das.

Er umfasst mein Gesicht mit beiden Händen, und es beginnt eine Art langsamer Tanz zum Sofa hin. Küssen, ein halber Schritt, wieder küssen. Als ich das Polster in den Kniekehlen spüre, lasse ich mich fallen und klammere mich an ihn, und nur weil Jón geistesgegenwärtig die Arme links und rechts von mir abstützt, landet er nicht mit seinem ganzen Gewicht auf mir.

Leise lachend rollt er zur Seite, richtet sich auf, um sich auch noch das T-Shirt auszuziehen, und legt sich wieder neben mich, den Kopf auf seinen ausgestreckten Arm gelegt.

Er streicht mir die Haare aus dem Gesicht und fährt hauchzart über meine Wange, meine Lippen.

Sein Körper wirkt im Sternenlicht wie modelliert, von einem sehr begabten Künstler modelliert, und ich kann nicht anders, als über seine Haut zu streicheln, über seine Brust, seinen Bauch, mit den Fingerspitzen jede Vertiefung und jeden Muskelstrang nachzeichnend.

Eine Kerze wäre schön, nur ein wenig mehr Helligkeit, um Jóns Anblick noch mehr zu genießen. Doch es gibt kein Licht, das Jón beleuchten, mich jedoch im Schatten lassen würde.

Vor einem Gedanken wie diesen habe ich mich die ganze Zeit gefürchtet.

Als Jóns Hand in meinen Nacken wandert und er mich näher zu sich zieht, und selbst als sein Kuss mich wünschen lässt, es wäre sehr viel weniger Stoff zwischen uns, löst sich die Anspannung, die mich ergriffen hat, nicht wieder auf. Im Gegenteil: Sie wird stärker, je länger ich darauf warte, dass Jón mich bittet, mich ebenfalls auszuziehen.

Und das ist übrigens normal, erkläre ich mir selbst. *So läuft es eben. Immerhin hat Jón kein Licht gemacht, also bring es einfach hinter dich.*

Wow.

Bring es einfach hinter dich.

Optimale Voraussetzungen, um miteinander zu schlafen, wirklich.

Ich hasse meinen Kopf – kann er nicht einmal aufhören, fieses Zeug zu denken? Ich brauche gar keinen Daníel, ich kann mich ganz allein fertigmachen.

Und jetzt denke ich auch noch an Daníel.

Stopp! Ich will bitte von vorn beginnen.

«Elín?»

«Mh?»

Seine Hand noch immer in meinem Nacken, richtet Jón sich halb auf und beugt sich über mich. Ich sinke zurück, und als er seine Finger über meinem Kopf mit meinen verschränkt, gewinnt etwas zwischen uns an Intensität.

Es ist ein Kuss, der mich spüren lässt, wie sehr Jón ihn genießt, und es gelingt ihm dadurch, beinahe alles zurückzudrängen, was sich in den letzten Minuten in den Vordergrund geschoben hat. Dass seine Hand meine Brust berührt, wird mir erst bewusst, als das sanfte Streicheln zu einem Schauer führt, der meinen Körper durchrieselt und gleichzeitig mein kurzzeitig ausgeschaltetes Hirn wieder aktiviert. Ich hatte nie einen Traumbusen, beim Bleistifttest habe ich schon als Teenager versagt. So ein blödsinniger Test. Warum fordern Mädchenzeitschriften dazu auf, mit Hilfe eines Bleistifts herauszufinden, ob die eigene, gerade heranwachsende Brust den gängigen Schönheitsidealen standhält? Ich meine – ich war vierzehn, als mir klar wurde, dass ich nie ohne BH herumlaufen sollte, wenn ich keinen Hängebusen will. Ganz egal, ob die Träger dieser BHs mir in die Haut schneiden und hässliche

Abdrücke hinterlassen, die auch noch nach dem Ausziehen schmerzen. Selbstverständlich trage ich auch jetzt einen BH, und sollte Jóns Hand demnächst unter mein Shirt wandern, was sicherlich geschehen wird, und sollte er mir schließlich den BH ausziehen, was die logische Folge ist, sieht er diese Streifen in der Dunkelheit wenigstens nicht. Aber spüren dürfte er die Abdrücke schon ...

«Ich finde dich wunderschön.»

Meine Gedanken verhaspeln sich, stolpern und bleiben fürs Erste schockiert liegen. Bitte?

Jóns Stimme war leise, doch ich habe genau verstanden, was er gesagt hat. Verdammt. Er ahnt, was mein Problem ist und will mich beruhigen.

Mit angehaltenem Atem verfolge ich die Linie an Küssen, die er über meinen Hals zieht, weiter nach unten, während seine Finger in einer so langsamen Bewegung um meine Brustwarze herum kreisen, dass mein Alarmsystem zunehmend mit der Erregung kollidiert, die sich in mir auszubreiten beginnt. Trotzdem muss ich den Impuls unterdrücken, seine Hand festzuhalten, als er sie tatsächlich zwischen Stoff und Haut schiebt. Jetzt dürfte er wohl das Gummiband meiner Unterwäsche ertasten, die man am ehesten noch mit dem Wort *stabil* beschreiben könnte und absolut nichts mit dem Hauch an Nichts gemeinsam hat, das ich so gern tragen würde. Weiter nach oben – ja, beim Bleistifttest würde ich inzwischen auch mit BH nicht besonders gut abschneiden. Behutsam hebt Jón eine meiner Brüste an – er *hebt* sie *an,* mit meinen verfluchten Brüsten geht das nämlich! – und an dieser Stelle macht meine Hand sich selbstständig und umklammert sein Handgelenk.

«Elín.»

Jón ist ein Stück nach unten gerutscht, jetzt jedoch kehrt sein Gesicht in mein Blickfeld zurück.

«Alles an dir ist genau richtig.»

Wäre es doch nur so.

Ich kann fühlen, wie er sich aus meinem Griff löst, doch er macht nicht weiter, sondern zieht seine Hand zurück.

«Denkst du, ich würde dich anlügen?»

Ja, absolut. Und damit will ich Jón nicht unterstellen, dass er das Blaue vom Himmel herunterlügen würde, um mit mir zu schlafen, aber er … er will mich garantiert trösten. Und fährt dafür eben die altbekannte *Du-bist-nicht-dick*-Schiene.

«Jón, ich …», beginne ich hilflos, weil ich nicht weiß, wie ich ihm meine Gedankengänge erklären soll, ohne ihn zu kränken. «… es tut mir leid.»

Mal wieder. Ich bin so abwechslungsreich in meinen Äußerungen.

Noch immer sieht er mich an, und jetzt wünschte ich, es wäre heller, damit ich in seinem Gesicht lesen kann. Ist er genervt? Sauer? Höre ich ein Seufzen heraus, als er ausatmet?

«Okay.» Er lässt sich zurückfallen. «Wie gesagt, du entscheidest. Ich kann warten.»

Sekunden tröpfeln in die Stille.

Als Jón mich an sich zieht, wird ein aufgeregter Teil in mir plötzlich ruhig. Sein Herzschlag, seine Wärme, das unerwartete Gefühl von Geborgenheit.

«Schubs mich einfach vom Sofa, falls ich schnarche, okay?», murmelt er an meinem Ohr, und mir ist immer noch nach Weinen und Lachen gleichzeitig, als er neben mir längst eingeschlafen ist.

Kapitel 25

Jóns Arm liegt quer über mir, als ich erwache. In der Wohnung ist es immer noch dunkel, aber das hat nicht viel zu sagen. Um diese Jahreszeit geht die Sonne erst weit nach zehn Uhr auf.

Bei meinem Versuch, mich vorsichtig aus seiner Umarmung zu winden, schlägt er die Augen auf.

«Guten Morgen.»

«Guten Morgen.» Ich erwidere sein Lächeln. «Lässt du mich aufstehen?»

«Ungern.» Jón schließt die Augen wieder, und für ein paar Sekunden wird sein Griff ein wenig fester, dann gibt er mich frei. «Braucht du irgendwas? Handtücher sind im Badezimmerschrank, und eine neue Zahnbürste findest du dort auch irgendwo.»

«Das sollte genügen, danke.»

Beim Aufstehen zupfe ich meinen Pullover zurecht und überlege kurz, wie ich wohl von hinten aussehe, während ich die Schiebetür zum Schlafzimmer ansteuere.

Im Badezimmer lege ich meine Sachen über die Heizung und blicke erst in den Spiegel, nachdem ich geduscht und abgetrocknet bin. Könnte Jón mich jetzt sehen, würde er wohl nicht mehr sagen, dass alles an mir genau richtig ist. Mein Spiegelbild zeigt mich nur bis zum Bauchnabel, aber das reicht schon. Ich greife als Erstes nach dem BH, dessen Spuren auf meiner Haut noch immer deutlich zu erkennen sind, nachdem ich ihn letzte Nacht nicht ausgezogen habe. Aber eher akzeptiere ich Striemen und Verspannungen, als freischwingend herumzulaufen. Frische Kleider wären großartig, aber darauf muss ich fürs Erste leider verzichten. Dafür bediene ich mich am Deo, das auf der Ablage über dem Waschbecken steht, und in dem ich eine der Duftnoten erkenne, die ich mit Jón in Verbindung bringe – es riecht toll.

Jón werkelt in der Küche herum, als ich zurück ins Wohnzimmer komme. Er trägt nur Jeans, aber es ist weniger sein freier Oberkörper, der mich langsamer werden lässt, als die Tatsache, dass ich ihn zum ersten Mal mit offenen Haaren sehe. Sie sind zerzaust und reichen ihm bis knapp auf die Schultern. Weicher sieht er aus, die ausgeprägten Linien seines Kinns und seiner Wangenknochen werden dadurch abgemildert, allerdings hält dieser Eindruck nur, bis ich seinem Blick begegne, der so klar und direkt ist wie immer.

«Was willst du frühstücken? Ich habe Weißbrot da, Äpfel und ... lass mal sehen ... ich könnte uns Porridge machen.»

«Klingt gut.»

«Und Kaffee? Oder lieber Tee?»

«Ich mag beides. Such du aus.» Ich trete an die riesige Fensterfront. «Wie viel Uhr ist es?»

«Kurz nach zehn.»

Über Nacht hat es wieder geschneit. Mittlerweile gelingt es nicht einmal mehr dem Straßenverkehr, die weiße Decke wieder zum Verschwinden zu bringen.

Hinter mir klappert es, und ich drehe mich um. «Kann ich dir helfen?»

«Du könntest die Äpfel kleinschneiden. Eine Birne gibt es auch noch. Sie ist schon etwas weich, aber ich glaube, die geht noch.»

Kurz darauf sitzen wir am Küchentresen vor dem noch warmen Porridge, in das Jón Skyr und Honig hineingerührt hat und sehen der Sonne dabei zu, wie sie sich langsam über den Hausdächern erhebt. Die Haare hat Jón vor dem Essen wieder zum üblichen Knoten zusammengefasst. Schade eigentlich. Er sieht so zwar nicht weniger attraktiv aus, aber irgendwie weniger wild. Dass ich mir in dieser Sekunde vorstelle, wie seine Haare ihm ins Gesicht fallen, während er über mir – in mir – die Augen schließt und alles in ihm sich anspannt, führt dazu, dass ich Jóns Frage leider überhöre.

«Entschuldige, was hast du gesagt?»

«Ob du Lust hättest, zur Gletscherlagune zu fahren? Wenn wir gleich nach dem Frühstück aufbrechen, haben wir noch genügend Tageslicht.»

«Gern!»

«Musst du noch mal nach Hause? Oder hast du alles, was du brauchst?»

«Ich muss ... oh, Mist!»

Im nächsten Moment rutsche ich vom Hocker und sehe mich nach meiner Tasche um. Sie liegt neben der Wohnungstür, wo ich sie am Abend zuvor fallengelassen habe.

«Ich habe vergessen, Bescheid zu sagen, dass ich über Nacht wegbleibe», erkläre ich entschuldigend, während ich das Smartphone ans Ohr hebe.

Unmittelbar darauf ist die Stimme meiner Mutter zu hören. «Gott sei Dank, Elín – wo bist du denn?»

«Bei Jón», erwidere ich. «Hallo, Mama.»

«Ich habe mir Sorgen gemacht. Wieso meldest du dich jetzt erst?»

«Tut mir leid, ich bin einfach eingeschlafen.»

«Du weißt doch, dass ich normalerweise wach bleibe, bis du wieder zu Hause bist, oder? Ist alles in Ordnung?»

«Es ist alles in bester Ordnung.»

«Kommst du heute nach Hause?»

«Ich denke schon.»

«Wann?»

Vielleicht liegt es an der Tatsache, dass Jón zuhört, dass das Gespräch mir unangenehm zu werden beginnt.

«Ich weiß es noch nicht. Irgendwann gegen Abend, schätze ich.»

«Also isst du mit uns?»

«Ich weiß es nicht. Plan einfach so, als sei ich nicht da, okay? Falls ich doch früher komme, mache ich mir selbst eine Kleinigkeit.»

«Es wäre ja kein Problem, mehr zu kochen, darum geht es nicht, ich wüsste nur gern ...»

«Mama», unterbreche ich sie. *Oh Gott, bitte lass das mit der Wohnung klappen.* «Ich melde mich, falls es spät wird, ja? Und ich mache mir das Essen gern warm, sollte noch etwas übrig sein.»

«Gut, dann ...» Ein paar Sekunden lang sucht meine Mutter nach Worten, und ich spüre, dass ich sie gekränkt habe. «Hab noch einen schönen Tag. Und grüß Jón von mir.»

«Mach ich. Bis später.»

Verlegen lasse ich das Telefon in meine Tasche zurückgleiten. «Sorry. Sie macht sich schnell Sorgen», erkläre ich an Jón gewandt.

«Macht doch nix. Also mir macht das nix. Für dich hört es sich allerdings ein wenig anstrengend an.»

Mit einem Lächeln und einem leichten Schulterzucken kehre ich zu meinem Platz zurück, wo Jón in diesem Moment aufsteht.

«Ich pack uns schon mal was zusammen, okay? Sonst kommen wir am Ende doch zu spät los.»

Während ich mit dem Löffel noch einmal das Porridge durchrühre, fällt mir auf, dass ich bisher weder darüber nachgedacht habe, wie viele Kalorien meine Portion wohl hat, noch habe ich mir überlegt, ob Jón der Ansicht sein könnte, ich könne mir zu viel oder zu wenig davon genommen haben.

«Ich glaube, ein Rucksack reicht. Wir können ja alles im Auto lassen.» Jón füllt zwei Trinkflaschen ab. «Sturmwarnung gibt's auch keine. Ready when you are.»

Ich kratze die letzten Reste aus meiner Schüssel zusammen. «Okay, dann los.»

Es ist ein gutes Gefühl, sich Stiefel und Jacke anzuziehen, um rauszufahren, etwas zu erleben. Nicht einfach nur jedes Wochenende zu Hause herumzusitzen, sondern einen Plan zu haben – und dann auch noch zusammen mit einem Mann wie Jón, den ich nur ansehen muss, um ein Summen in mir zu spüren. Das Bild, das mir von ihm beim Frühstück gekommen ist, vermischt sich mit der letzten Nacht, und als er mich jetzt angrinst, während er sich eine Mütze in die Tasche stopft, trete ich unwillkürlich einen Schritt auf ihn zu. Jón beugt sich vor, und diesmal sieht er mir bei seinem Kuss in die Augen. Noch mal küssen. Noch mal. Noch mal, bis Jón doch die Augen schließt, und ich auch.

«Alles okay?», fragt er irgendwann.

«Alles okay», gebe ich zurück.

Im Wagen liegt Jóns Hand auf meinem Bein, und meine Hand auf seiner, und es gelingt mir sogar fast, nicht über den Umfang meiner Oberschenkel nachzudenken – ich verbiete es mir. Wenn auch immer wieder neu.

Mittlerweile hat sich die Sonne ein Stück den mattblauen Himmel hinaufgeschoben. Wolkenfetzen bilden am Horizont ein blasses Band, das mit dem Schnee zu verschmelzen scheint. Die Hügel auf unserer rechten Seite türmen sich zunehmend höher auf, und manche von ihnen erinnern an schlafende weiße Drachen. Es ist fast zwei, als wir den Parkplatz der Jökulsarlon-Gletscherlagune erreichen. Ich war erst ein einziges Mal hier, zusammen mit Sophia und deren Eltern, und ich weiß noch, wie mich der erste Blick auf die Lagune damals überwältigt hat. Sie liegt neben dem Breiðamerkurjökull, einem Ausläufer des riesigen Gletschers Vatnajökull, und wird von Jahr zu Jahr größer. Mächtige Eisberge, die vom schmelzenden Gletscher brechen, treiben langsam aufs Meer hinaus, bevor sie, geschliffen und geborsten durch die Wellen des Atlantiks, zurück an die angrenzenden schwarzen Basaltstrände gespült werden.

Mir ist klar, dass dieses Naturschauspiel eigentlich ein trauriges ist, weil der Gletscher immer weiter abschmilzt. Irgendwann wird vom Breiðamerkurjökull und vielleicht auch vom Vatnajökull nichts mehr übrig sein, und welche Auswirkungen das letztlich hat, weiß kein Mensch. Dennoch – die majestätischen Eisgiganten, die in der Lagune schwimmen, sind unwirklich schön.

Es ist nur eine kurze Wanderung zum Diamond Beach, wie die Touristen ihn nennen, wo sich besonders viele Eisbrocken ansammeln. Jón hat seine Kamera mitgenommen und sich diesmal sogar das Stativ umgehängt.

«Ist es okay, wenn du auf einigen Bildern mit drauf bist?», will er wissen.

«Klar, kein Problem», erwidere ich, obwohl ich nicht wirklich scharf darauf bin, auf Fotos verewigt zu werden, die ich nicht selbst wieder löschen kann.

Zwischen den weiß und blau schimmernden Eisbergen sind die Köpfe von Robben im dunklen Wasser der Lagune zu erkennen. Hin und wieder schießt eine Raubmöwe steil nach unten, durchbricht die Wasseroberfläche und steigt wieder zum mittlerweile zunehmend bewölkten Himmel hinauf. Sowohl Jón als auch ich sind uns sicher, dass es später noch schneien wird, jetzt jedoch glitzern die unzähligen Eisbrocken, die in allen Größen und Formen im schwarzen Sand liegen, noch im Sonnenlicht.

Der Gletscher im Hintergrund wirkt wie ein gewaltiger Berg, doch es ist ein Berg, der von Jahr zu Jahr immer kleiner wird, mit jedem Stück von sich, das er an das Meer verliert. Die Luft ist erfüllt von einem Knistern, wie prickelndes Eis in einem gewaltigen Drink, und immer wieder erklingt es wie ein ferner Donner, wenn die enormen Gebilde im Wasser krachend gegeneinanderstoßen.

Neben weißem und blauem Eis liegen auch schwarz gefärbte Brocken im Sand, durchzogen von uraltem Lavastaub. Andere Eisklumpen dagegen sind kristallklar. Jetzt im Winter ist der Strand voll von großen Blöcken, teilweise rau und kantig, teilweise glattpoliert und geschwungen, als seien sie unter der Hand eines genialen Bildhauers entstanden. Wie geschliffenes Glas oder eben wie Edelsteine liegen sie verstreut im schwarzen Sand, und wir laufen andächtig durch diese vergängliche Schönheit.

An Jóns Stelle hätte ich keine Ahnung, welches dieser einzigartigen Eisfragmente ich zuerst fotografieren sollte, und während er die Umgebung durch sein Objektiv betrachtet, wandere ich herum, um besonders beeindruckende Brocken für ihn zu finden. Immer wieder verspüre ich dabei den Drang, all die glatten, porösen, scharfkantigen und glitzernden Oberflächen zu berühren, obwohl meine Finger mittlerweile selbst zu Eis geworden sind.

Warum nur habe ich wochenlang alleine zu Hause herumgesessen? Zu einem solchen Ort hätte ich auch ohne Jón jederzeit fahren können – das wird in Zukunft anders. Schluss damit, trübselig zu Hause im Bett zu liegen, während ich so tue, als würde ich lesen, obwohl meine Gedanken sich doch immer nur um dieselben frustrierenden Ereignisse drehen. Hier draußen fühle ich mich frei, und ich denke darüber nach, wie ich meine eigene Wohnung einrichten werde, statt mich zum tausendsten Mal zu fragen, ob es zwischen Daníel und mir anders gelaufen wäre, wenn ich schlank wäre.

Auch die Gedanken an Magnús sind an diesem magischen Ort nur ein Schatten, der schwächer ist als sonst und sich fortwischen lässt.

Jón zu küssen – und wir küssen uns ständig, und wenn wir uns nicht küssen, machen wir uns auf all das aufmerksam, was der andere unbedingt sehen muss – Jón zu küssen ist ein Gefühl wie lachen und fliegen und träumen gleichzeitig.

Wir stehen gerade vor einem Eisbrocken von der Größe eines Kleinwagens, der noch in der Brandung liegt, und dessen schimmerndes Grünblau mit jeder Welle, die ihn trifft, zu einem dunklen Graugrün wird, als mein Telefon klingelt. Vielleicht hätte ich es überhört, doch während Jón sein Stativ aufgebaut hat und irgendwelche Belichtungszeiten ausprobiert, filme ich das Schauspiel aus Wasser und Eis mit der Handykamera. Dass auf dem Display plötzlich der Name *Daníel* auftaucht, reißt mich mit einer solchen Wucht aus meiner bisherigen Stimmung, als hätte mir jemand in den Bauch geboxt.

Verflucht. Wie viel Uhr ist es?

Ich habe völlig vergessen, dass ich zugesagt habe, mich heute mit ihm am Reynisfjara-Strand zu treffen.

Hastig klicke ich den Anruf weg und stopfe das Telefon in meine Jackentasche. Dann hole ich es noch einmal heraus, um es auf lautlos zu stellen.

Als Jón das nächste Mal von seiner Kamera aufsieht, kann ich regelrecht fühlen, wie sein Blick an mir hängenbleibt. Oh Gott, sieht man es mir so deutlich an?

«Alles okay mit dir?», fragt er.

Ja, tut man offenbar.

«Alles okay, es war nur ...» Ich lache, obwohl es nicht wirklich etwas zu lachen gibt. «Es war nur ein blöder Anruf.»

Jón mustert mich, dann klickt es, als er die Kamera vom Stativ abnimmt.

«Ein blöder Anruf?»

Er sagt das beiläufig, während er mit einem Lappen winzige Wassertropfen von der Linse entfernt.

Seufzen wollte ich an dieser Stelle eigentlich nicht, doch es entschlüpft mir einfach. Um es zu kompensieren, tackere ich mir ein Lächeln ins Gesicht.

«Jemand, den ich mal gut kannte. Ich habe vergessen ... na ja, ich habe wohl vergessen, dass wir heute verabredet waren.»

«Willst du kurz anrufen und Bescheid geben? Soll ich vielleicht ein Stück weiter ...»

«Nein, das musst du nicht», unterbreche ich Jón. «Ich will nicht zurückrufen.»

«Okay.»

Mit langsamen Bewegungen verstaut Jón die Kamera in der Fototasche, dann klappt er das Stativ zusammen.

Dass er als Nächstes auf mich zugeht und mich in seine Arme zieht, lässt mich fast in Tränen ausbrechen, so sehr rüttelt diese unerwartete Geste an meiner für gewöhnlich sorgfältig aufrechterhaltenen Fassade.

Er stellt keine Fragen, er hält mich nur fest, und nach kurzem Zögern lege ich meinen Kopf gegen seine Schulter und lasse es zu. Wärme durchströmt mich. Jóns Wärme, aber auch eine Wärme, die aus mir selbst heraus zu kommen scheint.

Noch immer sind die Wellen, die Schreie der Möwen und das seltsam hohle Knirschen der Eisberge zu hören, und noch immer schwebt der Gedanke an Daníel zwischen allem, doch er wird blasser, kleiner, schmilzt langsam wie die Eisklumpen am

Strand. Irgendwann werden diese Eisbrocken so winzig sein wie echte Diamanten, und nähme man sie dann in die Hand, würden sie verschwinden, noch während man sie betrachtet.

Daníel verschwindet nicht, nicht ganz jedenfalls, doch plötzlich fühle ich mich trotzdem stark genug, um einen Schritt zurückzutreten und etwas zu sagen, von dem ich bis zu diesem Moment nicht geahnt habe, dass ich es sagen würde.

«Es war mein Ex-Freund. Ich hatte dir doch erzählt, dass ich mich von ihm getrennt habe. Eigentlich war es umgekehrt. Und jetzt hat er es sich anscheinend anders überlegt.»

Jón sieht mich an. «Und du weißt nicht, was du tun sollst?»

«Genau. Nein, ich meine ...», beeile ich mich hinzuzufügen, als ich den zweifelnden Ausdruck registriere, der sich über sein Gesicht legt. «Daníel und ich kommen garantiert nie wieder zusammen, aber er will noch einmal über alles reden, und ich denke, es wäre nicht fair, ihn abzuweisen.»

Um ein Haar hänge ich noch ein *Oder?* an meinen letzten Satz, doch obwohl ich mir das gerade noch verkneifen kann, wirkt Jón skeptisch.

«Okay, wenn du das denkst», fasst er schließlich diplomatisch zusammen. «Wie lange seid ihr zusammen gewesen?»

«Fast anderthalb Jahre.»

«Eine lange Zeit. Tja, ist dann vermutlich wirklich fair, ihm noch eine Chance zu geben.»

«Nein, darum geht es doch gar nicht.»

«Er hat Schluss gemacht, und du willst dich mit ihm treffen, damit er dir erklären kann, warum das ein Fehler war – worum genau geht es bei dem Gespräch denn sonst?»

«Einfach um ... damit Daníel ...»

Weil ich es nicht mehr ertrage, dass Jón mich auf eine Art ansieht, auf die er mich noch nie angesehen hat, drehe ich mich um und laufe los, und Jón tut mir den Gefallen und schließt sich mir an. Es ist leichter, beim Reden auf schillernde Eiskristalle zu blicken.

«Ich will nicht fies sein, verstehst du? Und es ist ja nur ein einziges Treffen. Er will mir nur noch mal erklären, warum ... ich meine, warum ...»

«Warum er so blöd war, mit dir Schluss zu machen? Und wenn er es gut genug erklärt, was dann?»

«Dann würde es mir damit vielleicht besser gehen», erwidere ich hilflos und höre selbst, wie das rüberkommt.

Der Ausdruck in Jóns Gesicht passt sich dem uns umgebenden Eis zunehmend an.

«Jón ...» Ich greife nach seiner Hand, und er lässt es sich gefallen, mehr aber auch nicht. «Du verstehst das nicht. Die Beziehung mit Daníel war ... sie war ...»

«Ja?»

«Nicht schön», sage ich leise, und das wäre dann wohl die Untertreibung des Jahrhunderts.

Ein paar Sekunden lang ist da nur das knisternde Eis, Wellengeplätscher und das Geräusch unserer Schritte im Sand, dann umfasst Jón meine Hand fester.

«Was meinst du damit?», will er wissen.

«Es war nicht von Anfang an so, okay, denk das bitte nicht, aber Daníel ... war mit vielem unzufrieden, und er ... hat das oft an mir ausgelassen.»

«Wie meinst du es, dass er etwas an dir ausgelassen hat?» Die Pausen, die Jón setzt, machen deutlich, dass er seine Worte gerade sorgsam auswählt. «Reden wir davon ... dass er dich geschlagen hat?»

«Nein, das nicht.»

Wenigstens das. Andererseits – das wäre etwas Konkretes. Etwas, das jeder verstehen würde. Ein totales No-Go. Was sind dagegen schon Daníels endlose Beleidigungen?

Eine Weile laufen wir schweigend weiter, während ich mühsam Wort für Wort zusammensuche.

«Er hat ziemlich viele Dinge gesagt – gemeine Dinge –, und vielleicht ist da so was wie die Hoffnung, dass ein paar dieser Dinge weniger wehtun, wenn er sie zurücknimmt.»

«Deshalb willst du dich mit ihm treffen? Damit er dir sagen kann, er hätte es nicht so gemeint? Wem soll es danach denn besser gehen, dir oder ihm?»

Der ungläubige Ton in Jóns Stimme führt dazu, dass ich verärgert die Lippen zusammenpresse. «Du kannst das nicht verstehen.»

«Du könntest es mir ja erklären. Aber findest du es nicht selbst ein wenig komisch, dass du ausgerechnet dem Kerl, der dich offenbar ziemlich verletzt hat, die Macht darüber gibst, wie es dir damit geht? Was genau verstehe ich daran nicht richtig?»

«Nein, so ist es ja gar nicht. Ich will nur ...»

Oder doch.

Doch, genau so ist es. Wieso muss mir das erst Jón sagen, damit mir das auffällt? Will ich es wirklich ausgerechnet Daníel überlassen, die Schlagfallen zusammenzusammeln, die er überall in mir verstreut hat, und die immer noch heftig zuschnappen, sobald ich in sie hineintrete? Er hat sie aufgebaut, und jetzt soll er derjenige sein, der sie wieder entfernt? Er soll der *Einzige* sein, der das kann?

Die Sonne steht inzwischen nur noch knapp über dem Horizont. Ihr Licht ist sanfter geworden, und das weiße Funkeln, mit dem es vorhin noch auf die Eisoberfläche traf, wird abgelöst durch einen goldenen Schimmer. Noch immer ist es den Wolken nicht gelungen, sie völlig zu verdecken, und jetzt versehen ihre Strahlen nicht nur den Strand mit glühenden Reflexen, sondern tauchen auch den Himmel mit jeder vergehenden Minute mehr in Rosa, Orange, Purpur und Rot, und die weißen Eisberge spiegeln ihre Farben.

Jón und ich sind stehen geblieben. Ich liebe Sonnenuntergänge, und das ist einer der schönsten, den ich je gesehen habe.

«Du hast recht», sage ich.

Jóns skeptischer Blick macht mir klar, dass nicht einmal dieser einzigartige Moment den zwischen uns stehenden Daníel auflösen konnte.

«Du hast recht», wiederhole ich und spüre ein zweites Mal diesem Gefühl von Gewissheit nach. Dem Gefühl, dass es wirklich stimmt. Dass es nicht Daníel sein kann, der weiterhin darüber entscheidet, wie es mir geht. Ich wünschte, diese Gewissheit wäre nicht so fragil, und gleichzeitig bin ich dankbar, dass sie überhaupt da ist. Und ich habe Angst, dass dieser Funke schon durch ein tiefes Einatmen oder ein Wort wieder ausgelöscht werden könnte. Aber allein zu wissen, dass er existiert ...

«Vielleicht musst du dich dann ja doch nicht mit deinem Ex treffen», sagt Jón.

Muss ich nicht?

Vielleicht nicht.

Vielleicht aber auch doch. Es könnte noch immer wichtig sein, nur nicht auf die Art, die mir bisher vage im Kopf herumschwebte.

«Wenn ich mich noch einmal mit ihm treffe», erwidere ich und sehe Jón dabei an, «ändert das nichts zwischen uns, oder?»

Jón mustert mich. Mustert mich lange.

«Nein», sagt er dann.

Kapitel 26

Jóns *Nein* hallt in mir nach, noch lange nachdem wir zurückgefahren sind und er mich zu Hause abgesetzt hat. Immer wieder sehe ich dabei sein Gesicht vor mir, seinen ernsten Blick, und es ist verrückterweise dieses *Nein*, mit dem ich die in mir glimmende Überzeugung aufrechterhalte, dass Daniel nie im Leben derjenige sein kann, der auch nur eine der vielen Wunden, die er mir zugefügt hat, wieder verschließt.

Jón *Nein* sagen zu hören, ist gleichzeitig ein *Ja*. Ein Ja zu dem, was sich da zwischen uns entwickelt und so überraschend schnell an Fahrt aufgenommen hat. Es lässt mich nicht nur glauben, dass ich Jón tatsächlich wichtig bin, sondern es macht mir auch klar, dass Daniel mir von Anfang an das Gefühl vermittelt hat, für jemanden wie ihn nicht gut genug zu sein, eher dankbar sein zu müssen, dass er mich ausgewählt hat. Daniel hat nie etwas dafür getan, mir dieses Gefühl zu nehmen. Im Gegenteil. Er hat es wieder und wieder bestätigt. Aber warum?

Darüber zerbreche ich mir den kompletten Sonntagabend den Kopf, selbst dann noch, als meine Mutter an meine Zimmertür klopft, um mich über Jón auszufragen. Nachdem ich ihr alles beantwortet habe, was ich beantworten will, lehnt sie sich auf meinem Schreibtischstuhl ein wenig zurück. «Ich freu mich für dich. Aber vielleicht gehst du die Sache mit Jón doch lieber etwas ruhiger an.»

Ihre letzten Worte lassen mich stocken. Sie verdrängen für den Moment selbst die Frage, warum Daniel sich verhalten hat, wie er sich eben verhalten hat.

«Wie meinst du das?»

«Nun ja.» Meine Mutter wischt mit der Hand über die Schreibtischplatte, als lägen dort Krümel herum. «Das mit Daníel ist noch nicht so lange her.»

«Bald vier Monate. Und wenn man es genau nimmt, war meine Beziehung mit ihm schon viel früher zu Ende.»

«Ich meine ja nur.» Weiteres Wischen. «Jón ist ein ziemlich attraktiver Mann, und er ...»

«Ja?», hake ich nach, weil meine Mutter mitten im Satz innehält.

«Ich will nur nicht, dass du wieder enttäuscht wirst», fährt sie schließlich fort.

«Was genau willst du mir damit sagen? Dass Jón attraktiv ist und ich nicht?»

«Nein! Nein, natürlich nicht, es ist nur ... weißt du, deine Tante Þórdís hat immer gesagt *Gleich und gleich gesellt sich gern*. Und es gibt so viele nette Männer ...»

Ich fühle mich wie vor den Kopf geschlagen.

«Elín.» Meine Mutter hört endlich auf mit ihrer Wischerei. «Du bist eine hübsche junge Frau, bitte versteh mich nicht falsch. Ich denke nur, dass du zumindest die Möglichkeit in Betracht ziehen solltest, dass jemand wie Jón ... sich vielleicht noch nicht festlegen will.»

«Warum auch? Und warum sollte ich? Es hängt doch wohl nicht alles an ihm, oder wie soll ich das verstehen? Aber auf die Idee, dass *ich* mich im Moment vielleicht nicht festlegen will, kommst du wohl gar nicht.»

«Du hast nach Daníel so gelitten ...»

«Jetzt fang doch nicht schon wieder mit Daníel an! Hast du mir gerade allen Ernstes gesagt, dass ein attraktiver Mann wie Jón an einer Frau wie mir nicht hängenbleibt?»

Dass meine Mutter ein paar Sekunden zögert, bevor sie zum

Sprechen ansetzt, ist schon Antwort genug. «Ich wollte nur, dass du ... weißt du, Elín, wenn man sich verliebt ...»

«Mama», unterbreche ich sie. «Ich bin vierundzwanzig Jahre alt. Rede bitte nicht mit mir, als sei ich zwölf. Du kennst Jón überhaupt nicht. Und du kannst mir schon zutrauen, dass ich in der Lage bin, etwas mit einem Mann anzufangen und nicht gleich den Kopf zu verlieren, okay?»

«Bei Daníel ...»

«Ja, das mit Daníel war furchtbar! Weiß ich selbst. Aber du musst trotzdem nicht für mich vorsortieren! Und vor allem musst du mir nicht erklären, dass ein *attraktiver* Mann wie Jón nicht zu mir passt!»

Meine Mutter steht auf. «So habe ich das wirklich nicht gemeint. Und ich will nicht mit dir streiten», sagt sie sanft. «Es tut mir leid, wenn ich dich gekränkt habe, das war sicher nicht meine Absicht. Ich will nur nicht, dass du nach Daníel gleich wieder verletzt wirst.»

«Ja, weiß ich doch», gebe ich zurück, ohne dass ihre Entschuldigung einen nennenswerten Einfluss auf die plötzlich bittere Stimmung hätte, in die sie mich gestürzt hat.

Meine Beziehung mit Daníel war ein Fehler. Aber als ich ihn kennengelernt habe, war auch meine Mutter völlig begeistert von ihm. Es stand ihm nicht auf die Stirn geschrieben, dass er sich als Arsch entpuppen würde. Und letzten Endes ist es übrigens völlig egal, warum er mich immer wieder verletzt hat – ich muss das gar nicht verstehen. Ich muss nur verhindern, dass mir das noch mal passiert.

Vielleicht hat Sophia ja recht, wenn sie sagt, dass Daníel Komplexe hat, vielleicht gibt es etwas, dass ihn an sich selbst so zweifeln lässt, dass er sich an mir immer wieder aufrichten musste. Vielleicht ist er aber auch einfach nur ein gedankenloser, empathiefreier Mensch.

Ist es wichtig, das zu wissen?

Nein, ist es nicht.

Im Laufe der letzten Stunden hat er noch zwei weitere Male angerufen und mir letztlich eine Nachricht hinterlassen, und als ich mich schließlich auf meinem Bett zurechtsetze, um sie abzuhören, ärgere ich mich über das Ausmaß meiner Nervosität. Sie macht mir klar, wie viel Angst ich noch immer vor seinen Worten habe. Aber damit muss endlich Schluss sein!

«Hi, Elín. Irgendwie habe ich nicht damit gerechnet, dass du mich versetzt. Du hättest mir wenigstens Bescheid sagen können, ich habe ziemlich lang auf dich gewartet.»

An dieser Stelle folgt eine kurze Pause, die in mir das Gefühl hinterlässt, dass Daníel sich einen Zusatz verkneift, der ihm auf der Zunge liegt.

«Keine Ahnung, ob es Sinn macht, dich noch mal danach zu fragen, aber falls du dich doch noch mit mir treffen willst, kannst du dich ja melden. Bis dann.»

Falls ich mich mit ihm treffen will.

Eigentlich wollte ich das die ganze Zeit nicht wirklich, doch jetzt tippe ich langsam und bedächtig eine Antwort.

Es tut mir leid, mir kam etwas dazwischen. Was hältst du von Sonntagnachmittag, drei Uhr?

Ich betrachte diese Nachricht und lösche dann den Anfang. Es tut mir nicht leid, und ich werde mich Herrgott noch mal Daníel gegenüber nicht mehr ständig für alles entschuldigen.

Bis Sonntagnachmittag ist es noch eine Woche, aber so habe ich wenigstens genügend Zeit mir zurechtzulegen, was ich ihm überhaupt sagen will.

Sobald ich die Nachricht abgeschickt habe, schalte ich das Telefon aus. Nur für den Fall, dass Daníel sie in den nächsten

Minuten nicht nur liest, sondern sich unmittelbar darauf meldet. All das, worüber ich nachdenken muss, ist noch zu frisch.

Ein attraktiver Mann wie Jón.

Verdammt, Mama. Jetzt, wo das mit Daníel fürs Erste erledigt ist, wandern meine Gedanken zu dieser Äußerung zurück.

Sie hat mir damit gesagt, dass sie Jón für *zu* attraktiv hält. Für zu attraktiv für mich. Oder? Hat sie doch?

Gleich und gleich gesellt sich gern.

Warum stelle ich mir diese Frage überhaupt? Deutlicher könnte meine Mutter es kaum machen. Ich bin eine hübsche junge Frau, ja, aber leider ein wenig übergewichtig. Kräftig gebaut.

Ich starre auf die Stickerreste am Spiegel meines Kleiderschranks, die meine Mutter nie mehr abbekommen hat.

Du bist ein nettes Mädchen, Elín, und keiner sagt gemeine Dinge über dich. Lach einfach mit.

Soll ich jetzt über das lachen, was meine Mutter gerade gesagt hat?

Und was, wenn sie recht hat? Was, wenn Jón irgendwann feststellt, dass eine dünne Frau doch sehr viel besser zu ihm passt? Was, wenn er dann ganz ähnliche Dinge wie Daníel sagt?

Soll ich mich also nur auf einen Mann einlassen, der nicht *zu* attraktiv ist? Gutes Aussehen als Ausschlusskriterium, weil ich dick bin?

Oh Gott, ich habe so die Nase voll von diesem ganzen Scheiß!

Wütend zu sein fühlt sich gerade um Längen besser an als der Zustand, der darunter lauert.

Jetzt kommt sogar meine eigene Mutter damit an.

Wobei das mit dem *jetzt* eigentlich gar nicht stimmt – was war denn mit dem Kleid, das ich mir mal zum Geburtstag gewünscht habe? Es war bunt wie ein Regenbogen, doch meine

Mutter meinte, ich könne so etwas nicht tragen. Meine Frage nach dem Warum hat sie nicht beantwortet.

Und als meine Tante Þórdís irgendwann einmal die Bemerkung fallenließ, ich wachse schneller in die Breite als in die Höhe, hat meine Mutter nur gelacht. Ich stand daneben, vielleicht sieben oder acht Jahre alt, und ich erinnere mich, dass ich in ihr Lachen eingestimmt habe. So macht man das eben. Man lacht, wenn es wehtut.

Mit einer heftigen Bewegung wische ich mir die Tränen aus dem Gesicht.

Mein Vater nennt mich, seit ich denken kann, *Hummelchen*. Die schlankesten Insekten dieser Erde sind Hummeln mit Sicherheit nicht.

Okay, genug.

Ich will nicht weiter über all das nachdenken. Es fühlt sich an wie ein Abgrund.

Mechanisch greife ich nach meinem Wecker, und als mir bewusst wird, warum ich das tue, lasse ich ihn wieder sinken.

Morgen ist Montag. Und da ist ja auch noch Magnús.

Die Frage, wie ich mich ihm gegenüber verhalten soll, habe ich in den letzten Tagen weitestgehend ausgeblendet. Daran, dass ich ihm am liebsten nicht mehr begegnen will, hat sich nichts verändert, doch noch einmal krankschreiben lassen will ich mich auch nicht – so kann es ja nun nicht ewig weitergehen. Würde ich das Geld nicht gerade so dringend brauchen ... wenn ich die Wohnung bekomme, muss ich ab dem nächsten Monat Miete zahlen. Und ich will diese Wohnung, ich will sie unbedingt. Was ich allerdings nicht will, ist weiterhin für Magnús arbeiten – nur fällt mir leider keine Alternative ein. Eigentlich ist der Job ja in Ordnung, und wenn ich bei Ronja und ihrem Mann morgen Abend einen guten Eindruck hinterlasse, könnte ich zukünftig sogar zur Kanzlei laufen.

Morgen müsste eigentlich Jóhann im Büro sein. Mit Magnús kann ich nicht noch einmal reden, das schaffe ich nicht, aber Jóhann war immer fair und sachlich. Es wäre einen Versuch wert.

Ich knipse den Schalter meines Weckers an und stelle ihn auf den Nachtschrank zurück.

Und was, wenn morgen früh doch wieder Magnús am Schreibtisch sitzt?

Wie lange ich einfach nur da sitze und versuche, meine übereinanderfallenden Gedanken zu sortieren, könnte ich nicht sagen, bevor ich schließlich doch noch einmal das Smartphone zur Hand nehme und es wieder einschalte.

Keine Nachricht von Daníel.

Aber eine von Jón.

Er hat ein Foto geschickt, auf dem mehrere schimmernde Eiskristalle in der Brandung liegen, weißer Schaum im schwarzen Sand. Die rot glühende Sonne taucht Meer und Wolken in ein unwirkliches Licht, fast scheint es, als würde das Eis von innen heraus leuchten, als sei es lebendig.

Ich scrolle nach unten, um die Nachricht zu lesen, die Jón dazugeschrieben hat.

Das ist eines der schönsten, aber nicht das schönste Bild.

Ich tippe eine Antwort.

Welches ist das schönste?

Beinahe unmittelbar wird mir angezeigt, dass meine Nachricht gelesen wurde, und als im nächsten Moment zu sehen ist, dass Jón schreibt, stehe ich auf, rücke den Stuhl ordentlich an meinen Schreibtisch, räume eine Jacke in den Kleiderschrank, lösche das Licht, tapse im Schein der Nachttischlampe zum Bett zurück, wickele mich in meine Decke und gestatte mir erst dann, wieder zum Handy zu greifen.

Auf dem Bild, das Jón gesendet hat, bin ich zu sehen.

Es ist eine Nahaufnahme meines Gesichts im Profil, und ich blicke aufs Meer, auf geborstenes Eis, das in der Sonne glitzert. Ich kann mich nicht daran erinnern, dass Jón die Kamera direkt auf mich gerichtet hätte, dieses Bild jedoch beweist das Gegenteil.

Friedlich sehe ich aus, berührt von all der Schönheit um mich herum. Und so etwas wie Frieden ergreift mich auch jetzt, ein sanftes Kribbeln, weil ich daran denke, mit welchen Worten Jón dieses Foto angekündigt hat.

Nein, vielleicht ist es sogar mehr, vielleicht ist es ... Glück? Eine weitere Nachricht taucht auf.

Wann küssen wir uns wieder?

Ich muss lachen. Damit, dass mir heute Nacht noch einmal nach Lachen zumute sein würde, hätte ich auch nicht gerechnet.

Morgen?

Diesmal behalte ich das Display im Auge, während Jón antwortet.

Morgen hört sich gut an. Soll ich dich von der Arbeit abholen? Wir könnten gemeinsam zu Ronja und Árni fahren.

Der Schatten namens Magnús hat nicht genug Kraft, um mich ein weiteres Mal zu überfallen.

Gern. Ich freu mich!

Als Nächstes gebe ich die Adresse der Kanzlei ein und knipse die Nachttischlampe aus. Jetzt leuchten nur noch Jóns Worte.

Ich mich auch. Bis morgen.

Bis morgen. Ich schließe die Augen, damit das Morgen schneller kommt.

Sollte tatsächlich Magnús im Büro sein, dann gehe ich einfach wieder.

Und zwar direkt zu Jón.

Kapitel 27

Zu meiner großen Erleichterung hängt am nächsten Morgen in der Kanzlei der Duft nach Kaffee in der Luft, und Jóhann sitzt an seinem Schreibtisch.

«Guten Morgen, Elín!», ruft er, kaum dass ich zur Tür hereingekommen bin. «Fühlst du dich heute besser?»

«Guten Morgen», erwidere ich. «Ja, es geht schon wieder, danke.»

Auf meinem Schreibtisch stapeln sich Unterlagen, und nachdem ich meine Jacke aufgehängt und mir einen Kaffee eingeschenkt habe, verschaffe ich mir erst mal einen Überblick. Das werde ich nicht alles heute abarbeiten können, aber mal sehen, wie weit ich komme.

Nachdenklich nippe ich an meiner Tasse.

Morgen ist Magnús wieder im Büro, das heißt, ich muss noch heute mit Jóhann über ihn reden. Von seiner Reaktion hängt ab, wie es mit mir und meiner Anstellung hier weitergehen wird.

Obwohl ich weiß, dass dieses Gespräch unumgänglich ist, ist meine Mittagspause schon lange vorbei, als ich mir endlich ein Herz fasse und um kurz vor vier an die Tür von Jóhanns Zimmer klopfe.

«Jóhann? Ich wollte dich fragen – hättest du heute noch Zeit für ein Gespräch?»

Jóhann sieht auf und schiebt sich die Brille zurecht. «Natürlich. Jetzt gleich? Setz dich doch, worum geht es denn?»

In den letzten Stunden habe ich mir immer wieder neu die

Worte zurechtgelegt, mit denen ich Jóhann die Situation erklären will, das ändert allerdings nichts daran, dass mir das Ganze wahnsinnig unangenehm ist. Angespannt setze ich mich auf den Stuhl vor Jóhanns Schreibtisch.

«Es geht um Magnús», beginne ich. «Es gibt da ein paar Vorfälle, von denen du wissen solltest.»

«Ah so?» Jóhann lehnt sich zurück. «Welche denn?»

«Es ist so – zum einen äußert Magnús sich immer wieder ziemlich ... unhöflich über Mandanten.»

Nein, eigentlich nur über Mandantinnen. Sollte ich das dazusagen?

«Wie darf ich das verstehen?»

Ich habe mir die Liste aller unpassenden Bemerkungen, die Magnús in den letzten Wochen von sich gegeben hat, ausgedruckt, und ich reiche sie Jóhann hinüber, weil ich es nicht fertigbringe, einige Beispiele vorzulesen.

«Rechts steht immer das Datum, und ich finde ... auch wenn Magnús solche Dinge nie gesagt hat, wenn jemand anderes dabei war, also abgesehen von mir ...», kurz verliere ich den Faden. «Ich finde so etwas unangemessen.»

«Mh.»

Jóhann hat sich über das Blatt Papier gebeugt, und ich gebe ihm Zeit, um alles zu lesen. Erst als er wieder hochblickt, rede ich weiter.

«Und es gibt da noch eine andere Sache, die nicht auf dieser Liste steht ...»

An dieser Stelle muss ich schlucken. Ich bin nicht diejenige, die sich falsch verhalten hat, trotzdem möchte ich mich am liebsten in Luft auflösen, und ich spüre, wie mir das Blut ins Gesicht steigt, noch bevor ich überhaupt einen Satz gesagt habe.

«Letzte Woche habe ich Magnús auf all das angesprochen.

Ich habe ihn gebeten, sich ein bisschen zurückzuhalten, zumindest wenn ich dabei bin. Und ich hatte auch das Gefühl, dass er mich versteht, aber dann ...» Ein paar Sekunden lang sehe ich zum Fenster hinaus, dann wende ich mich wieder Jóhann zu. «Magnús hat mich danach gebeten, ein paar Unterlagen mit rauszunehmen, und ein Ordner lag unter der Maus auf dem Schreibtisch. Als ich ihn hervorgezogen habe, ging der Monitor an, und ich habe ... also, es war ...» Herrgott, sag es einfach! «Da war ein Bild aus einem pornografischen Film.»

Das will ich nicht näher ausführen, und ich hoffe, Jóhann will keine Details hören.

Gefühlt vergehen Minuten, bevor Jóhann sich endlich räuspert. «Nun, Elín, ich gebe zu, ich weiß nicht, was ich dazu sagen soll.»

Er tut mir leid, wie er so da sitzt und versucht, die Fassung zu bewahren, und ich wünschte, ich hätte ihm all das nie erzählen müssen.

«Jóhann ...»

«Magnús hat mich letzte Woche auf dich angesprochen», beginnt Jóhann gleichzeitig. «Es ging dabei um einige Versäumnisse deinerseits, kleinere Fehler, nichts Wildes. Er meinte, er habe mit dir darüber reden wollen, aber du hättest sehr empfindlich reagiert.»

Mit offenem Mund starre ich Jóhann an. Bitte?

«Verlorene Protokolle, Fehler in der Korrespondenz, ein Mandant habe sich über dich beschwert ...»

«Wer?», unterbreche ich Jóhann, obwohl ich es mir schon denken kann. «Mikael?»

Jóhanns Miene ist unergründlich. «Ich sehe, du ahnst schon, worum es dabei geht.»

«Nein, tue ich nicht», erwidere ich. «Aber Mikael ...»

Ja, was? Hat eine Zigarre geraucht? Ist mir unsympathisch? Will seine Frau nach fünfundzwanzig Jahren Ehe mit ein paar Kronen abspeisen? Nichts davon ist an dieser Stelle wohl erwähnenswert. «Worüber hat er sich beschwert?»

«Magnús meinte, du hättest dich Mikael gegenüber im Ton vergriffen, weil du mit den Konditionen, die wir für seine Scheidung aushandeln sollen, nicht einverstanden bist. Ich gebe zu, ich kann das bis zu einem gewissen Punkt sogar nachvollziehen, aber es geht natürlich nicht ...»

«Ich habe mich nie gegenüber irgendjemandem in dieser Kanzlei im Ton vergriffen», unterbreche ich Jóhann ein weiteres Mal. Vermutlich ist das nicht besonders klug, doch ich kann nicht anders. «Im Gegensatz zu Magnús, der sich regelmäßig über Mandantinnen lustig macht und sie hinter ihrem Rücken beleidigt!»

«Also, Elín, ich nehme an, du wirst verstehen, wenn ich dir an dieser Stelle sage, dass es mir nicht leicht fällt, all das, was du da über meinen Sohn erzählst, einfach zu glauben.»

«Aber es ist die Wahrheit! Genauso wie es die Wahrheit ist, dass Magnús am Dienstag alles so arrangiert hat, dass ich zwangsläufig über diesen Porno stolpern musste!»

Darauf entgegnet Jóhann nichts, und am liebsten möchte ich aufspringen und gehen.

«Jóhann! Ich ...» Das gibt's doch alles gar nicht. «Habe ich jemals bei dir einen dieser Fehler gemacht, von denen Magnús redet, seit ich hier arbeite?»

«Willst du mir jetzt auch noch erzählen, das habe Magnús sich nur ausgedacht?», gibt Jóhann zurück.

«Nein», erwidere ich. «Ich habe anscheinend kleinere Fehler gemacht, wobei ich nicht weiß ...»

Moment. Habe ich wirklich all diese Fehler gemacht? Protokolle falsch abgeheftet und Anweisungen überhört? Habe ich?

Falls ja, wäre es ein seltsamer Zufall, denn bei Jóhann ist mir dergleichen nie passiert.

«Ich kann es nicht ausschließen», sage ich.

«Was kannst du nicht ausschließen? Fehler gemacht zu haben?»

«Nein, ich kann nicht ausschließen, dass Magnús das nur behauptet.»

Erstmals tauchen zwei steile Falten zwischen Jóhanns Brauen auf. Seine Stimme klingt bedächtig wie immer, doch es ist jeder warme Unterton daraus verschwunden, als er mir antwortet. «Ich halte es für besser, unser Gespräch an dieser Stelle zu beenden, Elín.»

Ich beiße mir so fest auf die Innenseiten der Wangen, dass ich Blut schmecke. Ich fasse das alles einfach nicht.

«Gut», sage ich steif. «Vermutlich hast du damit recht.»

«Falls du heute früher gehen möchtest ...»

«Möchte ich.»

Jóhann nickt. «Ich schlage vor, wir beruhigen uns alle ein wenig und überlegen in den nächsten Tagen, wie und ob das hier weitergehen kann.»

Ich fühle mich erniedrigt, als ich zur Tür gehe, und ich bemühe mich, das wenigstens nicht mit hängendem Kopf zu tun.

Dass Jóhann mir nicht glauben könnte, habe ich in Betracht gezogen, aber ich war nicht darauf vorbereitet, wie es sich anfühlen würde.

Es fühlt sich schrecklich an.

Ich gehe, ohne mich zu verabschieden, weil ich nicht sicher bin, ob meine Stimme dafür fest genug wäre, und ich ziehe die Tür so leise und fest hinter mir zu, dass es etwas Endgültiges hat.

Gestern Nacht hat mich der Gedanke, Jón zu besuchen, sollte Magnús im Büro sein, aufgebaut. Jetzt jedoch sitze ich ziemlich lang in meinem kalten Auto und überlege, ob ich das wirklich tun soll. Wir wollten später zu Ronja und Àrni fahren, doch ist das überhaupt noch eine gute Idee? Was soll ich mit einer Wohnung, die ich in kürzester Zeit nicht mehr bezahlen kann? Ich habe ein paar Ersparnisse und es gibt auch noch das Konto, das meine Eltern für mich zur Geburt angelegt haben – aber wie viele Monate würde das Geld wohl reichen? Ein knappes Jahr? Und dann? Was, wenn ich bis dahin noch keinen neuen Job gefunden habe? Wieder zurück zu meiner Mutter? Die im Übrigen findet, dass ich zu unattraktiv für jemanden wie Jón bin?

Mein Telefon gibt einen Summton von sich. Die Nachricht ist von Daníel, der schreibt, er freue sich auf unsere Verabredung am Sonntag.

Ich stopfe das Telefon in meine Tasche zurück.

Erst Minuten später lasse ich den Wagen an, und vielleicht ist es Óskar selbst, der mich direkt zu Jóns Wohnung fährt. Auch wenn wir heute Abend wohl doch nicht zu seinen Bekannten fahren, will ich Jón einfach sehen. Ihm erzählen, wie der Tag gelaufen ist. Und als ich vor dem Haus stehe, in dem er wohnt, ist mir völlig egal, dass ich meine alten Stiefel zu schwarzen Strumpfhosen und Rock trage. Noch bevor ich auf die Klingel drücken kann, öffnet sich die Tür, und ein älterer Herr tritt auf die Straße, der mir einen kurzen Blick zuwirft, als ich mich an ihm vorbeidrängele und die Stufen bis zur Dachgeschosswohnung hinaufsteige. Hier gibt es keinen Klingelknopf, und während ich darauf warte, dass Jón auf mein Klopfen hin öffnet, überlege ich, was ich tun soll, wenn er nicht da ist. Vielleicht wäre es besser so. Vielleicht stünde mir sonst eines Tages eine attraktive, schlanke Frau in Dessous gegenüber, eine, die zu Jón passt, wie meine Mutter es wohl bestätigen würde.

Die Tür wird von einer jungen Frau mit wilden blonden Locken geöffnet. Völlig perplex starre ich sie an, meine Kehle wird gefährlich eng. Das ist doch jetzt … sollte ich dankbar dafür sein, dass sie immerhin nicht nur Dessous trägt? Schätzungsweise in Größe 36?

«Hi!» Die Frau strahlt mich an. «Ich bin Lilja. Ich nehme an, du willst zu meinem Bruder?»

«Elín?» Jón taucht hinter der blonden Frau auf, Lilja heißt sie, und sie ist seine Schwester, einfach nur seine Schwester. Er zieht mich in seine Arme, um mich zu küssen, und wie sehr ich genau das gebraucht habe, merke ich daran, dass ich schon wieder kurz davorstehe, in Tränen auszubrechen.

Stattdessen lächle ich Jón an, als wir uns voneinander lösen. «Ich bin ein wenig früh.»

«Ach, ich war sowieso gerade am Gehen», erklärt Lilja und schenkt mir ein breites Grinsen.

«Aber hoffentlich nicht wegen mir – bleib doch noch.»

«Nein, ich wollte wirklich gerade los», erklärt sie. «Ich treffe mich heute Abend noch mit ein paar Freundinnen – und wenn ich das alles richtig verstanden habe, was Jón sich so aus der Nase hat ziehen lassen, dann freut er sich *sehr*, mit dir allein zu sein.»

Jón verdreht grinsend die Augen. Er tritt einen Schritt auf seine Schwester zu, um sie an sich zu drücken. «Bis dann», sagt er und lässt sie wieder los. «Viel Erfolg bei eurer nächsten Aktion.»

«Danke – ich kann jetzt übrigens Buttersäurebomben basteln. Brauchst du welche?»

Jón lacht auf. «Momentan nicht, aber ich sag dir dann Bescheid. Pass bloß auf, dass dir die Dinger nicht auf die Füße fallen.»

«Keine Sorge, ich baue sie nur. Werfen muss sie jemand anderes.»

Jón sieht zu mir. «Viel weiter als bis zu ihren eigenen Füßen kämen die Teile sonst auch nicht.»

Das bringt ihm einen Ellbogenstoß von seiner Schwester ein. «Hey!», ruft sie. Zu meiner Überraschung geht sie als Nächstes auf mich zu und umarmt mich ebenfalls, bevor sie sich zur Tür wendet. «Mit dem Werfen hat er leider recht. Aber ohne mich gäbe es gar nichts zu werfen – basteln kann ich immerhin.»

Augenblicke später springt sie die Stufen hinunter und verschwindet nach einem letzten Winken.

Noch immer lächelnd schließt Jón die Tür. «Okay, damit hättest du dann auch meine Schwester kennengelernt, die Buttersäurebombenbastlerin. Sie macht das für *Wild & Free*, ich glaube, davon habe ich dir schon erzählt?» Auf mein Nicken hin fügt er hinzu: «Da steht demnächst wieder eine größere Geschichte an, aber jetzt erzähl mal – wieso bist du schon da? War irgendwas auf der Arbeit?»

«Das kann man so sagen», erwidere ich und lasse dabei die Jacke von den Schultern gleiten. Jón zieht mir auch noch die Mütze vom Kopf und hängt beides an einen Garderobenhaken.

«Kaffee?», fragt er.

«Unbedingt.»

Bevor er ans Ende des Raums in Richtung Küche geht, küsst Jón mich noch einmal, was bewirkt, dass ich ihm folge, als sei er magnetisch, und wir uns wieder küssen, während wir gemeinsam vor der Kaffeemaschine stehen.

«Okay, was war los?», will er kurz darauf wissen, als wir uns auf seinem Riesensofa niederlassen. Die Schulter gegen die Lehne gestützt, setzt er sich mit meiner Tasse in den Händen im Schneidersitz zurecht.

Tja. Wo fange ich an?

«Ich habe heute Vormittag mit Jóhann über Magnús geredet.»

«Mit Jóhann? Wolltest du nicht erst einmal mit Magnús selbst sprechen?»

Ach, das weiß er ja alles noch gar nicht. Da war so viel anderes, worüber wir in den letzten Tagen reden mussten – und dann habe ich mir auch die größte Mühe gegeben, das Thema Magnús zu verdrängen. Nicht mal mit Sophia habe ich bisher darüber gesprochen.

«Mit dem habe ich schon geredet», erwidere ich. «Letzten Dienstag.»

«Und das lief offenbar nicht so gut?»

«Na ja ...» Ich halte mich an meiner Tasse fest. «Nicht wirklich.»

«Wieso nicht?»

«Weil ich ihm gesagt habe, ich fände es gut, wenn er sich in meiner Gegenwart mit miesen Kommentaren über Frauen zurückhalten würde, und er mir daraufhin ein Pornobild gezeigt hat.»

Gerade hat Jón einen Schluck Kaffee getrunken, jetzt beginnt er zu husten. Es dauert einige Sekunden, bevor es ihm gelingt, damit wieder aufzuhören, und als er es endlich geschafft hat, stellt er seine Tasse auf der Whiskeykiste vor dem Sofa ab.

«Er hat was?» Noch einmal räuspert er sich. «Was ist das denn für ein verfluchter Arsch? Was hast du dann gemacht?»

«Ich bin gegangen», erwidere ich mit bedenklich dünner Stimme. Die Erinnerung an diesen Tag macht mir noch immer zu schaffen.

«So ein Drecksack.» Jón sagt das leise, geradezu angewidert. Der Ausdruck in seinem Gesicht jedoch wird weicher, als er meinen Blick sucht. «Und das hast du heute diesem Jóhann erzählt, und der hat dir kein Wort geglaubt.»

«Richtig geraten», erwidere ich müde.

«War nicht schwer. Gibt ja eigentlich keinen anderen Grund, warum du so früh dran bist. Was jetzt?»

«Bin ich arbeitslos?» Ich stelle meine Tasse neben die von Jón und lasse mich schwer zurückfallen. Das Sofa ist so breit, dass ich beinahe liege. «Nehme ich mal an.»

Ein paar Minuten lang ist es still.

«Willst du da überhaupt weiter arbeiten?», fragt Jón schließlich.

Darüber muss ich nicht nachdenken. «Nein.»

«Und willst du noch irgendwas gegen diesen Dreckskerl tun?»

Kurz presse ich die Lippen zusammen. «Ich glaube nicht», sage ich und habe das Gefühl, über diese Antwort noch nicht lang genug nachgedacht zu haben.

«Es muss ja auch nicht sofort sein», sagt Jón, als habe er meine Gedanken gelesen.

«Mh.»

Jón greift nach meiner Hand. Sanft zieht er mich zu sich, und trotz allem achtet ein Teil von mir darauf, meinen Platz neben und nicht auf ihm zu finden, als wir uns auf dem Sofa zurechtkuscheln, er hinter mir, mein Rücken gegen seine Brust gepresst.

«Was ist mit der Wohnung? Willst du damit lieber noch warten?», fragt er und legt einen Arm um mich.

Ich umfasse seine Finger, bevor er sie auf meinen Bauch legen kann.

Ich hätte diese Wohnung so gern. Seit letzter Nacht noch lieber als zuvor. Es gibt so vieles, das in meinem Leben zurechtgerückt werden muss, und irgendwie glaube ich, es würde mir leichter fallen, das nicht im Haus meiner Eltern zu tun.

«Nein, ich will nicht warten. Aber ich glaube, ich sollte, oder?»

«Kommt drauf an.»

«Worauf?»

«Wie schnell du einen neuen Job findest. Und wie hoch dein Arbeitslosengeld bis dahin ausfällt. Du hast schon länger als ein Jahr in der Kanzlei gearbeitet, oder?»

Arbeitslosengeld. Stimmt ja. Das könnte ich natürlich beantragen.

«Fast drei Jahre.»

«Dann wüsste ich nicht, wieso du mit der Wohnung warten solltest. Wenn du selbst kündigst, kriegst du das Geld zwar nicht sofort, aber du könntest deinem Chef gegenüber ja durchblicken lassen, dass du weitere Schritte unternimmst, wenn er sich nicht bereit erklärt, dir zu kündigen.»

«Mein Chef ist Anwalt», erinnere ich ihn. «Und ich kann nichts beweisen. Meinst du, deine Bekannten würden die Wohnung überhaupt an mich vermieten, wenn sie wüssten, dass ich demnächst vielleicht arbeitslos werde?»

Jón überlegt nur kurz. «Es sind großartige Menschen. Vielleicht fragen wir sie einfach.»

«Weißt du, ich habe wirklich gedacht, Jóhann würde mir glauben. Findest du das naiv?»

«Nein.»

«Ich will über das alles nicht noch einmal reden – ich weiß, es war nur ein bescheuerter Porno, aber …» Bei dem Gedanken daran, dass die Frau in dem Video ungefähr meine Figur hatte und Magnús mir mehrfach Aufgaben gegeben hat, bei denen ich mich mit dem Rücken zu ihm vorbeugen musste, wird mir schon wieder übel. «Lieber verzichte ich eine Weile auf das Arbeitslosengeld», sage ich.

«Mach einfach, was für dich am besten ist. Scheißegal was, es ist richtig. Und wenn du dich später noch einmal anders entscheidest, ist auch das richtig.»

Ein Teil meiner Anspannung fällt von mir ab. Sophia hätte mir das nicht durchgehen lassen, und ich bin erleichtert, dass Jón mich zu nichts drängt. Trotzdem kann ich nicht aufhören, weiter und immer weiter über die Situation nachzugrübeln.

Jón hat recht, Magnús ist ein Arsch. Vielleicht sollte ich in den nächsten Tagen alles noch einmal zusammenfassen und Jóhann zuschicken? Könnte ja immerhin sein, dass er mit etwas Abstand ...

«Also fahren wir zu Ronja und Árni?», durchbricht Jón meine Gedanken.

Ich rolle mich auf den Rücken, um ihn ansehen zu können.

«Ja.»

Kapitel 28

A uf deine erste eigene Wohnung.» Jón hebt sein Glas.
Wir stehen, durch den Tresen getrennt, bei ihm in der Küche, und auch ohne einen einzigen Schluck Wein getrunken zu haben, fühle ich mich berauscht, so glücklich bin ich in diesem Moment.

«Auf meine Wohnung!»

Ein leises Klirren, als unsere Gläser gegeneinanderstoßen.

Ronja und Árni waren so nett – ich mochte beide von der ersten Sekunde an. Und sie mich. Anders lässt sich wohl nicht erklären, dass Jón und ich knapp zwei Stunden später mit einem unterschriebenen Mietvertrag die Wohnung der beiden verließen, nachdem wir uns mit einem Handschlag von Árni und einer Umarmung von Ronja verabschiedet hatten. Und das, obwohl ich ihnen von meiner möglichen bevorstehenden Arbeitslosigkeit erzählt habe.

«Wir könnten gleich Morgen mit deinem Umzug beginnen», sagt Jón und hört sich genauso übermütig an, wie ich mich fühle.

«Oder jetzt schon!», rufe ich.

«Warum nicht? Lass uns zu dir fahren und deine ein, zwei Taschen packen.»

Wir lachen gemeinsam, und Jón schenkt mir nach, weil ich den Wein mal wieder versehentlich wie Wasser hintergestürzt habe.

«Ich denke, vorher sollte ich wohl noch mal kurz mit meinen Eltern reden.»

«Das wäre eindeutig höflicher», stellt Jón fest und bringt mich mit dieser Bemerkung schon wieder zum Lachen. Nicht auszuschließen, dass ich gerade über beinahe alles lachen würde.

«Ich weiß schon genau, was ich als Erstes brauche», erkläre ich.

«Was denn?»

«Lichterketten.»

Jón grinst. «First things first.»

«Und Kerzen. Und ich will mir aus Paletten ein Bett bauen, das auf die Hochebene passt – es soll riesig werden! Und was hältst du davon, eine Wand dunkelrot zu streichen? So mit weiß abgesetzten Leisten? Und ich will einen Kronleuchter! Und weißt du was? Wir könnten doch in der Wohnung eine Ausstellung mit deinen Bildern organisieren, bevor ...»

Jón ist um den Tresen herumgegangen und küsst mich, küsst mich mit einer Leidenschaft, die mich überrascht und doch perfekt zu meiner Stimmung passt.

Seine Hände gleiten meine Arme hinunter. Bereitwillig lasse ich zu, dass er mir das Weinglas aus der Hand nimmt und auf dem Tresen abstellt, und das kurze Schwanken, als er mich vom Barhocker zieht, ist den hohen Büroschuhen geschuldet, die ich vor unserem Besuch bei Ronja und Árni angezogen habe.

Der Geschmack von Wein vermischt sich mit meinem Glück über die Wohnung und einem heißen, brennenden Gefühl, das Jóns Küsse, seine Berührungen, sein Anblick und sein Duft in mir hervorrufen. Ich erwidere den Kuss mit allem, was ich zu geben habe, und weil Jón daraufhin ein leises Stöhnen von sich gibt, ist es okay, dass der Blazer, den ich über meiner hellen Bluse trage, hinter mir auf dem Boden landet.

Erst als Jón immer weiter meinen Rücken hinabstreicht,

bis seine Hände auf meinem Hintern liegen, blinkt das mittlerweile vertraute und gleichzeitig gefürchtete Lämpchen in meinem Hirn auf.

Ich lege beide Arme um seinen Hals, entschlossen, nicht weiter darauf zu achten. Es ist alles in Ordnung. Das ist Jón. Und die Tatsache, dass *sein* Körper fest ist, muskulös, trainiert, tut überhaupt nichts zur Sache. Ja, er ist attraktiv, na und?

Am liebsten möchte ich meine Mutter verfluchen, weil ich jetzt auch noch über ihre Worte nachdenken muss, während ich doch einfach nur diesen Mann küssen will. Und ja, ich will auch mit ihm schlafen, aber das würde ich gerne tun, ohne dabei das sorgenvolle Gesicht meiner Mutter vor mir zu sehen.

Verdammt!

Jóns Hände wandern meinen Rücken wieder hinauf, dann wieder herunter. Ich frage mich, ob ich die einzige Frau auf der Welt bin, die die Berührungen ihres Gegenübers katalogisiert, während sie sich doch eigentlich mitten im Vorspiel befindet.

Als Jón den obersten Knopf meiner Bluse öffnet, atme ich tief durch. Genießen. Einfach genießen.

Herrgott, das kann doch nicht so schwer sein.

«Jón?», flüstere ich.

«Mh?»

«Können wir das Licht ausmachen?»

Ein paar Sekunden vergehen.

«Ich mag deinen Körper», sagt Jón.

«Ich bin da eher zwiegespalten», erwidere ich und lächle sogar.

Kurz zieht Jón mich noch einmal an sich, dann lässt er mich los und geht zu dem Schalter neben der Schiebetür. Im nächsten Moment senkt Dunkelheit sich hinab, und es dauert ein wenig, bis meine Augen sich an das durch die Fenster hineinfallende Mondlicht gewöhnt haben.

Fast ist es mir immer noch zu hell.

«Okay so?», fragt Jón.

«Ja», behaupte ich, schließe die Augen und versuche, das unbeschwerte Gefühl wieder zurückzuholen, in dem ich mich eben noch befunden habe. Ich habe eine eigene Wohnung – ist das nicht großartig? Auf jeden Fall. Und ist da etwas an Jóns sanfter Berührung, das unangenehm wäre? Nein. Also.

Wenn er so über meine Hüfte streichelt, bemerkt er die blöde Speckrolle über dem Bund meines Rocks. Ich hasse diese blöde Speckrolle. Wenn ich sitze, sind es gleich mehrere, und ich hasse sie alle.

Der zweite Knopf der Bluse und der dritte.

Der BH, den ich trage, bringt meine Brüste gut zur Geltung. Daníel hat mal gesagt, jedes Mal, wenn er mir in den Ausschnitt gucken würde, wäre ihm danach, mich zu vögeln.

Okay, sonderlich romantisch klang das nicht, aber ich habe es damals trotzdem als Kompliment genommen.

Und jetzt sind wir schon zu viert. Jón, Daníel, meine Mutter und ich.

Jón streift mir die Bluse über die Schultern, und obwohl ich die Augen weiterhin geschlossen halte, sehe ich vor mir, welches Bild sich ihm nun bietet. Den Rockbund, der mir in die Haut schneidet, und den Bund der Strumpfhose darüber, der für eine Extrafalte sorgt. Meine Oberarme, die definitiv in die Kategorie *rund* fallen.

Abstoßend. Das hat Daníel auch gesagt. Später.

«Elín», murmelt Jón und schiebt mich mit seinem Körper Zentimeter für Zentimeter rückwärts zum Sofa. «Du fühlst dich gut an.»

Als meine Kniekehlen die Kante berühren, lockert sich der Bund meines Rocks, weil Jón den Reißverschluss öffnet. Trotzdem muss er nachhelfen, um ihn über meine Hüften zu bekommen, bevor das Ding auf meine Füße sinkt. Ich bin keine Frau, an der Röcke einfach so hinuntergleiten. In meiner Strumpfhose sehe ich jetzt bestimmt aus wie eine Presswurst. Um diesen entwürdigenden Zustand zu beenden, sorge ich blinzelnd selbst dafür, die dämliche Strumpfhose auch noch loszuwerden, und während ich das tue, zieht Jón sich seinen Pullover mit allem, was er darunter trägt, über den Kopf.

So stand er schon einmal vor mir, nur in Jeans, mit nacktem Oberkörper, und könnte ich daran glauben, dass er mich auch nur ansatzweise so schön findet, wie ich ihn, gäbe es überhaupt kein Problem zwischen uns.

Einige Strähnen haben sich aus seinen zusammengebundenen Haaren gelöst. Sie kitzeln mich beim Küssen, und seine Haut fühlt sich brennend heiß an. Sie zu erkunden, mit den Fingerspitzen darüber zu fahren, den Linien seiner Muskeln zu folgen und seine Bewegungen unter meinen Händen zu fühlen, verstärkt die Sehnsucht, die trotz allem in mir aufgekommen ist. Als würden von ihm elektrische Impulse ausgehen, die es mir unmöglich machen, mich von ihm zu lösen.

Ein leises Knipsen erklingt, das ich mehr spüre als höre, als Jón den Verschluss meines BHs öffnet.

Das war's dann mit dem immerhin recht ansprechenden Dekolleté. Ob Jón enttäuscht ist, wenn er nun feststellt, wie wenig alles von selbst hält?

Zischend zieht er die Luft ein, und ich schwanke zwischen meinem Schuldgefühl und einer Spur Hoffnung. Vielleicht mag er ja große Brüste, auch wenn sie den Gesetzen der Schwerkraft gehorchen.

«Elín?», murmelt Jón gegen meine Lippen, während er unendlich langsam über meine Schultern hinweg nach unten gleitet und ich mit angehaltenem Atem dieser Berührung nachspüre.

«Was?», flüstere ich.

«Ich würde wirklich, wirklich gern mit dir schlafen.» Seine Hände legen sich sanft über meine Brüste. «Aber ich weiß nicht, ob du das auch willst.»

Will ich?

Ja, will ich.

Ich entscheide mich, zu wollen.

Kommt überhaupt nicht in Frage, dass meine Mutter und Daníel bei dieser Sache das letzte Wort behalten.

Und deshalb bin ich es, die den Knopf an Jóns Jeans öffnet, eine Geste, die ihn dazu bringt, mich mit einer Intensität zu küssen, als habe er sich das bisher nicht erlaubt. Bevor ich ihm die Hose über die Hüften streifen kann, zieht er etwas aus einer der Taschen, und ich ahne, was es ist.

Ich will einen Schritt zurücktreten, nur habe ich vergessen, dass wir schon direkt vorm Sofa stehen. Jón bewahrt mich davor, nach hinten zu fallen, als ich das Gleichgewicht verliere, weshalb wir immerhin einigermaßen kontrolliert auf den Polstern landen. Ich muss lachen, in erster Linie, weil ich so furchtbar nervös bin, und als Jón sich über mich beugt, schlinge ich ihm die Arme um den Nacken, weil ich es nicht besonders gut ertragen kann, wenn er mich einfach nur ansieht. Er tut mir den Gefallen und küsst mich, zärtlich, behutsam, dann stützt er sich auf seine Ellbogen.

«Kannst du mir bitte eine Sache glauben? Nur eine?»

«Ich weiß noch nicht», erwidere ich. «Kommt drauf an?»

«Glaub mir bitte, dass ich dich unglaublich attraktiv finde, okay? Alles an dir.» Ein weiterer Kuss, bevor er hinzufügt: «Das ändert vielleicht nichts daran, wie du dich selbst siehst, aber ich …»

Küssen.

«… fand dich heiß …»

Küssen.

«... seit ich dir in der ersten Stunde bei Embla volle Kanne auf die Füße gestiegen bin.»

Jetzt muss ich wirklich lachen, und mit diesem Lachen löst sich endlich ein Teil meiner verfluchten Anspannung in Nichts auf.

Bei unserem nächsten Kuss liegt mir das Lächeln noch auf den Lippen, und das leichte Gefühl verschwindet auch nicht, als Jón zarte Küsse auf meinen Wangen verteilt, auf meinem Kinn und auf meinem Hals, Küsse leicht wie Schneeflocken, mit denen er meine Brüste bedeckt und die das Brennen in mir weiter anfachen.

Noch einmal springt mein Kopf an, als ich nämlich spüre, dass Jón meine Unterhose langsam herunterschiebt. Andere Frauen mögen Slip dazu sagen – ich hebe die Hüften an –, ich jedoch trage Unterhosen, die so weit von neckischen Dreiecken entfernt sind wie nur was und deren einziger Reizwäschefaktor darin besteht, schwarz zu sein. Davon abgesehen ...

Jóns Hand legt sich zwischen meine Beine, gleitet tiefer und verharrt an einer Stelle, bei der ich die Luft anhalte und mich ihm unwillkürlich entgegenstemme. Ein sanfter Druck, kaum merklich, eine Bewegung, die mich aufseufzen lässt.

Jón küsst mich wieder, ohne den gemächlichen Rhythmus zu unterbrechen, den er aufgenommen hat, und der ein Gefühl in mir auslöst, das sich in immer stärkeren Wellen auszubreiten beginnt. Was er da aufbaut, wird höher und höher, und als der Druck plötzlich verschwindet, ohne dass ich die höchste Welle hätte auskosten können, stehe ich unmittelbar davor, empört aufzuschreien, würde Jón sich in diesem Moment nicht über mich schieben.

Oh mein Gott.

Ich möchte, dass er noch langsamer in mich gleitet, und ich

möchte, dass er schneller wird, und als er so tief in mir ist, wie nur irgend möglich, möchte ich, dass dieser Augenblick ewig dauert, während ich mich gleichzeitig schon unter ihm winde.

«Jón», hauche ich, ein atemloser Laut, und ich weiß selbst nicht, was ich von ihm will, doch als er sich in mir bewegt, fühle ich es von der ersten Sekunde an heranrollen.

Jetzt.

Nein, noch nicht.

Das ist ... oh bitte ...

Vielleicht vergehen nur Sekunden, vielleicht auch Äonen, doch als die Welle mich mitreißt, öffne ich die Augen, und es ist Jóns Gesicht und der ekstatische Ausdruck darin, der dazu führt, dass es mich so weit und so hoch katapultiert, dass ich mich an ihm festklammern muss, um mich nicht zu verlieren.

Danach liegen wir eng aneinander gekuschelt und sehen hinaus zum nachtblauen Himmel, und als uns kalt wird, holt Jón eine Wolldecke.

«Weißt du», murmele ich irgendwann. «Eine Ausstellung in meiner neuen Wohnung wäre doch toll.»

Jón lacht auf und küsst mein Ohr. «Kann es sein, dass deine neue Wohnung in deiner Erinnerung ungefähr zehnmal so groß ist?»

Mit den Fingerspitzen streichele ich Jóns Brust, während ich darüber nachdenke. Er hat recht. Ich könnte drei, maximal vier Bilder unterbringen, wenn wir eins davon vor die Tür zu meinem Mini-Bad lehnen.

Hm.

«Dann müssen wir mit deinen Bildern eben woandershin. Nach draußen. Wir machen eine Ausstellung beim Skógafoss. Oder bei der Eislagune. In eine solche Umgebung passen sie ohnehin viel besser.»

Jón schweigt.

«Oder nein, besser noch wäre ein Ort, an dem absolut nichts ist, nur deine Bilder. Am Strand. Oder einfach ...»

«Ich glaube nicht, dass ich meine Bilder noch einmal ausstellen will.»

«Aber wieso denn nicht?» Ich richte mich ein wenig auf, um ihm besser ins Gesicht sehen zu können und achte dabei darauf, dass mir die Decke nicht von den Schultern rutscht. «Nur weil irgendein Wichtigtuer sie nicht mochte? Hat der überhaupt in seinem ganzen Leben schon einmal selbst Fotos gemacht? Wetten, dass nicht? Wetten, der fotografiert sogar gegen das Licht?»

Über diese Bemerkung muss Jón lachen.

«Jón, deine Bilder sind einzigartig schön, jedes von ihnen. Wenn man sie ansieht, fühlt man sich richtig in sie reingezogen – sie sind großartig!»

«Ich fühle mich genauso von dir angezogen, wenn ich dich ansehe.»

Auf diese Worte hin verliere ich kurz den Faden und verbuche es als *Süßestes Kompliment ever*.

«Das ist aber nicht ...»

Bisher lag Jóns Arm nur locker über meiner Hüfte, jetzt beginnt er, mich zu streicheln, und sofort fühle ich mich wabbelig. Umständlich richte ich mich mitsamt der Decke auf, weshalb Jón im nächsten Moment nackt vor mir liegt.

«Hey!», ruft er belustigt. «Was wird das denn?»

Gott, ist der Mann schön. Und ich ... nein, ausnahmsweise denke ich jetzt nicht schon wieder darüber nach.

Die Decke fest um mich geschlungen, öffne ich die Schiebetür zum Schlafzimmer, und es ist nicht ganz leicht, aber es gelingt mir, einen der riesigen Rahmen vor das Sofa zu tragen, ohne plötzlich ebenso nackt wie Jón dazustehen. Sicherheitshalber verstecke ich mich hinter dem Bild.

«Guck dir das doch bitte an – ich wette, du liebst es, sonst hättest du es nicht gerahmt.»

Das Licht habe ich extra dafür wieder eingeschaltet. Ein paar Sekunden lang mustert Jón das Bild, gefrorene Wellen eines vereisten Flusses, die wie ein sehr, sehr fragiles Wurzelgeflecht aussehen.

«Die Frau dahinter gefällt mir noch besser.»

«Jón!»

In meiner Verlegenheit lehne ich das Bild vor die gegenüberliegende Wand und verschwinde im Schlafzimmer, um ein zweites anzuschleppen. Es ist der verschneite Strand bei Vík, den ich schon so oft entlanggegangen bin, und in der Ferne sind vor einem rosa Abendhimmel die Reynisdrangar zu sehen.

«Kitschig», sagt Jón.

«Das ist nicht kitschig!», widerspreche ich vehement. «Das ist wunderwunderwundervoll, es ist magisch! Du hast einfach einen Blick für das perfekte Bild! Es ist so schön ...»

«Heißt das, du denkst, dass ich etwas Schönes erkenne, wenn ich es sehe?»

«Natürlich!»

Jón grinst, und unmittelbar darauf kapiere ich, was ich da gerade gesagt habe.

«Wenn es um Landschaften geht», füge ich hinzu.

Er streckt einen Arm nach mir aus, und weil ich befürchte, er könne mir die Decke wegziehen, lehne ich widerstrebend die Reynisdrangar vor den vereisten Fluss und halte meinen Sichtschutz fest umklammert, während ich auf ihn zugehe.

«Ich habe eine Idee», sagt Jón und klopft auf den Platz neben sich. Vorsichtig kuschele ich mich wieder neben ihm zurecht. «Vielleicht denke ich irgendwann mal über eine neue Ausstellung nach, und dafür ...»

Er zögert, und angespannt warte ich auf die Forderung, die er gleich an mich richten wird.

«... dafür krieg ich wieder ein wenig mehr Decke.»

«Was?»

«Ich erfriere.»

Danach sieht er zwar nicht aus, doch zugegebenermaßen erschauere ich, als ich die Decke für ihn anhebe und er seinen kühlen Körper an meinen schmiegt.

Na ja. Hat vielleicht nicht nur etwas mit der Temperatur zu tun.

«Und jetzt?», frage ich nach einigen Sekunden.

«Was meinst du?»

«Denken wir jetzt darüber nach? Über die Ausstellung?»

«Ich habe gesagt *irgendwann*», betont Jón. «Nicht jetzt.» Er legt eine Hand auf meine Wange und küsst mich zärtlich. «Jetzt wäre mir eher danach ...»

Er flüstert es mir ins Ohr, und zumindest mein Körper beschließt umgehend, dass das eine wirklich gute Idee ist.

Mein Kopf dagegen ... das Licht ... soll ich ihn bitten ... aber das wäre wohl albern ...

Jón steht auf, läuft nackt zum Lichtschalter, und Sekunden später beherrscht sanftes Sternenlicht den Raum.

Als er sich wieder zu mir umwendet, strecke ich eine Hand nach ihm aus. Ich bin noch nie zweimal in einer einzigen Nacht gekommen, aber ich bin sicher, das wird sich gleich ändern.

Kapitel 29

Man kann sogar dreimal in einer Nacht kommen, was am Morgen danach zur Folge hat, dass man sich fühlt wie ein zutiefst befriedigtes Sexmonster.

Ich.

Ein Sexmonster.

Unmittelbar, nachdem mir dieser Gedanke durch den Kopf geht, habe ich das blaue Krümelmonster vor Augen, und weil ich darüber kichern muss, wacht Jón auf.

Zählt man die nächsten anderthalb Stunden mit, bin ich sogar viermal in einer Nacht gekommen.

Viermal. In einer Nacht.

Das ist ziemlich ...

«Hast du auch Hunger?», fragt Jón.

«Worauf?»

Mein Kopf liegt auf seiner Brust, und ich liebe seinen Duft, ich liebe seine Haut, ich liebe alles an diesem Moment.

«Eigentlich wollte ich gerade sagen, auf Rührei mit Speck, aber wenn du etwas anderes im Sinn hast ...»

«Pause», erwidere ich bestimmt, obwohl ... nein. Alles fühlt sich ein wenig wund an, und es sollte eigentlich unmöglich sein, dass ich trotzdem schon wieder Lust auf diesen Mann habe.

Verrückt. Verrückt, verrückt, verrückt.

«Okay, du hast recht», sagt Jón. «Pause. Ich weiß selbst nicht, wieso ich nicht aufhören kann. Ist wie Chips essen.»

Ich verpasse ihm einen Stoß mit dem Ellbogen, dann raffe

ich die Decke um mich und fühle mich auf dem Weg zur Schiebetür wie eine unförmige Ägypterin auf dem Weg zu ihrem Ziegenmilchbad.

Erst unter der Dusche fällt mir auf, dass mich Jóns bescheuerter Vergleich nicht gekränkt hat. Hätte Daníel das gesagt ... aber der hätte das auch ganz anders gemeint.

Zum zweiten Mal stehe ich nun bei Jón im Badezimmer, ohne mehr dabei zu haben als die Klamotten, die ich gestern getragen habe, doch dieses Mal habe ich wenigstens nicht darin geschlafen.

Als ich fertig angezogen im Wohnzimmer das Handy aus meiner Handtasche fische, fällt mir auf, dass das nicht die einzige Parallele ist. Ich habe auch wieder vergessen, meine Mutter anzurufen – sechs fehlgeschlagene Anrufe seit gestern Abend um kurz nach zehn machen das mehr als deutlich. Außerdem ist es inzwischen nach neun und ich habe mich auch auf der Arbeit weder krankgemeldet noch sonst wie Bescheid gesagt.

Nach meinem Gespräch mit Jóhann gehe ich zwar nicht davon aus, dass Magnús heute mit mir rechnet, dennoch sollte alles seine Richtigkeit haben – gerade wenn man an das denkt, was da vielleicht noch auf mich zukommt.

Deshalb schicke ich unmittelbar, nachdem ich mich an den Küchentresen gesetzt habe, zunächst einmal eine Nachricht an die Kanzlei, in der ich sofortigen Urlaub beantrage, dann tippe ich die Nummer meiner Mutter an.

«Rufst du im Büro an?», will Jón wissen, der barfuß, in Jeans und T-Shirt vor dem Herd steht und gelegentlich an einer Pfanne mit Rührei rumrüttelt.

Es gelingt mir noch, den Kopf zu schütteln, bevor ich meine Mutter in der Leitung habe.

«Elín! Gott sei Dank! Geht es dir gut? Wo bist du?»

«Bei Jón», erwidere ich verwirrt, bevor mir einfällt, dass meine Mutter das ja gar nicht weiß. Ich habe ihr zwar erzählt, dass ich nach der Arbeit noch zu einem Termin fahre, doch Jón wollte ich nach meiner letzten Unterhaltung mit ihr nicht erwähnen.

«Warum sagst du denn nicht Bescheid? Ich habe mir solche Sorgen gemacht!»

«Entschuldige – ich hab's vergessen.»

«Elín, so geht das wirklich nicht, okay? Es ist nicht so, dass du dich bei mir an- und abmelden müsstest, aber wenn du einfach so über Nacht wegbleibst ... und ich wusste nicht mal, bei wem du bist! Was soll ich denn da denken? Ich habe sogar beim Rettungsdienst angerufen!»

«Es tut mir wirklich leid», erwidere ich zerknirscht. Wie blöd von mir. «Das wollte ich nicht.»

«Natürlich wolltest du das nicht, aber ... ach, was soll's. Hauptsache, es geht dir gut. Es geht dir doch gut, oder?»

«Ja.»

«Müsstest du nicht schon auf der Arbeit sein?»

«Müsste ich, aber ...»

«Gehst du heute etwa nicht hin?»

«Nein, ich ...»

«Elín, findest du nicht, dass das mit Jón ...»

«Finde ich nicht», unterbreche ich sie. «Ich erzähle dir später mehr, okay?»

«Wann später?»

Ich unterdrücke ein Seufzen. «Weiß ich noch nicht. Wenn ich wieder zu Hause bin.»

«Und das wäre ungefähr wann?»

«Mama ...»

«Gut. Gut, du willst dazu nichts sagen, ich akzeptiere das. Dann ... pass auf dich auf, ja?»

«Mach ich. Bis nachher.»

Erleichtert lege ich das Telefon beiseite. Heute werde ich mit meinen Eltern über gleich mehrere Dinge sprechen müssen.

Jón stellt mir einen Teller duftendes Ei vor die Nase.

«Das sind ja vegane Baconstreifen!»

«Du bist Vegetarierin, hast du gesagt.»

«Und das Rührei ...»

«... besteht aus Sojaschwefelsalztofu, genau. Ist lecker.»

Ist es wirklich. Es ist so lecker, dass ich mir von Jón ein zweites Mal auftun lasse, als er sich selbst nachnimmt, und während wir essen, erzähle ich ihm nicht nur, dass ich später mit meiner Mutter über die Wohnung reden werde, sondern auch ein wenig nervös, dass ich mich am Sonntag mit Daníel treffe.

«Mh.» Jón trinkt einen Schluck Kaffee.

«Ist das okay?»

«Klar.»

«Ich dachte nur, weil du am Strand ...»

«Das war *vor* der letzten Nacht», erklärt Jón grinsend. «Wenn du glaubst, es ist das Richtige, dann triff dich ruhig mit diesem Daníel. Sag ihm, er ist ein Idiot.»

Ich grinse zurück. «Mal sehen. Was ist mit der Ausstellung?»

«Welche Ausstellung?»

«Die, die ein gigantischer Erfolg wird.»

«Ach die.» Jón erhebt sich und geht zum Herd. «Wollen wir uns den Rest teilen?»

«Nimm du, ich bin satt.»

Ich bin wirklich satt, stelle ich fest, und ich sage das nicht nur so, weil ich nicht will, dass Jón mich für verfressen hält.

Und ich habe mir ein zweites Mal auftun lassen.

«Also?», insistiere ich.

«Also was?»

«Jón! Die Ausstellung würde großartig werden, ich weiß es einfach!»

«Ich muss darüber nachdenken.» Jón stochert auf seinem Teller herum.

«Okay, tu das. Und denk bitte auch darüber nach, wie perfekt die Bilder im Schnee aussehen würden. Alles weiß, und mittendrin eine Reihe von Staffeleien …»

«… die der Wind umschmeißt.»

«Wir lehnen sie gegen Felsen.»

«Und dann regnet es.»

«Dann schaffen wir die Bilder eben alle wieder in den Wagen.»

«Allein, weil keiner kommen wird.»

Ich spüre einen Stich in der Brust. «Das sitzt echt tief bei dir, oder?», sage ich leise.

«Ach was.» Jón lacht. «Es ist okay, ehrlich.»

Dieses Lachen ist mir schmerzlich bekannt. Und würde ich länger darüber nachdenken, brächte ich den nächsten Satz nicht über die Lippen. Ich denke aber nicht länger darüber nach.

«Wenn du die Ausstellung machst, frage ich Embla, wie man Köchin wird.»

«Bitte?» Gerade hat Jón die letzten Reste auf seinem Teller zusammengekratzt und dabei meinen Blick gemieden, jetzt sieht er auf. «Dein Ernst?»

Gute Frage. Könnte ich das wirklich?

«Eventuell», erwidere ich.

«Wir schleppen eine Reihe Bilder irgendwohin, wo sie dann einsam rumstehen, und du beginnst eine Ausbildung zur Köchin. Deal.»

«Nein, ich …»

«Wie du das anstellst, krieg sogar ich im Zweifelsfall für dich raus.»

«Das war nur ein Witz!»

«War es nicht.»

Wir starren uns an.

«Deal?», wiederholt Jón.

«Ich frage Embla.»

«Okay, das reicht mir.»

Er streckt mir eine Hand entgegen, und zögernd blicke ich sie an. Wieso nur habe ich das gesagt? Ich und Köchin – niemals. Nur weil ich mich in Jóns Gegenwart wohlzufühlen beginne, kann ich doch nicht … aber was spricht denn dagegen, mit Embla mal darüber zu reden? Keiner muss das mitbekommen, und damit hätte ich meinen Teil des Deals erfüllt.

Ich schlage ein. Feierlich schütteln wir uns die Hände.

«Okay. Nächsten Freitag fragst du Embla», sagt Jón. «Ich mach mich bis dahin schlau, was man bei einer Ausstellung irgendwo im Schnee an Auflagen beachten muss. Und nur zur Warnung: Wenn sich absolut niemand dafür interessiert, werde ich ziemlich lang mies drauf sein, aber das hast du ja dann so gewollt.»

Er sagt das lässig und unbeschwert, während er aufsteht und unsere Teller zum Spülbecken trägt, doch ich weiß genau, was in ihm vorgeht. Deshalb rutsche ich ebenfalls vom Hocker und lege von hinten meine Arme um ihn. Er dreht sich zu mir um, und ich küsse ihn, noch bevor er etwas sagen kann.

Vielleicht kann man unmögliche Dinge ausprobieren, wenn man weiß, ganz egal, wie sie ausgehen, danach erzählt man einem Menschen wie Jón davon.

Kapitel 30

Es ist fast zwei, als ich den Motor meines Wagens abstelle und noch einige Minuten lang hinaus auf die weiß verschneiten Straßen und Vorgärten sehe. Mit Sicherheit wird meine Mutter bereits auf mich warten, doch ich habe mich noch immer nicht entschieden, was ich alles ansprechen will. Die Wohnung, klar, und ich muss wohl auch erklären, warum ich nicht in der Kanzlei bin, aber soll ich auch noch einmal auf unser Gespräch über Jón zurückkommen?

Als ich die Zufahrt zur Haustür entlanglaufe, bin ich in dieser Frage noch nicht wirklich weitergekommen.

«Elín? Hallo.» Meine Mutter tritt aus der Küche, kaum dass die Tür ins Schloss gefallen ist. Es riecht nach Eintopf, vermutlich bereitet sie schon jetzt das Abendessen vor. «Da bist du ja. Hattest du also einen schönen Abend?»

«Ja. Hallo.» Ich hänge meine Jacke auf und ziehe die Schuhe aus. «Es tut mir wirklich leid, dass ich mich nicht gemeldet habe.»

Meine Mutter macht eine wegwischende Handbewegung. «Möchtest du etwas essen?»

«Nein, danke. Bist du gerade beschäftigt?»

«Ich bin in der Küche am Kochen, aber wir können reden, wenn du möchtest»

«Ist Papa auch da?»

«Der ist vorhin los zu Robert.»

Robert ist ein ehemaliger Arbeitskollege meines Vaters. Seit die beiden sich nach ihrem Rentenantritt nicht mehr täglich im Büro sehen, treffen sie sich stattdessen eben zu regelmäßigen Spaziergängen.

Ich folge meiner Mutter in die Küche und setze mich an den Holztisch, der dort in einer Ecke steht. Hier habe ich früher vor der Schule immer gefrühstückt.

«Warum bist du nicht im Büro? Geht es dir nicht gut?»

«Ich werde wohl nicht mehr lange in der Kanzlei arbeiten.»

«Wie bitte?» Gerade hat meine Mutter ein Schneidmesser aufgenommen, und sie hält es noch in der Hand, als sie sich zu mir umdreht. «Du wirst nicht mehr lange ... aber wieso? Was ist passiert?»

Tja. Wo fange ich da an?

«Ich habe doch erzählt, dass seit einigen Wochen immer häufiger Magnús im Büro ist? Der Sohn von Jóhann?»

«Ja?»

«Er hat mich belästigt. Ich habe gestern Jóhann davon erzählt, aber der hat mir nicht geglaubt. Magnús hat anscheinend ein paar Dinge über mich behauptet.»

«Er hat Dinge behauptet? Was denn? Und du sagst, er hat dich belästigt? Wie hat er dich belästigt?»

«Er sagt, ich würde immer wieder Fehler machen, aber mittlerweile bin ich mir nicht mehr sicher, ob das überhaupt stimmt. Und er hat ... mir ein pornografisches Bild gezeigt.»

«Er hat dir ein pornografisches Bild ... aber, Elín. Was machst du denn jetzt?»

«Auf jeden Fall nicht mehr da arbeiten», erwidere ich grimmig. «Ich werde mir etwas Neues suchen müssen.»

Du beginnst eine Ausbildung zur Köchin.

Ich verbanne Jóns Stimme aus meinem Kopf.

«Du kannst doch nicht einfach so kündigen. Und Jóhann hat dir nicht geglaubt?» Meine Mutter ist völlig fassungslos. «Du musst auf jeden Fall mit deinem Vater darüber reden.»

«Wieso?», frage ich verwirrt zurück.

«Er weiß bestimmt, was man da machen muss.»

«Aber ich weiß schon selbst, was ich machen will. Ich warte jetzt ein paar Tage ab, ob noch was von Jóhann kommt, und wenn nicht, versuche ich ihn wenigstens dazu zu bringen, dass er mir kündigt. So kriege ich direkt Arbeitslosengeld.»

«Aber wenn es doch Magnús war, der dir ein pornografisches Bild ...»

«Magnús ist Jóhanns Sohn», erinnere ich sie. «Das macht es kompliziert. Auf jeden Fall will ich nicht weiter für Jóhann oder Magnús arbeiten.»

Das zumindest ist sicher.

«Aber mit einer Kündigung ist doch nicht alles einfach so erledigt», ruft meine Mutter. «Du musst noch mal um ein Gespräch bitten. Und dieser Magnus gehört angezeigt! Ich finde wirklich, du solltest mit deinem Vater über alles sprechen.»

«Wenn ich wirklich Hilfe brauche, sag ich euch Bescheid, okay?»

«Dabei hast du immer so nette Dinge über Jóhann erzählt.»

«Er ist ja auch nett. Eigentlich», seufze ich. «Aber du glaubst ja auch mir und kommst gar nicht auf die Idee, ich könnte lügen. Das ist bei Jóhann wohl auch so.»

Meine Mutter setzt sich zu mir an den Tisch, legt endlich das Messer beiseite und greift nach meiner Hand. «Es tut mir so leid, dass du so was erleben musst, Elín. Und das nach dieser Trennung und allem.»

«Es gibt auch etwas Gutes zu erzählen», sage ich, obwohl ich mir diese Nachricht fürs Abendessen aufsparen wollte, wenn mein Vater dabei ist. «Ich habe eine Wohnung gefunden. Ab Dezember.»

«Was? Ab Dezember? Aber das ist ja schon nächste Woche – doch nicht unter diesen Umständen!»

«Du meinst, wegen Jóhann? Ich werde ja nicht ewig arbeitslos bleiben. Ich habe vor, noch heute meine Bewerbungsunterlagen zu aktualisieren.»

«Aber ausgerechnet jetzt eine eigene Wohnung und dann auch noch so überstürzt ... was, wenn du so schnell keine neue Stelle findest?»

«Im allerschlimmsten Fall müsste ich die Wohnung eben wieder aufgeben», erwidere ich. «Aber weißt du, das ist wirklich eine einmalige Gelegenheit. Und die Wohnung ist so schön ...»

«Elín, ich will dir das ja gar nicht ausreden, aber ohne feste Stelle? Wo ist denn diese Wohnung überhaupt?»

«In Sólvík. Gar nicht so weit weg.»

«Sólvík? Wohnt da nicht auch Jón? Elín ...»

Der Ton, den meine Mutter anschlägt, gefällt mir nicht. Es liegt etwas Hilfloses, Resigniertes darin, als sei ich nicht in der Lage zu erkennen, dass ich eine riesengroße Dummheit begehe.

«Was?», frage ich und höre selbst, dass es eine Spur zu herausfordernd klingt.

«Willst du nicht erst einmal warten, wie sich das mit Jón entwickelt, bevor du gleich zu ihm ziehst?»

«Ich ziehe nicht zu ihm. Ich ziehe nur in denselben Ort», stelle ich klar. «Wie sich das zwischen uns weiterentwickelt, hat überhaupt nichts mit der Wohnung zu tun.»

«Es ist also reiner Zufall, dass diese Wohnung ausgerechnet in Sólvík liegt?»

«Nein. Ich habe sie über Jón gefunden.»

Meine Mutter zieht die Augenbrauen hoch.

«Aber er ist ja nicht mein zukünftiger Vermieter. Sollte das mit uns also nicht klappen, hätte das keinen Einfluss auf die Wohnung.»

Meine Mutter steht auf, greift nach dem Messer und kehrt zu dem Küchenbrett zurück, auf dem sie kurz vor meinem Eintreffen offenbar dabei war, Möhren zu schneiden. Damit fährt sie jetzt fort, und das Geräusch der Messerklinge auf dem Holz hört sich fast so herausfordernd an wie ich gerade.

«Letzten Endes musst du das selber wissen», erklärt sie. «Ich habe dir ja meine Meinung dazu gesagt.»

«Das hast du», bestätige ich und fühle mich plötzlich erschöpft. Vielleicht wäre es eine gute Idee, unsere Unterhaltung an dieser Stelle abzubrechen.

«Jemand wie Jón ...»

«Hör auf, *jemand wie Jón* zu sagen!», falle ich meiner Mutter ins Wort. «Jemand wie Jón kann es durchaus ernst meinen! Und er kann es sogar ernst mit *jemandem wie mir* meinen!»

Meine Mutter schneidet weiter, ohne darauf etwas zu erwidern.

«Du findest mich nicht gut genug», sage ich. «Du denkst, ich bin nicht gut genug für einen Mann, der aussieht wie Jón.»

Das klackende Messergeräusch hört auf, doch meine Mutter sieht mich nicht an, als sie mir antwortet. «Ich denke, dass du eine intelligente, hübsche junge Frau bist, Elín, aber ... weißt du ...» Jetzt dreht sie sich doch zu mir um. «Hinter dir liegt eine unschöne Trennung. Du bist dabei, deinen Job zu verlieren. Und jetzt willst du auch noch in die Nähe eines Mannes ziehen, den du überhaupt nicht einschätzen kannst. Reicht dir die Erfahrung mit Daníel denn nicht?»

Wir sehen uns an. Meine Mutter hat mir nicht widersprochen, und die Erkenntnis, dass ich mit meiner Vermutung wirklich und wahrhaftig recht hatte, schmerzt. Schmerzt heftig.

«Du hast früher zu mir gesagt, keiner würde gemeine Dinge über mich sagen, als ich dir erzählt habe, dass die anderen

Kinder über mich lachen», beginne ich langsam, ohne zu wissen, wo und wie genau ich enden werde. «Dass sie mich zum Beispiel *die dicke Elín* nennen. Und weil du das gesagt hast, habe ich irgendwann gedacht, dass es keine gemeinen Dinge sind, sondern Wahrheiten.»

Ich schiebe meinen Stuhl zurück und gehe auf sie zu, bis uns nur noch ein halber Meter voneinander trennt.

«Weißt du noch, wie du mich immer aufgefordert hast, mich mit den Kindern, die angeblich keine gemeinen Sachen sagen, zu verabreden? Vielleicht hast du dir nur gewünscht, dass sie dann netter zu mir wären. Aber denkst du nicht, das könnte auch ein Grund dafür sein, dass ich irgendwann viel später mit jemandem wie Daníel zusammengekommen bin?»

Meine Mutter sagt nichts. Normalerweise sind ihre Wangen immer ein wenig rötlich, doch jetzt ist sie blass.

«Das mit Jón könnte etwas Besonderes sein. Zumindest fühlt es sich so an.» Ich schüttele verständnislos den Kopf. «Hast du Angst, dass ich das nicht beurteilen kann, weil ich bisher nur eine kaputte Beziehung *mit jemandem wie* Daníel hatte? Aber vielleicht kann ich es gerade deshalb. Rede mir das nicht schlecht, okay?»

«Elín ...»

«Kannst nicht wenigstens du mich einfach so akzeptieren, wie ich bin?»

«Aber das tue ich doch! Ich ... ich wollte nie, dass du verletzt wirst, und ich dachte ...»

In der Stille, die sich jetzt auftut, ist nur das Tropfen des Wasserhahns zu hören, und als meine Mutter sich räuspert, zucke ich beinahe zusammen. Ihre Stimme klingt fremd, sie spricht in einem Ton, den ich von ihr nicht kenne. Sonst ist sie immer so resolut, so sicher.

«Es tut mir leid.» Sie steht da, mit hängenden Armen. «Ich

dachte, ich würde das Richtige tun. Ich habe nicht geahnt, was das bei dir auslöst.»

Dieses plötzliche Eingeständnis berührt mich zutiefst. Gerade dachte ich noch, dass ich nicht weiß, wie ich den Graben, den ich durch meine Worte zwischen uns aufgerissen habe, je wieder überschreiten soll, und jetzt ist sie es, die eine Brücke baut.

Zum ersten Mal in meinem Leben nehme ich meine Mutter in den Arm und nicht umgekehrt, und auch sie scheint den Unterschied zu spüren, denn da ist ein kurzes Zögern, bevor sie ihren Kopf gegen meine Schulter legt. Ich glaube, so erwachsen wie in dieser Sekunde habe ich mich noch nie gefühlt.

Eine Weile stehen wir so da, dann tritt sie einen Schritt zurück und nimmt ihre übliche Mutter-Haltung wieder ein.

«Okay.» Sie atmet tief durch. «Eine eigene Wohnung also, ja? Du hast ja zur Not auch noch dein Sparkonto.»

Wir reden, bis mein Vater von seinem Besuch bei Robert nach Hause kommt, und nachdem er alles Nötige erfahren hat, ist es meine Mutter, die erklärt, dass ich bei alldem, was in den nächsten Wochen auf mich zukommt, ja nicht alleine sei – immerhin gäbe es neben ihnen auch noch einen netten jungen Mann namens Jón.

Meinen Vater beruhigt diese Information nicht unbedingt, aber damit habe ich gerechnet, und er umarmt mich trotzdem, bevor ich schließlich hoch in mein Zimmer gehe.

Eine Weile stehe ich dort herum und überlege, was von den Dingen hier ich mitnehmen möchte, bevor ich zum Smartphone greife, mich aufs Bett werfe und Sophias Nummer antippe. Wir haben wirklich ewig nichts mehr voneinander gehört.

«Elín – hi! Ich wollte dich schon längst mal wieder anrufen! Was gibt's Neues bei dir?»

«Jón und ich sind zusammen, ich habe ab Dezember eine

eigene Wohnung und bin im Moment so gut wie arbeitslos», zähle ich auf. «Und du so?»

Es dauert einen Augenblick, bis Sophia darauf eine Antwort gefunden hat. «Du verarschst mich», sagt sie schließlich.

«Womit genau?»

«Ich weiß nicht – wieso bist du denn plötzlich arbeitslos? Und seit wann läuft das mit dir und Jón? Und wie kommst du zu einer Wohnung? Wie lange genau haben wir nichts mehr voneinander gehört? Drei Monate? Bist du sicher, dass das schon alles war?»

«Na ja, nicht ganz.»

«Erzähl.»

«Wie viel Zeit hast du?»

«So viel du brauchst.»

Es dauert fast eine Stunde, um sie über alles in Kenntnis zu setzen, was in den letzten zwei Wochen passiert ist, und wie ich es erwartet habe, will sie Bilder von der Wohnung, drängt auf eine Anzeige gegen Magnús und ist entzückt über die Geschichte mit Jón. Das Letzte, von dem ich ihr erzähle, ist das Gespräch mit meiner Mutter.

«Elín ... mache ich das auch?», fragt Sophia plötzlich.

«Was?»

«Sage ich zu dir auch Dinge, die zwar gut gemeint, aber trotzdem irgendwie scheiße sind?»

Jetzt würde ich gern aus vollem Herzen Nein sagen können, aber ...

«Na ja ... ich glaube, das passiert jedem ab und zu, oder?», erwidere ich vorsichtig.

Sophia schweigt einen Moment. «Was sage ich denn so?», will sie dann wissen.

«Ich weiß nicht», erwidere ich ein wenig hilflos. «Vielleicht all das mit diesem *Liebe dich selbst*. Ich meine, natürlich wäre es gut, wenn man das könnte, aber wenn man es gerade nicht kann, dann fühlt man sich auch noch blöd, weil man es eben nicht kann ...»

Selten hatte ich das Gefühl, so wenig auf den Punkt zu bringen, was ich eigentlich meine.

«Das kann ich verstehen», sagt Sophia. «Darauf werde ich achten. Danke.»

«Und was sage ich in diese Richtung?»

«Du zu mir, meinst du?»

«Ja.»

«*Was machen deine Édouards?*», erwidert Sophia spontan. «Ich bin mir ziemlich sicher, du meinst es nicht so, aber für mich klingt das jedes Mal, als hältst du mich für eine, die nie was Ernstes will.»

«So denke ich gar nicht über dich», erwidere ich betroffen.

«Deshalb habe ich ja auch noch nie etwas gesagt, aber manchmal fühle ich mich schon ein bisschen blöd dabei.»

«Entschuldige. Darauf werde ich dann achten, versprochen.»

«Es ist jetzt übrigens etwas Ernstes.»

«Was? Was ist etwas Ernstes? Das mit dem Typen, den du in der Redaktion kennengelernt hast?»

«Genau. Also – fast.»

«Fast genau? Hä?»

«*Er* heißt Suzette.»

Ein paar Sekunden brauche ich, um mir diesen Satz zurechtzudrehen. «Ah – herzlichen Glückwunsch! Seit wann seid ihr denn zusammen?»

«Suzette ist eine Frau», betont Sophia.

«Ja ... und?», erwidere ich verwirrt.

«Oh, sorry. Die Reaktionen darauf, dass ich mit einer Frau zusammen bin, fallen echt unterschiedlich aus. Seit letzter Woche. Also noch ganz frisch.»

«Das ist toll – ich freu mich total für dich!»

«Es ist wirklich toll», bestätigt Sophia gelöst. «Sie ist einfach so unglaublich. Und witzig. Und klug. Und sie will irgendwann mal für eine Weile in Indien leben. Genau wie ich!»

«Kommt bitte vorher noch mal nach Sólvík.»

«Oder komm du nach Paris.»

Als ich das Telefon eine Viertelstunde später beiseitelege, ist der Akku fast leer, und ich fühle mich zum Bersten vollgestopft. Die letzte Nacht mit Jón, all unsere Gespräche, die Ausstellung, die Unterhaltung mit meiner Mutter und all die ungeklärten Fragen rund um Magnús und Daníel – nicht zu vergessen, dass ich mit Jón ausgemacht habe, Embla darauf anzusprechen, wie man Köchin wird.

Ich. Köchin.

Es ist doch nur ein Hobby und nicht mal eins, auf das ich besonders stolz bin.

Kurz überlege ich, nach Sophia auch noch bei Jón anzurufen, dann jedoch stehe ich auf und verlasse mein Zimmer. Ich war schon so lange nicht mehr allein unten am Strand – und wenn ich ab nächster Woche nicht mehr hier wohne, muss ich das vorher noch ein paarmal auskosten.

Kapitel 31

Meine Kündigung liegt Mittwoch im Briefkasten.
Hiermit kündigen wir das bestehende Arbeitsverhältnis ... einfach so. Ohne Angaben von Gründen.

Ich weiß, dass das nicht unüblich ist, und eigentlich sollte ich doch froh darüber sein. Jetzt kann ich direkt Arbeitslosengeld beantragen, und weil Jóhann mich in einem weiteren Schreiben unmittelbar von der Arbeit freigestellt hat, könnte ich das Kapitel im wahrsten Sinne des Wortes passenderweise zu den Akten legen.

Und doch.

Obwohl mich all das, was mit dem Einzug in meine neue Wohnung zusammenhängt, genügend ablenken sollte, kehren meine Gedanken immer wieder zu dieser Kündigung zurück.

Sie ist ungerecht. Alles daran. Auch wenn ich nicht mehr für Jóhann und erst recht nicht für Magnús arbeiten will.

Zusammen mit Jón kaufe ich Farbe und verpasse der Wand, vor die ich ein Sofa stellen möchte, genau den dunkelroten Ton, den ich mir vorgestellt habe. Ein paar Zimmerpflanzen suche ich mir auch noch aus, und außerdem eine extrabreite Matratze, inklusive passender Laken und einer zweiten Bettgarnitur. In einer zweiten Fahrt laden wir noch all das ins Auto, was meine Mutter mir aus ihrem Fundus an Geschirr und Handtüchern zusammengestellt hat, sowie die beiden Bücherregale, die bisher noch in meinem alten Zimmer standen.

Als ich damals zu Daníel gezogen bin, musste ich mich um

all die tausend Kleinigkeiten gar nicht kümmern, jetzt jedoch arbeite ich akribisch eine ellenlange Liste ab.

Am nächsten Tag wische ich sämtliche Schränke aus, um anschließend Teller und Gläser hineinzuräumen, und während Jón Paletten als Bettgestell besorgt, sortiere ich meine Bücherregale neu ein.

Als es klingelt, bin ich gerade damit fertig geworden, und weil ich Jón unten fluchen höre, renne ich die Treppen hinunter. Gemeinsam tragen wir nacheinander sechs Paletten nach oben, und es dauert noch einmal ähnlich lange, bis wir die Dinger endlich auf der Hochebene unter der Matratze haben.

«Uff.» Jón wischt sich ein paar Strähnen aus der Stirn. «Für heute ist alles erledigt, oder?»

«Ich glaube schon.» Zufrieden überblicke ich von der Hochebene aus mein Reich, das ich trotz der kargen Glühbirne, die noch immer lampenlos von der Decke hängt, und des intensiven Geruchs nach frischer Farbe wunderschön finde.

«Wollen wir Pizza bestellen?», fragt Jón.

Ganz kurz zögere ich. «Oder ich koche für uns.» Das ist meine Wohnung, und Jón weiß bereits, dass ich gern koche. Eigentlich mehr als nur gern. Wegen unseres Deals werde ich morgen Embla darauf ansprechen, wie ein Einstieg als Köchin am besten gelingt, also wäre es völlig bescheuert, Pizza zu bestellen, wenn ich wirklich Lust habe, diesen Tag mit einem guten Essen gebührend zu feiern.

«Noch bessere Idee», sagt Jón. «Du könntest Pizza backen.»

«Mir wäre eher nach etwas Besonderem.»

«Okay, ich besorge Wein.»

«Ein paar Sachen einkaufen muss ich auch noch. In zwei Stunden wieder hier?»

«Alles klar.»

Als Jón zwei Stunden später klingelt, köchelt auf dem Herd

ein Gemüsecurry, und der Duft nach Koriander, Kreuzkümmel und Garam Masala hat gegen die Farbe gewonnen. Den hoffentlich krönenden Abschluss bildet nachher die Zitronentarte, die im Backofen steht. Alles in allem ein ziemlich würdiges Einzugsessen, wie ich finde.

«Hier riecht's ja lecker!» Jón stellt eine Tüte ab, in der Flaschen klirren, und wirft Jacke, Mütze und Schal in eine Ecke. «Ich habe Weißwein und Rotwein, was passt besser?»

«Rotwein, denke ich.»

«Und dann habe ich übrigens noch das hier mitgebracht.» Zu meiner Überraschung holt Jón im nächsten Moment eine große Kiste herein, die er offenbar draußen vor der Wohnungstür abgestellt hat. «Herzlichen Glückwunsch zur ersten eigenen Wohnung.»

Das Paket ist mit braunem Packpapier umwickelt und mit einer roten Schleife verziert. Entzückt breite ich die Arme aus.

«Vorsicht, schwer», sagt Jón.

Das stimmt allerdings. Der Einfachheit halber stelle ich es an Ort und Stelle ab, um es sofort auszupacken, und Jón beobachtet mich dabei, wie ich langsam den Deckel abnehme.

«Kerzen! Oh Gott, das sind tausend Kerzen!»

Jón lacht. «Es sind dreißig.»

Dreißig Kerzen in allen Größen und Farben, zusammen mit einem Sack Teelichte und ...

«Jón!»

Ein Lichterkettenregen.

«Ist es das Richtige? Ich war nicht ganz sicher.»

Dreihundert winzige Lichter in Sternenform, perfekt, um sie von der Hochebene herabbaumeln zu lassen.

«Genau das Richtige», sage ich glücklich und falle Jón in die Arme.

Wir essen das Curry auf der Hochebene inmitten brennender Kerzen, dann tragen wir die Teller runter und die Zitronentarte rauf, und danach weihen wir meine neue Matratze ein.

Es ist schwierig, sich dem Mann gegenüber, der hingebungsvoll absolut alles von mir mit Küssen bedeckt, ernsthaft unwohl zu fühlen, und obwohl ich zunächst noch darauf achte, den Bauch einzuziehen und immer wieder die Decke über uns zurechtzupfe, gerät mir das alles zumindest vorübergehend aus dem Sinn, als Jóns geschickte Finger sich zielstrebig zu dem Punkt vortasten, den er bereits in den letzten Nächten gefunden hat, während allein seine Küsse mich eigentlich schon wahnsinnig machen – bisher war mir nicht einmal klar, dass so etwas überhaupt möglich ist.

Irgendwann später befestigen wir die Lichterkette, und weil ich noch kein Sofa besitze, tragen wir sämtliches Bettzeug nach unten, um auch die Lichterkette einzuweihen.

Danach schlafen wir ein, wachen kurze Zeit später allerdings wieder auf, weil es ganz ohne Matratze oder wenigstens einen Teppich trotz einer Decke unter und einer Decke über uns zu hart und auch zu kalt wird, klettern über die Schranktreppe nach oben zurück und schlafen weiter. Nackt. Einfach so.

Obwohl ich es nicht über mich bringe, völlig nackt herumzulaufen, ist es okay, neben Jón nackt unter der Decke zu liegen, etwas, das mir bei Daníel nie eingefallen wäre, und wenn ich aus einem Reflex heraus seine Hand von meinem Bauch schiebe oder mich unwillkürlich verkrampfe, weil er meine blöden Oberschenkel berührt, dann lacht Jón nicht, er macht keine Scherze darüber und ist auch nicht genervt, sondern er küsst mich einfach.

Wir küssen uns oft.

Trotzdem bin ich Freitagabend nervös, als wir zusammen zum Kochkurs laufen. Zum einen werde ich mich wohl für immer und ewig unwohl fühlen, wenn ich mich mit den Katríns dieser Welt vergleiche, zum anderen will ich heute mit Embla reden. Je eher ich das hinter mich bringe, desto eher muss auch Jón sein Versprechen einlösen – und das ist eindeutig ein Thema, das wiederum er gern vom Tisch wischen würde.

Auch Katrín scheint sich für heute etwas vorgenommen zu haben, und was das ist, wird im Laufe des Abends zunehmend klarer. Bereits während der Tischrunde zu Beginn setzt sie sich auf Jóns andere Seite und gibt sich alle Mühe, ihn in ein Gespräch zu verwickeln, bevor Embla das heutige Thema vorstellt. Und obwohl Jón nichts tut oder sagt, was Katrín für sich als Erfolg verbuchen könnte, fällt es mir immer schwerer zu lächeln und vorzugeben, sie würde mit uns beiden sprechen.

Embla nimmt uns heute mit auf eine vegane Weltreise, und während sie eine Reihe von Rezepten aus verschiedenen Ländern vorstellt, höre ich immer wieder Katríns flüsternde Stimme. Ich denke an gestern Abend und sage mir, dass es überhaupt gar keinen Grund zur Sorge gibt. Immerhin bin ich mit Jón zusammen, auch wenn Katrín das nicht weiß. Vielleicht sollte ich ihr das deutlich machen, doch was, wenn das Jón vor allen Leuten unangenehm wäre?

«Elín», ruft Katrín mir zu, als wir uns schließlich auf die Kochinseln verteilen. «Was meinst du – leihst du mir heute deinen Kochpartner mal aus? Nur ein einziges Mal?»

Einige der anderen Frauen blicken zu uns hinüber, und ich kann das, was sie denken, beinahe in großen Blasen über ihren Köpfen schweben sehen: *Seht mal, heute wird Katrín ihn sich klarmachen. Da hat die dicke Elín gar keine Chance.*

Ich öffne schon den Mund, um Gott weiß was zu erwidern, da beugt Jón sich zu mir, küsst mich und erklärt der völlig fassungslosen Katrín samt fasziniertem Publikum: «Der Kochpartner fühlt sich hier ganz wohl, danke.»

Definitiv ist Jón nicht Daníel, und wenn ich noch einen Beweis mehr für diese Tatsache gebraucht habe, besitze ich ihn hiermit.

«Tja», sage ich in die sich daran anschließende Stille hinein.

Jón beginnt zu lachen. Er ist nicht der Einzige, Embla ruft sogar «Herzlichen Glückwunsch!», und obwohl sich meine Wangen brennend heiß anfühlen, bin ich in diesem Moment hochzufrieden mit mir und der Welt.

Vielleicht liegt es an diesem Vorfall, dass die Gruppe sich nach dem gemeinsamen Essen schneller als gewöhnlich auflöst. Katrín – die kaum noch einen Ton von sich gegeben hat – verabschiedet sich früh, und ich muss nicht so lange ausharren, wie ich es erwartet habe, bis nur noch Embla, Jón und ein paar andere Frauen im Raum sind, wobei diese bereits in ihre Jacken schlüpfen.

«Embla?» Ich werfe Jón einen Blick zu, bevor ich zu Embla trete, die damit beschäftigt ist, die durcheinandergeratenen Rezeptkarten in der Schublade zu ordnen. «Dürfte ich dich vielleicht etwas fragen?»

«Klar, worum geht's?» Sie lächelt mir zu.

«Es ist so ...»

Eigentlich ist das eine blöde Frage. Vermutlich wird sie mir vorschlagen, einfach mal einen Blick ins Internet zu werfen. Trotzdem gehört es zum Deal zwischen Jón und mir, und vielleicht ist es ja für mich sogar irgendwie symbolisch wichtig oder was weiß ich.

«Was würdest du jemandem raten, der gern beruflich als Koch arbeiten würde?»

Über meine Schulter hinweg wirft Embla Jón einen überraschten Blick zu.

«Nein», beeile ich mich hinzuzufügen, «es geht nicht um Jón – es geht um mich. Ich habe schon länger darüber nachgedacht, und weil du in der ersten Stunde ein wenig von deiner Ausbildung erzählt hast ... wie würdest du so etwas heute angehen?»

Mit der Hüfte schiebt Embla die Schublade zu. «Bei dir kann ich mir das tatsächlich gut vorstellen», sagt sie. «Was für langfristige Ziele hast du denn?»

«Ich weiß nicht – vielleicht irgendwann mal ein eigenes Restaurant?», erwidere ich und möchte mich unmittelbar darauf selbst überrascht anstarren. Ach – das möchte ich?

«An sich glaube ich ja, dass eine Kombination aus Ausbildung und Culinary School ziemlich erfolgversprechend ist, wobei viele sich eine internationale Kochschule erst leisten, wenn sie schon mehr verdienen. Ich glaube, ich an deiner Stelle würde mit einer Ausbildung beginnen, mich dann ein paar Jahre in verschiedenen Küchen in verschiedenen Ländern umsehen und erst danach – wenn du dann noch Zeit und Lust hast – noch einmal über so etwas wie das *Cordon Bleu* nachdenken.»

So lang wie an diesem Freitagabend haben weder Jón noch ich bisher im *Reynir* gesessen. Während wir reden, fühlt sich mein Traum immer realistischer an, bis ich es fast einen *Plan* nennen möchte. Gegen elf tritt das Küchenpersonal an, um alles wieder auf Vordermann zu bringen, weshalb wir rüber ins Restaurant ziehen, wo uns Embla von ihren Erlebnissen als Köchin berichtet, während wir zwei Flaschen Wein vernichten.

Als wir uns zum Abschied umarmen, bin ich ein wenig betrunken und besitze Emblas private Telefonnummer.

«Was sagst du zu allem?», frage ich Jón, während wir Arm in Arm noch langsamer als gewöhnlich die mittlerweile leeren Straßen entlangschlendern.

«Klingt spannend.»

«Aber ich und Köchin ...»

«Was spricht dagegen?»

«Dass ich dick bin.»

Das war der Wein. Ich schwöre, das war der Wein. Meine Antwort klingt in diesem Augenblick so selten dämlich, dass ich Jóns entgeisterten Gesichtsausdruck sogar nachvollziehen kann. Dabei hat sie gerade in meinem Kopf doch noch Sinn ergeben.

«Das musst du mir bitte erklären», sagt er. «Was hat denn deine Figur damit zu tun, ob du Köchin wirst oder nicht?»

Angestrengt suche ich nach den richtigen Worten, und während ich das tue, verfolge ich die sich abrollende Gedankenkette immer weiter zurück. Wo fing das alles eigentlich an? Warum bin ich seit jeher überzeugt davon, dass ich mit einem Körper wie meinem besser nicht Köchin werden sollte?

Ich sehe mich vor der Tafel in der Schule stehen. Wir alle haben Bilder gemalt, auf denen wir uns selbst gezeichnet haben. Thema: was wir einmal werden wollen.

Das Mädchen auf meinem Bild trägt eine Kochmütze und lacht, und irgendein Kind sagt: «Elín will nur Köchin werden, weil sie dann immer essen kann!»

Mir zieht sich das Herz zusammen, als mir auch die Reaktion meiner Lehrerin wieder einfällt, die in das Gelächter hinein erklärt: «Also hört mal! Nur weil Elín pummelig ist, muss sie doch später nicht immer noch pummelig sein.»

Das Bild habe ich damals zerrissen, die Pummeligkeit ist mir geblieben. Und damit die Gewissheit, dass Köchin schon mal nichts für mich ist.

«Du wirst dich kaputtlachen, wenn ich dir das erzähle», sage ich und seufze ein bisschen zu dramatisch.

Jón bleibt stehen und hält mich am Arm fest. Sein Blick ist ernst. «Werde ich nicht.»

Nein, wird er nicht.

Und deshalb erzähle ich es ihm.

Kapitel 32

Samstagvormittag habe ich mich gerade von Jón verabschiedet und mir noch einen Kaffee eingeschenkt, als mein Telefon klingelt. Das Geräusch reißt mich aus meinen Träumereien über die vergangene Nacht und aus meiner Vorfreude auf den Abend, und als ich sehe, wer anruft, halte ich für einen Moment die Luft an. Was wird das denn jetzt? Wieso bekomme ich am Wochenende einen Anruf aus der Kanzlei? Und mit wem werde ich gleich sprechen, sollte ich das Gespräch annehmen?

Ein paar Sekunden lang denke ich ernsthaft darüber nach, es einfach so lange klingeln zu lassen, bis wer auch immer am anderen Ende es aufgibt, dann jedoch strecke ich den Rücken durch.

«Hallo?»

«Hallo, Elín, hier ist Jóhann. Entschuldige bitte, dass ich dich am Wochenende störe, aber – hättest du einen Moment Zeit?»

«Ja», erwidere ich vorsichtig und ziehe meine Kaffeetasse näher zu mir. Irgendwie klingt Jóhann so, als würde ich gleich etwas zum Dranfesthalten brauchen.

«Nun, ich …» Jóhann bricht ab, und allein das ist ungewöhnlich. Ich kenne niemanden, der umsichtiger plant als mein ehemaliger Chef, und dazu gehört auch, dass er sich die Worte für wichtige Gespräche immer bereits im Vorfeld zurechtlegt. Und ein wichtiges Gespräch scheint das hier ja anscheinend zu werden, mal davon ausgehend, dass Jóhann mich noch nie an einem Samstag angerufen hat.

Genaugenommen kann ich es an einer Hand abzählen, wie oft er sich überhaupt je telefonisch bei mir gemeldet hat. Mit Sicherheit hat das was mit Magnús zu tun, und ich atme möglichst unauffällig einmal tief durch.

«Ich wollte dir etwas mitteilen», setzt Jóhann neu an. «Und ich hätte dafür auch bis Montag warten können, vermutlich wäre das sogar angemessener gewesen, es war mir jedoch wichtig ... also ...»

Als er sich jetzt räuspert, zwinge ich mich dazu, meinen verkrampften Griff um die Tasse herum zu lockern. Jóhann hat seine Worte nicht sorgfältig zurechtgelegt, und es fällt ihm schwer, die, die er findet, letztlich auszusprechen. Eigentlich kann das doch nur eins bedeuten, oder?

Hoffnung steigt in mir auf.

Er hat rausgefunden, dass ich nicht gelogen habe.

«Ich habe mir gestern Abend nach einem Telefonat mit Helga den Firmenrechner vorgenommen», sagt Jóhann jetzt und klingt plötzlich erschöpft. «Es tut mir leid, Elín.»

Mein Herz schlägt so heftig, dass es in meiner Kehle zu vibrieren scheint. «Was tut dir leid?»

«Helga hat ... nun, sagen wir, sie hat einiges von dem bestätigt, was ich bereits von dir gehört hatte. Und ich ... ich habe Bilder gefunden. Es tut mir leid, dass ich dir nicht geglaubt habe.»

Kurz bleibt es still zwischen uns. Mein Hirn scheint völlig leergefegt, und ich muss, ähnlich wie Jóhann gerade eben, mühsam meine Worte zusammensuchen. Fast höre ich mich meinerseits schon *Es tut mir leid* sagen.

Es tut mir leid, dass du das über Magnús erfahren musstest, aber nein ...

«Ich dachte, wir würden uns so gut kennen, dass klar ist, dass ich so etwas nicht erfinden würde», sage ich schließlich.

«Es geht um Magnús, Elín», setzt Jóhann an, redet jedoch nicht weiter, obwohl ich beinahe hören kann, wie es in ihm brodelt.

«Was bedeutet das jetzt?», frage ich in die sich erneut ausbreitende Stille hinein.

«Magnús wird nicht für die Kanzlei arbeiten», erwidert Jóhann schlicht. «Aber ich nehme an, dass du trotzdem nicht zurückkehren möchtest.»

Langsam schüttele ich den Kopf. «Nein», bestätige ich.

«In diesem Fall würde ich dir eine Abfindung zahlen.»

Darüber muss ich kurz nachdenken. «Mal angenommen, ich würde ... Schritte gegen Magnús einleiten», beginne ich zögernd.

«Magnús ist immer noch mein Sohn», unterbricht mich Jóhann, und wir wissen wohl beide, was das bedeutet.

Jóhann wird sich nicht gegen Magnús stellen, sollte ich ihn anzeigen, und eigentlich habe ich nichts anderes erwartet. Erstaunlich genug, dass Jóhann Magnús gefeuert hat.

«Ich möchte deine Abfindung nicht», stelle ich fest.

«Elín ...»

«Es würde sich anfühlen wie ein Schweigegeld.»

Ich höre Jóhann schwer ausatmen. «Das wäre es nicht.»

«Doch, genau das wäre es. Du weißt, dass sein Verhalten eigentlich andere Konsequenzen für Magnús haben müsste. So kann er einfach weitermachen und eben in einer anderen Kanzlei andere Frauen belästigen.» Ich presse kurz die Lippen zusammen, beinahe überrascht von dem, was ich da gerade gesagt habe. Ein paar Sekunden lang lausche ich meinen eigenen Worten nach.

Es stimmt. Es stimmt vollkommen. Ich dränge das vertraute Bedürfnis, mich entschuldigen zu wollen, zurück.

«Würde ich die Abfindung annehmen, wäre das wie eine Zustimmung. Und ich stimme nicht zu, Jóhann», füge ich leise hinzu.

Es scheint Minuten zu dauern, bis Jóhann sich endlich räuspert. «Gut, dann ... ich verstehe das. Aber es tut mir leid, ich kann dir da nicht so entgegenkommen, wie du dir das wünschen würdest. Magnús ist mein Sohn, Elín. Mein einziger Sohn.»

Jóhann klingt gequält, und ich spüre noch immer den Teil in mir, der ihn trösten, der alles abmildern möchte.

«Letztlich musst du damit leben», sage ich. «Aber ich denke, es gibt Dinge, die sollten ausgesprochen werden.»

Ganz egal, ob ein Vater seinen Sohn damit konfrontieren muss oder eine Tochter ihre Mutter.

Ich sehe Jóhann vor mir, wie er in seinem grauen Anzug hinter seinem Schreibtisch sitzt, erschöpft, mit gebeugten Schultern. In meiner Vorstellung kommt er mir kleiner vor als gewöhnlich.

«Ich werde darüber nachdenken.» Er sagt das in einem Ton, dem anzuhören ist, dass er das Gespräch an dieser Stelle gern beenden würde, und ich habe nichts dagegen. Vielleicht wird Jóhann tatsächlich darüber nachdenken, vielleicht auch nicht. Ich jedenfalls habe alles gesagt, was ich zu sagen hatte. Ohne *Es tut mir leid*.

Das Hochgefühl setzt erst ein, als ich dabei bin, das Geschirr vom Frühstück zu spülen, ebenso plötzlich wie unerwartet, und es flackert den ganzen Tag über immer mal wieder auf. Während ich die letzten Umzugskisten leere. Die Wohnungstür hinter mir schließe, weil ich ein paar Sachen fürs Abendessen kaufen will. Handtücher zusammenfalte und in den Badezimmerschrank lege.

Es trägt mich auch noch in Jóns Arme hinein, als er gegen halb neun klingelt, und es verlässt mich kein einziges Mal, während ich ihm von dem Gespräch mit Jóhann erzähle.

Wir sitzen nebeneinander am Küchentresen, weil ich noch keinen passenden Tisch gefunden habe, vor uns zwei dampfende Teller Spaghetti mit Basilikumpesto. Jón hat nicht nur einen Rotwein mitgebracht, sondern auch gleich die passenden Gläser dazu, und ich habe einen Großteil von Jóns Kerzen entzündet.

An der Stelle, an der ich von der Abfindung erzähle, setzt Jón das Weinglas ab, aus dem er gerade einen Schluck getrunken hat, um mich zu küssen. Zu fühlen, dass er mich voll und ganz verstehen kann, lässt mein Hochgefühl noch einmal ganz besonders hell aufleuchten.

«Bist du traurig?», fragt er schließlich, als ich selbst nach meinem Glas greife.

«Darüber, wie alles geendet hat, meinst du? Ich glaube, nicht wirklich. Nein. Ich habe gern für Jóhann gearbeitet, aber die Arbeit war nie das, worauf ich mich morgens gefreut habe.»

Jón nickt und dreht dabei die letzten Nudeln auf seine Gabel. «Und was kommt jetzt?»

«Jetzt ...» Ich muss noch einmal extra Luft holen. «Jetzt probiere ich vielleicht wirklich mal aus, wie weit ich so mit Emblas Tipps komme.»

«Du suchst also nach einer Ausbildungsstelle als Köchin?»

«Genau.» Ich habe keine Nudeln mehr zum Aufwickeln, starre bei meiner Antwort aber trotzdem auf meinen Teller, bevor ich aufsehe. «Was denkst du ...?»

Jón küsst mich wieder. Er schmeckt nach schwerem Wein, und seine Lippen fühlen sich warm und weich an. Wir könnten eigentlich direkt so weitermachen.

«Ich finde das gut», murmelt er.

«Was?»

«Dass du jetzt diesen ersten Schritt gehst.» Jón grinst mich an. «Keine Spatzen mehr.»

Ich nicke, als ich mich an das Sprichwort von Jóns deutschen Verwandten erinnere, und hebe mein Glas. «Keine Spatzen.»

Auch Jón umfasst den Stil seines Weinglases.

«Dann könnten wir ja jetzt darüber reden, wie wir deine Ausstellung organisieren, oder?» Ich lächele, so süß ich kann.

Jón lacht leise auf. Dann zieht er mich wieder näher an sich, und es ist nicht so, dass ich nicht genau wüsste, dass er mit seinem Kuss einer Antwort ausweicht, ich kann nur gerade nichts dagegen tun, dass meine Gedanken sich auf etwas ganz anderes zu fokussieren beginnen.

«Was hältst du von einem Dessert?», flüstert Jón an meinem Ohr, und allein der Ton, in dem er das sagt, intensiviert die Sehnsucht, die bei jedem einzelnen Kuss zuverlässig in mir aufsteigt.

Ich rutsche vom Hocker, als Jóns Hände über meine Schultern hinweg nach unten gleiten, und ein einzelner Misston in mir durchbricht die kerzenflackernde Nähe zwischen uns, weil ich nämlich weiß, dass ich in erster Linie deshalb aufgestanden bin, um wenigstens einige der verhassten Speckrollen zu glätten, bevor Jón sie erfühlen könnte.

Als ob er mittlerweile nicht genau weiß, wie ich aussehe.

Jón hat sich ebenfalls erhoben, in seinem Fall jedoch nur, um mich zu den Stufen zu dirigieren, die zur Empore hinaufführen. Alternativ bliebe nur der blanke Fußboden, nachdem ich ja nun weder Sofa noch Tisch besitze – der vermutlich ohnehin unter meinem Gewicht zusammenkrachen würde ... nervös lache ich auf.

«Was ist?», will Jón wissen.

Ich winke ab. Egal.

Jón entzündet eine der dicken Kerzen, die neben der Matratze auf dem Boden stehen, und als er sich danach wieder zu mir umdreht, liegt so viel Zärtlichkeit in seinem Blick, dass ein Teil meiner Anspannung sich wieder löst.

Kerzenlicht haftet etwas Besonderes an. Es ist nicht nur, dass ihr Licht alles etwas weicher und sanfter nachzeichnet, es wird auch zunehmend heller. Zumindest kommt es mir immer so vor.

Während wir uns gegenseitig aus unseren Kleidern befreien, scheint alles noch schummrig genug, doch als Jón sich über mich beugt, meinen Mund, meinen Hals, meine Schultern küsst, fühlt sich der Kerzenschein bereits wie ein Hundert-Watt-Strahler an. Ich ziehe Jón so nah an mich heran, wie nur irgend möglich, auch eine Methode, ihn daran zu hindern, seinen Blick über meinen Körper wandern zu lassen, und erst, als er mich küsst, während er gleichzeitig in mich eindringt, vergesse ich endlich, mich an meiner Angst festzuhalten.

«Elín», murmelt Jón langsam, so langsam wie der Rhythmus, den er aufgenommen hat. «Du bist wunderschön … alles an dir … einfach … alles …»

Sein Bauch an meinem, sein Brustkorb, der immer wieder meine Brüste streift, mit jedem sanften Zurückziehen und Hineingleiten neu.

«Du hast das wunderschönste Lächeln …», er küsst mich, «wunderschöne Brüste …», er küsst mich, «absolut alles an dir fühlt sich gut an …», er küsst mich und küsst mich weiter, und ich bäume mich ihm entgegen, so weit ich kann, um ihn noch tiefer in mir zu spüren.

Mit beiden Händen umfasst er mein Gesicht, streicht mir das Haar zurück und hält plötzlich in der Bewegung inne, verharrt so lange, dass ich mich beinahe schon verzweifelt gegen ihn stemme, weil ich will, dass er endlich weitermacht, mit genau diesen langsamen, tiefen Bewegungen weitermacht, und als er es nicht tut, öffne ich die Augen.

Jón erwidert meinen Blick.

«Elín ...»

Er bewegt sich, nur kurz, nur zart, und ich seufze unwillkürlich auf.

«Du bist so ...»

Ein sanfter Vorstoß. Ich schnappe nach Luft.

«... unfassbar ...»

Noch einmal. Jetzt umklammere ich seine Oberarme, die er zu beiden Seiten von mir aufgestützt hat.

«... heiß ...»

Jón senkt sich mit seinem ganzen Körper auf mich, ist so tief in mir, dass ich mir fest auf die Unterlippe beiße, um nicht laut aufzustöhnen.

«Was muss ich tun, damit du mir glaubst?»

Noch immer hält er meinen Blick fest, und er schließt auch nicht die Augen, als er jetzt endlich, endlich seine fast schon trägen Bewegungen wieder aufnimmt. Zu langsam, um mich schnell zum Höhepunkt zu treiben, aber so nah davor, so verdammt nah davor ... es wird mächtiger und mächtiger, je länger er es hinauszögert, und als es mich erreicht ...

Mir völlig egal, wie laut ich werde.

Irgendwann danach liegen wir nebeneinander, Jóns Hand auf meiner Schulter, sein Arm quer über meinen Brüsten, und ich sehe den Gedanken entgegen, die unbeirrt auf mich zu treiben.

Jóns Gesicht ist mir zugewandt, seine Augen sind geschlossen. Die Decke ist ans Fußende gerutscht. Ich könnte mich schnell aufrichten und sie über mich ziehen, all das bedecken, von dem Jón behauptet, er fände es schön. Er würde nur meinen Rücken sehen. Na ja, und meinen Hintern, von dem Daníel mal sagte, jedes Pferd würde mich um ihn beneiden.

Zur Hölle mit dir, Daníel!

Verzieh dich doch endlich!

Ich rufe mir Jón ins Gedächtnis zurück, sein Gesicht über mir und den Ausdruck darin.

Behutsam schiebe ich seinen Arm zur Seite. «Lässt du mich kurz aufstehen?»

Er stützt den Kopf in die Hand, als ich mich umständlich aufrichte, und ich weiß, er sieht mir hinterher, während ich gebückt zur Treppe gehe und hinuntersteige.

«Ich brauche etwas zu trinken, willst du auch was?»

«Gern.»

Unter meinen nackten Füßen spüre ich den kühlen Boden in der Wärme des kerzenerleuchteten Zimmers. Die Weinflasche in der einen und beide Gläser in der anderen Hand mache ich mich auf den Weg zurück, konzentriere mich auf die einzelnen Stufen, um nicht versehentlich zu stürzen oder Jón ansehen zu müssen, als ich die Empore erreiche.

Es ist die wohl denkbar ungünstigste Haltung, die es für meinen Körper gibt, leicht nach vorn gebeugt, nackt und ohne auch nur den Versuch zu unternehmen, irgendetwas an mir zu bedecken.

Ich knie mich neben Jón und stelle beide Gläser auf dem Bord am Kopfende ab, schenke uns Wein ein und blicke dann in Jóns Gesicht, ängstlich, was mich darin wohl erwartet.

Sein Blick trifft mich unmittelbar.

So viel Zuneigung, so viel Zärtlichkeit, so viel Liebe ...

Er streckt eine Hand nach mir aus, und ihn jetzt zu küssen, ist neu, ich kann förmlich spüren, wie sich etwas in mir ausdehnt, weiter und immer weiter wird, und als Jóns Lippen sich zu einem Lächeln verziehen, muss ich plötzlich lachen.

«Meine wunderschöne Heldin», sagt er und zieht mich einfach über sich, und genau dort bleibe ich liegen, umfangen von seinen Armen.

Kapitel 33

Nur einen Tag später möchte ich mich am liebsten vor dem Treffen mit Daníel drücken, und weil ich das möchte, komme ich sogar zu früh. Irgendwann habe ich die Warterei einfach nicht mehr ausgehalten und bin aus der Sorge heraus losgefahren, mich kein weiteres Mal aufraffen zu können. Jetzt stehe ich am Strand, blicke aufs Meer und bereue, mich ausgerechnet hier mit Daníel verabredet zu haben. Bisher war das mein Strand, meine Zuflucht, und je nachdem, wie alles laufen wird, habe ich danach vielleicht nicht mehr so viel Lust hierherzukommen.

Du wohnst ohnehin nicht mehr in Vík, rufe ich mir in Erinnerung. *Und außerdem gibt es auch in Sólvík einen Strand.*

Die Wellen sind heute flach und glitzern in der blassen Mittagssonne. Ein breiter schwarzer Sandstreifen trennt die Wasserlinie vom Schnee, und diesen laufe ich langsam entlang, während ich auf Daníel warte. Ich bin nicht die Einzige. In der Ferne hat jemand ein Stativ aufgebaut, und ich nehme den Mann genauer ins Visier. Natürlich ist es nicht Jón. Aber um wie vieles lieber wäre ich jetzt mit ihm hier, statt gleich Daníel gegenüberzustehen.

Ich verspreche mir selbst, dass er mich nicht aus der Fassung bringen wird. Ganz egal, was er sagt, ich werde nicht weinen. Jedenfalls nicht vor ihm. Vielleicht später, wenn er wieder weg ist.

Als ich mich das nächste Mal umwende, sehe ich ihn auf mich zukommen, und im ersten Moment fühlt sich sein Anblick einfach ... falsch an. Dabei sieht er genauso aus wie in der Nacht, in der ich ihn das letzte Mal gesehen habe, nur lächelt er diesmal. Und hat etwas mehr an. Die dunklen, dichten Haare zerzaust ihm eine Brise, die vom Meer heranweht, die Hände hat er in die Manteltaschen gestopft, was ihn verlegen wirken lässt. Daníel und verlegen.

«Hi.» Ein paar Meter von mir entfernt bleibt er stehen. «Schön, dich zu sehen.»

«Hallo», gebe ich zurück und versuche, mich nur auf das Hier und Jetzt zu konzentrieren, nicht an unsere letzte Begegnung zu denken.

«Wollen wir ein paar Schritte gehen?», fragt Daníel.

«Okay.»

Ich hasse es, zu spüren, dass allein sein Anblick immer noch so viel in mir auslöst. Dass ich mich frage, wie ich aussehe, wie ich in Daníels Augen aussehe.

«Wie geht's dir so?», fragt er.

«Gut.» Den Smalltalk können wir bitte überspringen. Ich habe mich hier nicht mit Daníel getroffen, um ein wenig zu plaudern.

«Es ist ziemlich lang her, oder?», redet Daníel weiter.

«Was meinst du?»

Daníel muss den Eindruck gewinnen, als würde ich es ihm absichtlich schwermachen, dabei schnürt seine Anwesenheit mir einfach den Atem ab.

«Na ja ... alles.»

Darauf fällt mir tatsächlich nicht einmal eine nichtssagende Antwort ein, weshalb ich noch nichtssagender mit den Schultern zucke.

«Hör zu. Es ist ...» Daníel blickt in Richtung der Trollfelsen, dann auf unsere Füße, die kaum Spuren auf dem glatten, festen Sand hinterlassen. «Es tut mir leid. Die Nacht, in der du abgehauen bist ... ich weiß echt nicht, was da mit mir los war. Das hatte eigentlich gar nichts mit dir zu tun. Es war einfach ... da war dieser ganze Stress auf der Arbeit und ... ich hatte was getrunken – also, das soll jetzt keine Entschuldigung für mein Verhalten sein, ich will nur, dass du verstehst, wieso alles überhaupt so gekommen ist. Das, was ich da gesagt habe – ich habe das überhaupt nicht so gemeint, und ich habe auch nicht damit gerechnet, dass du deshalb aufstehst und gehst, ich meine ... also, ich meine ...»

«Du meinst, sowas in der Art hast du ja auch schon früher zu mir gesagt? Und trotzdem bin ich immer bei dir geblieben?»

Daníel wirft mir einen Blick zu, der nirgends richtig hängenbleibt, bevor er wieder geradeaus starrt.

«Nein, so meinte ich das nicht.»

«Es ist trotzdem die Wahrheit», sage ich.

Eine Pause entsteht, in der wir an dem Typen vorbeikommen, der sein Stativ in den Sand gebohrt hat.

«Ja, vermutlich», sagt Daníel schließlich. «Ich wünschte, ich könnte das alles rückgängig machen. Ich habe mich wie ein Arsch verhalten, und ich weiß echt nicht mal so genau, warum eigentlich.»

Jetzt sieht er mich an, und der Ausdruck in seinem Gesicht lässt in mir das Gefühl aufkommen, dass er tatsächlich meint, was er sagt. Oder zumindest selbst daran glaubt.

«Meinst du, wir hätten noch eine Chance?»

«Nein.»

«Elín ...»

«Nein», wiederhole ich.

Nein. Einfach nein.

«Was kann ich tun, um dir zu beweisen, dass ich bereue, was ich gesagt habe? Elín, ich meine das wirklich ernst.»

«Du hast gesagt, du findest mich ... abstoßend.»

Daníel stöhnt gequält auf. «Ich weiß. Aber ich finde dich nicht abstoßend, natürlich nicht, hey, ich war mit dir zusammen, ich wollte einfach ... ich wollte ...»

«Du wolltest mir weh tun.»

«Nein!»

«Hast du aber.»

«Ich weiß.» Daníel fährt sich durch die Haare. «Das weiß ich. Wirklich. Und du kannst mir glauben, dass ich mich schon tausendmal gefragt habe, warum ich diese ganze Scheiße ständig wieder gesagt habe – Elín!» Er greift nach meinem Arm. «Ich schwöre, so etwas kommt nie, *nie* wieder vor.»

Ich sehe auf seine Hand, und er lässt los.

Daníel findet mich nicht abstoßend. Angestrengt horche ich in mich hinein. Verändert sich dadurch irgendwas? Hat es eine Bedeutung?

Ein Teil von mir ist bis zu dieser Sekunde tatsächlich noch immer überzeugt davon gewesen, es würde mir besser gehen, könnte ich Daníel diese Worte sagen hören, doch die Trauer und die Scham hat er damit nicht auslöschen können.

Es stimmt also wirklich.

Daníel hat etwas zerstört, aber er kann es nicht wieder heilen. Keiner kann das, nicht einmal Jón mit seiner endlosen Geduld.

Ich muss das selbst können.

«Wir haben miteinander geschlafen», beginne ich, und einen Moment lang scheint es, als wolle Daníel mir am liebsten den Mund zuhalten. «Wir haben miteinander geschlafen, und nachdem du gekommen bist, hast du zu mir gesagt, dass ich froh sein kann, dass du überhaupt einen hochkriegst. Du hast das gesagt, während du noch in mir warst, und du hast auch gesagt, dass man mindestens besoffen sein muss, um es mit mir treiben zu wollen, so abstoßend sei ich.»

Daníels Gesicht ist in sich zusammengefallen.

«Glaubst du wirklich, für uns könnte es noch eine Chance geben? Echt jetzt, Daníel?»

Mir ist übel geworden, während ich seine Sätze wiederholt habe, und ich ahne, dass diese Übelkeit so schnell nicht wieder verschwinden wird. Aber immerhin habe ich es geschafft, sie auszusprechen.

Ich trete einige Schritte zurück. Jetzt weiß ich, warum ich vorhin den Eindruck hatte, Daníels Anblick fühle sich falsch an – es ist allein schon die Tatsache, dass er hier ist. Hier, direkt vor mir. Da gehört er nicht mehr hin.

«Du hast mich niedergemacht, um dich besser zu fühlen. Aber das ist jetzt vorbei.»

«Es tut mir leid», sagt Daníel tonlos, und ich drehe mich um und gehe.

Gehe einfach weg.

Weil ich das kann.

Ich werde einen Weg finden, mich selbst zu heilen.

Mit Menschen reden, denen ich wirklich wichtig bin, ist ein erster Schritt, und deshalb fahre ich zu Jón. Ihn im Türrahmen stehen zu sehen, lässt mich die letzten Stufen schneller nach oben steigen, und dass er mich in seine Arme zieht, noch bevor ich überhaupt einen Fuß über die Schwelle gesetzt habe, gibt mir das Gefühl, fürs Erste damit aufhören zu können, souverän und beherrscht zu sein.

Jón schließt die Tür hinter uns, zieht mich zum Sofa und lässt mich weinen, ohne den Versuch zu starten, mich trösten zu wollen. Wie auch? Es gibt nichts, das ein Zusammentreffen mit jemandem wie Daníel abmildert – man kann danach nur dankbar sein, einen solchen Menschen überlebt zu haben.

Aber ich sollte wohl darüber nachdenken, was dazu geführt hat, dass ich es überhaupt so lange neben einem solchen Menschen ausgehalten habe. Darüber werde ich reden müssen. Nicht nur mit Jón.

Als ich mich halbwegs beruhigt habe, ist Jóns Shirt nass, und ich fühle mich leer, auf eine angenehme Art. Da sind immer noch Verletztheit und Trauer, aber keine falschen Hoffnungen mehr und vielleicht auch nicht mehr ganz so viel von der Verachtung, die sich gegen mich selbst richtet. Das ist doch ein Anfang.

«Ich überlege, eine Therapie zu machen», murmele ich gegen Jóns Schulter.

Seine Umarmung wird fester. «Finde ich gut.»

Ich seufze auf, weil ich wusste, dass er das sagen würde, und weil er es gesagt hat.

«Und weißt du was?» Ich löse mich ein Stück weit von ihm. «Ich glaube, jetzt wäre der perfekte Zeitpunkt, um endlich eine Ausstellung zu planen.»

Wie er darauf reagieren wird, kann ich allerdings nicht vorhersehen.

Jón seufzt.

Okay, damit habe ich irgendwie gerechnet.

Er lässt sich gegen die Sofalehne sinken und greift nach meiner Hand. Eine Weile starrt er blicklos vor sich hin, dann wendet er sich wieder mir zu.

«Ich weiß nicht, ob ich jemals wieder auch nur ein einziges Foto machen werde, sollte diese Ausstellung genauso eine Katastrophe werden wie die erste», sagt er.

Ein paar Sekunden lang suche ich nach Worten. «Jón», beginne ich zaghaft. «Du bist nicht das, was andere in dir sehen wollen.»

Jón erwidert nichts, mustert mich nur undurchdringlich.

«Scheißegal, ob das, was du liebst, anderen gefällt ... oder das, was du bist», setze ich hinzu.

Langsam atmet Jón aus.

«Du bist nicht mehr der, über den sie gelacht haben», flüstere ich, zweifelnd, ob das die richtigen Worte sind. Für mich scheinen sie zu passen, doch passen sie auch für Jón?

Ich spüre den Druck seiner Hand.

«Weißt du, vielleicht treffe ich irgendwann in meinem Leben wieder auf einen Menschen wie Daniel, und dann will ich ihm ins Gesicht sehen können. Und wenn du noch mal auf einen selbstgerechten, großkotzigen, arroganten, blinden Kunstkritiker triffst ...»

Jón beugt sich zu mir, und ich halte im Satz inne.

«Womit habe ich so eine wunderschöne, unfassbar kluge Frau eigentlich verdient?», fragt er leise.

Ihn zu küssen, scheint mir eine gute Antwort zu sein.

Zwischen unseren Küssen reden wir über Ausbildungen und Ausstellungen, und als wir irgendwann kurz vor dem Einschlafen sind, auf dem Boden neben uns noch die Reste der Pizza, die wir irgendwann bestellt haben, sagt Jón schläfrig: «Was mache ich eigentlich, wenn du dich ein paar Jahre lang in den Küchen verschiedener Länder herumtreibst?»

«Du fotografierst einfach diese Länder.»

«Deal.»

Epilog

S itzt der Helm richtig?» Heidar klopft mit den Fingerknöcheln dagegen, und ich ziehe den Gurt um mein Kinn herum ein wenig fester.

«Passt.»

Nicht nur von der Fahrt über die Buckelpiste bis hierher zum Breiðarmerkurjökull-Gletscher fühlt sich mein Bauch an, als befände sich ein Hornissenschwarm darin, auch die Aufregung über das, was ich gleich erleben werde, trägt dazu bei. Außerdem habe ich vor wenigen Minuten noch Jón geküsst.

Der schnallt sich gerade Spikes an die Wanderschuhe, mit denen man besser niemandem auf die Füße treten sollte. Während wir Heidars Ausführungen folgen, wie man auf dem Eis läuft, worauf man achten muss und was man keinesfalls tun sollte, um auf eine der unzähligen Arten zu Tode zu kommen, die bei einer Wanderung über den Gletscher offenbar möglich sind, umklammere ich mit der Rechten meinen Eispickel und mit der Linken Jóns Hand.

Ich kenne Bilder. Unzählige Bilder. Aber in diesem Moment hier zu stehen, auf dieser spröden, verschneiten Eisfläche, über die ich in den ersten Minuten wie auf rohen Eiern herumlaufe, ist ganz eindeutig etwas völlig anderes.

«Die Füße richtig ins Eis rammen», weist Heidar mich an. «Das hält das aus.»

Das sagt er so. Er hätte nicht so ausführlich über die unsichtbaren Spalten reden sollen, in die man bis zu hundert Meter weit hinunterstürzen kann.

Neben Jón und mir geben zwei Schwestern aus San Francisco und eine Familie aus Deutschland ihr Bestes, Halt auf dem Eis zu finden, während Heidar so entspannt vor uns her schlendert, als trage er Flipflops. Der Himmel ist strahlend blau, und selbst mit Sonnenbrille kneife ich immer wieder die Augen zusammen, bis wir nach einigen höchst wackeligen Kilometern den Eingang zur Gletscherhöhle erreichen. Zwischen meterhohen Schneeverwehungen und einer schimmernd kristallblauen Eiswand arbeiten wir uns immer weiter bergab, und als wir dort ankommen, wo das Schmelzwasser einen Tunnel gegraben hat, verschwindet endgültig das Gefühl, zur selben Welt zu gehören wie der Rest der Menschheit.

Wie konnte ich vierundzwanzig Jahre alt werden, ohne jemals eine Gletscherhöhle zu besuchen? Unzählige Eiszapfen glitzern am Eingang des Tunnels. Ich muss an die Zähne eines gigantischen Schneemonsters denken, und als wir darunter hindurchgehen, ist es, als würden wir das Innere eines Edelsteins betreten. Erst nach langen Sekunden wird mir bewusst, dass ich das Atmen eingestellt habe. Unglaublich. Um uns herum leuchtet es blau und türkisfarben und weiß, und dort, wo der Gletscher durchlässiger ist, bringt Tageslicht das bizarr geschwungene Eis zum Strahlen. Als würde man unter einem erstarrten Ozean hindurchlaufen oder als sei die Welt auf den Kopf gestellt worden, und über uns brodeln riesige, sich brechende Wellen.

«Jón, ich weine gleich», murmele ich. «Oh Gott, es ist so unfassbar schön.»

Viel zu schnell fordert Heidar uns zum Weitergehen auf, tiefer in die Höhle hinein, die zunehmend enger und niedriger wird. Die unscheinbare, schmale Spalte, durch die wir uns an einem Punkt hindurchquetschen, an dem ich langsam klaustrophobische Anwandlungen bekomme, entpuppt sich als Zugang zu einer Eiskristallkuppel, hoch wie eine Kathedrale. Kam gerade noch der Gedanke in mir auf, dass ich mit meiner Figur samt mehrerer Kleiderschichten vielleicht nicht besonders geeignet dafür bin, Eishöhlen zu besichtigen, so verflüchtigt sich dieser, während ich bis ins Innerste berührt Schritt um Schritt vorwärtsgehe. Jóns Finger verschränken sich mit meinen.

Ich möchte irgendetwas sagen, etwas, womit ich diese magische Welt in Sätze einschließen könnte, doch ich finde keine.

Das Eis ist hier überwiegend mit Lavastaub gefärbt, durchzogen von kristallblauen Adern, die schimmern wie Nordlichter am Sternenhimmel. Jetzt kommen mir tatsächlich die Tränen.

Als ich mich zu Jón umdrehe, sieht er mich an.

In den letzten Monaten haben wir zusammen gelacht und nächtelang geredet. Wir haben gemeinsam gekocht und Weihnachten gefeiert, und wir haben Jóns Ausstellung in der Nähe des Skógafoss vorbereitet, zu der mehr Leute gekommen sind, als Jón es sich in seinen hoffnungsvollsten Momenten erträumt hatte.

Ich werde demnächst eine Ausbildung zur Köchin antreten.

Und ich beginne, mich zu mögen. Vielleicht irgendwann sogar alles an mir. Ganz langsam. Meine Therapeutin meint, ich soll Geduld mit mir haben. Erst müsse ich mal zu all den Gefühlen vordringen, die sich noch unter so vielen Erinnerungen verbergen. Schuld, Scham, Trauer. Mein Körper wird niemals dünn sein. Aber er ist stark und gesund, immerhin das kann ich schon mal festhalten.

Ein erster liebevoller Blick auf mich selbst.

Keiner weiß, wie viele Tränen mich das gekostet hat … keiner, außer vielleicht Jón, mit dem ich darüber reden kann.

Jóns Augen sind in dem unwirklichen Licht hier drin so dunkel wie das schwarze Eis um uns herum.

In der letzten Nacht bin ich aus Jóns Schlafzimmer heraus in die Küche gegangen, um uns etwas zu trinken zu holen, und als ich wiederkam, sah er mir entgegen.

«Das ist das erste Mal, dass du ohne vorher zu grübeln einfach losgegangen bist», hat er gesagt, und im ersten Moment habe ich automatisch die Wasserflasche und die Gläser vor meinen nackten Körper gehalten.

In Jóns leises Lachen einzustimmen hat sich gut angefühlt und mich anschließend in seine Umarmung hineinzuschmiegen, noch besser – es ist nicht nötig, lauter zu lachen als er.

Jetzt küsse ich seine Lippen, die mein Atem erwärmt, und liebe das Gefühl, von ihm zurückgeküsst zu werden, liebe das Gefühl seiner Hand auf meiner Wange, liebe alles an diesem Mann, der warten kann.

Darauf, dass es mir gelingt, mich nicht mehr zu verstecken, mich nicht mehr zu entschuldigen. Einfach im Licht zu stehen.

Ich liebe dich. Das hat Jón heute Morgen gesagt.

Ich spüre seine Liebe auch jetzt, und ich bin sicher, er spürt meine.

Noch vor einigen Monaten hätte ich es für unmöglich gehalten, wieder lieben zu können ... Jón, das Leben, mich selbst. Schlimmer noch – ich wollte es nicht. Ich habe mich nur durch Daníels Augen sehen können, durch die Augen irgendwelcher Fremder, durch die Augen meiner Mutter.

Jetzt allerdings ... es sind noch viele Schritte zu gehen, aber ich werde es schaffen.

Für mich.

Und für uns.

Bonusszene
und
Rezepte

Bonusszene

Okay, wie wäre es mit dem Schmortopf?», frage ich. Jón liegt neben mir auf der Matratze und mustert die Zimmerdecke. «Schmortopf?», wiederholt er nachdenklich. «Ich weiß nicht.»

«Es gibt keinen Menschen auf der ganzen Welt, der diesen Schmortopf nicht mag. Sogar mein Vater hat zweimal nachgenommen, als ich ihn gekocht habe, und dabei völlig vergessen anzumerken, dass es mit Fleisch noch besser schmecken würde.»

«Ich wäre ja eher für deine vegane Bolognese.»

«Aber doch nicht für so einen Anlass.»

«Ich liebe deine vegane Bolognese», seufzt Jón.

«Du liebst auch den Schmortopf», erkläre ich.

«Aber die Bolognese liebe ich mehr. Wir machen diesen Salat mit Granatapfelkernen als Vorspeise, Pasta mit Bolognese im Hauptgang und zum Dessert den Kuchen von meiner Oma, den du veganisiert hast – wie hieß der noch gleich? Bienenpiks?»

«Bienenstich», korrigiere ich grinsend. «Aber drei Gänge? Meinst du nicht, das wäre etwas übertrieben?»

«Wie oft genau im Leben lädst du deine Eltern und dein Freund seine Mutter ein, damit sie sich kennenlernen?»

«Na ja, also ...»

«Und zum Abschluss gibt's noch Schokoladendatteln!»

«Okay, das ist jetzt aber *wirklich* übertrieben!», rufe ich lachend.

«Wir werden tafeln wie die Könige.» Jón dreht sich zur Seite und zieht mich näher zu sich. «Mit den wirklich großartigen Dingen im Leben kann man es gar nicht übertreiben.»

Wie könnte ich ihm widersprechen, statt seinen Kuss zu erwidern?

Vegane Bolognese

Die beste vegane Bolognese der Welt!
Ganz ohne Übertreibung!

3 – 4 EL Bratolivenöl
1 Zwiebel
2 x 200 g Räuchertofu (von Taifun)
2 Knoblauchzehen
150 ml Rotwein
2 Dosen Tomaten (stückig)
1 EL Tomatenmark
Eine Prise geräuchertes Paprikapulver
1 TL Oregano
1/4 TL Rosmarin
Eine Prise Zucker (optional)
Salz, Pfeffer

Zwiebel fein hacken, Räuchertofu zerbröseln und beides im Öl anbraten. Knoblauch ebenfalls fein hacken und dazugeben. Nach einigen Minuten mit dem Rotwein ablöschen. Wenn die Flüssigkeit verkocht ist, Hitze reduzieren und Tomaten, Tomatenmark und Gewürze dazugeben. Mindestens eine halbe Stunde bei geringer Hitze köcheln lassen. Mit Salz, Pfeffer und eventuell einer Prise Zucker abschmecken.

Bienenstich à la Elín

Süß, cremig und unwiderstehlich!

Für den Kuchen:
125 g Vanillehafermilch
50 g Margarine
250 g Weizenmehl Type 550
ein halbes Päckchen Trockenhefe
40 g Zucker
1 Päckchen Vanillezucker

Für die Puddingcreme:
400 g Vanillehafermilch
1 Päckchen Vanillepuddingpulver
50 g Zucker
1 Päckchen Vanillezucker
100 g Margarine

Für das Mandeltopping:
90 g Margarine
90 g Zucker
1 Päckchen Vanillezucker
50 g Sojasahne
eine Prise Salz
200 g Mandelblättchen

125 g Vanillehafermilch und 50 g Margarine leicht erwärmen.

In einer Rührschüssel die trockenen Zutaten mischen: 250 g Weizenmehl, ½ Päckchen Trockenhefe, 40 g Zucker, 1 Päckchen Vanillezucker

Die lauwarme Vanillehafermilch-Margarine-Mischung zufügen und etwa zehn Minuten zu einem geschmeidigen Teig kneten. Ein bis zwei Stunden gehen lassen.

Eine Springform (26 cm) mit Backpapier auslegen und am Rand mit Margarine einfetten. Den Hefeteig in die Form geben und mit den Händen zu einem Boden andrücken. Noch einmal eine Stunde gehen lassen.

Die Puddingfüllung rechtzeitig vorbereiten, der Pudding muss vollständig abkühlen.

Ein Päckchen Vanillepuddingpulver, 50 g Zucker, ein Päckchen Vanillezucker und 400 g Vanillehafermilch in einem Topf mischen. Alles unter Rühren aufkochen, bis der Pudding deutlich dickflüssig wird. Anschließend vollständig abkühlen lassen.

100 g Margarine bei Zimmertemperatur weich werden lassen. Wenn der Pudding kalt ist und die Margarine weich: Mit den Rührhaken eines Handmixers die Margarine durchmixen. Dann mit einem Esslöffel nach und nach dem Pudding zufügen und vollständig untermixen.

In einem Topf 90 g Margarine, 90 g Zucker, 1 Päckchen Vanillezucker, 50 g Sojasahne und eine Prise Salz erhitzen und kurz aufkochen, bis der Zucker sich aufgelöst hat. Dann die gehobelten Mandeln unterrühren. Die Mischung abkühlen lassen, bis sie nur noch lauwarm ist.

Den Backofen vorheizen auf 180 °C (Ober- und Unterhitze). Die Mandelmasse auf dem Hefeteig in der Springform verteilen und glatt streichen. Im vorgeheizten Ofen 25 bis 30 Minuten backen. Die Oberfläche sollte schön goldbraun sein. Den Kuchen in der Springform ganz auskühlen lassen.

Am Rand mit einem Messer vorsichtig den Kuchen von der Form lösen. Auf eine Tortenplatte legen und mit einem Messer in der Mitte waagerecht durchschneiden. Beide Hälften sind recht flach, das ist normal. Auf die untere Hälfte die Puddingcreme geben und gleichmäßig verteilen. Dann die obere Hälfte daraufsetzen.

Den fertigen Bienenstich vor dem Servieren mindestens zwei Stunden in den Kühlschrank stellen.

Danksagung

Dieses Buch wäre nicht entstanden ohne die Gedanken, Anregungen und die Unterstützung vieler Menschen, die mich dabei begleitet haben.

Ganz besonders danken möchte ich fünf wunderbaren und großartigen Frauen: Sophia, Eva, Madeleine, Mareike und Alex. Für mich war es unendlich bereichernd, dass ihr mir euer Vertrauen geschenkt und eure persönlichen Geschichten mit mir geteilt habt. Es war eine Herausforderung, eure Erfahrungen und Erlebnisse in einer einzelnen Figur zu konzentrieren, und ich danke euch für eure Ehrlichkeit und für den Einblick in doch sehr private Gefühle, den ihr mir gestattet habt. Ihr habt mir eure Seele, eure Verletzungen, euer Leben offenbart, und die Geschichte und Elín sind dadurch gewachsen. Ich hätte mir keine empfindsameren – und gnadenloseren – *sensitivity reader* wünschen können.

Jennifer Benkau, Julia Dibbern, Franziska Fischer und Daniela Ohms: Euch an meiner Seite zu wissen, ist noch immer ein Geschenk. Von Schreibkolleginnen zu Freundinnen (sogar wenn wir nicht schreiben) – mit niemand anderem betreibe ich so gern FHSB wie mit euch.

Steffi Kuhlmann, ich danke dir für deine Zeit, deine Geduld und deine klugen Gedanken; Marie Weis und Emily Stopp, danke für eure Unterstützung in letzter Sekunde; Kathinka Engel, danke für unser morgendliches Geplauder, auf das ich mich schon beim Aufwachen freue; Anne Sanders, danke für deine Feinfühligkeit und deine weisen Worte, und Anne

Freytag, du Wunderbare, danke einfach dafür, dass es dich gibt.

Noch ein Dankeschön muss zu Kathrin Nehm, weltbeste Agentin, für dein offenes Ohr zu jeder Zeit und für deine endlose Nachsicht mit verpeilten Autorinnen (also mit mir).

Ein extragroßes Dankeschön geht an das komplette Kyss-Team – es muss extragroß sein, weil es gleich so viele leidenschaftliche und engagierte Frauen sind, deren Liebe die mittlerweile beeindruckende Sammlung von Kyss-Büchern trägt. Eine besonders feste Umarmung schicke ich mit diesen Zeilen an Anne Rudolph, mit der ich seitenlang über die perfekte Formulierung diskutieren und darüber hinaus noch über so vieles andere reden kann – liebste Anne, ich drück dich.

Mein letzter Dank gilt wie immer meiner großen (kleinen) Tochter Nathalie und meinem kleinen (großen) Sohn Liam. Ihr seid die Tollsten, die Besten, die Wunderbarsten, und ich hab euch beide lieb.

Und, Jens? Ich vermisse dich.